Дикое Поле
Wildes Feld

Jefim Berschin

Дикое Поле
Wildes Feld

Eine dokumentarische Erzählung
zum transnistrischen Krieg

Aus dem Russischen
Herausgeber und Einführung
Kai Ehlers

Impressum

Bibliografische Information der Deutschen Nationalbibliothek:
Die Deutsche Nationalbibliothek verzeichnet diese Publikation in der Deutschen Nationalbibliografie; detaillierte bibliografische Daten sind im Internet über http://dnb.dnb.de *abrufbar.*

1. russische Auflage 2002
Verlag: „Druzhba narodov" (Völkerfreundschaft), 2002.
Jefim Berschin, „Wildes Feld" 191 Seiten - ISBN 5-7516-0338-9

Rechtliche Gesellschaftsform: Staatlicher Betrieb
(*später: offene Aktiengesellschaft, Gründungsjahr: 2004*)
Code des Unternehmens: 7707034381, Gründungsjahr: 1990
Postfach: 127051
Anschrift: uliza Petrovka 26, Geb. 3, Moskau, RF, 127051
Postanschrift: K-51, Moskau, RF, 127051
Geschäftsführung: Sorokoumov Aleksandr Andrejevitsch
Bezeichnung der Dienststelle: Direktor
Telefon der Geschäftsführung:
tel./fax: +7 (095) 925-44-59
Weitere Telefon-Nummern:
tel.: +7 (095) 924-87-03; tel./fax: +7 (095) 925-44-59

2. russische Auflage 2014,
Verlag: Kniga po trebovaniju" (print on demand),
Jefim Berschin, „Wildes Feld"
278 Seiten – ISBN 978-5-519-01855-5

Deutsche Ausgabe Juli 2016
Herausgeber: Kai Ehlers
Übersetzung: Kai Ehlers mit Unterstützung von Larissa Glöckler
Gestaltung: Michaela Jordan
Erschienen bei:
Verein zur Förderung der
deutsch-russischen Medienzusammenarbeit e.V.
Fössestr. 77, 30451 Hannover

ISBN: 9783741263866

Herstellung und Verlag:
BoD - Books on Demand, Norderstedt

Inhaltsverzeichnis

Die erschossenen 10 Gebote

Vorwort zur Ausgabe — 5

I Am Anfang war die Zeit

Die Apokalypse beginnt in den Köpfen — 9

Ein verspätetes Vorwort — 11

Krieg der Plätze — 15

„Du sollst nicht töten!" — 25

II Tod eines Pioniers — 30

III Der Duft der Jahrhunderte

Die Rückkehr — 39

Zwischen Polen und Türkei — 42

Die Erschaffung Babylons — 45

Unter rumänischer Fahne — 49

Staaten und Phantome — 56

Zur Aufführung nicht empfohlen — 60

Erinnerung aus Blut — 65

IV Theater der Unabhängigkeit

Die mitgiftlose Braut — 71

V Der Staat – das sind wir

Die Demokratieerfahrung — 90

Die Geburt der Republik — 94

VI Die Segnung zum Blutvergießen

Auf der Suche nach dem rumänischen Geist   100

Der Feldzug auf Budzhak   104

Die Metamorphosen der Liebe   109

Die ersten Opfer   113

VII Ein Maler stellte es uns dar...   119

VIII Russland, das es nicht gab

Die Erschaffung der Armee   138

Die Wissenschaft zurückgeben   142

IX Nach den Gesetzen des Windes   150

X No Dubossaran!

Ein Ausnahmezustand   156

Informationen zum Denken   161

Tote und Tote   168

XI Die Landschaft im Hintergrund der Schlacht

Mit der Aussicht auf den Krieg   176

Der Weg zu Kotschiery   179

Porozhan   188

Die Kosaken   190

Die Hitze   193

Kostjasch   196

XII Das trojanische Pferd

Benderysche Guernica   201

XIII Der General und seine Armee

Alexander Lebed   220

IVX „An ihren Werken werdet ihr sie erkennen..."

Odessa   234

Der Wahnsinn   239

Die Brücke   243

Die außerehelich Geborenen

(Statt eines Nachwortes)   246

Grigorij Pomeranz

Das sind wir, oh Herr   256

Geleitwort des Herausgebers

Geschichte wiederholt sich nicht. Und wenn sie sich doch wiederholt, dann nur als Farce, wie wir heute zu sagen gewohnt sind. Manches Mal offenbaren sich die Ereignisse von gestern allerdings auch als die embryonalform nachfolgender Kataklysmen.

So ist es mit dem moldauischen Sprachenkrieg, über den der Moskauer Schriftsteller und Poet, Jefim Berschin, der als Korrespondent der „Literaturnaja Gazeta" direkt in die Geschehnisse hineingezogen wurde, in seiner dokumentarischen Erzählung Zeugnis ablegt.

Mit Gewalt versuchte eine moldauisch sprechende Mehrheit, der nach dem Auseinanderbrechen der Sowjetunion soeben in die Unabhängigkeit taumelnden sozialistischen Sowjetrepublik Moldau, im Sommer 1992 der Bevölkerung des seit Jahrhunderten vielsprachigen Moldauer Raumes im Namen einer nationalen Einigung die moldauische Sprache als einzige aufzuzwingen.

Der Versuch führte zu einem eruptiven Gemetzel, kurz, aber extrem brutal und blutig, das mehr als 1500 Menschen das Leben kostete. Eine Einigung wurde nicht gefunden. Die jenseits des Dnjestr lebenden Teile der Bevölkerung Transnistriens, die die gewaltsame Verengung ihrer Vielvölkerkultur auf das Moldauische nicht akzeptieren wollten, erklärten sich zur unabhängigen Republik. Völkerrechtlich wurde sie bis heute von niemandem anerkannt. Die unentschiedene Beziehung zwischen Moldau und der Dnjester-Republik schwelt, um es paradox zu formulieren, heute als einer der „eingefrorenen Konflikte" im Spannungsfeld zwischen Russland und dem Westen. Russland unterhält dort eine Friedenstruppe von ca. 1000 Mann.

Was damals in einer kurzen Eruption geschah, wiederholt sich mehr als 20 Jahre später in einem um Vieles erweiterten Maßstab im ukrainischen Krieg, in dem wieder versucht wird in diesem extrem pluralistischen Raum des süd-östlichen Europa, zudem in unmittelbarer Nachbarschaft zum moldauischen Schauplatz von 1992 eine nationale Einheit, diesmal die ukrainische mit Gewalt gegen sprachliche und kulturelle Minderheiten zu erzwingen. Mindestens 10.000 Menschen fanden bei diesem gnadenlosen Schlachten bisher den Tod, nicht gerechnet die ungezählten die Opfer von

Unterernährung, von Krankheit und die mehr als eine Million Flüchtlinge, die Zerstörung der Potenzen eines von Natur aus reichen Landes, die die Bevölkerung ins Elend gestürzt hat.
Der ukrainische Krieg erscheint wie ein in überdimensionales aufgeblasenes Déjà vue des Moldauer Sprachenkrieges. Hieß es 1992 ‚Moldawisch für ein einheitliches Moldawien', heißt es fünfundzwanzig Jahre danach ‚Ukrainisch für eine einheitliche Ukraine'. Im Namen europäischer Werte, die für sich den Anspruch erheben eine totalitäre Vergangenheit durch Solidarität, Menschenrechte, Selbstbestimmung und Toleranz anders Denkenden und anders Lebenden gegenüber zu überwinden, tobt sich ein bestialischer, menschenverachtender national-istischer Terror aus.*
Und so wenig der Konflikt im moldawischen Raum beigelegt, eben nur "eingefroren" ist, so wenig ist es bisher auch der in der Ukraine zurzeit tobende, auch wenn gegenwärtig wenig geschossen wird.
Mehr noch, im Juni 2015 trat der Ukrainische Präsident Poroschenko in Absprache mit den Präsidenten Rumäniens, Klaus Johannis sowie dem Moldaus, Nikolae Timofti zusammen mit dem kurz davor zum Gouverneur von Odessa im Süd-Osten der Ukraine ernannten ehemaligen Georgischen Präsidenten Michail Saakaschwili mit der Ankündigung in die Öffentlichkeit, den „eingefrorenen Konflikt" zwischen Transnistrien, wie sie die Dnjesterrepublik nennen, und der Moldauischen Republik „auftauen" zu wollen, damit, wie sie erklärten, ein unabhängiges Moldawien seine territoriale Integrität und nationale Einheit wieder erlangen könne. Die Ankündigung dieser Absicht wurde bis heute nicht zurückgenommen.

*Mehr zum Ukrainischen Krieg in den Sammelbänden
„Das Spiel mit dem Feuer" und „Ukraine im Visier" siehe Literaturanhang S.275

Die Dnjesterrepublik zwischen Moldawien/Rumänien und der Ukraine.

Man vergegenwärtige sich die Lage der Dnjesterrepublik als schmalen Landstreifen am östlichen Ufer des Dnjestr, eingeklemmt zwischen der südlichen Ukraine und der auf Revision dringenden Republik Moldau, unterstützt durch rumänische Expansionsgelüste und man ersetze in Ergänzung zu den genannten moldauischen Konfliktparteien die Dnjesterrepublik durch die Republiken Donezk und Lugansk in der Ost-Ukraine sowie Moldau durch die Kiewer Ukraine, dann hat man das mögliche Szenario eines solchen „Auftauens" klar vor Augen – die Gefahr einer Wiederentfachung der 1992 am Dnjestr und soeben im ukrainischen Raum   vorläufig einge-dämmten nationalistischen Exzesse zu einem den gesamten Raum erfassenden Flächenbrand.

Es ist klar, dass eine solche Entwicklung Russland als unmittel-baren Nachbarn auf den Plan rufen müsste. Eine geopolitische Konfrontation, die neben dem transnistrischen und dem ukrainischen auch andere „eingefrorene Konflikte" des Raumes wie Berg Karabach, Abchasien oder Ossetien mitreißt, ist in dieser Konstellation ange-legt – und sie kann jederzeit durch neue
Provokationen aktiviert werden, wenn es den hinter dem Vorstoß vom Juni 2015 stehenden strategischen Kräften nützlich erscheint. Der „eingefrorene" Konflikt am Djnestr eignet sich vorzüglich zum Zündeln.

Vor diesem Hintergrund gewinnt die dokumentarische Erzählung Jefim Berschins, die sich nicht auf die Schilderung des Krieges beschränkt, sondern die historisch gewachsene Gemengelage des Durchgangsraumes nördlich des Schwarzen Meeres - Bessarabien, Novorossija, kaukasische Sowjetunion – insgesamt sichtbar macht, beißende politische Aktualität. Hier gilt wieder einmal: der Schoß ist fruchtbar noch, aus dem das kroch.

Noch nicht benannt ist dabei das Entsetzen, das der Bericht angesichts einer Gesellschaft vermittelt, die von einem Tag auf den nächsten von einer gewachsenen Sprachen- und Kulturgemeinschaft unterschiedlicher Völker in eine Masse hemmungsloser Folterer, Vergewaltiger und Mörder auseinanderbricht. Diesen Kulturbruch im Detail zu beschreiben und Fragen dazu zu stellen, wollen wir nunmehr dem Autor überlassen.

Nur eins vielleicht noch: Selbst der wütendste nationalistische Terror, von wem auch immer benutzt, kann die Tatsache nicht verdecken, das heute unter den Bedingungen der Globalisierung immer mehr Menschen und Völker nach Selbstbestimmung und Autonomie, gebunden an Toleranz verlangen. Dieses Verlangen wächst nicht zuletzt gerade aus dem Entsetzen über die Abgründe, die sich auftun, wo diese Werte fehlen oder ihre Verwirklichung niedergeschlagen werden soll. Eine globale Katharsis kündigt sich an, die den Menschen über den Wahn des Nationalismus hinausführt. Jefim Berschins Bericht ist ein Zeugnis dieser möglichen Katharsis.

Kai Ehlers
15.05.2016

Die erschossenen Zehn Gebote

Das Vorwort zur aktuellen Ausgabe

Man kam um sie zu töten. Sie zu töten für Ihre Muttersprache, die sie nicht verleugnen wollten. Sie dafür zu töten, dass sie zu dem neuen Nationalismus „Nein" gesagt haben. Sie letztlich dafür zu töten, dass sie einfach **anders** sind. Die bastelten daraufhin aus einem Kipplaster einen Panzer-wagen, fuhren ihn auf das hohe Dnjestr-Ufer. Auf die Seiten dieses merkwürdigen Kampffahrzeugs malten sie in riesigen weißen Lettern vier Worte: „Du sollst nicht töten!"

„Du sollst nicht töten" ist die tragende Idee dieses Buches über den transnistrischen Krieg. Eine Idee, die mir die Verteidiger Transnistriens schenkten. Damals, als ich dieses Buch schrieb, und ganz gewiss auch dann, als ich in der Rolle eines Korrespondenten der „Literaturnaja Gazeta" (*Literatur-Zeitung*) mich in den Gräben des transnistrisch-moldawischen Krieges wiederfand, habe ich vieles nicht verstanden. „Es scheint mir nur natürlich, dass der Hass der Liebe weichen müsste", schrieb ich damals. „Aber ein Hass löste den anderen ab." Anfang der 90er Jahre des 20. Jahrhunderts schien mir, die ideologische Unversöhnlichkeit der sowjetischen Epoche und des von ihr genährten Hasses müssten unweigerlich durch Respekt und Nächstenliebe abgelöst werden. Aber es erwies sich alles als sehr viel komplizierter. Und meine Illusionen aus dieser Zeit verglühten mit dem ausklingenden Jahrhundert.

Die Illusionen verglühten, aber die Fakten blieben. Der Krieg blieb. Es blieben die zerschossenen Städte. Es blieben die Friedhöfe. Und es blieben die Überlebenden, die sich an alles erinnerten und die weder vergessen wollen noch können. Das kann man nicht unter den Teppich kehren.

Ich beginne zu ahnen, dass dem Menschen etwas inne wohnt, was ihn zwingt, die Geschichte zu vergessen, die eigenen Verbrechen zu vergessen und neue zu begehen. Die transnistrischen Steppen und moldawischen Anhöhen erinnern sich noch gut an den deutschen und den rumänischen Nationalismus. Sie erinnern sich an die Massenbombardierungen, an die Erschießungen und die massenhafte Vernichtung von Menschen bestimmter Nationalitäten. Und genau dort, auf denselben Straßen, auf den Ufern desselben Dnjestr entbrannte im Sommer 1992 ein erneutes Gemetzel. Warum?

Wir wissen nicht, was in der Vorsehung liegt. Vielleicht musste es so sein. Vielleicht kommt einfach die Zeit, in welcher der Mensch, obwohl er alles versteht, keine Kontrolle mehr über sich hat, und es zieht ihn unaufhaltsam zum Krieg, zur Zerstörung, zur Tötung Seinesgleichen. Die Ursachen sind dann nicht mehr so wichtig, weil dieser Drang absolut irrational ist.

Man muss übrigens nicht glauben, dass die Menschen alles in ihrer Gewalt hätten. Ein Mensch, der dabei ist, den Verstand zu verlieren, hat keine Gewalt mehr über sich selbst. „Wir leben in einer Zeit modernisierter Schamanen", schrieb Grigorij Pomeranz im Nachwort zu diesem Buch, „die Fakten verwirren, verblüffen, bringen die Menschen auf die falsche Fährte und berauben sie ihres Gerechtigkeitssinnes. Sie möchten sich aber gerecht fühlen, möchten den modernen Leitsätzen folgen. Sie merken kaum, wie schnell diese Leitsätze wechseln, wie schnell die Bewertung ein und desselben Ereignisses, ein und desselben Namens wechseln..." Seit dieser Zeit erreichten die Technologien zur Steuerung der Massenmeinung eine solche Höhe, dass es schon unangebracht ist, von Schamanen, wenn auch modernisierten, zu sprechen. Eine Lawine konstruierter, sich gegenseitig ausschließender Information, zu deren kritischer Aufnahme das menschliche Gehirn nicht imstande ist, macht die Menschen tatsächlich verrückt. Zumal die oben erwähnten Technologien bereits nicht nur die moralischen Maßstäbe schamlos manipulieren, sondern die ganze Grundlage der menschlichen Existenz.

Einmal in Paris, der damalige Krieg war schon vorbei, verirrten sich mein Bekannter und ich in ein russisches Restaurant. In Wirklichkeit stellte es sich dann als griechisch heraus, aber nicht deshalb blieb es mir in Erinnerung. In Erinnerung blieb es, weil an den Wänden des Restaurants zahlreiche Masken hingen. Masken nach jedem Geschmack. Der fürsorgliche Gastwirt funkelte uns mit einem Lächeln an und schlug vor, sich sofort in jemand anderen zu verwandeln. Zum Beispiel in einen Dakota-Indianer, einen bekannten Schauspieler oder einen einflussreichen Politiker. Viele machten das auch und die Betretenheit des Moments überwältigte sie. Da verstand ich, dass die Maske nicht nur zum Symbol sondern zum Wesen der modernen Welt geworden ist.

Die Welt ist nicht mehr die Welt, sie ist die Maske der Welt.

Statt der realen Welt bekommen wir eine Maske untergeschoben. Eine Maske der Religionen, eine Maske der Demokratie, die Maske des Patriotismus, die Maske eines Landes. Sogar eine Gottesmaske. Der moderne Nationalismus ist deshalb so schrecklich, weil er versucht, sich die Maske der Menschenliebe überzuziehen, die Maske der Legalität und der Demokratie. Viele aufrichtige, hilfsbereite und sogar intelligente Menschen werden später sagen, dass sie nichts geahnt, nichts vom Geschehen verstanden hätten. Muss man denn viel wissen, um endlich damit aufzuhören, das Töten von Menschen zu entschuldigen? Muss man viel wissen, um nicht zu stehlen und nicht zu lügen? Manchmal scheint es, dass die Menschheit abermals durch die Wüste schreitet. Aber nicht dorthin, wo aus dem brennenden Busch die Zehn Gebote erschienen, sondern in die entgegengesetzte Richtung. Und sogar die Wüste ist eine andere.

Ja, es wird mit jedem Tag schwieriger, die Realität hinter den Masken zu erkennen. Aber es gibt sie doch, diese Realität! Und all die raffinierten Lügenanhäufungen, all die modernen Stereotypen der heutigen Konsumwelt zerfallen zu Staub, wenn man sieht, wie unbewaffnete Menschen auf Maschinengewehre losgehen, nur um ihr Recht auf die eigene Muttersprache zu verteidigen! Um nach ihren Traditionen und ihrem Verständnis von Gut und Böse zu leben. Das ist irrational und unvernünftig, werden die Verfechter des globalen Liberalismus und der internationalen Massenkultur sagen. Vielleicht. Aber das ist die Realität. Das ist die echte Realität. Das ist genau die Realität, die heute niemand mehr respektiert. Aber es gibt sie. Sie zerfetzt jede Maske. Weil es nur menschlich ist, seiner menschlichen Natur treu zu bleiben.

Deshalb glaube ich, dass dieses Buch keinesfalls veraltet ist und aktuell bleiben wird. Schon deshalb, weil inmitten des zivilisierten und durch und durch demokratischen Europa nach wie vor ein kleiner, von niemandem anerkannter Staat Transnistrien mit seinen von niemandem anerkannten Bürgern um sein Überleben kämpft. Dieselben Menschen, die in ihrem Kampf mit dem Nationalismus ihre Vielvölkerkultur verteidigten.

Oder vielleicht noch deshalb, weil das vergossene menschliche Blut immer aktuell bleibt. Es hat kein Verfallsdatum.
Egal, wie viel Zeit vergeht.

Jefim Berschin, 2014

I. Am Anfang war die Zeit

Die Apokalypse beginnt in den Köpfen

Es krachte, vermutlich 20 Meter links von uns. Brocken aus Lehm und Schwarzerde beschrieben in der Luft einen komplizierten Bogen und ließen sich fächerartig auf den Schützen-graben nieder. Sie schlugen dabei etwa fünf Soldaten und einen melancholischen älteren Hauptmann zu Boden. Dem Hauptmann war anzusehen, dass er schon länger keine ordentliche Uniform mehr trug. Kaum schüttelten wir die Erde ab und konnten uns umsehen, wie die Luft vom herz-zerreißenden Pfeifen einer Mine zerrissen wurde – da haute sie direkt in den Schützengraben hinein, diesmal aber wesentlich weiter rechts. Nach dieser Explosion hörte ich zum ersten Mal, wie die Stille klirrt. Sie klirrte abgemessen und ruckartig, wie das Signal einer präzisen Zeit. Sie zählte die Minuten und Sekunden bis zur nächsten Explosion ab. Sie teilte unerbittlich mit, dass die nächste Explosion die letzte sein wird.

„Die Gabel!" schrie plötzlich der Hauptmann: „Die Gabel!"
Weder ich, noch die jungen, von den Explosionen betäubten, Kerle der Landwehr verstanden irgendetwas. Dann versetzte der Hauptmann dem nächsten von ihnen einen Rippenstoß und schrie mit einer furchterregenden und heiseren Stimme: „Mir nach! ... zum Teufel!" und lief zu dem Platz, an dem gerade eben die Mine explodiert war.

Wir begriffen nichts, liefen im Graben hinter ihm her, stolperten und rissen uns die Seiten an den Erdausbuchtungen auf. Als wir bei dem Erdloch ankamen, stolperten wir unverzüglich übereinander hinein. Und just in diesem Moment erschütterte ein fürchterliches Gedröhne die vorderste Linie. Der Himmel entlud sich in Ballen von Erde und Lehm, die uns fast ganz begruben. Ich grub mich aus und hob den Kopf – über mir auf dem Erdaufwurf saß schon, schwer atmend, der Hauptmann.

„Vorbei, kommt raus, wir hatten Glück", krächzte er und wischte sich den Dreck aus der von Erde geschwärzten Stirn. „Genau das ist eine Gabel, erst links, dann rechts – und dann aber genau ins

Zentrum." Der Hauptmann zeigte mit dem Finger auf die Stelle, von der wir gerade hergelaufen waren.

Ich sah mich um. Von der Stelle, an der wir noch vor einigen zehn Sekunden standen, stieg eine Rauchsäule auf. Es war nicht schwer zu erraten, dass die Mine die Munitionskisten erwischt hatte. Die leeren Kisten wurden von den Soldaten als Stühle, Tische und sogar als Betten benutzt. Im Schützengraben war alles gut genug für etwas Behaglichkeit. Jetzt brannten diese geölten Kisten und stießen pechschwarzen Rauch in die Luft. Ich begriff, dass dieser finstere und unrasierte Arbeiter, der vor langer Zeit wirklich ein Hauptmann war, uns das Leben gerettet hatte.

Ich fiel auf den Erdaufwurf, mit den Augen auf den inzwischen stillen Himmel gerichtet. Und dieser Himmel diktierte langsam:

„Zuerst war die Zeit. Wir hatten Zeit. Und die Zeit waren wir.

Wir flossen, wie der Dnjestr, bedächtig und erhaben, stolperten nur selten an den kleinen Wasserwirbeln, die sich als Kreisel in die Trichter einschraubten, die uns vom Gedächtnis über den Krieg blieben. Aber wir flossen gleichmäßig und ruhig, umschifften Gärten und Felder, umschifften Sandstrände und den wie immer durchsichtigen Kazaner Wald.

Wir hatten Zeit. Und wir waren die Zeit.

Dann schwappten die Dnjestr-Gewässer die Zeit heraus, wie ein ungeliebtes Kind, auf die steile Küste des Dubassar-Ufers. Mit viel Mühe erreichte sie den steilen sandigen Abhang, schleppte sich weiter, blind und hilflos, wie die Stille vor der Explosion.

Dann die Explosion. Wir hatten eine Explosion. Wir wurden zur Explosion. Die Welt spiegelte sich in der explodierten Zeit, wie in einem zerborstenen Spiegel. Sie hörte auf Eins zu sein, weil die wegfliegenden Scherben die Bruchteile der sich in ihnen spiegelnden Welt in alle Richtungen trugen."

„Ich verstehe das nicht", wird später Mary am Telefon sagen, bevor sie sich auf die Reise wagt. „Das ist schön, aber ich verstehe das nicht. Was hat das mit Scherben zu tun? Warum denkst du, das alles schon explodiert ist, und wir fliegen in alle Richtungen? Ich empfinde es gar nicht so. Ihr Russen habt eine merkwürdige Beziehung zu der Welt, ihr denkt ständig an die Apokalypse. Frag doch mal einen

Passanten an der Rheinpromenade – so etwas fühlt er nicht. Die Welt ist nicht so, wie du dir sie vorstellst."
„Aber vielleicht leben wir in unterschiedlichen Welten?"
„Ach, was sagst du da. Die Welt ist Eins. Es kann nicht ein Teil der Welt explodieren, und der andere Teil weiter existieren, als ob nichts wäre."
„Ja, das ist treffend. Sie kann nicht. Aber sie existiert. Oder sie versucht zumindest zu existieren. Für einen Menschen ist das Denken wenn auch menschlich, so doch nicht wünschenswert. Schädlich. Es stört die etablierte Lebensordnung. Deshalb kommen alle Katastrophen unerwartet, plötzlich. Obwohl man unschwer darauf kommen kann, dass, wenn an einem Ende der Welt ein Feuer zu lodern beginnt, der Wind es ganz gewiss auch an das andere Ende tragen wird. Die Welt ist nämlich wirklich Eins. So war es zumindest bis vor kurzem. Es spielt keine Rolle, wo die Apokalypse beginnt, an der Rhein-Promenade oder an dem Dnjestr-Ufer, wenn sie ohnehin zuallererst in den Köpfen der Menschen beginnt."

Ein verspätetes Vorwort
(Aus einem Brief an Martin)

„...Ich schreibe über den Krieg. Nein, nicht über den Krieg. Ich schreibe über die Zeit, die sich nach einer Explosion in Scherben verwandelt und ihre Linearität vollständig verliert. Deswegen geraten alle Ereignisse durcheinander, sie streben danach, sich gegenseitig den Weg abzuschneiden. Manchmal kommt es mir so vor, dass es die Zeit gar nicht mehr gibt, dass nur ein Symbol davon übrig geblieben ist, das wie ein Wecker auf meinem Schreibtisch tickt.

Ich schreibe nicht über den Krieg. Ich schreibe über die Menschen im Kriegshintergrund und über die Natur der menschlichen Grausamkeit. Es hat sich herausgestellt, dass es gar nicht so schwer ist, den Menschen einzureden, dass das Töten legitim und sogar notwendig sei. Man muss nur eine passende Idee erfinden, die alle Verbote aufhebt und obendrein das Gewissen unberührt lässt. In der Tat, später werden die Menschen darauf verweisen, dass sie so vieles nicht wussten. Besonders amüsant wird es aus dem Mund der gebildeten Intelligenz-

schicht klingen: „Oh, wir wussten nicht!" Wie viel muss man denn wissen, um wenigstens das Töten nicht zu rechtfertigen?

Ich schreibe nicht über den Krieg. Ich schreibe über meine Gedanken zum Kriegshintergrund. Das Leben im Krieg wird manchmal in einen Sekundenbruchteil gepresst. Das, was man im Alltag verstecken kann, tritt im Krieg in vollem Ausmaß zutage. Weil das Leben im Krieg ein Leben an der Schwelle zum Tod ist. An der Todesschwelle ist es zu spät, noch irgendetwas zu verstecken. Und völlig unnötig. Weil ein Geschoss im Anflug kann, kaum schlechter als ein Geistlicher, die Beichte abnehmen und das Abendmahl geben.

Gerade im Krieg kommt mehr als alles andere das heimliche Streben der Menschen zum Vorschein, sich von jedem zügelnden Mechanismus frei zu machen. Von der Moral zum Beispiel. Von den Gesetzen des Zusammenlebens. Von allem, was den tierischen Instinkt, der tief in fast jedem von uns schlummert, zurückhält. Ein Mensch mit Moral im Krieg ist eine Entdeckung, eine Offenbarung, er ruft einen Schock und … eine Freude hervor. Wie ein unerwartetes Licht, wie ein Zeugnis dessen, dass noch nicht alles verloren ist.

Ich schreibe darüber, dass man nicht töten darf. Man darf keinen Menschen töten, unabhängig davon, wer er ist und wo er lebt. Dies umso weniger, weil weder im Westen noch im Osten kaum jemand weiß, wo dieses Transnistrien liegt. Sogar bei uns, in Russland, wissen es die wenigsten. Bis heute. Wir hatten ein so großes Land, dass wir es nicht geschafft haben, es ganz kennen zu lernen. Inzwischen gibt es das Land nicht mehr.

Also, Transnistrien ist das schmale Stück Land, das sich zwischen der Nord-Bukowina und dem Dnjestr-Haff erstreckt, das im Schwarzen Meer mündet. Ich darf daran erinnern, dass der Dnjestr seinen Anfang in dem Karpaten-Gebirge nimmt und im Schwarzen Meer mündet. Folglich ist Transnistrien zwischen dem Fluss vom Westen und der ukrainischen Grenze vom Osten her eingeklemmt. Wenn man möchte, kann man es leicht auf der Karte Zentraleuropas finden.

Obwohl, das alles ist gar nicht so wichtig. Ist es nicht gleich, wo die Menschen leben und ist es nicht gleich, wo sie getötet werden? Ist es nicht so?

Übrigens, ich lebe jetzt in Paris. Es hat mich für eine kurze Zeit hierhin verschlagen. Ich streife über die Champ Elysees und rauche am Teich im Luxemburger Garten. So, als ob es tatsächlich so sein müsste. Als ob nichts gewesen ist. Als ob die explodierte Zeit in ihr gewohntes Bett zurückgefunden hätte. Aber sie hat nicht zurückgefunden. Sie ist in Stücke zerfallen. So wie wir auch. Sei gegrüßt, Jefim."

Im März 1992, war der Dnjestr-Bogen gespannt wie die Sehne einer Armbrust. Dubossary selbst und die Verteidigungslinie standen systematisch unter dem Beschuss der Schwerartillerie vom rechten Dnjestrufer. Sogar vom linken Ufer, von den benachbarten Kochiery, die von moldawischen Militäreinheiten eingenommen wurden, feuerten die Granatwerfer täglich zwischen sieben und acht Uhr. Die wichtigsten Feuerpunkte wurden auf dem Dach des Sanatoriums eingerichtet, das sich behaglich direkt ans Wasser schmiegte. Die Gegner wurden nur durch eine Handvoll Dorfhäuschen und ein von Unkraut und Kamillenblüten überwuchertes Feld getrennt. Kaum zu glauben, dass dieses Feld noch vor kurzem gemeinsam von denen beackert wurde, die sich nun ausschließlich durch die Visiere der Kalaschnikows ansahen.

Im Prinzip war es nachvollziehbar, weshalb die moldawische Armee für ihren Angriff genau diese Richtung wählte. Für Transnistrien, das sich als dünne geschlängelte Linie entlang des Dnjestr zieht, ist dies der wundeste Punkt. Der Fluss leckt das Territorium fast auf und nähert sich ganz der ukrainischen Grenze. Genau hier wäre es am leichtesten die aufständische Republik in zwei Stücke zu teilen, um Dubossary, Rybniza und andere Ortschaften im Norden von dem im Süden liegenden Tiraspol abzuschneiden. Danach hätte man sie einzeln vernichten und aus zwei oder sogar drei Richtungen gleichzeitig angreifen können. Aber niemand hat erwartet, dass die aus freiwilligen Arbeitern und Kosaken auf die Schnelle zusammengestellten Verteidigungstruppen einen derart beharrlichen Widerstand leisten würden.

„Schau, was da los ist!", sagte ein Freiwilliger, der sich gerade mit mir vor einem Mineneinschlag rettete. Er lugte bis zur Taille aus dem

Schützengraben und verdeckte mit seinem Körper den halben Himmel. Er deutete mit der Hand irgendwohin ins Feld.
Als ich hinausschaute, verstand und sah ich nichts. Nur einen hellen Fleck, der sich aus Richtung Dnjestr bewegte. Als der Fleck näher kam, sahen wir, dass es eine Frau war – gänzlich nackt und blendend, unnatürlich weiß. Sie hielt ihren Kopf wie wahnsinnig hoch, langsam und entrückt ging sie über das Gras auf unsere Schützengräben zu. Ihre an den Handgelenken zusammengebundenen Hände lagen willenlos auf ihrem riesigen Bauch. Es war offensichtlich, dass sie schwanger war. Die Wehrmänner ließen sie nicht aus den Augen. Und sie ging und ging genau auf sie zu, so als ob sie von ihren Blicken hypnotisiert sei. Als sie noch etwa zwanzig Meter von uns entfernt war, erblickte ich auf dem groben, um ihren Hals herumgeworfenen Seil, etwas tiefer als ihre bereits mit Milch gefüllten Brustwarzen, einen schwarzen herunterbaumelnden Gegenstand.

„Eine Granate!", hauchte jemand aus. „Es knallt gleich!"

Ich hörte das schon bekannte Ticken der Luft. Das Geräusch kam von irgendwo oben, vom Himmel. Stärker werdend, ließ es alles herum erbeben. In einem Moment schien es, dass das Feld, der Fluss, der Wald und diese nackte Frau mit der Granate um den Hals und auch wir zu Details eines riesigen, flachgedrückten in den letzten Wehen vergehenden Weckers wurden, der sich darauf vorbereitete, uns auf ewig zu wecken.
Die Frau näherte sich, wie ein Uhrzeiger der Zwölf.
Ich war die Zwölf.
Wir waren die Splitter der Zeit.
Und die Zeit war – Fünf vor.

Krieg der Plätze

„Es ist schon Fünf vor", drängte mich Martin, „wir müssen jetzt gehen." Aber ich konnte nirgends mehr hingehen. Ich winkte dem verdutzten Martin ab und starrte weiter angespannt auf den Fernsehbildschirm. Zuvor überwand ich über Zweitausend Kilometer und erreichte das gemütliche Basel in der Schweiz. Das gemächliche, höfliche Basel war eine Stadt aus einer anderen Welt. Es tauchte unwillig sein Abbild in das gepflegte Rheinwasser, in einen dichten Kaffee- und Bierduft, der von den Tischen der Straßencafés und Restaurants aufstieg und, wie es schien, den Raum zwischen der Rheinpromenade und den leichten und faulen Wolken erfüllte, die über dem Rathaus und dem satten Marktplatz hingen. Dieser Duft machte schläfrig. Man bekam Lust lange, tief und ohne zu träumen zu schlafen. Man wünschte sich diesen, auf eine erstaunliche Art bequem eingerichteten, Alltag langsam in sich aufnehmen. Damals, 1989 war es für mich eine völlig andere Welt – die Welt des sauber gewaschenen Asphalts und der glänzenden Vitrinen. Die Welt des blendenden Lächelns und hinter ihnen mir verborgenen unverständlichen Entfremdung. Nach der Dunkelheit Moskaus, der Schlangen, des wechselhaften Kaleidoskops bösartiger Gerüchte, der allgemeinen Gereiztheit, der politischen Raserei schien Basel eine Insel aus einer fremden Galaxie zu sein. Nach dem überquellenden Moskauer Manege-Platz erstaunte besonders das Leben auf dem Marktplatz. Hier fand ein Spiel statt, das an ein Maskenkarneval erinnerte. Am frühen Morgen zog der Platz die Maske des Marktes an. Dicht gestellt mit Verkaufstheken, pulsierte er buchstäblich mit den ins Auge springenden Orangen, grünen Kräutern, der Grellheit des augenscheinlich unechten Fleisches, der Beile der gesprächigen Verkäufer und der weißen Schmetterlinge ihrer Mützen, die sich aus einem fast vergessenen Kindermärchen hierher verirrten. Aber schon am Nachmittag veränderte sich der Platz rasant. Die Theken verschwanden spurlos, der frisch gewaschene, mit Wasser abgespritzte Asphalt spiegelte matt die an dem Platz klebenden pittoresken Häuser, die man passender in einem Museum für mittelalterliche Geschichte hätte ausstellen können. Nichts erinnerte mehr an den Markt. Das Fest wurde von Schläfrigkeit abgelöst, um am nächsten Morgen wieder den Überfluss an Leckereien der Stadt zu präsentieren.

Mehr nicht. Nichts beunruhigte die satte Einbildungskraft der Bewohner. Deshalb verstand Martin mich nicht. Und ich verstand Martin nicht.

Nun, über den Rhein zog der zähflüssige August 1989. Derselbe August zog über den Dnjestr. Er verdichtete seine honigsüße Schwere über dem Baseler Marktplatz. Und über zwei weiteren Plätzen, die mich aus der Unendlichkeit bis hierher nach Basel verfolgten und buchstäblich aus dem Fernsehbildschirm herausquollen: der langsam verrückt werdende Platz des Sieges in Kischenev und der mit Menschen vollgestopfte, hellhörige Platz der Verfassung in Tiraspol. Mich erstaunten nicht so sehr die Plätze, sondern viel mehr die Gesichter – fremde Gesichter dieser Plätze. Diese Gesichter kannte ich früher so gut. Aber so habe ich sie noch nie gesehen. So fremd. In eine einzige Kehle zusammenfließend, schrie der Kischenever Platz: „Zhos!" Und als ob der Tiraspoler Platz es auf Russisch übersetzte: „Weg mit euch!" Gespannt arbeitete ich mich durch die Rede des Moderators und verstand, dass das Irreparable schon passiert war, dass der große Brocken sich vom Fels löste und auf dem Weg in den Abgrund war.

Abends schaute Mary bei Martin vorbei, eine Journalistin des örtlichen Fernsehsenders. Sie war neugierig, denn sich frei durch Westeuropa bewegende Sowjetjournalisten waren damals noch eine Seltenheit. Wenn sie mich irgendwo in einem Café ihren Bekannten vorstellte, bekamen diese runde Augen. In der ersten halben Stunde blieben sie besonders auf der Hut, boten mir Wodka an und wunderten sich sehr, wenn ich ablehnte. Dann wurde die Argwohn von Neugier oder sogar Verwunderung abgelöst: na sowas, ein Mensch aus dem Land des Komplett-kommunismus und der betrunkenen Bären unterhält sich ganz locker auf Deutsch, und das zu jedem Thema. Damit wurde ich übrigens auch später oft konfrontiert.

Eines Tages nach meinem Vortrag in Hamburg kam eine unbekannte junge Frau zu mir und lud mich zu sich nach Hause ein. Sie wollte mich unbedingt ihrem Mann vorstellen, der, wie sie sagte, es ihr sonst nie glauben würde. Was er nicht glauben würde, hatte ich nicht ganz verstanden. Später stellte es sich heraus, dass ihr Ehemann ein Baulöwe war, der noch nie einen Russen aus der Nähe gesehen hatte. Wir kamen. Wir saßen mit den Gläsern jeder in einer der vier Ecken des riesigen Esszimmers. So saßen wir und drückten ab und zu ein paar Worte heraus. Am Ende sammelte sich der Ehemann und stellte eine einzige Frage, die nach seiner Meinung wohl für den Moment die passendste war: Stimme das denn, dass man bei uns noch immer die Deutschen hasse? Ich sagte ganz ehrlich, dass das nicht wahr sei und versuchte, das Gespräch auf Literatur zu lenken. Es interessierte mich, ob Rilke, den ich über alles liebte, in Deutschland noch populär sei.

„Wer ist das?", drehte sich der Baulöwe zu seiner Frau. Sie zuckte mit den Schultern.

Ich sprach einige Zeilen aus dem Gedächtnis, die den Hausherrn aufhorchen ließen. Er rief sofort irgendwohin an und gab Anweisungen, ihm am nächsten Tag Rilke zu bringen. Ich habe es nicht ganz verstanden: vielleicht dachte er, dass Rilke noch immer lebt und man ihn genauso einladen könnte wie mich?

Damals lachte ich innerlich über meinen unbeholfenen Gsprächspartner. Ich hätte lieber darüber geweint. Aber wie konnte ich ahnen, dass nur zehn Jahre später die russischen Schüler aufhören werden Puschkin von Njekrassow, und Njekrassov von Jessenin zu unterscheiden – genauso wenig, wie die Deutschen Rilke von Novalis unterscheiden können. Ich konnte nicht ahnen, dass die Kultur sich mit nur einem Ziel aus den ideologischen Zangen der Sowjetmacht losreißt, um ganz von der Erdoberfläche zu verschwinden. Um der totalen Flegelei und neandertalischer Unwissenheit Platz zu machen.

Damals, 1989 habe ich vieles an der westlichen Welt nicht verstanden. Wir hatten völlig unterschiedliche Wertvorstellungen. Das war verständlich. Das war interessant. Umso mehr, als ihre Werte schon sehr schnell unsere Grenzen überwanden. Und unsere begannen still zu sterben, unnütz für den Westen und nun auch für ihr Zuhause.
Ins Auge fiel sofort eine gewisse Herablassung und Ungeduld. Aus letzter Kraft wartete man, dass wir uns von unserer Vergangenheit

lossagen. Wie ich später verstand – nicht nur von der sowjetischen. Außerdem zeigte man deutlich Hilfsbereitschaft uns gegenüber. Wenn wir es nicht schafften – würde man uns helfen, ganz gleich was es kostete. Später sah ich diese „Hilfe", als die moldawische Regierung jeden ihrer Schritte mit den westlichen Beratern abstimmte.

Aber das alles hatte gar nichts mit Mary zu tun. Sie interessierte sich für absolut alles – von der Literatur bis zur Politik. Deshalb fuhren wir zum Anbruch der Nacht zu irgendwelchen merkwürdigen Schlössern, um dort in einem gemütlichen Café am Flussufer bis zum Morgen über die Weltprobleme zu diskutieren.

Die Probleme meiner Welt jedoch wurden immer schmaler.
Bis sie auf die Größe eines Geschosses zusammenschrumpften.

Nachdem im August 1989 das Projekt „Das Gesetz über die Funktionalität der Sprachen auf dem Territorium der Moldawischen Sowjetrepublik" gedruckt wurde, explodierte das gemächliche Leben am linken Dnjestr-Ufer. Die Vielvölkerregion Transnistrien mit ihrer ganzen Haut spürte die Gefahr und stallte alle seine Stacheln auf. Auf den ersten Blick gab es in dem Gesetz nichts, was es von den anderen unterschied, die obligat die „Souveränitäts-Parade" begleiteten. Die moldawische Sprache wurde zur Staatssprache ausgerufen. Zur deren Erlernung räumte man fünf Jahre ein, wonach man plante, alle Beziehungen innerhalb der Republik in die Sprache der „Ursprungsbevölkerung" zu übertragen. Das Gesetz war, wie die meisten Gesetze dieser Art, verworren und man konnte seine Paragraphen deuten, wie man wollte. Aber das Volk wurde unruhig nicht wegen seiner Paragraphen, sondern weil das Gesetz das Licht der Welt erblickte. Weil man wusste: noch nie lebte man in dieser Gegend nach Gesetzen. Man lebte mit dem Wind. Und der Wind wehte eindeutig in eine andere Richtung.
Die Befürchtungen bewahrheiteten sich rasch. Das „Ursprungs-Moldawisch" bezeichnete man alsbald allerorts in Kischenev als „Ursprungs-Rumänisch" und übertrug es in die lateinische Schrift, der moldawischen Bevölkerung selbst unbekannt. Auf eine solche

Wendung war die Republik offensichtlich nicht vorbereitet. Natürlich, für die Intelligenz, insbesondere die Humanmediziner unter ihnen, bereitete die lateinische Schrift keine Probleme. Der Literaturaustausch zwischen Moldawien und Rumänien existierte in fast allen Jahren der Sowjetmacht, wenn man den Stalinismus nicht einrechnet. In den Schulen und Universitäten gab es weder Lehrmaterial noch Fachpersonal, die in der kürzesten Zeit vermocht hätten, die ganze Bildung in lateinische Buchstaben zu übersetzen. Mehr noch, moldawische Sprache ist eine Dorfsprache. Die Städte waren von alters her, noch lange vor der Sowjetzeit, russischsprachig. Deshalb wurde der Großteil der moldawischen Bauern, mit deren Hilfe die moldawische Sprache am Leben blieb, gleichzeitig zu Analphabeten.

Aber wie es sich herausstellte, interessierten sich die Gesetzgeber in erster Linie weder für das Latein noch für die Sprache selbst. Zum Beispiel meine gute Bekannte Svetlana Kalinina beherrschte die rumänische Sprache glänzend und übertrug als erste Redakteurin ihre Zeitung ins Lateinische. Es rettete sie nicht – sie wurde gekündigt. Weil sie Russin war. Unter der Deckung der Reformen und des Wechsels der Staatsordnung fand eine Säuberung nach nationalem Merkmal statt. Es ging bis zu Tragikomödien. Den Gründer und unersetzlichen Leiter des kischenever Zirkus Aleksandr Syrenin kündigte man dafür, dass er nicht genügend Mittel in der kürzesten Zeit sammeln konnte, um den Neonlicht-Aushang von „Zirkus" in „Chirkul" in lateinischer Transskription zu ändern.

Ich besuchte die berühmte moldawische Zirkusartistin, eine Repräsentantin einer ganzen Zirkusdynastie, Rita Breda. Sie war finsterer als eine Gewitterwolke.

„Es geht zu Ende mit unserem Zirkus", sagte sie immer wieder. „Ohne Syrenin werden alle entlassen und alles wird gestohlen."

„Aber du bist eine Moldawierin, der Stolz der Nation", versuchte ich einen Widerspruch. „Wer soll dich entlassen?"

„Diese da", Rita deutete mit dem Kopf Richtung Fenster, „brauchen so einen Stolz nicht, wie ich und mein Vater es sind. Der Vater tut mir leid. Er wird das nicht überleben."

Rita's Vater, der sein halbes Leben unter der Zirkuskuppel herum flog, saß mit gekrümmten Rücken in der Ecke und schimpfte leise auf moldawisch. Und Rita erwies sich als eine Prophetin: es wurde alles gestohlen.

Wen interessierte damals freilich der Aushang „Zirkus" oder „Chirkul", wenn zu dieser Zeit in der Stadt ganz andere Aushänge auftauchten. Die Oberleitungsbusse trugen Aushänge mit folgendem Inhalt: „Wir geben euch fünf Jahre Zeit, damit ihr nicht die Sprache lernt, sondern von hier verschwindet." Auf dem Gebäude des Obersten Staatsrates glänzte es in meterhohen russischen Buchstaben: „Russen – hinter den Dnjestr! Juden – in den Dnjestr!"
Vor diesem Hintergrund begannen zwei Produktionshallen der tiraspoler Maschinenbaufabrik „Tochlitmasch" einen Streik und schickten Boten zu dem benachbarten „Elektromasch". Die Boten kamen direkt zu dem stellvertretenden Direktor oder zum Produktionsleiter Vladimir Ryljakov, der sich der Organisation des Streikes sofort anschloss. Nach einem Tag streikte ganz Tiraspol. Nach zwei Tagen – das ganze linke Ufer. Nach drei Tagen – der größte Teil aller Industriebetriebe des rechten Dnjestrufers. Bendery, Belzy, Jedinzy, Kischenew, Orgejev unterstützten damals in ihrer Mehrzahl die streikenden Tiraspoler. An dem Streik beteiligte sich auch der landwirtschaftliche Süden Gagausiens. Die Bewohner der Budzhaksteppe, die nach Stalins Willen zwischen Moldawien und der Ukraine zweigeteilt wurde, hegten schon lange den Wunsch einer eigenen kulturellen Autonomie mit Komrat als Zentrum. Ihre Beteiligung an dem Streik war leicht nachvollziehbar. Letztendlich umfasste die Streibewegung im August-September 1989 die ganze Republik Moldawien, an ihr beteiligten sich mehr als 400 Betriebe.

Der Streik in Transnistrien selbst verlief erstaunlich organisiert. Extra dafür zugeteilte Freiwillige beaufsichtigten die öffentliche Ordnung und die Einhaltung des für die Zeit des Streiks eingeführten sogenannten „trockenen Gesetzes", des Alkoholverbots. Zu ihren Aufgaben gehörte es, Provokationen aller Art zu unterbinden. Eine solche Organisation konnte die zu diesem Zeitpunkt sterbende Sowjetmacht mit ihren willenlosen Eliten nicht mehr bewältigen. Die erschrockene Parteiführung der Stadt mit dem damaligen ersten Vorsitzenden des Stadtkommitees Leonid Zurkan an der Spitze, war außerstande, die Wahl zwischen dem „warmen" Führungssessel und den Forderungen des Volkes zu machen, zog sich aus dem Problem zurück und wurde faktisch gestürzt. Somit wurde Tiraspol die erste Stadt auf dem Gebiet der UdSSR, in der die Sowjetmacht niedergelegt wurde und seit August 1989 in die Hände des Vereinigten Rates der arbeitenden Kollektive (VRAK) überging. In der ersten Zeit führte diesen der Leiter einer der Produktionshallen von „Elektromasch" Boris Stefan. Ryljakov und ein paar Andere wurden zu seinen Stellvertretern.

Zwei nicht enden wollende Proteste, zwei Plätze steckten sich sozusagen gegenseitig mit der Energie der Unversöhnlichkeit an. Die Tiraspoler schauten früh morgens die Reportagen des moldawischen Fernsehers über das Geschehen auf dem Kischenever Platz des Sieges und gingen anschließend auf ihren eigenen Platz, um dort ihren Emotionen freien Lauf zu lassen und eine Antwort zu formulieren. Die Gemüter erhitzten sich und heizten die Stimmung in der Stadt an. Aus Kischenev kamen moldawische Führer und versuchten, die Menschen zu beruhigen. Man ließ sie sprechen, glaubte ihnen jedoch kein Wort. Weil sie etwas ganz Anderes sagten, als der Kischenever Platz verlangte. Dort verlangte man eine Wiedervereinigung mit Rumänien. Dort verlangte man, das moldawische Gebiet von den „Okkupanten" zu säubern. Dort traten Emissäre aus ebendiesem Rumänien und aus dem Baltikum auf. Ganz offen wurde Propaganda betrieben. Und die Tiraspoler konnten alles am Bildschirm verfolgen. Und man hat sich selbst auch gleich gesehen – im moldawischen Fernsehen. Und hörte, wie die Kommentare zu den Protesten auf den Tiraspoler Platz immer märchenhaftere Ausschmückungen bekamen und sich durch wachsendes Unverständnis hervortaten, dass in Hass überging.

Verständlich, dass die tiraspoler Ingenieure und Arbeiter, die den Vereinigten Rat der Arbeitskollektive (VRAK) nun führten, sich zu diesem Zeitpunkt kaum durch die Auserlesenheit ihres politischen Gebarens auszeichneten. Es gab in der Stadt keine politischen Hochschulen. Wenn man das verschwundene Stadtkomitee nicht mitzählt. Deshalb mussten die Tiraspoler Führer „learning by doing"

betreiben. Sie lernten schnell. Und den Paragraphen der schnell entstehenden neuen moldawischen Ideologie stellten sie ihre eigenen entgegen:
Die Aufspaltung des Landes – die Bewahrung der Einheit.
Dem Nationalismus – den Internationalismus.
Der Einführung einer Staatsprache – die Mehrsprachigkeit.

In Transnistrien, in einem historischen Schmelztiegel, in dem mehrere Dutzend Nationen verdaut wurden, lernten die Menschen, sich ohne Dolmetscher zu verständigen. Sie lernten das Wichtigste – sich spüren. Und sie spürten, dass ihre Vielvölker-Gemeinschaft lebensgefährlich bedroht wurde. Und deshalb wurde dem Vorzug der Rechte einer einzelnen Nation der Vorzug der Menschenrechte entgegengestellt.

Der Widerstand der Plätze und der Massenstreik, der der Kremlführung damals möglicherweise als eine harmlose Laune eschien, legten in Wahrheit den Grundstein für den späteren transnist-rischen Staat, dessen wichtigstes Ziel es war, seine Bevölkerung vor den Kataklysmen des nahenden Auseinanderfalles der Sowjetunion zu schützen. Im Laufe des Streiks fühlten die Menschen die schon etwas vergessene Gemeinschaft und rückten näher zusammen. Es gelang ihnen, die Informationsblockade zu durchbrechen und eigene Zeitungs-Ausgaben herzustellen, unabhängig von der KpdSU. Die KpdSU selbst stellte in ihren Augen inzwischen eine Organisation dar, die ihr eigenes Volk verraten hatte, und wurde deshalb der Macht praktisch enthoben.

Mehr noch, im Verlauf des Streiks begann die erst noch instinktive Vereinigung der Städte und Bezirke des zukünftigen Transnistriens auf der Basis der völligen Ablehnung jedweder Form des Nationalismus. Aber das war zu wenig. Die Tiraspoler Führer begriffen im Laufe des Streiks, dass sie nach einer theoretischen und historischen Basis für ihre Bewegung suchen mussten. Sie wurde damals gefunden. Genauer gesagt: man hat sich wieder an sie erinnert. Man hat sich erinnert, dass Transnistrien vor gar nicht allzu langer Zeit seine eigene Staatlichkeit besaß – es stellte den größten Teil der Moldauischen autonomen Republik, die 1940 abgeschafft wurde. An die eigene historische Zugehörigkeit zu Novorossija (*Neurussland*), erinnerte man sich in der ersten Zeit nicht. Der Begriff selbst war zu Zeiten der Sowjetmacht eigentlich verboten.

Es wurden zwei Organisationen gegründet und praktisch erprobt, der Rat der Direktoren der Industriebetriebe unter der Leitung von Anatolij Bolschakov, und der Vereinigte Rat der Arbeiterkollektive, der, wie bereits gesagt, anfänglich von Boris Stefan geleitet wurde. Die erste Organisation wurde, was natürlich für eine Industrieregion ist, zum Gehirn der Bewegung. Die zweite – zu der unmittelbar vereinigenden Kraft.

In der zweiten Septemberhälfte beruhigte sich der Widerstand der Plätze. Die Transnistrier nahmen ihre Arbeit auf. Die ganze Region lauerte aber gespannt in Erwartung neuer, noch schrecklicherer Provokationen.

„Das verstehe ich nicht!" rief Martin zum wiederholten Mal aus. „Du lebst in Moskau und die Proteste finden anderthalb Tausend Kilometer weiter statt. Was genau hat deine Aufmerksamkeit so erregt? Bei uns gibt es, übrigens, auch regelmäßig Protestaktionen. Und niemand misst ihnen eine solche Bedeutung zu."

„Es misst ihnen keiner eine solche Bedeutung zu, weil sie üblich sind. Aber sieh dir diese Gesichter an. Diese Menschen haben noch nie im Leben eine Aktion gemacht. Und auf den Platz sind sie auch nicht wegen einer Gehaltserhöhung gegangen. Noch sind sie keine Geiseln eines knauserigen Unternehmers. Sie sind Geiseln der Geschichte."

„Wieder verstehe ich nichts!" flehte Martin, „was hat das mit der Geschichte zu tun? Bei euch ist alles anders. Weshalb kann man nicht eine zweite Sprache lernen? Meine Muttersprache ist zum Beispiel Deutsch, aber ich habe noch Englisch gelernt. Zwei Sprachen zu beherrschen – das ist sogar ein Vorteil."

„Einverstanden. Aber Transnistrien hat viele Muttersprachen. Die Bulgaren – die bulgarische, die Deutschen – die deutsche, die Juden – Jiddisch, die Ukrainer – die ukrainische Sprache. Darüber hinaus beherrschen sie Russisch und die Kinder lernen in den Schulen Englisch oder Deutsch. Die moldawische Sprache wird übrigens auch gelernt. Aber man kann doch nicht allen Ernstes darauf

hoffen, dass jeder Bauer und Arbeiter ein Sprachgenie wird. Und genau genommen, geht es hier gar nicht um die Sprache.
„Wie – es geht gar nicht um die Sprache?" jetzt war Martin völlig ratlos. „Weshalb dann das alles?"
Ich versuchte mit aller Kraft ihm etwas zu erklären, aber je länger wir sprachen, umso deutlicher sah ich, dass ich ihm gar nichts erklären konnte, weil es tatsächlich gar nicht um die Sprachen ging. Es geht um die verborgenen Tiefen des Bewusstseins, um die Instinkte, um die Reflexe, die ein Außenstehender nicht imstande ist zu verstehen. Es ging darum, dass die aktuellen Geschehnisse auf den ersten Blick der Logik völlig entbehrten. Wenn das Land auseinander fallen sollte, dann würde es auseinander fallen, und das winzige Transnistrien wäre außerstande, es zu verhindern. Viel einfacher wäre es, alles als gegeben anzunehmen. Bequemer. Vorteilhafter. Sinnvoller. Aber nicht der Sinn und Verstand regierten auf den beiden Seiten des Dnjestrs. Nicht der Verstand. Der Verstand war außen vor, weil die Menschen tatsächlich zu Geiseln der Geschichte wurden, zu blinden Werkzeugen der Vorsehung. Sie siedelte sie an den Ufern des sonderbaren, gewundenen Flusses, der sich bei der Nach-prüfung nicht mal als Fluss, sondern als ein unüberwindbarer Abgrund, eine Grenze zwischen zwei Zivilisationen, als monströser Bruch erwies, dem es noch bevorstand, in seinen Tiefen tausende Leben zu begraben. Ich erkannte in diesen Gesichtern das, was Martin und Mary nicht imstande waren zu sehen: ich erkannte die Entschlossenheit, durch Blut zu gehen.

„Gut" sagte Martin. „Wir wollen nicht streiten. Du hast einen weiten Weg hinter dir, du hast das Recht, dich auszuruhen und zumindest für eine Zeitlang zu vergessen, was dort bei euch geschieht." Aber da wusste ich schon, dass ich in den kommenden Jahren nicht zu Ruhe kommen würde.
Und was den Weg betrifft: der Weg beginnt erst.

„Du sollst nicht töten!"

Der Weg begann ganz nahe, etwas weiter rechts von uns, hinter den Bäumen und Sträuchern, aber die Frau sah ihn nicht. Sie sah gar nichts. Sie ging über das Feld mit weit aufgerissenen Augen, in denen sich rein gar nichts spiegelte. Nicht einmal Schmerz. Sie war jenseits des Schmerzes. „Wenn sie stolpert, ist das das Ende!", holte uns der Hauptmann aus der Starre. „Es zerreißt uns in Stücke. Die Schnur ist an dem Granatenauslöser befestigt."
Man schoss ihr nicht in den Rücken. Offensichtlich wartete man, bis sie zu unserem Graben gelangte. Und dann würde man mit einem Schlag uns und sie... Wir mussten schnell entscheiden. Entweder weglaufen oder etwas unternehmen. Und der Hauptmann entschied sich. Als bis zu dem Graben etwa fünf Meter blieben, sprang er heraus und befand sich mit einem Sprung neben der Frau. Mit der linken Hand presste er den Auslöser, mit der rechten riss er die Schwangere zu Boden. Sofort erklang ein Schuss, aber das Geschoss pfiff nur über den Köpfen hinweg. Vorsichtig zog er die Schnur ab und warf die Granate weit von sich, die Frau zog er hinter die Aufschüttung. Sie wehrte sich nicht, schaute nur mit denselben weit aufgerissenen Augen, die nichts verstanden.

Später stellte sich heraus, dass sie hinter der Stadtgrenze von Bewaffneten ergriffen worden war, an deren Mützen die Schwänze irgendeines pelzigen Tieres befestigt waren. Es gab viele Gerüchte über diese Banditen. Jemand behauptete, dass sie die leitende bewaffnete Truppe der moldawischen Nationalfront waren. Andere sagten, dass die „Streifenhörnchen" und „Skorpione" nur für sich selbst kämpften, sie unternahmen ihre Überfälle, nutzten einfach das allgemeine Durcheinander aus. Aber es lag viel eher an einer ganz anderen Tatsache: als die bewaffnete Auseinandersetzung begann, rief man in Moldawien die Amnestie für Schwerverbrecher aus und schickte sie in den Kampf. Und so kämpften sie nach ihrem eigenen Verständnis: entführten friedliche Menschen und amüsierten sich aus vollem Herzen. Wie auch immer, diese Kämpfer zeichneten sich durch eine besondere Grausamkeit aus und es war besser, wenn sie einen nicht in die Hände bekamen.

„Hast du gesehen?" fragte der Hauptmann, "die Scharfschützin hat danebengeschossen."
„Warum ausgerechnet Scharfschützin?"
„Bei denen arbeiten Frauen als Scharfschützen. Es heißt, sie sind Meisterinnen in Sportschießen."
Das war eine weitere Legende aus dieser Zeit. Die Scharfschützinnen aus dem Baltikum nannte man „weiße Strümpfe". In Wahrheit traf ich keinen einzigen Menschen, der sie selbst persönlich gesehen hätte. Alle Geschichten verwiesen auf dritte Personen; obwohl die Armeespäher später bestätigten, dass die Scharfschützen aus Litauen und Lettland fast ausschließlich Frauen waren. So oder anders, das ganze Territorium in der Gegend des Dubossarer Hydroeektrizitätswerks stand durch und durch unter dem Beschuss der Scharfschützen. Die „Feuernester" wurden offensichtlich auf der anderen Seite des Wasserspeicherbeckens, im früheren Sanatorium des Zentralkomitees der Kommunistischen Partei Moldawiens, gebaut. Deshalb sollte man auf dem Territorium, das genau gegenüber lag, der Erholungszone „Sonnenufer", besser nicht auftauchen. Es stand von zwei Seiten kreuz und quer unter Beschuss, vom Dnjestr aus und vom Dorf Kotschijery, das am gleichen Ufer noch an Dubossary grenzte. Einmal versuchten wir hinzukriechen, konnten jedoch nicht mal den Kopf anheben. Wahrheitsgemäß hatte Sascha Chartschenko, der TASS-Korrespondent (seinerzeit Verlautbarungszeitung der Regierung), mich als Schuldigen ausgemacht. Ich prunkte mit einer damals modernen Baseballkappe mit der Aufschrift „BOSS", genau auf sie verwies er.
„Wenn sie deine Aufschrift sehen, denken sie sogleich, dass du der Oberbefehlshaber bist und fangen zu schießen an. Dir macht das nichts", sagte er und maß mit seinen Blicken erneut meine dürre Figur. „Wenn du dich seitlich stellst, trifft dich kein Scharfschütze. Aber normale Menschen", er streichelte über seinen tüchtig vorstehenden Bauch, „müssen für dich einspringen".

Alle Fenster und Türen in den Datschen (Gartenhäuschen) der Erholungszone waren von Geschossen und Granatensplittern durchschlagen. Wo, wenn nicht hier, schien es, auf einem

Territorium, das zur Ruhe gedacht war, sollte kein Krieg sein. Aber er war da. Freilich, was war schon eine Erholungszone? Die moldawische Artillerie schoss aus allen Rohren auf das Elektrizitätswerk, und einige der Transformatoren waren bereits zerstört. Aus ihnen floss in den Dnjestr ein echtes Gift – die Transformatorenflüssigkeit. Und das war Oberwahnsinn. Das konnte ich nicht verstehen. Es ging gar nicht darum, dass dieses Wasserelektrizitätswerk nicht nur die transnistrische Region, sondern ganz Moldawien mit Strom versorgte. Wenn der Staudamm dem Beschuss nicht standhalten würde, würden mehrere Dutzend Orte zwischen Dubossary und Odessa von den Millionen Tonnen Wasser vom Erdboden heruntergespült worden.

Oben, auf der Anhöhe, gegenüber dem Staudamm richtete sich der Stab der Verteidigung ein, gleich neben ihm – der Stolz der transnistrischen Verteidigung, das sogenannte „Panzerfahrzeug". Die hiesigen Handwerker hatten einen Kipper des Werkes KRAZ kurzerhand mit zwei Schichten Stahlblättern versehen, nannten ihn „Aurora" (er hatte tatsächlich Ähnlichkeit mit dem berühmten Kreuzer der russischen Revolutionszeit) und hielten diese Panzerung für undurchschlagbar. Ob es tatsächlich so war, konnte man meines Wissens nicht herausfinden – der Panzerwagen war an keinen ernsthaften Gefechten beteiligt. Er stand einfach auf der Anhöhe zur Abschreckung des Feindes.

Nicht der Panzerwagen erstaunte einen, sondern die Aufschrift, die auf seiner Seite mit weißer Farbe angebracht wurde: „Du sollst nicht töten!" Sie wirkte pervers in den Händen von Räubern und Mördern. So etwas gab es in keinem anderen Krieg. So etwas kannte die Geschichte nicht. Sie verkehrte die Bedeutung von Krieg. Sie zeigte genau an, wer hier das Opfer war. Aber man sah sie vom anderen Ufer nicht.

Aus einem Gespräch mit Mary:
„Heute, an der Wiege des zwanzigsten Jahrhunderts, stürzt sich die Welt immer deutlicher, mit verzweifelter Freude in die Arme von Nietzsches Zarathustra. Obwohl, Nietzsche selbst war kalt und präzise: Zarathustra beugte sich zu dem Heiligen und sagte: Besser lassen Sie mich von hier so schnell wie möglich gehen,

damit ihnen nichts weggenommen wird. – Und so trennten sie sich voneinander, der Alte und der Mann, lachend wie zwei Kinder. Aber als Zarathustra allein war, sagte er in seinem Herzen: ‚Ist es möglich? Dieser heilige Mann in seinem Wald hat noch nicht gehört, dass Gott tot ist?'

Vielleicht ist auch in uns Gott noch nicht tot. Wirklich stirbt er in uns erst heute. Aus all unserer Unruhe, all den Qualen und Leiden – aus dem nicht erkannten Scherz. Gottes Agonie. Es geschieht unter dem schönen Chorgesang, beim Bau von Kirchen, Moscheen und Synagogen, bei Gebeten mit Zittern in den Händen vor Räubern und Mördern. Wir leben in postnietzeanischen Zeiten oder schon – in der post-menschlichen?

Im Spätherbst des letzten Sowjetjahres fuhr ich in einer langen Busfahrt vom Moskauer Stadion „Dynamo" zu einer halbzerfallenen Kirche, in der mich der Pater Dmitrij Smirnov erwartete. In seiner Kammer, die damals viel mehr an ein Lager, denn an die Unterkunft eines Geistlichen erinnerte, fragte Vater Dmitrij plötzlich:

‚Wissen Sie, weshalb das Volk Israels das auserwählte Volk war?'

‚Weshalb?'

‚Weil die Juden als Erste verstanden haben, dass man einen Menschen nicht zerstückeln darf, wie eine Tomate.'

Ein einziger Gott wohnte ab da in uns zusammen mit den Geboten Moses. Zuallererst das Wichtigste: „Du sollst nicht töten". Genau das war es, was ich so unerwartet auf der Seite des transnistrischen Panzerwagens entdeckte. Aber versuchen Sie heute ‚Du sollst nicht töten!' laut auszusprechen. Man wird sie sofort für verrückt halten. Man wird Ihnen erläutern, wer als Erster angefangen hat, wer Unterstützung leistete, wer retrospektiv, wer reaktionär ist, wer leben darf – und wer nicht. Der Mord wird mit computerypischer Genauigkeit und zugleich computeruntypischen Hitze untermauert. In Kischenev wird man ihnen im Nu erklären, dass es einfach notwendig war, Transnistrien mit Leichen zu bedecken, weil sich dort Separatisten, „Okkupanten" festgesetzt hätten. Ähnliche Erklärungen werden sich auch an anderen Orten finden. In den russischen Weiten werden sich Menschen finden, die davon überzeugt sind, dass man Tschetschenien dem Erdboden gleich machen sollte. In Tschetschenien wird man zur Antwort nur kurz grinsen und neue Mädchen und Frauen abschießen, in einem neuen Budjennovsk oder Beslan (Orte tschetschenischen Terrors). Und dann wird die liberale Intelligenz die Terroristen als Helden bezeichnen, die für die Freiheit kämpfen. So als ob die Freiheit und der Mord nicht zwei Seiten einer Medaille wären. Die besten Menschen des Landes werden zu beweisen versuchen, dass man nur durch solche Überfälle den Krieg beenden kann. Noch ein wenig und sie sagen: „Durch den Tod den Tod ausbessern..."

„Warum habe ich darüber noch nie nachgedacht", brachte Mary nachdenklich heraus. „Du hattest einfach keinen Anlass. Um zu darüber nachzudenken, braucht man schwerwiegende Gründe."
Mary schaute mich aufmerksam und mürrisch an, gleichsam als versuche sie zu verstehen, ob ich sie mit diesen Worten beleidigt hätte. Offensichtlich fand sie keine Antwort und bat:
„Lies weiter."

Wir warteten das über die Umwege zu unseren Positionen anschleichende Auto mit Sanitätern ab, zogen der Frau ein übergroßes Soldatenhemd an und schickten sie los. Am nächsten Tag erfuhr ich, dass sie trotz allem überlebte. Sie überlebte, ihr Kind überlebte jedoch nicht. Es starb ungeboren. Es wurde, ungeboren im Krieg getötet. Es fiel tapfer im Kampf um die Heimat. So sagte man früher. Früher, als man für die Heimat starb. Aber es wusste noch nicht, was Tapferkeit ist. Es wusste nicht, was Heimat ist. Es wusste nicht, was Leben ist. Es erfuhr nur den Tod.

II Tod eines Pioniers

Ich lag im strategischen Graben, mit der Nase im Dreck, und über mir knallten die Salven der Automatischen und zischten über die Rebstöcke verwilderter Weinberge. Von Zeit zu Zeit unterbrach das herzzerreißende Gekreische der „Alazan" das „Rat-Rat-Rat" der automatischen Waffen, die, Gott sei Dank, irgendwo weit hinter dem Rücken explodierten. Bis zu dem Graben, in dem sich die Gardisten festsetzten, waren es etwa dreißig Meter. Aber es war unmöglich, sie zu erreichen.

Vorne, etwas weiter links von dem Platz, an dem ich lag, versuchten die Gardisten und Kosaken den Angriff der zehn Panzerwagen und eines Bataillons der moldawischen Polizei abzuwehren, die der Koschnizer Exerzierplatz in das Weizenfeld spuckte.

Der Krieg um diese Straße, die Tiraspol mit dem von zwei Seiten blockierten Dubossary verband, wurde schon lange geführt. Die Scharfschützen vom rechten Ufer schossen nicht nur auf die Autos, sondern auch auf die Fahrradfahrer und auf die Fußgänger. Doch auch das reichte offensichtlich nicht. Dann wurden Landungstruppen in die Dörfer Koschnitza und Dorozkoe auf dem linken Ufer ausgesetzt. Die moldawische Armee ging zu direktem Angriff über, sie versuchte um jeden Preis den Weg abzuschneiden und den Ring um Dubossary zu schließen.

Noch als wir aus Tiraspol herausfuhren, nahmen wir in unserem Mikrobus eine alte, halbblinde Frau auf, die am Straßenrand auf eine Mitfahrgelegenheit per Anhalter wartete. Die Alte wehklagte die ganze Zeit in einer halbrussischen-halbmoldawischen Sprache. Mit Mühe verstanden wir, dass sie sich auf diesen nicht ungefährlichen Weg gemacht hat, weil heute in Grigoriopol ihr Neffe Vladimir Zinja beerdigt wird. In letzter Zeit hatte er in Bendery als Ingenieur gearbeitet. Aber er wurde von moldawischen Freiwilligen entführt, die zuhauf an der Stadt-grenze herumstreiften. Die Verwandten bekamen ihn bereits tot und entstellt.

„Nicht mal unter Hitler hat es so etwas gegeben", weinte die alte Frau. „Die Menschen werden gefoltert, verbrannt. Unsere Kirche ist von einem Geschoss getroffen, jetzt können wir nirgends beten."

Nach jedem zweiten Wort wiederholte sie: „Wo bist du, Gott!" und schimpfte unbarmherzig über Moskau und alle Moskauer Führer, die ihre Erde zur Schändung freigaben. Wir erklärten ihr lange, dass Moskau jetzt die Hauptstadt eines anderen Staates sei, und für die „Führer" dort schicke es sich nicht, sich in fremde Angelegenheiten einzumischen. Aber die Alte verstand trotzdem nichts. Sie wollte nicht wissen, dass die Antarktis in Eisberge zerbrochen ist, sie lebte weiter in dem einem Staat, sie würde auch darin sterben.

Nachdem wir die Frau in Grigoriopol absetzten, kamen wir durch den nächsten Patrouillenposten in die gefährlichste Zone. Vor uns lag die Koschnizer Weiche. Gleich hinter der Kurve bremste der Fahrer scharf, er spürte, dass etwas nicht stimmte. Als ich mich nach links drehte, bemerkte ich gleich, dass von der Flussseite der Staub in dichten Wolken aufstieg – Panzerfahrzeuge attackierten. Und sogleich feuerte der erste mit seinem großkalibrigen Maschinengewehr.

„Weg mit dem Auto!", schrie der aus dem Graben hervorlugende Gardist.

Wir waren verwirrt.

„Weg mit dem Auto, ...zum Teufel nochmal!"

Kaum war das Auto weg, schon begann der Kampf. Die Panzerfahrzeuge begannen eine Stirnattacke auf den Weg, zerschnitten mit den Geschossen der großkalibrigen Maschinengewehre die Bäume und Sträucher. Auf die Maschinen „klebte" sich die Infanterie. Der Angriff wurde von dem Pfeifen der „Alazan" und dem seltenen, unverkennbaren Gekrache der Granatwerfer begleitet. Sehr interessant war, dass all das nicht zu einer einheitlichen, in Büchern beschriebenen Kampfmusik zusammenschmolz. Jedes Geschoss, jede Salve erklang einzeln, deutlich spürbar, und sie schienen alle ganz genau an den Platz gerichtet zu sein, an dem ich lag. Dabei ließ die Furcht langsam nach. Andere Instinkte nahmen überhand. Ich spürte, dass irgendwo in der Tiefe des Bewusstseins ein Selbstmordeifer geboren wurde.

Ich sah mich um. Eine Handvoll Gardisten aus dem vorderen Graben drückte mit wenigen Automatensalven die feindliche Infanterie an die Panzerhaut. Plötzlich sprang ein kleiner, stämmiger

Mann mit einem Granatenwerfer hinter der Erdaufschüttung hervor und lief in kurzen Stücken, sich ab und an niederwerfend, den Panzerfahrzeugen entgegen.
Als er näher kam, legte er sich in Deckung. Es erklang ein Schuss. Das erste Panzerfahrzeug fing Feuer. Noch ein Schuss – das zweite Fahrzeug stockte und rauchte. Die Soldaten flogen von der Panzerhaut. Der dritte Schuss – und das Panzerfahrzeug drehte sich um sich selbst und erstarrte. Dann wurde alles ruhig. Nach dem Verlust von drei Fahrzeugen und etwa zehn Männern zogen sich die Angreifer nach Koschnitza zurück.

Rechter Hand stach ein merkwürdiges Gebilde ins Auge – ein Werk der sowjetischen park- und wegeverschönernden Kunst: ein Pionier aus Gips, der eine Taube in der Hand hielt. Genauer: der früher eine Taube in der Hand gehalten hat. Wenig später erzählten die sich hinter der Statue in einem Graben versteckenden Gardisten, dass die Scharfschützen als allererstes die Taube aus der Hand des Pioniers abgeschossen hätten. Dann begannen sie, auf den Kopf zu zielen. Aber die Gardisten waren fest entschlossen, das Gipskunstwerk zu retten und setzten dem Pionier einen Helm auf. So stand er nun – ohne Hand und ohne Taube. Aber mit einem Helm.
Ich sah mich noch einmal um und erreichte in kurzen Läufen den Graben. Die vier tapferen Verteidiger des Gipsgebildes – Oleg, Vadim und zwei Andrej's waren unversehrt. Nur der Pionier verlor auch seine zweite Hand.
„Jungs, ich habe nichts verstanden. Wie fing es an?"
Sie zuckten einhellig die Schultern.

Wie fängt es überhaupt an? Wo nimmt der Wahnsinn seinen Anfang? Denn um eine automatische Waffe in die Hand zu nehmen und jemanden umzubringen, muss man etwas Wichtiges im eigenen Inneren überschreiten, über die Barriere des verbietenden Bewusstseins, über die Angst vor Gottes Gericht hinausschreiten! Über das eigene Leben, letztendlich.
Dafür aber, wenn nach einigen Anstrengungen das wichtigste Verbot weggeworfen ist, sind die Ursachen bedeutungslos. Es befreit sich eine Kraft, dunkel, aus der Tiefe, die sich bis zum gewissen Zeit-

punkt verborgen hielt, eine getriebene, verfolgte, letztlich amnestierte. Wenn früher Töten unmöglich war, dann wird es nun unmöglich, nicht zu töten. Wenn das Überschreiten unmöglich war, dann wird es unmöglich, nicht zu überschreiten. Man schießt auf dich, und du musst schießen. Du wirst getötet, und du sollst töten. Das Bewusstsein fließt nun in einem neuen Beet, und das alte, in dem sich all die inzwischen unnötigen Verbote befinden, wächst mit Algen und Wasserpflanzen zu und verdunstend kehrt zu Gott zurück – bis zu erneutem, reinigendem Regen. Der Mensch verschwindet – es bleibt nur ein Anhang von einem Automaten, der Krone der Zivilisation.

Wie fing es an? Waren die Freiwillige der Anfang, damals im November 1990, die von dem damaligen Premierminister Moldawiens Mirtscha Druk geschickt wurden, als sie die ersten drei Stadtbewohner töteten?

Aber stand am Anfang tatsächlich ein Geschoss?

Waren die Politiker der Anfang, nicht wissend, was sie tun, die sich an der Zuckerbüchse der Macht festbissen?

Aber stand am Anfang tatsächlich die Macht?

Tragödien haben niemals einen sichtbaren Anfang. Tragödien haben niemals vernünftige Gründe, weil sie direkte Folgen von Wahnsinn von irgendjemand sind. Der Wahnsinn ist immer grundlos. Er hat keine Ursache, sucht aber immer nach einem Vorwand, als Rechtfertigung für den Wahnsinn. Jedoch hat er keinen Anfang und kein Ende. Niemand kommt auf die Idee anzunehmen, dass die Ursache für den Ersten Weltkrieg, der zehn Millionen Menschenleben kostete, das Attentat auf den Erzherzog Ferdinand war. Das ist nicht die Ursache. Das ist die Rechtfertigung des Wahnsinns. Aber das, was offiziell für die Ursache gehalten wird, – die Umgestaltung der Einflusssphären, die Eroberung neuer Märkte – kann genau so wenig für eine gehalten werden. Weil kein Markt, keine Macht, keine Wirtschaft auch nur den kleinen menschlichen Finger wert ist.

Aber kann eine Tragödie ein Ende haben? Nein. Wie der Wahnsinn nie endlich ist. Diese zehn Millionen haben niemanden geheilt. Und schon zwanzig Jahre später wurde es notwendig, fünfzig Millionen zu vernichten. Und niemand ist zur Reue fähig. Hochmut als das Höchste. Wir eigneten uns Rechte an, die uns niemand gab. In den Ländern des Westens stellte man „eindeutig" fest, wer auf dem Balkan der Aggressor war, wer von zwei oder drei Nationalisten besser war und wer zuerst gebombt werden sollte. Die fünfzehntausend Toten in Kraina und zweihunderttausend Vertriebenen stimmten niemanden nachdenklich. Die Hälfte der USA, wenn man nach den letzten „Jubiläums"-Umfragen urteilt, ist bis heute darin sicher, dass die Bombardierung Hiroshimas völlig gerechtfertigt war. Deutschland hatte seine Reue für den Zweiten Weltkrieg noch nicht ganz beendet, schon hatte es die „Tornado" fertig gestellt – für die Bombardierung von Städten, die weit hinter seinen Grenzen liegen. Weil auch sie ganz genau wissen, wer Recht hat und wer nicht.

Wer leben darf, und wer nicht.

Der Zynismus der westlichen Beobachter in Transnistrien verblüffte. Ich hatte die Gelegenheit, mit einer der Gruppen herumzufahren, die von der UNO hierher abkommandiert wurde. Weder die zerbombte Schule in Grigoriopol, noch der vernichtete Kindergarten, noch die zerstörten Wohnhäuser konnten sie beeindrucken. Vielleicht beeindruckten sie sie, aber in den abschließenden Dokumenten spiegelte sich das nicht wider. Weshalb? Weil sie mit einer vorgefertigten Stanze im Kopf kamen. Weil die bunten Farben Transnistriens es nicht schafften, den schwarz-weißen Blick auf die Welt zu verändern.

Gute – Schlechte.

Demokraten – Kommunisten.

Die Besatzer – die Kämpfer für die Freiheit.

Und das Wichtigste dabei ist das:

Vorteil oder nicht gewinnbringend.

Dieser Streifen Erde, dessen Bevölkerung ihre Wurzeln nicht vergessen wollte, ihre Sprache, ihre Herkunft war unvorteilhaft. Sie widersprach den Plänen von jemandem. Jemand hat schon alles konstruiert, modelliert, ausgedacht, und wollte partout nicht die Realität anerkennen, nicht die echten Menschen, nicht ihre Kultur, nicht ihre Traditionen. „Da lachten die Götter!", so reagierte Kierkegard auf den Versuch Hegels, die Entwicklung des Lebens zu modellieren. Alles, was im Kopf erdacht wird, ist tödlich. Weil es keinen Bezug zum Leben hat. Nur zum Tod.

Die Apokalypse beginnt im Kopf.

Wobei, zuerst war das WORT. Dann wurde das Wort gestohlen, und man fing an, es klein zu schreiben. Und die, die kein Zeugnis ablegen durften, legten Zeugnis ab. Und die Betrogenen lauschten ihnen. Dann wurde das gestohlene und entstellte Wort zum Geschoss gegossen.

Mich interessierte die Nationale Frage. Es stellte sich heraus, dass die Verteidiger der Gipsstatue Menschen aus vier Nationen waren: Ukrainer, Bulgaren, Russen und Moldawier. Die bewaffneten Kräfte Transnistriens bestanden zu mehr als einem Drittel aus Moldawiern. Mehr als ein Drittel der umgekommenen Transnistrier waren ebenso Moldawier. Deshalb sind die ganzen Diskussionen über den nationalen Konflikt – ein Bluff. Es geht nicht um die Nation, vielmehr um das verletzte nationale Selbstbewusstsein der Gruppe der ansässigen Intelligenz und der Parteifunktionäre, die den Gedanken gebar, die Menschen nach den hier Verwurzelten und den Zugezogenen zu trennen. Wobei in Transnistrien auch die hier Verwurzelten – auch die Moldawier, die Russen, die Ukrainer, die Juden, die Bulgaren, die Deutschen und Vertreter vieler anderer Nationen die Zugezogenen waren. Das ist die Besonderheit aller früheren Novorossija-Gebiete. Genau deshalb war der Krieg kein Nationalkonflikt. Die Transnistrier sind absolut überzeugt davon, dass sie gegen Nationalisierung und Rumänisierung kämpften. Es ist unmöglich, sie vom Gegenteil zu überzeugen. Weil die Volksfront nach einer fast sofortigen Vereinigung mit Rumänien verlangte, weil die Nationalflagge, die Hymne und die territoriale Trennung Moldawiens absolut identisch zu denen von Rumänien wurden, und die Grenze zwischen diesen beiden Ländern längst offen war. Und das Wichtigste – in Transnistrien explodierten Bomben und Geschosse, die in Rumänien gefertigt wurden.
Die transnistrischen Moldawier hatten vor der Rumänisierung mehr Angst, als vor einem Brand. Nach dem verrückten Beschuss aus Raketen- und automatischen Gewehren in den Gräben bei dem Dorf Kopanka wollten die Moldawier der freiwilligen Abwehr, zu fünft mit nur zwei Automatischen bewaffnet, mich auf meine

unschuldige Frage, was sie so an der Rumänisierung erschreckt, beinahe erschießen.

„Frag du doch unsere Alten, was die Rumänen während der Besatzung anstellten! Sie waren schlimmer als die Deutschen. Die waren wenigstens Fremde, aber die Rumänen hielt man anfangs für die Unseren. Nun, die Unseren zeigten ihnen, wer wer ist.

Snegur und die anderen Leiter Moldawiens wurden nicht müde zu behaupten, dass sie ihre Volksangehörigen nicht im Stich lassen können, die auf der anderen Seite des Dnjestrs leben. Aber beinahe 90 Prozent der transnistrischen Moldawier stimmten bei der Wahl für die Unabhängigkeit von Moldawien, wofür sie auf der rechten Uferseite auch eine Bezeichnung erhielten – ein Wörtchen, das man bei Tschingis Aitmatov entlieh – Mankurten. Menschen also, die ihr nationales Gedächtnis verloren haben. Aber vielleicht erinnern sich die Moldawier an den unterschied-lichen Dnjestrufern an unterschiedliche Vergangenheiten?

Der cleverste im Graben war Oleg.

„Die Gäste müssen anständig empfangen werden", behauptete er und tauchte in einen extra ausgehobenen Ersatzgraben ein. Es stellte sich heraus, dass er dort vorgesorgt hatte: Spirituskocher, Teekanne, belegte Brote. Er goss uns Tee in die Metalltassen ein und teilte die mit Hirtenkäse belegte Brote aus, setzte sich auf eine leere Munitionskiste und war zum Reden bereit. Seine Kameraden fingen schon im Voraus aus irgendeinem Grund zu grinsen an.

„Höre dir an, was ich dir für die Zeitung erzähle. Wir haben hier einen Jakuten, einen Jäger. Er machte hier Urlaub und blieb hier hängen. Er hat erzählt, dass er das Auge eines Eichhörnchens aus Zweihundert Meter Entfernung trifft. Na, und wir sagten, beweise es, Wanja. Er nahm das Scharfschützengewehr, drehte es in den Händen, schaute durch das optische Visier und sagte: ich sehe nichts. Eure Optik, sagte er, brauche ich nicht mal geschenkt. Er schraubte das Visier ab, kletterte auf einen Baum und beobachtete das andere Ufer. Oleg zeigte auf den Dnjestr. Er schaute und schaute, aber es gab kein Eichhörnchen. Plötzlich sah er, wie ein Polizist dort aus dem Unterstand rausging, für kleine Jungs. Er zielte, und was denkst du? Er schoss ihn weg! Er hat sich am Strahl orientiert. Wir sagten, das zählt nicht, das war kein Eichhörnchen. Und er sagte: wo soll ich ein Eichhörnchen hernehmen? Zwei Andrejs und Vadim krümmten sich vor Lachen.

„Achten Sie nicht auf ihn", sagte Vadim. „Er füttert alle Journalisten mit diesen Märchen. Obwohl es Wanja, den Jakuten wirklich gibt. Vielleicht hat er auch jemandem was abgeschossen." Wieder lachte er.

„Was soll ich tatsächlich schreiben? Wofür kämpft ihr?"
„Für uns selbst. Schreiben Sie das. Ich habe hier ein Haus, zwei Kinder, eine alte Mutter. Und mit all den Kommunisten, Demokraten, Nationalisten kann fertig werden, wer schlau ist. Ich bin dumm. Mich interessiert das nicht. Ich habe ein Stück Land bei Vladimirovka, Weinberg, Birnen, Äpfel, eigener Wein. Meine Familie bringe ich durch. Sie sollen mich nur in Ruhe lassen. Und dass sie über uns lügen – sollen sie doch, wenn sie nichts Besseres zu tun haben.

Nach dem Gespräch mit den Gardisten fuhren wir weiter und bogen scharf in Richtung der unbefestigten Straße, die sich hinter den Weinbergen schlängelte. Wir schafften es nicht, auch nur zwanzig Meter weg zu fahren, als hinter uns ein langes scharfes Pfeifen ertönte, von einer ohrenbetäubenden Explosion unterbrochen. Wir sprangen aus dem Auto, warfen uns auf den Boden und blieben einige Minuten liegen. Als wir uns aufrichteten, sahen wir das leere Postament mit den aus ihm herausragenden Stahlstäben, etwa fünf Meter davon entfernt– Oleg. Er lag, die Beine unnatürlich angewinkelt, und drückte den Gipspionier an sich.

„Liebe Maria....die Welt, zu dessen Religion die nüchterne Berechnung und der eigene Vorteil wurden, wird nicht überleben. Und die Formeln, mit denen diese Welt vollgespickt ist, haben die Eigenschaft, ihre Erscheinung zu verändern, von einer zu anderen über zu fließen. So, wie es bei uns geschehen ist.

Ein Journalist, den ich sehr gut kenne, ein gutmütiger Kerl, muss ich sagen, der alle Kriege auf dem Territorium der Sowjetunion miterlebt hat, hat vor Kurzem lange versucht, mich davon zu überzeugen, dass der Sinn des Lebens heutzutage darin besteht, wer als Erster schießt. Wenn du nicht tötest, wirst du getötet. Er begriff die Voraussetzungen für das Überleben im Krieg und übertrug sie auf das friedliche Leben. Nicht im direkten Sinne, natürlich. Davon wird es aber auch nicht besser. Der Krieg gebar seine eigenen Anekdoten. Ein General bei uns liebte zu wiederholen: Gut lachen hat der, der zuerst geschossen hat. Aber das alles – ich wiederhole mich – ist für den Krieg. Und für den Frieden? Wenn du nicht stiehlst, wirst du bestohlen. Wenn du nicht mit allen ehrlichen und unehrenhaften Mitteln die Märkte eroberst, werden sie von den Anderen erobert. Es lohnt sich zu erinnern, wie sich die Lebensformel bei uns verwandelte. 1917 –„mir nicht, dir nicht". In der Zeit des „hochentwickelten Sozialismus" – „ich – dir, du – mir". Und heute: „wenn nicht du mich, dann ich dich".

Du siehst, liebe Maria, es kann vorteilhaft sein, jemanden zu töten. Wo ist die Grenze? Wer bestimmt sie? Der, der tötet? Heute wird dieses Postulat besonders anschaulich demonstriert. Aber am allermeisten erfreut mich die Sichtweise unserer eigenen Intelligenz von alldem. „Beruhigt euch", sagt man in ihrem bis extrem verarmten Umfeld. „Es war schon immer so. Dafür werden die Enkel unserer Neureichen normale, zivilisierte Menschen. Und alles wird wieder gut." Am meisten gefällt mir diese Passage über die Enkel. So als ob ich und all die Unglücklichen noch mindestens 100 Jahre vor uns hätten. Nichts wird gut. Das Kapital, das auf unehrliche Weise erworben wurde, das auf dem Blut von Hunderttausenden basiert, wird nicht wieder rein. Es wird als Fluch auf denen lasten, die es erben.

Die Unabhängigkeit, die mit Hilfe des Tötens erlangt wurde, mit Erniedrigung und Vernichtung von unschuldigen Menschen nach nationalem Merkmal, wird nichts Gutes bringen. Jetzt mag man bei uns das Zitat Josef Brodskij's: „die Diebe sind mir aber lieber, als die Blutsauger". Nutzlos. Die Diebe, das zeigt uns die Erfahrung, werden im Handumdrehen zu Blutsaugern, wenn nur die kleinste Gefahr dem von ihnen Zusammen-gerafften droht. Mir gefällt mehr Mandelstam:

„Wo schwimmt ihr hin? Wenn Helena nicht wäre.

Was braucht ihr Troja allein, ihr attischen Männer?"

Wie wahr. Lohnt es, ohne die Liebe als „Pfeilspitze der Kraniche über die fremden Schwellen" zu schwimmen, für irgendein Troja? Wer braucht es, dieses Troja? Zu Hause, als habe man die fremden Türme nicht gesehen? Aber dort war Helena. Dort war die Liebe.

Eines begriff ich nie und werde es offensichtlich nie begreifen: Wozu der Haufen dieses leblosen, seelenlosen Goldes? Aus Liebe zu Gold? Wer braucht Paris ohne den Louvre, ohne die Kathedrale von Notre-Dame, ohne die verliebten Paare an den Seine-Ufern? Vielleicht irre ich? Vielleicht liegt in den großen Vermögen etwas, was von sich aus die Seele erhöht? Aber nein, dort ist nicht Helena, dort ist die Lorelei. Aus dieser Untiefe kommen wir nicht mehr heraus.

III Der Duft der Jahrhunderte

Die Rückkehr

Geschichte lebt von Gerüchen. Oder – in den Gerüchen. Weil die Erinnerung allein nicht imstande ist, etwas zum Leben zu erwecken. Dafür holt die Erinnerung, die lange genug im schneidenden Aroma der Erde gezogen hat, solche geschicht-lichen Tiefen ins Leben zurück, die einem noch so gründlichen Historiker unzugänglich bleiben.

Staubige, unter der Julisonne schmachtende Weinstockblätter. Lethargische Steppe mit den kaum vor Hitze atmenden Kamillenblüten. Schläfrig reifende Pflaumen, durchdringende und laszive, wie die Augen eines jüdischen Mädchens. Der unbeschreibliche Geruch des Dnjestrwassers, berauschend und anziehend, in die Untiefen ziehend, die unvermittelte Kühle im Hintergrund des gluthitzigen Himmels. Der Dnjestr schleicht sachte über die Erde, er zeichnet Ruhe und Zugänglichkeit. Aber das ist eine Täuschung. Kaum schaust du auf, schon ist er hinter der nächsten Biegung verschwunden – du hörst deine eigene Stimme nicht mehr. Und nur der Geruch, immer dieser in der Luft gelöste Geruch lockt den von der Hitze erschöpften Wanderer, wie eine Fata Morgana in der Wüste. In Europa gibt es keinen geheimnisvolleren und unruhigeren Fluss. Er vollbringt mehr als 2000 Biegungen, so, als ob er noch immer nicht das richtige Bett für sich gefunden hätte. Nicht umsonst findet man auf seiner ganzen Länge die von ihm früher verlassenen Haffe, Tümpel, Seen, ins Nirgendwo führende Flußarme, von Tang und Algen bedeckt.

Wenn man ein Ohr an die Steppenerde drückt, kann man das Dröhnen der Kosakenkavallerie oder die siegesgewissen Ausrufe der Türken hören. Man kann das Glockengeläut der untersetzten, wachsamen altorthodoxen Kirchen und das kehlige Gemurmel hebräischer Gebete hören. Man kann das Pfeifen der tatarischen Pfeile hören und das Getöse russischer Feuerrohre vor dem Erstürmen der Benderyschen Zitadelle. Wenn man sich im Schilf des linken Ufers versteckt, und lange hinschaut, nicht atmend, ziehen vor unseren Augen ganz gewiss die übermütigen Ahnen vorbei, die

die steilen Felsen wütend hoch klettern, herunter stürzen, in dem Dnjestrstrudel ertrinken, in den Gräben voller übelriechenden, trüben Wassers.

Transnistrien wird von dem Geruch der Jahrhunderte regiert. Transnistrien wird vom Wind der Steppe, der die Sprachen der halben Welt phantastisch durcheinander gebracht hat, regiert. Wo sind die Politiker, wo sind die Eroberer, die imstande sind, diese Macht abzusetzen? Der Geruch der Jahrhunderte ist nicht zu besiegen.

An diesen Orten ging, wie es scheint, kein Krieg vorüber. Brandheiße, von den Südwinden getrocknete Steppe, zog von alters her wie ein Magnet alle möglichen Volksstämme an, die in der Nähe lebten oder umher streiften. Der schmale Streifen am linken Dnjestrufer wechselte in seiner Geschichte zwölf Mal seine Staatszugehörigkeit. Wer nicht alles hier war! Skythen, Genuesen, Polen, Litauer, Slawen, Türken, die Bewohner der Krim, die Bewohner von Zaporozhje – man kann sie nicht alle nicht aufzählen. Transnistrien oder nur die einzelnen Teile Transnistriens waren ein Bestandteil mal der Kiever Rus, mal von dem Osmanischen Reich, mal von Polnisch-Litauischen Staat. Jedoch, bei alldem Unterschied dieser Ländereien, ging eine faszinierende Besonderheit aus: hier ließ sich niemand dauerhaft nieder und niemand baute etwas. Niemand riskierte es, am Ort von ständigen Überfällen und Kriegen zu bleiben. Deshalb tauften die Kosaken der sogenannten Chan-Ukraine, die von Zeit zur Zeit diese Gegenden überfielen, die im ersten Viertel des XVI. Jahrhunderts als nördliches Transnistrien zu Polen-Litauen, als südliches offiziell zum osmanischen Reich gehörte,
Dikoje Pole, „das Wilde Feld".

Die Bewohner von Zaporozhje kämpften fortwährend mit den Türken um die Kontrolle der Handelsrouten, deshalb blieb das Wilde Feld nicht länger leer. Aber die Kosaken, obgleich ständigen Auseinandersetzungen mit den Budzhak-Horden, den osmanischen Türken, der polnischen Schlachta ausgesetzt, fühlten sich hier sehr wohl, glaubten sie doch, ihre Mission sei genau die Verteidigung slawischer Ländereien an der türkischen Pforte und dem polnischen Refugium.

Und das, ungeachtet der Schenkung des polnischen Königs Sigismund I. der Ländereien an der Dnjestr-Schwelle, links und rechts an beiden Dnjestr-Seiten, in ihren ewigen Besitz an die Kosaken, was die Entstehung der Saporoger Sitsch förderte. Aber der hochnäsige katholisch-polnische Adel war ihnen ebenso fremd. Zu allem Überfluss war er auch noch aggressiv, weil er beharrlich und stets versuchte, die Kosaken wie die ganze Chan-Ukraine zum katholischen Glauben zu bekehren. Nicht umsonst zogen nach der Vereinbarung der Brester Religionsunion, nach der die katholische und orthodoxe Kirchengemeinden auf dem Territorium des Polen-Litauens zu einer Religion verschmolzen, die Bauern und Kosaken von ihren Stammplätzen ins Wilde Feld, überquerten den Dnjestr und sogar den Prut.

Die Kosaken hatten nicht genug Kräfte, um an zwei Fronten zu kämpfen. Deshalb zogen sie sich nach mancher beeindruckenden Schlacht immer wieder zurück, in die Nähe ihrer Sitsch, leckten ihre Wunden und bereiteten sich auf neue Kämpfe vor. Nicht mal der siegreiche Befreiungskampf von Bogdan Chmelnizkij, als Ergebnis dessen das Bratzlawer Wojewodschaft und das Wilde Feld ihre Unabhängigkeit erlangten, löste die Probleme. Die Zborower Konvention wurde vom polnischen König unentwegt missachtet und die Tataren ließen sich das Vergnügen der Ausflüge in die östliche Steppen nicht nehmen.

Das Wilde Feld erinnerte an eine Braut kurz vor ihrer Hochzeit. Die Anspannung der Ungewissheit verließ diese Gegend nie. Unweigerlich musste ein mächtiger und starker Herrscher hierher kommen, um über das Schicksal dieser Ländereien zu ent-scheiden. Wenn schon nicht endgültig, dann für eine lange Zeit, damit niemand mehr Zweifel hatte, wem die Ländereien gehören.

Und das geschah am 1. Oktober 1653, als das Moskauer Landeskonzil beschloss, das Zaporozhje-Heer mit allen ihm gehörenden Ländereien ins Reich zu holen. So kehrte Transnistrien in den Russischen Staat zurück.

Zwischen Polen und der Türkei

Dennoch waren die Kriege mit den Polen und mit den Türken damit nicht zu Ende. Russland selbst war zu diesem Zeitpunkt noch ein schwacher Staat, mit keinen festgelegten Interessen. Es nahm die neuen Territorien in seinen Bestand auf, wusste jedoch noch ein ganzes Jahrhundert lang nicht, wie es mit ihnen verfahren sollte und war zufrieden damit, dass die Kosaken nach wie vor die Grenzen bewachten, wenngleich die vielmehr ihre eigene Freiheit verteidigten, als den russischen Staat.

Deshalb blieb das Wilde Feld weiterhin wild und verwüstet. Auf der ganzen Strecke zwischen Dnjestr und Dnjepr gab es praktisch keine nennenswerten Siedlungen. Wenn man der Handlung vorgreift, so kann man sagen, dass diese Ländereien in dem besagten Jahrhundert nur dreimal die Aufmerksamkeit der russischen Krone auf sich lenkten. Das erste Mal – nach der Schlacht von Poltawa, als der schwedische König Karl und der ukrainische Hetmann Mazjepa, der den russischen Zar Peter den Großen verraten hatte, versuchten, sich in der Festung von Bendery zu verstecken. Die Türken erwiesen sich als unnach-giebig und gaben Mazjepa nicht heraus, Mazjepa verstarb ohnehin bald ungeachtet dessen. Seine letzte Zuflucht fand er gleich neben Bendery in dem Dorf Varniza.

Zar Peter aber, der mit dem Krieg im Baltikum beschäftigt war, ließ sich die Situation in Transnistrien völlig aus der Hand gleiten. Die 1711 von ihm etwas unüberlegt geschickte Truppe Scheremetjew's traf auf deutlich stärkere Kräfte türkischer Janytscharen. In der Schlacht von Stalinestami wurde Scheremetjev geschlagen und Russland verlor wieder die Kontrolle über das Wilde Feld. Aber die List europäischer Politik, die Peter nicht ganz begriffen hatte, führte dazu, dass am Ende des russisch-türkischen Krieges das linke Dnjestr-Ufer... wieder Polen unter seine Kontrolle bekam. Natürlich wieder nur formell, denn in der Steppe herrschten die türkischen Horden. Offensichtlich waren die Polen keine Gefahr für die Türken – das Wichtigste war, Russland nicht zum Dnjestr zu lassen.

Der nächste Feldzug fand dann erst unter der Herrscherin Anna statt und war vom militärischen Gesichtspunkt aus deutlich

erfolgreicher. Die Streitkräfte des Oberbefehlshabers Minnich konnten 1738 zwar die Festung von Bendery nicht einnehmen, überquerten jedoch Dnejstr, verbrannten Soroki und Mogilevpodolskij, gewannen den Kampf bei dem Dorf Sinkowzy und strebten zum Prut. Im Sommer desselben Jahres wurde Hotin eingenommen, und die Avantgarde der russischen Armee rückte in Jassy ein.
Aber auch diese Siege führten zu nichts. Die Verbündeten Russlands, die Österreicher, schlossen hinter ihrem Rücken den Frieden mit den Türken und die transnistrischen Ländereien glitten wieder aus den russischen Händen.
Trotz allem begannen gerade in der ersten Hälfte des 18. Jahrhunderts sehr aufschlussreiche Ereignisse, die das spätere Schicksal der Region vorbestimmten. Der moldawische Herrscher Dimitrij Kantemir ersuchte bereits Peter den Großen um einen Anschluss an das russische Reich, um sich vor den Türken zu schützen. Mit der gleichen Bitte wandten sich die moldawischen Herrscher bereits vor Kantemir an Russland: in den Jahren 1656, 1674 und 1684. Doch jetzt wurde dies mit einem Vertrag legitimiert. Und obwohl die Türken die Vereinbarung vereitelten, zeigte die Tendenz deutlich: die Moldauer sahen ihre Zukunft ausschließlich als einen Teil des russischen Reiches. Und nach dem Feldzug Minnichs begannen die moldawischen Bauern massenhaft auf das linke Ufer überzusiedeln, ohne die Lösung auf der Staatsebene abzuwarten.
In der zweiten Hälfte des 18. Jahrhunderts unter Katharina der Großen wurde der russische Staat deutlich stärker und auch seine Interessen standen nun fest. Es wurde offensichtlich, dass er ohne das Schwarze Meer nicht länger auskam und folglich einen Krieg um die im Norden an das Schwarze Meer angrenzenden Ländereien, und mit ihnen auch um das Wilde Feld, führen musste. Das spürten auch die Türken, die keineswegs mit dem stärker werdenden Einfluss Russlands in diesem Gebiet einverstanden waren. Sie entschlossen sich den Geschehnissen zuvor zu kommen und begannen eine Reihe von Provokationen. Dem russischen Gesandten Obrezkov im osmanischen Porta wurde erklärt, dass die Kosaken das Stammgut des Khans Dubossary und das Dorf Balta in Brand gesetzt hätten, wodurch etwa 2000 Tataren und Türken ums Leben gekommen

seien. Obrezkov bestritt diese Tatsache so gut es ging und versuchte zu beweisen, dass das Dorf nicht Balta sondern Galta heiße. Und verbrannt worden sei es nicht von den Kosaken, sondern von den ukrainischen Gaidamaken. Dubossary aber kam niemand auch nur nahe. Aber er wurde zum Visier zitiert und wurde beschuldigt Russen würden ihr Unwesen in Podolien und Polen treiben. Man verlangte unter Androhung eines erneuten Krieges, alle Streitkräfte von dort zu entfernen. Weshalb, sollte man meinen, waren die Türken so besorgt um das Wohlergehen eines polnischen Gebietes? Die Antwort bot sich von selbst an: formell gehörte das Territorium Polen, de facto kontrollierten es aber die Türken. Für dieses Recht waren sie bereit zu kämpfen.

Die Provokation wurde zu Ende geführt. Obrezkov wurde verhaftet, was Katharina keine Wahl ließ, als zu kämpfen. Umso mehr, als 1769 zu der Zarin eine moldawische Delegation reiste und sie untertänig bat, sie ins russische Reich aufzunehmen.

Der Krieg mit den Türken wurde lange geführt und hatte wechselhaften Erfolg. Zuerst befehligte Fürst Golizyn das Heer, aber er kämpfte unglücklich, und Katharina setzte an seine Stelle den Grafen Rumjanzew ein, den Helden des Siebenjährigen Krieges. Rumjanzev gelang es, die Kampfhandlungen auf das bessarabische Gebiet hinüber zu bringen. Als die Türken zurückwichen, brannten sie alles um sich herum nieder, aber das rettete sie nicht. Im Sommer in der Budzhaj-Steppe wurde das 150.000 Mann starke Heer von Halil-Baj von der russischen Truppe aus 38.000 Mann restlos geschlagen. Die russischen Truppen erreichten Dunaj. Dort wurde dem Fürsten Potjemkin, unter dessen Führung damals General-Major Suvorov diente, Izmail übergeben. In derselben Armee kämpfte damals auch der zukünftige russische Oberbefehlshaber, damals noch Hauptmann, Michail Illarionowitsch Kutuzov. Dieser Kampf hatte entscheidende Bedeutung fürTransnistrien, weil sich die hier umherziehenden Tataren nach der Niederlage der Türken entzweiten und sich rasch von Porta zurückzogen. Zum Höhepunkt dieses Krieges wurde die Eroberung der Festung von Bendery. Noch heute beeindruckt der Blick auf diese Festung – vom anderen Ufer scheint sie völlig uneinnehmbar. Ihre hohen Mauern stürzen direkt in den Dnjestr, und jeder, der hätte übersetzen wollen, wäre sofort ein ungeschütztes Ziel gewesen. Die Festung wurde in der Nacht vom 15. auf den 16. September 1769 von der Armee des Generals Panin mit enormen Verlusten eingenommen. Ein Fünftel seiner Armee fand am Boden des Dnjestrs seine Ruhe. Das ganze wilde Feld erschien manchem wie verhext. Trotz glänzender Siege und der Tatsache, dass die Armee über die Donau und bis nach Bukarest vorgedrungen war, gelang es doch nicht Kuchuk-Kainardschi Transnistriens wieder für Russland zugewinnen.

Die Erschaffung Babylons

Jedoch bereits zehn Jahre vor dem entscheidenden Kampf um die Bug- und Dnjestr-Mündungen setzten unumkehrbare Veränderungen um das Wilde Feld ein. Erstens, bekamen die an das Schwarze Meer angrenzenden Ländereien den Namen des Gouvernements Novorossija *(Neurussland)*. Und obwohl die russische Grenze nicht am Dnjestr, sondern am Bug verlief, war es vollkommen klar, dass auch Transnistrien zu diesem historischen Begriff Novorossija gehören würde. Zweitens, begriff Russland endlich, dass ohne eine ständige ansässige Bevölkerung, ohne den Bau von Festungen, Siedlungen und Städtchen die Erschließung dieser Ländereien unmöglich sei. Fürst Grigorij Potjemkin, der später, nach der Eroberung der Krim, den Titel taurisch erhiel *(Taurisches Gouvernement hieß die Halbinsel Krim in Zaren-Rußland)*, fing an, Festungen zu bauen und die neuerworbenen Ländereien zu besiedeln. Drittens, statt der schlecht steuerbaren und kaum kontrollierbaren Kosaken-Setsch wurde aus Teilen der Kosaken die der Herrscherin treu waren, die Schwarzmeer-Kosakenarmee gebildet, die mit der Besiedlung der Grenzen des neuen Territoriums begann.

Deshalb waren die Mechanismen der Erschließung neuer Territorien bereits erarbeitet, als die russische Armee 1789 unter der Führung des damaligen General-Majors Michail Kutuzovs das linke Dnjestrufer von den Türken erkämpfte und Russland das Transnistrien nach dem Jassiner Frieden 1791 zu seiner ewigen Nutzung erhielt. Die Kosaken zogen mit ihren Siedlungen nach Westen und übertrugen ihre Hauptstadt an das linke Dnjestrufer in das Dörfchen Slobodzeja. Zügig wurde hier der erste russische Landkreis mit einem Zentrum in Dubossary gegründet. Um Dubossary herum lag eine große Zahl uralter Dörfer: Koschniza, Kotschiery, Dorozkoje, Malovatoje, Sleja, Korzhevo. Der Dubossarer Landkreis grenzte direkt an die nördlich liegenden Länder, die im Besitz des polnischen Fürsten Ljubomirskij waren.

Aber das Allerwichtigste war, dass die am 22. März 1764 erlassene Verordnung der Zarin Katharina einen „Plan zur Besiedlung des Gouvernements Novorossija" vorsah, der bestimmte, dass Transnistrien, genauso wie das gesamte an das Schwarze Meer grenzende Gebiet ein Vielvölkerland sein würde. Als erste, wie bereits erwähnt, siedelten hier die der russischen Krone treuen Kosaken. Parallel zu ihnen, bereits seit etwa der Mitte des Jahrhunderts, zogen russische Altgläubige aus den Moskauer, Kalugaer und dem Tschernigov-Gouvernement um, zu denen sich später, auf die Initiative des Fürsten Rumjanzev hin, sechseinhalb Tausend Altgläubige aus dem Fürstentum Moldau gesellten. Jedoch noch vor den Armeesiedlern ließen sich im transnistrischen Land die Altgläubigen nieder, die während der Herrschaft Peter I. und der Zarin Anna Ioannovna bereits hierher geflohen waren. Die letzten, die die russische Gemeinde hier vervollständigten, waren die amtlichen Bauern aus den Gouvernements Olonjezk, Tula, Kostroma, Vladimir und Jaroslavl. Die größte nationale Gemeinde dieser Zeit stellten die Malorossen – „ Kleinrussen" aus den Landkreisen Kiev, Poltava und Podolsk. Noch im Jahr 1723 tauchten die ersten Serben und Ungarn im Süden Transnistriens auf. Und seit 1752 – die Bulgaren. Die orthodoxen Bulgaren, übrigens, genauso wie die Serben, flohen hierher vor den Türken und kamen hier in zwei Etappen an: 1752-1753 und im Jahr 1795 dann über Cherson und Odessa.

Vor Türken flohen auch die Moldauer – zunächst, wie gesagt, chaotisch, nach ihrem individuellen Ermessen. Darüber hinaus erhielten 26 moldawische Adlige, die die russische Staatsangehörigkeit annahmen, im Jahr 1792 nach einem Erlass Katharinas der Großen hier aufgrund von nun gesetzlichen Grundlagen Ländereien.

Im Jahr 1784 ersuchten Armenier aus Kumyz, Kubaner Hinterland und Kabardinien die russische Regierung um russische Staatsangehörigkeit und die Erlaubnis, auf dem transnistrischen Gebiet siedeln zu dürfen. Sie erhielten diese Erlaubnis. Mehr noch, speziell für die Armenier wurde ein Städtchen am Dnjestr-Ufer gebaut – Grigoriopol.

Ungefähr zur gleichen Zeit fingen die polnischen Juden, die Karaim-Juden und Talmud-Juden an, nach Novorossija und Transnistrien überzusiedeln. Interessanterweise betrieben sie hier nicht nur Handel oder übten Handwerk aus, sondern gründeten landwirtschaftliche Kolonien, die ziemlich erfolgreich wirtschafteten, bis ein Erlass veröffentlicht wurde, der den Juden verbot, Land zu besitzen und in den landwirtschaftlichen Gebieten zu siedeln. Gesondert sollte man erwähnen, dass die Übersiedlung der Juden erst dann statt fand, als Katharina die Zaporozhjer Setsch in diesem Gebiet abschaffte, die für ihre antisemitische Einstellungen bekannt war.

Deutsche, Schweden, Korser und Franzosen gründeten in etwa gleichem Zeitabschnitt ihre Kolonien auf dem linken Dnjestr-Ufer. Im Norden, in den früheren Ländereien des Fürsten Ljubomirskij hielten sich Polen auf. Das nationale Bild krönten die vom rechten Ufer übersiedelten Roma- und Sinti-Stämme. Wobei der Begriff „übersiedeln" wohl eher ungenau ist, sie zogen einfach um. Und weil sie ihre nomadische Lebensart nicht veränderten, setzen sie ihr Umherziehen nun über die gesamte Novorossija-Weite fort.

Auf diese Weise kam auf dem Gebiet Transnistriens in der zweiten Hälfte des 18. Jahrhunderts eine einmalige Vielvölker- und Mehrkonfessionen-Gemeinde zusammen, die praktisch keine Analogien hatte. Russische und ausländische Beobachter unterstrichen beständig, dass sich eine solche Vielfalt der Volksstämme, die sich auf einen solch schmalen Streifen Land konzentrierte, nirgends sonst in der Welt vorfände. Dabei erteilte die Zarin nur die Erlaubnis zur Siedlung, alles andere erledigten die Menschen vor Ort selbst. Sie teilten die wirtschaftlichen Einflussgebiete praktisch konfliktfrei unter sich auf. Die Russen und Armenier bauten. Die Juden betrieben Kleinhandwerk und Handel. Deutsche, Ukrainer und Bulgaren zogen es vor, Getreide anzubauen. Und weil alle, die hierher kamen, ihr Schicksal selbst wählten, so wählten sie auch die Sprache für die Zusammenarbeit und die gemeinsame Kommunikation selbst – die russische. In der ganzen Zeit der Existenz Transnistriens wurde hier kein einziger zwischen-nationaler Konflikt registriert. Darüber hinaus begann hier auf der Basis der russischen Sprache die gegenseitige Durchdringung aller mitgebrachten Kulturen, die eine einmalige südrussische Subkultur und einen ebenso einmaligen Subethnos formten, oft unverständlich für Fremde. Tatsächlich war es schwer nachzuvollziehen, wie evangelisch-lutherische Deutsche, Talmud-Juden, orthodoxe Russen und grigorianische Armenier eine nationale Einheit bilden konnten.

Aber genau das ist geschehen. Es geschah bei einer vollständigen Erhaltung aller Sprachen: der russischen, bulgarischen, der jiddischen, der moldawischen, ukrainischen, deutschen und bei vollständiger Erhaltung der Konfessionen und der nationalen Traditionen und Besonderheiten. Die Menschen schafften es einfach auf eine wundersame Weise, dies alles zu einen. Im transnistrischen Gebiet entstand ein neues Babylon. Aber ein Babylon „andersherum" – die geteilten Sprachen fanden für sich eine sie einigende Sprache, ohne die eigene zu verlieren.

1992, inmitten des Krieges zwischen Transnistrien und Moldawien, verstanden die Zugereisten nicht, warum das Tiraspoler Radio die Nachrichten in vier Sprachen sendete: in russischer, ukrainischer, moldawischer und in Jiddisch. Weil das hier die Norm war! Sie verstanden nicht, warum die hier lebenden Moldauer sich weigerten, sich als Rumänen und ihre Sprache als die rumänische zu bezeichnen, während ihre Stammes-angehörigen auf dem anderen Dnjestr-Seite es taten, nicht wirklich gern, aber auch ohne großen Widerstand. Weil die links-dnjestrische Moldauer längst ein Teil des Novorossijaethnos geworden waren, der sich an Russland orientierte und sich nicht mit den Rumänen identifizierte. Und das ungeachtet der identischen Sprachen. Umso mehr, weil man sie in Rumänien nicht für Rumänen hält. Für vollwertige Rumänen werden dort nicht mal die aus Bessarabien stämmigen Moldauer gehalten, was auch in der Dauer der zweiundzwanzig Jahre bestätigt vollständig wurde, in der Bessarabien ein Teil Rumäniens war.

Unter rumänischer Fahne

Jede Gewalttat, die mit der Expansion von Kultur, Sprache oder Religion, oder mit einer künstlichen Veränderung der ethnischen Zusammensetzung der Bewohner des einen oder anderen Territoriums zusammenhängt, führt zu einer Tragödie. Wenn nicht zu einer unverzüglichen, dann zu einer aufgeschobenen. Sie finden später statt, wie eine Mine mit verzögerter Wirkung. Nur eine freiwillige, kreative Zusammenarbeit der unterschiedlichen nationalen Kulturen ist imstande, zuweilen völlig unerwartete, jedoch lebensfähige Früchte hervor zu bringen. Transnistrien wurde zwar mit den Bruchstücken, jedoch mit den Bruchstücken von sehr alten und folglich historisch weisen Völkern besiedelt. In der Regel stellen die gefährlichsten Nachbarn für solche die verhältnismäßig jungen Staaten dar. Sie sind noch nicht mit der jahrhundertelangen Staatserfahrung belastet, noch nicht fähig, ihre Grenzen abzustecken; unterdrückt durch jahrelange Besatzung und deshalb unüberlegt über den Rahmen ihres eigenen nationalen Körpers hinaus strebend – so wie ein schnell wachsendes Kind aus den viel zu kurz gewordenen Hosen hinausstrebt.

Rumänien wurde zu einem Staat mit genau dieser Bezeichnung erst im Jahr 1862, nach der Fusion von Walachei und Moldowa, die sich auf dem westlichen Ufer des Prut befanden. (Übrigens, das heutige Gebiet zwischen Dnjestr und Prut, das sich Moldowa nennt, ist es nicht. Es ist Bessarabien. Das Fürstentum Moldowa befand sich ursprünglich im Nordosten des heutigen Rumäniens und zu einem Teil im Norden Bessarabiens.) Es war Russland zu verdanken, das in diesem Zusammenhang eine Reihe geheimer Abkommen mit Österreich-Ungarn und England schloss. Russland erreichte auch die vollkommene Unabhängigkeit Rumäniens 1878, als es darauf bestand, dem neu gegründeten orthodoxen Staat das Norddobrudzha und die Inseln des Donaudeltas anzuschließen.
Aber es vergingen keine fünfzig Jahre, da „bedankten" die Rumänen sich bei ihren Wohltätern und Verbündeten im ersten Weltkrieg, indem sie zuerst die Front offen ließen und danach mit der Annexion Bessarabiens begannen. Zu diesem Zweck wurde in Kischenev

der Rat des Landes gegründet ("Sfatul Zerij"), der zunächst seine Unterstützung der russischen Übergangsregierung bekundete und ausrief, dass er sich die Existenz Bessarabiens außerhalb der Russischen Republik nicht denken kann. Der Rat wurde faktisch ohne die Mitwirkung des Volkes geschaffen. Von den 120 Sitzen in „Sfatul Zerij" wurden nur 30 an Bauern verteilt und keiner an die Arbeiter. Die restlichen Sitze wurden unter Militärfunktionären und Beamten aufgeteilt.

Unter den ersten Handlungen des Rates finden sich das Verbot von Protestaktionen, von Demonstrationen und Zusammen-künften sowie das Ausrufen von sich selbst als einzige legitime Macht der Region. Am 2. Dezember 1917 wurde die Gründung der Moldawischen Volksrepublik innerhalb Russlands erklärt. Nach und nach wurden alle unbequemen Abgeordneten aus dem Rat entfernt und so der Weg für eine rumänische Okkupation frei gemacht.

Man muss sagen, dass der „Sfatul Zerij" sogar in dieser „durchsiebten" Zusammensetzung die Wiedervereinigung mit Rumänien nicht unterstützte. Aber seine Führung achtete nicht darauf. Letztendlich überquerten die rumänischen Streitkräfte am 6. Januar 1918 den Prut und eröffneten Kampfhandlungen gegen Russland. Die Zusammenkunft der moldawischen Bauern, die das Hinausführen der rumänischen Armee verlangte, wurde einfach zusammengeschossen. Außerdem wurden auch die Abgeordneten erschossen, die genauso gegen die rumänische Besatzung eintraten.

Trotz seiner damaligen Schwächte schaffte es die Rote Armee im Februar 1918, die rumänische Armee gleich an zwei Frontabschnitten zu zerschlagen: an der Stadt Rezin, das sich genau gegenüber (über den Dnjestr) der Stadt Rybnizy befindet, und unweit von Bendery bei dem Dorf Kizkany. Nach diesem Sieg wurde ein Friedensabkommen unterzeichnet, nach dem Rumänien sich verpflichtete, binnen zwei Monaten seine Armee auf Zehntausend Mann zu reduzieren und sich auf dem bessarabischen Gebiet nicht mehr blicken zu lassen. Aber, kaum war diese Frist verstrichen, ließen die Rumänen die deutsche Armee, mit der die Rote Armee zum damaligen Zeitpunkt nicht kräftig genug war zu kämpfen, durch ihr Territorium hindurch,.

Im Ergebnis traf der auf 46 Abgeordnete gekürzte „Sfatul Zerij" die Entscheidung über den Beitritt zu Rumänien. Dabei bekam Bessarabien (das heutige Moldawien) gar keine Autonomie, und folglich – keine Staatlichkeit. Diese Entscheidung wurde schon im Oktober 1920 in Paris bestätigt.

An den Gesprächen nahmen England, Frankreich, Italien, Japan und Rumänien teil. Sowjetische Vertreter nahmen an den Gesprächen in Paris nicht teil, deshalb war es vollkommen natürlich, dass Russland und die Ukraine mit dieser Entscheidung nicht einverstanden waren.

Um etwas vorzugreifen, muss man feststellen, dass das Pariser Protokoll mit dermaßen groben Verstößen gegen das internationale Recht angenommen wurde, dass sogar die Teilnehmer selbst – die Japaner – es nicht ratifizierten. Man erkannte es auch in einer Reihe europäischer Länder sowie in den USA nicht an.

Das gewaltsame Herausreißen Bessarabiens aus Russland war so offensichtlich, dass Rumänien die internationale Unterstützung verloren hatte. Daher rief die Rückführung Bessarabiens in den Bestand der damaligen Sowjetunion 1940 keinerlei internationale Reaktionen hervor – ganz im Gegensatz zu der Besatzung Baltikums. Mehr noch, selbst der königliche Senat Rumäniens verabschiedete am 27. Juni 1940 den Beschluss über die Rückgabe Bessarabiens an die Sowjetunion.

Man kann jedoch annehmen, dass dieser Beschluss erzwungen wurde. Das faschistische Regime Antonesku hatte nicht vor, irgendetwas zurück zu geben. Mehr noch, im Umfeld der rumänischen Militärführung wurden die Pläne zur Besatzung Trans-nistriens (östliche Ländereien zwischen Dnjestr und Bug) ausgetragen. Das bestätigte sich genau ein Jahr später, als die rumänischen Streitkräfte gemeinsam mit der Wehrmacht Hitlers den Prut überqueren. Aber zu diesem Zeitpunkt konnte sich Rumänien als Hitlers Verbündeter der Vereinbarung, die Molotov und Ribbentrop schlossen, nicht verweigern. Darüber hinaus könnte man leicht annehmen, dass der Diktator Antonesku und der König Michail über die Pläne Hitlers informiert waren. Deshalb begann die rumänische Administration, gleich nachdem sie und die rumänische Armee Bessarabien verlassen hatte, mit den Vorbereitungen des Kriegs – der genau ein Jahr später losging.

Aber die sowjetischen Streitkräfte, die den Dnjestr überquerten, trafen auf keinerlei Widerstand. Die Bevölkerung von Belzy, Bendery, Ackermann und sogar Kischenev empfing sie mit Blumen, und das ist der beste Beweis dafür, dass man es nicht schaffte, aus den Bewohnern Bessarabiens Rumänen zu machen.

Freilich, gab es ein solches Ziel überhaupt? Den zahlreichen Dokumenten und den Zeugenberichten nach zu urteilen, verhielt sich das Regime Antonesku zu Bessarabien wie zu einer Kolonie und zu seinen Bewohnern wie zu einem versklavten Volk. Aber, um keine unbewiesenen Behauptungen aufzustellen, möchte ich ein interessantes Dokument anführen: „Die Auszüge aus dem Memorandum der Gruppe bessarabischer Senatoren und Abgeordneter an den König Rumäniens Ferdinand I". Es ist auf Juli 1924 datiert. Das Interessanteste ist, dass das Dokument unter anderem von fünf ehemaligen Abgeordneten des „Sfatul Zerij" unterschrieben wurde (seinen Vorsitzenden K. Stere und Sekretär I. Buzdugan eingeschlossen, aus dessen Händen Rumänien faktisch Bessarabien erhielt). Hier sind diese Auszüge:

„Sir!
Wir hier unterzeichnenden Senatoren und Abgeordnete, insgesamt 29 Vertreter aus der Gesamtzahl der in das Parlament Bessarabiens Gewählten, die somit eine Mehrheit der gewählten Vertreter dieser Provinz im Parlament bilden und somit die Einzigen sind, die das Recht haben, in ihrem Namen zu sprechen, fühlen uns in der Pflicht, als Bevollmächtigte unseres Volkes und als seinem Land und der Krone treuen Bürger, Ihre Hoheit über die verzweifelte Lage in Kenntnis zu setzen, in der sich Ihre Provinz, die durch uns repräsentiert wird, befindet.

Nach unserem vergeblichen Bemühen, die Aufmerksamkeit Ihrer Hoheit auf uns zu ziehen – sowohl durch unsere Anträge im Parlament, als auch durch öffentliche Forderungen, denen sich Tausende bessarabische Bürger ungeachtet der harten Lage durch die Belagerung anschlossen – sind wir gezwungen, auf diesem Weg die Unterstützung der Krone, als Symbol der nationalen Einheit, zu suchen, denn das Verschweigen unter den heute entstandenen Umständen kommt der historischen Verantwortung vor einer nationalen Katastrophe gleich, die wir für unausweichlich halten, wenn der Sachverhalt keinen dringenden Veränderungen unterzogen wird.

Ihre Hoheit weiß, unter welch schweren Bedingungen für unser Land Bessarabien seinen Willen äußerte, ihr Schicksal mit dem Schicksal unserer ganzen Nation zu vereinen. Das bessarabische Volk sah in der Angliederung die einzige Möglichkeit für sich, sowohl für eine geregelte nationale Entwicklung, als auch für die politische Freiheit und soziale Gerechtigkeit zu sorgen.

… Selbstverständlich drückte das bessarabische Volk durch den Akt der Angliederung „sein Recht auf die freie Selbstbestimmung", das unvereinbar mit politischer Sklaverei ist, aus. … Zweifellos jedoch hat die Bevölkerung, die unter Zarenherrschaft für die sanftmütigste und die abhängigste im ganzen Imperium galt, nicht einmal erwartet, dass die Organe Rumänischen Staates, in das sie nach ihrem freien Willen eingetreten ist, mit ihr so grausam und sogar feindlich umgehen werden.

… Unglücklicherweise, Ihre Hoheit, regiert man Bessarabien seit sechs Jahren auf eine Weise, auf die es heute nicht mal mehr in den Kolonien Schwarzafrikas möglich ist. Unter dem Regime eines Notstandes, ohne irgendwelche Garantien und Rechte, im Verlauf von sechs Jahren durch illegitime „Übergangs-Kommissionen" regiert, ist Bessarabien heute hilflos geworden und befindet sich auf dem Weg der Liquidation der alten Dorfgemeinschaften, die sogar der zaristische Absolutismus anerkannte, und einzig diese gaben unserem Volk die Stärke, die jahrhundertelange Unterdrückung zu überstehen.

Angesichts der allmächtigen Bürokratie, die sich als verantwortungs- und kontrolllos herausstellte, nicht kontrollierbar durch das Fehlen der Organe der örtlichen Autonomie und Bürgerfreiheiten, bleibt die Bevölkerung ein fatales Opfer der Niederschlagung und Unterdrückung ohne die Rechte und Mittel eines legitimen Schutzes. Dies macht die täglichen Nötigung, Prügel und Verhöhnung möglich und lässt sogar Morde unbestraft, die von den offiziellen Behörden verübt werden.

Einzelfälle derartiger Exzesse seitens der Behörden, so schrecklich sie auch sein mögen, haben eine geringere Bedeutung als die gesamte Atmosphäre der Gesetzlosigkeit, Gewalttätigkeit und des administrativen Sadismus, die einen solchen

Druck auf die Bevölkerung ausübt, dass auch der harmloseste Bürger sich auf ewig der Willkür und dem Terror ausgesetzt fühlt...
Der sogenannte Bolschewismus in Bessarabien, wie auch der echte Banditismus, der in einigen Provinzen wütet, sind die direkten Folgen dieses besonderen Regimes, unter dem seit so langer Zeit diese unglückliche Provinz ihr bitteres Leben führt.

Kein Volk kann sich widerspruchslos einem Regime ergeben, unter kein einziges seiner Rechte anerkannt wird und keine Mittel für seinen gesetzlichen Schutz zur Verfügung gestellt werden.
Die sowjetische Regierung nutzte die starke Verärgerung der bessarabischen Bevölkerung über die Situation aus, in die es seit sechs Jahren durch das sie unterdrückende Regime gestürzt wurde, und konnte es sich so erlauben, ihre Forderungen auf dieses ureigene rumänische Gebiet aufzustellen.

Sir!
Wir, die dieses Memorandum unterzeichnenden, sind die von bessarabischen Volk Gewählten... Die meisten von uns repräsentierten unsere Provinz in allen Parlamenten, die nach der Vereinigung gewählt wurden, ebenso waren wir Teilnehmer des „Sfatul Zerij" und spielten die entscheidende Rolle bei der Wahl der Deklaration zur Angliederung. Nur das Gefühl unserer Verantwortung und Loyalität in Bezug auf das Land und die Krone konnte uns die schmerhafte Bezeugung entreißen, die wir an die Treppe Ihres Thrones anbringen...
... Wenn wir im Parlament versuchen, unsere Stimme mit dem Ziel zu erheben, den ganzen Schmerz des Volkes, das uns gewählt hat, an die Öffentlichkeit zu bringen, werden wir Beleidigungen unterzogen, und die Ministerbank versieht uns mit den Etiketten „schlechte Rumänen" und „Fremdländer". Die Berater Ihrer Hoheit sind sich nicht im Klaren darüber, dass, wenn sie solche Anschuldigungen der Mehrheit der bessarabischen Repräsentanten des Parlaments gegenüber anbringen, damit die ganze Provinz als fremdländisch erklären und so die Prätentionen von außen rechtfertigen.

Sir!
Das gegenwärtige Regime in Bessarabien kann nicht aufrechterhalten werden! Bessarabien kann und möchte es nicht länger ertragen!
Nur diesem außerordentlichen Regime ist es zu verdanken, dass dieses Land sich in eine Hölle verwandelte, nur diesem System der Unterdrückung, das die

Gefühle und das Streben eines stolzen und sich Freiheit und Gerechtigkeit wünschenden Volkes mit den Füßen tritt, nur der Schmähung der Grundlagen der Vereinigung, die mit der Deklaration vom 27. März 1918 festgelegt und von der rumänischen Regierung im Namen des rumänischen Volkes und des Königs Rumäniens angenommen wurde; sowie der Missachtung aller in der Vereinbarung vorgesehenen Garantien, ist es zu verdanken, dass die „bessarabische Frage" geboren wurde, die fatal für unsere nationale Zukunft werden könnte...

Wir können keine Zeit mehr verlieren!
Die sechsjährige Erfahrung reicht uns!
Das Volk Bessarabiens ist verzweifelt!

Im Bewusstsein ihre Pflicht erfüllender Bürger und loyaler Untergebener Ihrer Hoheit, bitten wir Sie, Sir, die demütige Bekundung unserer Treue und Hingabe anzunehmen, und verbleiben abhängige und sich verneigende Diener Ihrer Hoheit."

Das war alles. Darunter neunundzwanzig Unterschriften der vor kurzem noch heftigen Befürworter der Angliederung Bessarabiens an Rumänien. Es lohnt, auf den Begriff „das bessarabische Volk", das die Abgeordneten bemühen, und auch auf die Etiketten „Fremdländer" und „schlechte Rumänen" zu achten, denen wir später noch begegnen werden. Aber nicht mehr im rumänischen Parlament von 1924, sondern im Obersten Rat Moldawiens von 1990.

Dieses Memorandum ruft kein anderes Gefühl hervor, als Schmerz. Ein Schmerz für ein fleißiges, jedoch unglückliches Volk, das im Verlauf einer langen historischen Zeitspanne aus dem Regen in die Traufe kam, von einem Imperium in das nächste, aus den Händen eines Diktators in die eines anderen, nicht minder grausamen. Und wenn schon die Elite des bessarabischen Volkes solche verzweifelten Briefe an den rumänischen König aufsetzte, was soll man über die einfachen Bauern und die Stadtbewohner sagen, die gar keine Briefe schrieben.

Es war klar, dass die Mehrheit der Bewohner des rechten Ufers nach all dem Erlebten die Rote Armee als die Befreier-Armee empfing.

Darüber berichten einstimmig die zahlreichen Zeugen dieser Begegnung – es sind bloß etwa 60 Jahre seither vergangen. Umso schrecklicher ist Stalins Verrat. Eine Unmenge Menschen, besonders aus den westlichen Gebieten Bessarabiens, wurden verhaftet und verschwanden in den Internierungslagern. Die zum Militär einberufene Bessaraber wurden gleich am Anfang des Krieges aus der Armee verbannt. Viele der Überlebenden fanden sich später in der rumänischen Armee wieder und kämpften gegen die Sowjetarmee. Diejenigen, die an der Seite der rumänischen und deutschen Nationalisten nicht kämpfen wollten, versteckten sich bis zur Rückkehr der Sowjetarmee, flossen in ihre Struktur ein und kämpften bis zum Sieg.
Aber vielen von ihnen gelang es anschließend nicht, einer Internierung zu entgehen.

Staaten und Fantome

Im Übrigen sind die Verbrechen des Stalin-Regimes bestens bekannt und auf diesen möchte ich nicht verweilen. Umso weniger, da sie auf beiden Ufern Dnjestrs verübt wurden: in Transnistrien etwas früher, in den 30er Jahren, in Bessarabien etwas später, in den 40er Jahren. Weit wichtiger ist es, das „Minenfeld" der stalinistischen Nationalpolitik zu durchleuchten. Sie sorgte dafür, dass die Welt an den Dnjestr-Ufern explodierte, viele Jahre nach dem Tod des Diktators selbst.
Diejenigen sind im Irrtum, die glauben, dass die administrativen Grenzen innerhalb der UdSSR willkürlich und gedankenlos eingezeichnet wurden. Sie waren akribisch durchdacht. Doch durchdacht auf eine Weise, die, würde das Land zerfallen, es in jedem Fall explodieren ließe. Der Gerechtigkeit halber sollte man erwähnen, dass nicht Stalin allein diese unchristliche Methode angewendet hat. „Minen mit zeitverzögerter Wirkung" hinterließen Franzosen und Engländer in Afrika, die dort derartige Grenzen gezogen haben, die noch heute explodieren. Genauso verhielten sich auch Engländer in Asien, die Indien und Pakistan offenkundig für immer gegeneinander aufgehetzt haben. Sie haben die ehrenwerte Autorenschaft für

den Palästinakonflikt, wo Hebräer und Araber, die viele Jahrzehnte friedlich nebeneinander gelebt haben, nun nicht mehr imstande sind, den kleinen ans Meer gedrängten Fetzen Land zu teilen, der nur wenig größer als Transnstrien ist.
Wir bekamen die „stalinistischen Geschenke" mit einer Verzögerung um 60-70 Jahre. Wir bekamen Berg-Karabach, Abchasien, Süd-Ossetien, Transnstrien, den Südosten der Ukraine. Ähnliche „Minen mit verzögerter Wirkung" gibt es viele auf dem Territorium der ehemaligen UdSSR. Schon nach dem Bürgerkrieg, als die Zerteilung des Landes in die Republiken begann, wurde die Erfahrung des zaristischen Russlands, das weise genug war, die nationalen Randgebiete im Verlauf der Jahrhunderte friedlich zusammen zu halten, völlig ignoriert. Das im 18. Jahrhundert entstandene Novorossija-Gebiet wurde faktisch aufgelöst, sein Territorium zwischen der Russischen Föderation und der Ukraine aufgeteilt. Somit wurde der Begriff „Novorossija" selbst aus der Anwendung geführt, daran erinnert bis zum heutigen Tag nur die Stadt Novorossijsk, die weit weg von Transnistrien an der östlichen Schwarzmeerküste liegt.
Am 12. Oktober 1924 kündigte das stalinistische Regime die Entstehung der Moldawischen Autonomen Sozialistischen Sowjetrepublik an, in die das heutige Transnistrien vollständig sowie ein geringes Gebiet der Ukraine mit Slobodka, Okna, Ananjevo und Blata eingingen, das natürlich keinerlei historischen Bezug zu Transnistrien oder Moldawien hatte. Natürlich fragte man nicht die Bevölkerung, als man diese Autonomie errichtete. Sie wurde ausschließlich mit dem politischen Ziel errichtet, als Platzhalter für die zukünftige Rückkehr Bessarabiens; bereits in dem Beschluss, der der Erschaffung der MASSR (Moldawischen autonomen sozialistischen Sowjetrepublik) voranging, wurde davon gesprochen, dass ihre westliche Grenze an Prut und Dnjestr verlaufen müsse, einschließlich der Länder, die von Rumänien annektiert wurden.
Damit die neue Autonomie als moldawisch bezeichnet werden konnte, bediente sich die Regierungsmacht einer monströsen Fälschung. Man gab an, dass hier beinahe 60% Moldawier leben, wobei bereits nach einem Jahr, nach der Volkszählung diese Ziffer um das Zweifache verringert wurde. Nichts desto weniger – wie paradox! – wurde diese von Stalin erdachte Republik zu einem einzigen

57

Moldowa, denn das von Rumänien annektierte Bessarabien war als eine administrative Einheit eliminiert, und die moldawische Nation und die moldawische Sprache erkannten die Rumänen nicht als existent an.

Dafür bekam Transnistrien, ungeachtet der Künstlichkeit dieser ganzen Situation, zum ersten Mal eine eigene Staatlichkeit. Es hatte seine eigene Verfassung, sein Landeswappen, seine ausführenden Staatsorgane. Es entstand eine eigene historische Hauptstadt – das im Jahr 1792 von Suvorov begründete Tiraspol. Das einzige, was fehlte, war das Recht auf den richtigen Namen. Transnistrien bekam seine Staatlichkeit unter dem Pseudonym „Moldawische Autonome Sowjetrepublik".

Als Bessarabien 1940 der Sowjetunion zurückgegeben wurde, erhielt Stalin die Gelegenheit, die national-territoriale Karte der Region endgültig zu verwirren. Der südliche Teil Bessarabiens wurde an die Ukraine gegeben, in den Izmail- und später in den Odessa-Landkreis. Dabei wurde die Budzhak-Steppe, die von Gagausen und Bulgaren bevölkert ist, entzweit: das nord-westliche Budzhak ging in den Bestand Moldawiens ein, das süd-östliche – in den der Ukraine. Die östlichen Landteile der aufgelösten Moldawischen Autonomen Sowjetrepublik kehrten ebenfalls in die Ukraine zurück, und die westlichen, die Kamenskij, Rybnizkij, Dubossarskij, Slobodzejskij und Tiraspoler Landkreise sowie die Stadt Tiraspol selbst umfassten, wurden praktisch mit Gewalt an Bessarabien angegliedert. Als Ergebnis all dieser territorialen Manipulationen entstand am 2. August 1940 die Sowjetrepublik Moldawien mit der Hauptstadt Kischenev.

Ihre Entstehung ging mit so gewaltigen Übertretungen der Verfassung der UdSSR und der Verfassungen der Republiken Ukraine und der Moldawischen Autonomen Sowjetrepublik vor sich, dass man das fünfzigjährige Bestehen Moldawiens bei allem Wohlwollen nicht als legitim bezeichnen kann. Erstens, die Sowjetunion hatte nach der Verfassung 1936 zwar das Recht, bereits entstandene Republiken mit ihren historischen Grenzen aufzunehmen, aber nicht das Recht, neue Republiken zu formen. Zweitens, das Territorium der benachbarten Unionsrepubliken konnte nicht ohne deren Einverständnis verändert werden. Ein solches, zumindest formell festgehaltenes Einverständnis, existiert nicht. Drittens, die Entscheidung über die

Ausgliederung einiger ihrer östlichen Landkreise aus der MASSR wurde aus irgendeinem Grund nicht von der exekutiven Macht, sondern von der Partei getroffen – dem Politbüro des ZK. Und das Wichtigste: nach den Verfassungen der Ukrainischen Sowjet-republik und der Moldawischen Autonomen Sowjetrepublik konnten die Grenzen der Republiken oder die Überlassung einiger Ländereien aus ihrem Bestand an andere Republiken nur nach einem allgemeinen Volksreferendum durchgeführt werden. Es ist nicht schwer zu erraten, dass Stalin nicht daran dachte, irgendein Referendum durchzuführen. Das Volk wurde, wie immer, nicht gefragt. Mehr noch, niemand dachte auch nur daran, Dokumente über ein Referendum zu fälschen. In der Realität gibt es keine rechtlichen Tatsachen darüber.

Mehr oder minder, als die moldawischen Abgeordneten gemeinsam mit ihren baltischen Kollegen die Annullierung des Molotow-Ribbentrop-Paktes forderten, wussten sie wahrlich nicht, was sie taten. Denn Moldawien erhielt seine Staatlichkeit innerhalb der Sowjetunion gerade dank dieses Paktes. Mit seiner Annullierung würde alles in den Urzustand von 1940 zurück-kehren: Bessarabien, ohne jede Autonomie, wäre noch immer eine rumänische Provinz und Transnistrien würde seine autonome Republik zurück erhalten. Damals ging es jedoch nicht darum. Der Nationalrausch ließ keine Gelegenheit zum Denken.
Auch 1940 hatte man keine Zeit zum Denken und schon gar keine Zeit, irgendwelche Dokumente aufzusetzen. Die Sowjetunion stand vor einem Weltkrieg. Und die neu zusammengesetzte Republik hatte gerade mal etwas mehr als zehn Monate Zeit, einen friedlichen Himmel zu betrachten.

Zur Aufführung nicht empfohlen

(Ein Theaterstück aus nur einer Szene, jedoch aus mehreren Akten, zumeist – aus Gewaltakten. Geschrieben von den Hauptakteuren selbst. Zur Aufführung nicht empfohlen).

Mitwirkende Personen:
Ion Antonesku – General, der langsam zu einem Marschall Oberbefehls-haber mutiert; Oberbefehlshaber und Anführer aller Rumänen;
Assistent Antonesku's – ein ruhiger, umgänglicher und verlässlicher Untergebener, sein Name blieb nicht erhalten;
Professor Aleksjanu – Gouverneur Transnistriens (das Land zwischen Dnjestr und Bug);
Divisionsgeneral Stavrat – Gouverneur Bessarabiens;
Ion Petrovich – Minister der Kultur Rumäniens;
Der Chor zeigte sich nicht auf der Bühne, da er in den Krieg eingezogen wurde.
Die Szene spielt in der Zeit von Juli 1941 bis Juli 1943.

Das Arbeitszimmer des Oberbefehlshabers. Es ist zunächst leer. Ein kleiner Durchzug bewegt ein riesiges an der Wand in einem Rahmen hängendes Bild, das Antonesku und Hitler zeigt, die eine Parade abnehmen. Daneben, an einem mit Gold bestickten Riemen hängt ein großer Säbel. Hinter dem großen Schreibtisch, mit grünem Stoff bezogen, kauert ein Sessel mit hoher Rückenlehne. An der Lehne hängt die Uniformjacke. Das Telefon klingelt. Der Assistent rennt hinein und hebt ab.

Der Assistent: „Ja, Herr Aleksjanu. Nein, Herr General ist noch nicht im Büro. Aber das Treffen wird nicht abgesagt. Er wartet auf Sie. Ganz recht. Um genau 16 Uhr."
Der Assistent legt auf und sieht sich schnell im Zimmer um. Er wischt ein Staubkorn von dem Jackett und versucht, das Zimmer zu verlassen; es gelingt ihm nicht. Im Laufen die Hände abtrocknend, betritt Antonesku ungestüm das Büro.

Antonesku: „Nein, warten Sie. Sie müssen stenographieren. Mir kamen gerade verschiedene Gedanken."

Der Assistent (steht stramm). „Herr General! Der Divisionsgeneral Stavrat hat angerufen. Er fragt, was er mit den Straßen machen soll. Sie sind nach den Kämpfen zerstört."
Antonesku (zieht seine Uniform an): „Ich gab doch den Befehl, die Straßen auf Kosten der Bevölkerung wieder herzustellen. Auf Kosten der nichtrumänischen Bevölkerung natürlich. Dieser Stavrat ist seiner Aufgabe nicht gewachsen. Warum hat mein Bruder Adolf die Straßen binnen weniger Monaten hergestellt? Warum? Und Stavrat weiß nicht einmal, wie er anfangen soll. Rufen Sie ihn zu mir.
Assistent: „Zu Befehl, Herr General." (Er ist bereit, die Befehle zu notieren).
Antonesku nimmt den Säbel von der Wand und stellt sich in Pose. „Schreiben Sie. Am 17 Juli 1941 kam ich zu der Entscheidung, dass wir noch mehr erschießen müssen. Bei dem kleinsten Widerstand seitens der Bevölkerung – sofort erschießen. Die Namen der Hingerichteten müssen unbedingt veröffentlicht werden. Sie sollen wissen, dass wir es ernst meinen und um hohe Einsätze spielen.
Assistent: „Betrifft das die Bevölkerung Transnistriens?"
Antonesku: „Die Bevölkerung Transnistriens – zu allererst. Und die Bevölkerung Bessarabien muss einer genauen Überprüfung unterzogen werden. Die Verdächtigen, und die, die gegen uns auftreten, müssen vernichtet werden."
Assistent: „Gehören die Juden auch zu den Verdächtigen?"
Antonesku: „Aber natürlich. In den Städten und Dörfern sollte kein einziger Jude mehr bleiben, sie alle müssen in den Lagern interniert werden..."

Es ertönt ein Klopfen an der Tür. Der Gouverneur Bessarabiens Stavrat betritt das Zimmer.
Antonesku: „Merkwürdig, Herr General. Wir kamen nicht einmal dazu, Sie zu rufen, und Sie sind schon hier. Sie stören mich wie immer dabei, meinen Gedanken zu Ende zu formulieren."
Stavrat: „Aber Herr General. Sie befahlen, die Straßen auf Kosten der nichtrumänischen Bevölkerung wieder herzurichten und gleichzeitig erteilten Sie den Befehl, alle „Unzuverlässigen" hinter den Dnjestr zu schicken."
Antonesku: „Na und?"

Stavrat: „Ich habe die Ehre Ihnen Folgendes zu berichten: ich wurde von einigen Präfekten informiert, dass es Dörfer mit nationalen Minderheiten gibt: mit Russen, Ukrainern, Gagausen, die nicht in den Rhythmus des heutigen Zeitgeistes passen, die die erhaltene Befehle nicht sofort befolgen, und mich ins-besondere bei der Ausführung der Arbeitsanordnungen in eine Sackgasse führen."
Antonesku: „Aber ich befahl doch, solche hinter den Dnjestr zu schicken! Und die Juden gleich in den Dnjestr."
Stavrat: „Ihr Befehl wurde ausgeführt, Herr Marschall! Aber jetzt kann niemand mehr die Straßen herrichten."
Antonesku: „Die Bessarabier sollen sie herrichten. Sie können das. Oder glauben Sie, sie sind inzwischen echte Rumänen geworden?"
Stavrat: „Auf keinen Fall, Herr Marschall. Darf ich mich entfernen?"
(Als er die Erlaubnis erhält, geht er.)
Antonesku zum Assistenten: „Nichts können die alleine. Also, wo bin ich stehen geblieben?"
Assistent: „Bei den Juden."
Antonesku: „Ach, ja. Immer sind sie im Weg. In die Lager! Die besonders Gefährlichen – erschießen!"

Es ertönt ein Klopfen an die Tür. Der Gouverneur Transnistriens Aleksjanu tritt ein. Antonesku hängt unaufgeregt den Säbel zurück an die Wand. Er nickt dem Assistenten zu und der geht hinaus.

Antonesku: „Nehmen Sie Platz, Herr Aleksjanu. Ich freue mich, Sie zu sehen. Ich hörte, Sie bringen gute Neuigkeiten aus Transnistrien."
Aleksjanu: „Die Lage in Transnistrien ist sehr gut. Alles in Ordnung. Wir, Herr Marschall, arbeiten mit dem Gedanken, dass wir diesen Landkreis fest und endgültig besitzen.
Antonesku: „Mit anderen Worten, die rumänische Nation besitzt ihn."
Aleksjanu: „Das hängt nur von Ihnen ab."
Antonesku: „Es hängt nicht nur von mir, sondern von dem ganzen rumänischen Staat ab. Handeln Sie dort so, als ob die Macht Rumäniens auf diesem Territorium für zwei Millionen Jahre errichtet wurde. Was danach kommt, sehen wir dann.
Aleksjanu: „Genau das wollte ich von Ihnen hören."

Antonesku (etwas die Stimme dämpfend): „Ich sagte Ihnen doch, dass ich im Moment keine politische Stellungnahme in Bezug auf Transnistrien machen kann."
Aleksjanu: „Jeder weiß, dass er so handeln muss, als ob alles zwischen Bug und Dnjestr endgültig errichtet ist."
Antonesku: „So müssen wir am Dnjestr handeln, wir müssen dort arbeiten, wie eine Million Jahre im Voraus. Erwarten Sie nicht, dass wir irgendwelche Aussagen aus diesem Anlass machen, weil wir sie nicht machen sollten."
Aleksjanu: „Wir besprechen das unter uns..."
Antonesku (nach einer gewissen Pause): „Hilft denn die Bevölkerung bei der Durchführung der landwirtschaftlichen Arbeiten?"
Aleksjanu: „Ich bin nicht zufrieden mit der Hilfe der Bevölkerung... Wir befinden uns vor der Tatsache, dass wir die Menschen mit Gewalt zur Arbeit bringen müssen. Wir brachten sie mit Gewalt hinaus, und nun beginnen sie zu kommen, weil wir sie brauchen. Ich bat in einem meiner Berichte darum, dass man uns in Bezug auf die Gendarmerie erlaubt, die Administration in Transnistrien umzubauen. Heute benötigen wir dringend Polizisten (*Gendarmen*), die die Menschen zwingen, zur Arbeit zu gehen. Als Sie die Administrationsordnung aufgestellt haben, im August, war die Armee in Odessa beschäftigt. Jetzt haben wir eine ausreichende Menge Kampftruppen in Transnistrien, die untätig sind. Wir arbeiten in völligem Einverständnis mit der Armee und zwischen uns herrscht eine vollkommene Harmonie.
Antonesku: „Dort sind Sie der vollständige Herrscher. Wenn sich dort die Umstände verändert haben, handeln Sie ganz in Ihrem Ermessen. Sie müssen die Menschen auch unter Einsatz von Peitsche zur Arbeit zwingen, wenn sie es nicht anders verstehen. Wenn die Sachlage sich in Transnistrien verschlechtert, werden Sie Rede und Antwort stehen müssen. Die Grundlage dort ist die Landwirtschaft. Wenn ein Bauer nicht zur Arbeit kommt, bringen Sie ihn dazu mit einem Geschoss. Dafür brauchen Sie meine Erlaubnis nicht."
Aleksjanu: „Ich habe Sie verstanden, Herr Marschall!"
Antonesku (der plötzlich sich in seiner vollen Größe ausdehnt, und sein Gesicht bronzefarben wird): „Höher als Ihre Interessen stehen die Interessen des rumänischen Staates! Und diese Interessen verlangen, dass wir

aus Transnistrien so viel wie nur möglich hinauspumpen um die wirtschaftlichen Nöte des Krieges zu decken, und insbesondere zur Durchführung künftiger Operationen, auf das wir uns auf ihre Kosten ernähren!"

Nach dem Weggang Aleksjanu's, sitzt Antonesku eine Weile nachdenklich da, sogar in völliger Entrücktheit. Der leichte Durchzug spielt nach wie vor mit dem Foto an der Wand. Es erklingt ein vorsichtiges Knarzen der Tür. Antonesku springt auf und zückt die Hand zur Revolvertasche.
Der Assistent kommt rein.

Antonesku: „Eines Tages erschieße ich Sie. Sie schleichen sich immer in das Büro, wie ein Bessarabier."
Der Assistent (erschrocken): „Aber, Herr General..."
Antonesku: „Schon wieder! Sie vergessen, dass ich inzwischen Marschall bin. Na gut. Wo waren wir?"
Assistent: „Die besonders Gefährlichen – erschießen."
Antonesku: „Ohne Zweifel. Am linken Ufer Dnjestrs – nur Feinde. In Dubossary – Feinde. In Tiraspol – Feinde. In Odessa – Feinde. Sogar Kischenev wimmelt nur so vor Feinden. Erschießen, erschießen und noch einmal erschießen!"

Ein Klopfen an der Tür. Der Kultusminister Petrovich tritt hinein.

Petrovich: „Herr Marschall! Ich habe die Ehre zu berichten, dass der Befehl über das Verbot, in der Öffentlichkeit nicht rumänische Sprachen zu sprechen, einwandfrei befolgt wird.
Antonesku: „Und haben denn alle schon rumänisch gelernt?"
Petrovich: „Wer es nicht gelernt hat, schweigt oder lernt die Sprache im Gefängnis. Zwei Jahre in der Gefängniszelle ist eine ausreichende Zeitspanne, um eine Sprache zu lernen.
Antonesku: „Und wie schaut es damit aus, die fremden Traditionen auszumerzen?"
Petrovich: „Die russischen Schirmmützen trägt keiner mehr."
Antonesku: „Sehr gut... Alle müssen begreifen, dass wir in Transnistrien einen Titanenkampf führen. Es ist kein Geheimnis, dass ich das, was ich erworben habe, nicht mehr aus den Händen lassen will.

Transnistrien wird ein rumänisches Gebiet, wir werden es rumänisch machen und alle andersstämmigen aussiedeln. Im Namen dieses Ziels bin ich bereit, alle Schwierigkeiten auf meine Schultern zu nehmen..."

Petrovich: „Herr Marschall, die von Ihnen getroffenen Aussagen bezüglich Transnistriens erfüllen mit Freude alle rumänischen Herzen.

Antonesku: „Noch kann ich das nicht machen..."

Petrovich: „Unsere Grenzen sind die Grenzen eines sehr zurückhaltenden Menschen, der schon immer nur eines getan hat: sich verteidigen. Möglicherweise ist der Zeitpunkt gekommen, zu einer Expansionspolitik über zu gehen.

Antonesku: „Es gibt keine Kraft, die uns aufhalten könnte!"

Vorhang.

P. S.
Alle Dialoge und Monologe sind wörtlich wiedergegeben – nach Dokumenten, die im Zentralen Staatsarchiv der Republik Moldowa erhalten geblieben sind.

Erinnerung aus Blut

Die Kraft wurde natürlich gefunden. Und die rumänischen Streitkräfte wurden gemeinsam mit Antonesku sowohl aus Transnistrien, als auch aus Bessarabien geworfen. Aber die Erinnerungen an diesen Krieg blieben noch lange. Sogar zehn, fünfzehn Jahre nach seinem Beenden lebte das ganze transnistrische Land diesen Krieg noch, es atmete ihn. Der Krieg streifte in der Dämmerung über die transnistrische Steppe und durch die zerstörten Straßen in Gestalt Tausender Krüppel und Invaliden, in Gestalt Tausender Waisen, in Gestalt Zehntausender mit Orden und Medaillen behangenen Männer, die lange, quälend lange aus der Kriegsrealität ins Alltagsleben zurück fanden.

Die Jungs spielten noch Ende der fünfziger Jahre immer nur Krieg, konnten ganz leicht echte Kriegsruinen nutzen, versteckten sich in den noch nicht von der Zeit zugeschütteten Kriegsgräben, fanden echte Minen und Geschosse und ließen sie explodieren. Viele von ihnen sind so umgekommen. Der Krieg holte neue Kinder ein, Kinder der Nachkriegsgenerationen, und rechnete mit ihnen mitleidslos ab.

Für immer brannten sich in mein Gedächtnis die Reihen beinloser Krüppel ein, die auf dem Weg zum Tiraspoler Markt um einen Almosen bettelten. Das Tiraspoler Theater, eines der schönsten architektonischen Bauten der Vorkriegszeit, stand noch bis Mitte der sechziger Jahre als Ruine. Aus den Dächern der einstöckigen Eigenbauten lugten mal hier, mal da Flügel deutscher abgeschossener Flugzeuge, die als Abdeckung dienten. Der Dnjestr wimmelte nur so vor Bomben und Granaten. Die angeschossenen Schiffe und Lastkahne streckten noch jahrzehntelang ihre Nasen aus seinen Untiefen, bei einer Überschwemmung verschwanden sie mal ganz, später tauchten sie wieder an der Oberfläche auf. Und die Köpfe der Kinder waren mit den Geschichten der Erwachsenen über die zerbombten Flüchtlinge auf der Benderybrücke, über die Brände und die Erschießungen vollgestopft.

Transnistrien wurde gleich am ersten Kriegstag bombardiert. Anschließend nahmen es die deutschen und die rumänischen Streitkräfte fast widerstandslos ein. Die Erinnerung an die Anwesenheit der Rumänen sind die sechzehntausend Erschossenen in Dubossary. Die Erinnerung an die Anwesenheit der Rumänen ist der „kleine", nur Zehntausend Mann große „Babij Jar" in Tiraspol. Und konnte es anders sein, wenn Antonesku bereits im September 1941 auf einer Regierungssitzung sinngemäß folgende Aussage machte: „Ich nehme das Risiko in Kauf, von einigen Traditionalisten unverstanden zu bleiben, die sich möglicherweise unter euch befinden. Ich trete für eine gewaltsame Migration des gesamten jüdischen Elementes Bessarabiens und Bukowina ein, wir müssen es schaffen, ihn aus unseren Grenzen zu entfernen. Ebenso trete ich für eine gewaltsame Migration des ukrainischen Elementes ein, das hier nichts zu suchen hat. Es interessiert mich nicht, ob wir in die Geschichte als Barbaren eingehen. Das Römische Imperium hat eine ganze Reihe barbarischer Akte in Bezug auf seine Zeitgenossen begangen, und trotzdem wurde es zu der mächtigsten politischen Einrichtung. In unserer

Geschichte gab es keinen passenderen Moment. Wenn es sein muss, schießt aus den Maschinengewehren."

Hitler überließ Antonesku Bessarabien, wo ein gleichnamiges Gouvernement eingerichtet wurde, sowie auf dem ganzen Gebiet zwischen Dnjestr und Dnjepr, auf dessen einem Teil (zwischen Dnjestr und Bug) ein Gebilde namens Transnistrien geformt wurde, in das auch das Vordnjestrland einfloss. Bekannt ist, dass Antonesku die Möglichkeit der Kontrolle über das Territorium bis hin zu Don und Kuban forderte. Deshalb kommt die in Kischenev der 90er immer wieder auftauchende Parole „Für Großrumänien von Dunaj bis Wolga" einem auch gar nicht so anekdotisch vor. Aber offensichtlich hielt Hitler die Forderungen Antonesku's für übertrieben, so musste dieser sich mit Dnjepr begrenzen.

Das Bemerkenswerteste ist jedoch, dass die rumänische Invasion in Transnistrien praktisch mit dem Befehl ...über die Sprache begann. Nach diesem Befehl war es verboten:

- den zivilen Angestellten während der Arbeit sich in Fremdsprachen zu unterhalten;
- den Personen, die in privaten Betrieben der öffentlichen Nutzung sich mit Personen, die sie bedienen, sich in einer Fremdsprache zu unterhalten;
- dem Personal der Verkaufsbetriebe sich während der Verkaufsoperationen sich in einer Fremdsprache zu unterhalten;
- den Schülern sich in einer Fremdsprache zu unterhalten, mit der Ausnahme der Fremdsprachen, die im Gymnasium unterrichtet werden (das heißt, außer der rumänischen Sprache die deutsche).

Mit dem gleichen Befehl war es unter der Androhung einer Gefängnisstrafe aus irgendeinem Grund verboten, russische Schirmmützen zu tragen.
Das heißt, der Versuch der Expansion der rumänischen Sprache in einen russischsprachigen und mehrnationalen Raum war präsent. Und das zusätzlich zu dem stalinistischen Durcheinander der Grenzen, im Hintergrund der Vernichtung und Vertreibung der

angesessenen transnistrischen Bevölkerung. Muss man sich über die Parolen der Neunziger „Koffer – Bahnhof – Russland!" wundern? Muss man sich über die bereits erwähnte Aufschrift „Russen – hinter Dnjestr! Juden – in den Dnjestr!" auf dem moldawischen Parlament wundern? Genauso, wie über die Plakate auf den Oberleitungsbussen, dass die fünf Jahre nicht zu Erlernung der Sprache seien, sondern damit ihr „von hier verschwindet". Das alles kam von dort, aus dem faschistischen Rumänien. Das alles kam aus einer Zeit, in der von den transnistrischen Städten nur Ruinen zurückgelassen und die Überlebenden zu Sklaven ohne ein Recht auf ihre Muttersprache gemacht wurden.

Nein, Transnistrier sind keine „Mankurten". Gerade sie erinnern sich noch an alles genau. Ihre Erinnerung ist tief mit Blut durchtränkt.

Aus einem Brief an Martin:

„...Ich erinnere mich immer öfter an das kleine Café unter einem Sonnendach am Rheinufer. Gerade wegen des Rheins erinnere ich mich jetzt an dieses Café. Als ich auf sein Wasser starrte, schlich ein völlig wahnsinniger Gedanke in meinen Kopf, dass das erstaunliche Basel mit seinen alten Gässchen nur eine attrappenähnliche Zugabe zur Geschichte sein könnte. Dazu noch eine stumme und nichts wissende Zugabe. Was die Fremdenführer, die alle Daten und Ereignisse auswendig gelernt haben, auch immer sagen, es hat keinen Bezug zu der Geschichte dieser Stadt. Die wahre Geschichte kennt der Rhein allein, aber sie ist entweder für immer in seinem Grund begraben oder längst mit seinen Gewässern in die Nordsee getragen, wo sie in Sturmgischt zerstoben – und nicht mehr einzusammeln ist. Den Menschen aber sind nur Mythen zugänglich. Die Geschichte ist eine Ansammlung von Mythen. Ich weiß nicht, wodurch das hervorgerufen ist. Vielleicht ist es für die Menschen so einfacher. Vielleicht auch nutzbringender. Dabei ist das mythenbildende Denken so ansteckend, es unterordnet die Menschen so schnell, dass es ihnen, den Armen, keine Möglichkeit lässt, nachzudenken. Lohnt es sich denn in diesem Fall überhaupt zu versuchen, den echten Sachverhalt zu ergründen, lohnt es sich, im historischen Müll zu wühlen, wenn sowieso niemand an der Wahrheit interessiert ist. Mythen sind gefragt. Wünschenswerterweise – hübsche. Wünschenswerterweise – edle. Auf keinen Fall wahre. Den wahren Ereignissen wird niemand zuhören, man wird sich abwenden, noch bevor man sie zu Ende gehört hat.

Jedoch wäre es naiv zu glauben, dass einzelne Menschen sich die Mythen ausdenken. Das stimmt so nicht. Mythen sind immer vom Zeitgeist eingehaucht. Die Zeit gebiert Massenwünsche. Und die Wünsche gebären dann Mythen. Die Mythen sind einmalige Mittel. Sie können leicht die Faschisten zu Demokraten machen, die Falken zu Tauben, die Diebe zu Philanthropen, und die Mörder zu Opfern. Und die Kriege werden von den Mythenerfindern gewonnen, und verloren werden sie von den Wahrheitsliebhabern. Die Welt funktioniert so. Warum? Das weiß ich nicht.

Ich komme gerade aus den transnistrischen Schützengräben in meiner geliebten Redaktion der „Literaturnaja Gazeta" an und versuche ehrlich über das, was ich gesehen habe, zu schreiben. Und was denkst du? Die Leute, die ihre Büros nicht verlassen haben, wissen besser, wie es an der Front steht. Und erzählen mir, wie ich richtig zu schreiben habe. Wenn ich nicht einverstanden bin, finden sie sogar für mich interessante mythologische Bezeichnungen. Zuerst war ich beleidigt. Aufgeregt. Ich konnte nicht verstehen, weshalb meine Kollegen den bisherigen ersten Sekretär des Zentralkomitees der Kommunistischen Partei Moldawiens Mirtscha Snegur für einen Demokraten halten, und den bisherigen Betriebsdirektor Igor Smirnov, den derselbe Snegur erst kürzlich aus der Partei entließ, für einen Erzkommunisten. Ich konnte nicht verstehen, weshalb sie die Volksfront Moldawiens, das sein Programm bei Antonesku und Göbbels abschrieb, für demokratisch halten, und die Arbeiter, die nach diesem Programm nicht leben wollten, für durch und durch kommunistisch. Ich konnte es nicht verstehen. Und hatte Unrecht. Ich konnte noch nicht von dem im Krieg Gesehenen Abstand nehmen, und kam nicht auf den Gedanken, dass ich bereits Zeuge einer neuen Etappe in der Mythenentwicklung wurde. Wenn man früher die Mythen nach der echten Geschichte bildete, so liefen sie jetzt schon vor der Geschichte her. Egal was geschah, die Beurteilung oder, richtiger, die Einfärbung, war schon vorher fertig. Es war so bequemer. Einfacher zu verstehen. Die Wahrheit wurde begraben, noch bevor sie die Welt erblickte. Die „demokratische" Vereinfachung der Geschehnisse ist die Kehrseite des Faschismus.
Und nun denke ich: muss man sich so fertig machen, um hinter den Sinn der reellen Ereignisse zu kommen, wenn alles schon vorher erklärt ist? Man kann die Geschichte schreiben, ohne sein Zimmer zu verlassen. Die Wahrheit tritt immer in einen Widerspruch zu bestimmten Interessen oder sogar zu einem Traum. Und deshalb gewinnen sie. Die Wahrheit liegt im Dreck. Und die

Träume fliegen nach oben und überwuchern mit Mythen. Das ist alles. Man muss ihnen nicht die Speere zerbrechen. Ich meine, die Federn.

Aber wenn vor meinen Augen die mit den getöteten Menschen vollgepferchte Stadt Bendery auftaucht, wenn ich von dem Blut in Dubossary träume, die mit dem Saft der zerdrückten Pflaumen und Aprikosen vermengt ist, wenn der Leichengestank vom Hof der Parkaner Leichenhalle, in die die Erschossenen hingefahren wurden, sogar durch die Tür meiner Moskauer Wohnung dringt, fange ich wieder zu zweifeln an. Jemand muss es an ihrer Stelle sagen. Auch wenn es heute niemand braucht. Jemand muss es tun. Deswegen schreibe ich. Und bleibe wieder der Dumme. Weil ich den Mythen zum Trotz lebe.

P.S. Marin, in Deinem letzten Brief schreibst zu mir, dass unsere verrückte Schönheit Mary sich darauf vorbereitet mit einer Gruppe von Schweizer Journalisten nach Transnistrien zu kommen. Bringe sie davon ab, um Gottes willen. Betrachten Sie mich nicht als Reaktionär bezüglich der Emanzipation der Frau und der allgemeinen Feminisierung, aber das ist keine Frauensache. Sie wissen das besser.
Jefim"

IV Theater der Unabhängigkeit

Die mitgiftlose Braut

Man trug einen Sarg durch die Straßen. Man trug den Sarg bereits seit zwei Tagen. Die Stadt konsumierte das Spektakel, drückte sich in die Sackgassen, lugte ängstlich hinter den Gardinen hervor, traute sich nicht nur die Fenster, sondern nicht mal die Lüftungsklappen zu öffnen. Das Spektakel erinnerte auf wundersame Weise an die schwarz-weißen Filmaufnahmen aus dem deutschen Alltag der 30er Jahre. Dieselben verzogenen, ohne einen einzigen Gedanken in ihren Augen, Gesichter. Dieselben Hass-Parolen. Dieselben Aufrufe zur Rache. Und die langsam durch alle Poren des Bewusstseins dringende Furcht.

Die Horde junger Menschen maß mit Klagen und Schreien einen Kreis nach dem anderen um die Kirche im kleinen Park im Zentrum Kischenevs und rollte ab und an auf die Zentralpromenade hinaus. Der Held des moldawischen Volkes Stefan chel Mare (Stefan der Große) schaute streng von seinem Postament herunter, augenscheinlich nicht verstehend, weshalb diese Menschen, Christen, die sich bekreuzigen, wenn sie zu ihm kommen, den toten Körper der Erde nicht übergeben.

Als es dunkler wurde, wuchs die Menschenmenge noch mehr an. Zwei Busse, die von irgendwoher kamen, erbrachen sich in Hunderten junger Menschen, die sich augenblicklich in der besessenen Menschenmenge auflösten. Gerüchte, eines irrsinniger als das andere, füllten die Hauptstadt an, auf geheimnisvolle Art durch die geschlossene Türen dringend, den Willen mit einer tierischen Furcht lähmend. Der Sarg mit dem Toten zuckte nervös und schwebte ruckartig über der Menschenmenge, die den ganzen Raum zwischen dem Platz des Sieges und dem Negruzzi-Boulevard flutete.

Kaum wurde es dunkel, schwangen über den Köpfen Fackeln hoch. Der finstere Zug explodierte in tausendstimmigem Gebrüll. Die Demonstranten zerstörten die Schaufenster; verprügelten zufällige Passanten, die es nicht schafften, sich rechtzeitig zu verstecken; schruppten sich die Hände an den Marmorverkleidungen der Häuser

ab, als ob sie Blut um jeden Preis wollten. Dann explodierte über den Köpfen die Parole:
„Blut für Blut!"

Es passierte Folgendes. Der Moldawier Ruslan Bojaka wurde von einem Auto überfahren. Die Miliz stellte den Autofahrer sicher. Die Gerichtsverhandlung stand an. Was den unglücklichen Ruslan betraf, man hätte ihn einfach christlich beerdigen sollen. Aber er hatte kein Glück. Sein Tod fiel mit einer fiebrigen Suche nach einem Helden zusammen, der imstande wäre, die Fahne der nationalen Wiedergeburt zu werden. Deshalb wurde erklärt, Ruslan wäre von Russen getötet worden. Der Sarg wurde zu einer Fahne umfunktioniert und durch die Stadt getragen.

Übrigens, später im Gerichtsgebäude, das mit jeder Menge von Volksfrontisten vollgepfercht war, die das Ziel hatten, dort noch einen Volksprotest zu veranstalten, stellte sich heraus, dass der Autofahrer gar kein Russe, sondern auch ein Moldawier war. Die bestürzten Patrioten brauchten eine Weile, um zu sich zu kommen. Im Saal hing eine Stille der Ungewissheit. Aber schon nach einem Augenblick rief jemand den Satz: „Über wen richtet ihr hier? Moldawier dürfen nicht gerichtet werden!"
Aber das, ich wiederhole mich, geschah später. In den Tagen, an denen die Fackelzüge liefen, wurde beharrlich das Gerücht verbreitet, Ruslan wäre von Russen getötet worden. Nicht einfach getötet, nein, man stach ihm die Augen aus, schnitt die Zunge heraus und hinterließ einen Zettel: „Du wolltest deine eigene Sprache – hier ist sie." (Wortspiel: Sprache = Zunge in Russischem.)

Eines Tages vergaßen wir, dass das WORT und GOTT Syno-nyme sind. Wir sind mit der Behauptung groß geworden, die Sprache sei ein Kommunikationsmittel. Und nicht mehr. Aber eine Formel ist eben eine Formel, deshalb denkt man im Alltagsgeschehen nicht mehr über sie nach. Das ist richtig. Denn jede Formel stirbt vor unseren Augen, gleich nach ihrer Ableitung. Es kann noch schlimmer kommen – sie wird das Gegenteil ihrer selbst. Wenn du sprechen willst, wird die Sprache zum Mittel der Kommunikation.

Wenn du es aber nicht willst, wird sie zu einem Mittel der Antikommunikation. So war es auch geschehen.
Was haben wir davon, dass wir die Formel der Luft kennen? Wozu ist sie gut? Werden wir sie, jedes Mal, bevor wir einatmen, wie eine Beschwörung aussprechen? Nein, wir atmen ohne nachzudenken. Die Sprache ist ebenso ein Teil der Luft. Die Sprache ist ein Mittel der Atmung.

Aber seit dem Ende der 80er Jahre, wies man der Sprache in Moldawien, wie auch in den anderen Sowjetrepubliken, eine sakrale, mystische Bedeutung zu. Es schien, als könne die Sprache allein alle Probleme lösen. Die Sprache würde Hunger und Durst stillen, die Schwachen stark machen und richtig unabhängig. Mit anderen Worten, die Sprache wurde zum Mittel des national- und staatsbildenden Bewusstseins. Weshalb geschah das? Ganz einfach deshalb, weil man die neuen souveränen Staaten auf nichts anderem gründen konnte. Mit nichts anderem konnte man seine staatliche Stichhaltigkeit nachweisen.
Deshalb weckten die neuen Führer mit Hilfe der Sprache den elementaren Stammesinstinkt, hinter dem sie ihre Unfähigkeit verbargen, die wirtschaftlichen Probleme und die Probleme der Staatsbildung zu lösen. Die Sprache wurde nämlich nicht nur zu einem politischen Mittel, sie wurde berufen, jede unsaubere politische Intrige und jedes zügellose politische Programm zu decken.
Um der Handlung vorzugreifen, kann man mit hundertprozentigerSicherheit sagen, dass mit Hilfe der Sprache nichts gelöst wurde. In Georgien, beispielsweise, kannte die georgische Sprache früher praktisch jeder – neben der russischen Sprache war sie ein zwischennationales Kommunikationsmittel innerhalb der Republik. Jetzt aber, als Georgien praktisch in mehrere Staaten zerfallen ist, bin ich nicht sicher, ob sie den Ossetiern und den Abchasiern in Zukunft vom Nutzen sein ist, oder den Türken-Meskhetiern, oder den Tschetschenen-Kistinern. Aber Tiflis ist nicht imstande, außer der Sprache jemandem etwas anderes zu bieten.

Die gleiche Geschichte ist es mit Moldawien. Sein in den Jahren der Unabhängigkeit verarmtes Volk zerlief sich in der Welt auf der

Suche nach Auskommen und einem Stück Brot und ist bereit in jeder Sprache zu sprechen, nur um zu überleben. Was ist das bloß für eine Unabhängigkeit? Die gesamte Außen- und Innenpolitik wird unter der Aufsicht von internationalen Organisationen geführt. Die Richtung der Reformen wird von außen entschieden. Sogar das eigene Budget wird unter dem Diktat des Internationalen Währungsfonds beschlossen.

Worin besteht die Unabhängigkeit? In der Möglichkeit, die eigene Fahne auf dem Fahnenstock vor dem UNO-Gebäude zu sehen? In der Sprache?

Unfreiwillig drängt sich der Gedanke auf, dass kleine Staaten in unserer modernen Welt nicht unabhängig sein können. Sie können nur die eine oder andere Abhängigkeit wählen.

Und auch das nicht immer.

Aber kleine Staaten, die sich außerdem noch im Stadium ihrer Formierung befinden, sind Nachahmer. Sie versuchen alles genauso zu machen wie die „Großen". So probieren die kleinen Mädchen unweigerlich die Schuhe ihrer Mütter an, tapsen darin durch die Wohnung und riskieren, hinzufallen und sich ein Bein zu brechen. In Moldawien entschied man, dass die kürzeste Geschichte des „älteren Bruders" für sie genau richtig ist. Aber die Nachahmung ist immer schlechter als das Original. Sie ist nicht fähig, den Kern deren zu spiegeln, den sie darstellt.

Wussten die neuen Führer etwa nicht, dass Transnistrien – ein fremdes Land ist, ein großzügiges stalinistisches Geschenk, und dass man mit seiner 800-tausendköpfigen Bevölkerung vorsichtiger umgehen sollte? Natürlich wussten sie das. Aber das Blut stieg ihnen zu Kopf. Die Gelegenheit, dir das anzueignen, das dir nie gehört hat, inklusive des Gebietes und der darauf lebenden Menschen, ließ nicht und lässt die Führer von weitaus kleineren Imperien, als Russland es war, nicht schlafen. Und ging es überhaupt um die Sprache? Um die Sprache, wenn es gleichzeitig zum Erlass des Gesetzes die Parolen auftauchten: „Moldawien von den Bergen bis zum Meer" und „Ertränken wir die Russen in jüdischem Blut"? Unter der Deckung der Sprache bildete sich ein neuer National-Sozialismus. Er benötigte Feinde. Er benötigte eine nationale Idee. Er benötigte territoriale

Probleme. Und zu einem solchen wurde nicht das transnistrische. Am 28. November 1991 sagte der ehemalige Premier-Minister Moldawiens Mirtscha Druk bei einem Auftritt im rumänischen Parlament buchstäblich Folgendes: „Der Syndrom der Amputation verschwindet nie. Deshalb halte ich für notwendig und dringend Folgendes: Erstens – heute, morgen muss das Parlament Rumäniens seine Einstellung zum Referendum in der Ukraine zum Ausdruck bringen. Eine Anerkennung eines entstehenden ukrainischen Staates ist erst nach dem Lösen der Probleme möglich, die im Zusammenhang mit den Folgen des Molotow-Ribbentrop-Paktes stehen; soll heißen, nach dem die Ukraine die rumänischen Territorien zurück gibt, die durch das Sowjet-imperium annektiert wurden, … andernfalls wird zwischen der Ukraine und Rumänien ein neues Nordirland, ein neues Libanon oder Zypern entstehen." Territoriale Ansprüche an die Ukraine sind nur der Anfang. 1992 forderte die Volksfront den Kriegszustand Moldawiens mit Russland auszurufen. Einzelne solche Forderungen erklangen sogar aus dem Mund des Präsidenten Snegur. Nur gut, dass weder die Ukrainer noch die Russen das alles ernst nahmen.

Und dann kam die Hochzeit.
Als wir uns durch die Menschenmenge durcharbeiteten, verstanden wir erst nicht, was passiert. In diesen Tagen war eine große Menschenansammlung auf dem zentralen Platz in Kischenev eine gewöhnliche Erscheinung. Umso mehr an dem Denkmal Stefan des Großen. Die Mode, sich zu versammeln und zu protestieren entstand noch im Frühjahr 1989 nach einer der ersten Demonstrationen, die von einem Verprügeln der Miliz, dem Anzünden des Innenministeriums Gebäudes und dem Zerstören von Schaufenstern begleitet wurde. Nachdem der Schriftsteller Michaj Tschimpoj auf dem ersten Treffen der Volks-gesandten der UdSSR die Russen beschuldigte, dass sie, warum auch immer, ein Attentat auf einen anderen moldawischen Schriftsteller Dumitru Matkowski organisiert hätten, war der Platz vor dem Denkmal fest von den Protestierenden blockiert. Ein Vorwand fand sich leicht. Die Zeitung der Schriftstellerunion „Literatura schi arta" („*Literatur und Kunst*") startete ein Gerücht, man wolle Stefan abtragen und stattdessen an seine Stelle

entweder Lenin oder Puschkin aufpflanzen. Obwohl, man muss sagen, an Lenin mangelte es in Kischenev ohnehin nicht, und auch ein Puschkin-Denkmal aus Erinnerung an seine Kischenev-verbannung stand in der Stadt schon seit mehr als einem Jahrhundert. Vermutlich glaubte das jemand, sich daran erinnernd, dass man unter der Sowjetmacht, besonders in der Stalin-Periode jede Menge abgetragen hatte. Und nicht nur Denkmäler. Außerdem fing die entzündete Nationalfeindschaft bereits an, Früchte zu tragen. Was ist da schon ein Denkmal! Einzelne Patrioten begannen, die Birken am Straßenrand abzusägen und zu entwurzeln, darin ein Symbol des russischen Imperiums ahnend.

So oder anders, seit dieser Zeit blieb der Platz vor dem Denkmal nicht mehr leer. Junge Menschen bewachten Stefan Tag und Nacht. Dabei stellten sie aus irgendeinem Grund Plakate auf mit Ausrufen „Koffer-Bahnhof-Russland!", „Russen – hinaus aus Moldawien!", „Russland! Hole deine verlorenen Söhne ab!" und „Es lebe das Groß-Rumänien!". Sie gewöhnten sich an ihre Anwesenheit vor dem Denkmal genauso, wie Stefan der Große ihnen als ein lebendiger Teilnehmer des politischen Prozesses schien.

In der Menschenmenge, durch die wir versuchten uns durchzuarbeiten, gab es viele Angetrunkene, dank der großzügigen moldawischen Weinberge, die nicht müde wurden, sie zu tränken. Es gab viele, die lustig waren, aber lustig auf eine merkwürdige, teuflische Weise. Endlich sahen wir, dass vor dem Denkmal eine Eheschließung durchgeführt wurde. Sie wurde von einem orthodoxen Geistlichen geführt. Eine nicht mehr ganz junge Braut glänzte unter dem Schleier in einem luxuriösen weißen Kleid. Die Ärmel einiger Männer aus ihrer Umgebung waren mit den mit nationalen Ornamenten bestickten Hand-tüchern geschmückt. Allein der Bräutigam war gänzlich ungeschmückt. Er stand mit einem grimmigen und unzugänglichen Gesicht da, offensichtlich verstand er nicht ganz, was geschah.

Es geschah aber dies: Die Moldawische Lyrikerin Leonida Lari rief aus, dass die Widergeburt der Nation wichtiger sei als die eigenen Kinder, ließ sich von ihrem russischen Mann scheiden, mit dem sie zwei Kinder hatte, und beschloss, das Denkmal Stefans des Großen zu heiraten. Die Menschenmenge nahm alles ernst. Der Geistliche (später stellte es sich heraus, dass es nicht einfach nur ein Geistlicher war, sondern auch noch ein Gesandter des Obersten Sowjetrates der UdSSR mit dem Namen Buburus) klopfte mit dem Trauring an den Denkmalsockel, zog ihn anschließend auf Leonida's Finger und rief das Paar als Mann und Frau aus. Das Orchester spielte eine moldawische Hochzeits-melodie. Zeitweise schien es, dass der fünfhundert Jahre alte Stefan so weit ist, sein schweres Kreuz, das er seit Dutzenden von Jahren über Kischenev hält, in die Menschenmenge zu schleudern und weit weg zu laufen. Aber Denkmäler können nicht laufen. Und können nicht schreien. Sie können nur traurig schauen. Ich war so weit, selbst traurig zu werden. Dieser Anblick war einfach nur traurig. Vielleicht sogar gruselig. Aber in diesem Moment konnte ich mich nicht halten und lachte laut los. Im gleichen Moment fühlte ich einen Schlag ins Gesicht. Ich konnte nicht mal begreifen, wer ihn austeilte. Es wurde dunkel vor meinen Augen.

Die Lyrikerin Leonida Lari (ebenso Ljubov Jiorga) wurde 1989 eine Volksgesandte der UdSSR. Zur Zeit der Wahlkampagne rief sie aus: „Meine Arme mögen bis zum Ellenbogen in Blut sein, aber ich werde die Besatzer, die Hergekommenen, die Mankurten hinter Dnjestr hinauswerfen, ich werde sie aus Transnistrien hinauswerfen und ihr – Rumänen – die wahren Besitzer dieses vielgelittenen Landes, bekommt ihre Häuser, ihre Wohnungen und auch die Möbel... Wir werden sie zwingen, Rumänisch zu sprechen, unsere Sprache, unsere Kultur zu ehren..." Um das alles zu erreichen, bedurfte es einer Lüge. Einer großen Lüge. Einer Lüge, die der damaligen politischen Mode entsprach, den internationalen Maßstäben entsprach. Deshalb änderten die Kommunisten und Komsomolzen augenblicklich ihren Glauben, bewaffneten sich mit der nationalen Idee, gebaren den Mythos über die armen Demokraten, die von unzähligen Scharen von Regimentern des russischen Imperiums verfolgt wurden. Aber das Imperium existierte da faktisch nicht mehr. Und Frauen riefen um Hilfe und Arbeiter wandten sich mit Stöcken gegen automatische Waffen. Aber man glaubte den „armen Demo-kraten" für's Erste. So fing es an.

Obwohl. Nein, es fing noch früher an. Es begann mit Diebstahl. Mit Worten. Staaten und Völker nehmen immer ihren Anfang in einer Lüge. Die Lüge ist die treibende Kraft der Geschichte. Damit sich Nationen als Nationen und Staaten als Staaten empfinden, muss man unbedingt die alltäglichen, einst geschichtlichen Mythen überdenken. Die Lüge wird durch Lüge ersetzt. Und in dieser Lüge, wie in einer Wiege, wird das neue Nationalkind aufgepäppelt. Deshalb gehört eine große Rolle der Ereignisse, die dem bewaffneten Widerstand an den Dnjestrufern vorangingen, der moldawischen Elite der bildenden Künste – den Schriftstellern, Publizisten, Schauspielern, Musikern. Zuallererst jedoch den Schriftstellern. Dafür gibt es eine professionelle, zunfteigene Erklärung. Jeder Schriftsteller, der im Bereich der einen oder anderen Sprache tätig ist, hat ein ureigenes Interesse nicht nur an der Erhaltung, sondern auch an der Verbreitung dieser Sprache. Dieser Schriftsteller-Egoismus ist verständlich und unterliegt keiner Verurteilung. Das Problem besteht einzig darin, auf welche Weise die Sprache verbreitet wird. Es gibt zwei Wege. Der erste: Die Werke mit einer so großen schöpferischen Kraft zu erstellen, dass die Menschen anderer Nationen den Wunsch verspüren, sie im Original zu lesen. Es ist zum Beispiel bekannt, dass Mandelstamm und Achmatova nur deshalb altitalienisch erlernten, um Dante im Original lesen zu können.
Geisteswissenschaftler unterschiedlicher Länder studieren Englisch, Spanisch, Deutsch, Russisch um ohne Vermittlung Shakespeare, Servantes, Goethe und Dostojewski zu lesen. Und es gibt einen zweiten Weg – die gewaltsame Verbreitung der Sprache. Dieser Weg ist in der Regel perspektivlos.
Eine Sprache wird niemand lernen, wenn es keine geistige oder soziale Notwendigkeit besteht. Aber dieser Weg ist verlockend.

In den Jahren der existierenden Sowjetmacht lösten die nationalen Schriftsteller das Problem der Verbreitung ihrer Werke auf Kosten der russischen Sprache. Es existierten Programme zur Unterstützung der Nationalliteratur, es waren Unmengen Übersetzer beschäftigt, es wurden Zuteilungsschlüssel herunter delegiert. Wenn es keine würdigen Schriftsteller und Dichter gab – legte man welche fest. Dann übersetzte man sie, machte sie berühmt, versah sie mit

Auszeichnungen und flößte allmählich den Gedanken über ihre Genialität nicht nur den Lesern sondern den Schriftstellern selbst ein. Letztlich glaubten sie das.

So wurden die Schriftsteller in die Elite der Gesellschaft aufgenommen, die Talentierteren – in die gesamtsowjetische Elite. Die weniger Talentierten – in die Eliten ihrer eigenen Republiken.

Einen solchen Status zu verlieren ist qualvoll und schmerzlich. Unter den Bedingungen der entstehenden Marktwirtschaft wurden Manche von den Illusionen beherrscht, ihre Werke würden im Westen eine Nachfrage finden. Die Illusionen entpuppten sich als Illusionen. Erstens, der Wert der wirklichen und nicht der Trivialliteratur ist im Westen längst nivelliert. Sie interessiert ausschließlich Spezialisten. Zweitens, die Werke der überwältigenden Mehrheit der nationalen Schriftsteller erwiesen sich sogar unter den wahren Liebhabern als nicht konkurrenz-fähig. Diese lebten größtenteils in den großen russischen Kulturzentren oder in den Großstädten der Republiken, wo die russische Sprache überwog.

Im Vorfeld dieser „unerwarteten" Entdeckungen blieb der nationalen Kunstintelligenz Moldawiens nichts anderes übrig, als zu der kulturellen Abschottung in der Republik beizutragen. Wenn man dich zu Puschkin bestimmte, du aber dieses Niveau nicht halten kannst, muss man wenigstens alles dafür tun, damit man dich nicht mehr mit Puschkin vergleicht. Aber, wie es sich später herausstellte, half das auch nichts. Ion Druze war ein talentierter Schriftsteller, als er auf moldawisch schrieb, er blieb es auch, als er nach Moskau zog und auf Russisch zu schreiben begann. Emil Lotjanu nahm wundervolle Filme im Studio „Moldowa-Film" genauso wie im Studio „Mosfilm". Aber davon, wie Druze und Lotjanu gab es nicht viele. Sie waren beinahe die Einzigen. Dabei sind sie fest in die russische Kultur integriert.

Und was sollen die Übrigen tun? Die Eliteangehörigen haben praktisch keine Möglichkeit der sozialen Migration. Deshalb setzten sie unter allen Umständen alle Kräfte ein, um sich im eigenen Sozium fest zu verankern. Aber hier stellt sich noch ein Unglück heraus: man kann keine authentische Elite in einer noch nicht herausgebildeten Kultur bilden. Der moldawische Leser war nicht imstande, seine Schriftsteller angemessen wertzuschätzen und hatte es nicht eilig, sie zur Elite zu zählen. Gerade aus diesem Grund musste man die moldawische Nation als solche abschaffen und sie als die rumänische ausrufen – in diesem Fall vergrößerte sich der kulturelle Raum und es entstand die Möglichkeit, über eine vollständig herausgebildete rumänische Kultur, wie über eine eigene, zu sprechen.

Jedoch, wie man in Russland sagt: „Wenn das Unglück kommt – mache dein Tor weit auf!": *(Sinn: 'Ein Unglück kommt selten allein')*. Es stellte sich heraus, dass Rumänien bereits über eine eigene Elite verfügte, die an einem Zufluss frischer Kräfte aus dem Osten nicht so sehr interessiert war. So blieb nur der eine Weg – in die Politik gehen. Und wenn der Schriftsteller sich entschlossen hat, sich über die Politik zu realisieren, dann ist er kein Schriftsteller oder hat aufgehört, ein solcher zu sein. Wahrscheinlich atmete die Schriftstellerzeitung „Literatura schi Arta" gerade deshalb einen solchen Hass nicht nur den Nichtmoldawiern gegenüber aus, sondern auch gegenüber den Moldawiern, die auf der anderen Seite Dnjestrs lebten und sich als Rumänen nicht erkennen wollten. E. Tarlapan fiel in seinen Gedichten, die in der Zeitung „Literatura schi Arta" gedruckt wurden, nicht nur über die Russen her, die er als „Chauvinisten" und aus irgendeinem Grund als „Janytscharen" bezeichnete, sondern auch über die Moldawiern, die sich nicht für Rumänen halten wollten (das Gedicht „Mankurtisation").

Und Grigore Vijertu veröffentlichte in derselben Zeitung die „13 Strophen über die Mankurten", die für Aufwind sorgten. In einer ungefähren strophenweisen Übersetzung klingen sie etwa so:

> Sie verunstalteten unsere Sprache,
> Verdarben Dojna*, die Karte!
> Sie, die heute verfolgen
> „Literatura schi arta!"
> Sie besudelten die Traditionen
> Barbarisch böswillig und niederträchtig!
> Sie, die heute das Journal „Nistra"
> Im Visier haben!
> Sie erwürgten wie Raubtiere

Die prächtigen Kirchen des Volkes!
Sie, die das Volk auseinanderschlugen
Am Kreuze des Jahres 1946!
Sie trieben uns nach Sibirien,
Nahmen das Land und die Bleibe!
Sie führten unsere
Schafe und Kühe vom Hof!
Sie führten uns in die Zuchthäuser
wegen drei Kolben Mais!
Sie schmiedeten unser Volk um
Auf ihren Ambossen!
Und unsere Weinberganhöhen
Vergifteten sie mit ihrem Tabak!
Wie die gnadenlosen Fritze *(die Deutschen)*
brachen sie mit Panzern und Kanonen ein!
Sie bauen, wie im eigenen Haus
auf fruchtbarer Erde Fabriken!
Sie vergiften die Erde –
Diese unglückliche Quelle!
Sie sind bereit für das Alphabet
Und die Sprache zu töten!
Sie dienen sich bei dem Fremden an
Mit Sonne, dem Wein und den Trauben!
Seine leibliche Mutter
Begrüßen sie auf Russisch!
Sogar Stefan der Große
Stört ihre Architektur!
Weil man uns von klein an belog,
Dass es uns früher nicht gab!
Und unsere Namen verunstaltend,
Versuchen Sie in ihre glückliche Zukunft
Auf unserem moldawischen Sarg
„Hineinzufahren"!
Auf unseren heiligen Gräbern
Die Hunde mit Knochen im Maul
Behängt mit Orden
Finden ihr Glück!

> Sie ziehen die Grenzen
> Auf unseren salzigen Tränen
> Und zerschneiden sie entzwei.
> Hinfort, Meute!
> (*Dojna – moldawisches und rumänisches lyrisches Volkslied, bekannt auch unter Südslawen und Ukrainern.)

So. Das Interessanteste ist, dass später auf den Seiten derselben Zeitung eine Erklärung erschien. Darin wurde behauptet, dass das Gedicht allein den Moldawiern galt, die keine Rumänen sein wollten und friedlich mit den „Fremden", den Besatzern leben. Nach dem Inhalt des Gedichtes zu urteilen, ist es nicht so. Der Fakt einer solchen Interpretation, in der ein Moldawier dem anderen „Hinfort, Meute!" sagt, ist schon bemerkenswert.

Ein Rezept für den Umgang mit Nicht-Moldawiern gab auf den Seiten derselben Zeitung „Literatura schi arta" P. Karare zum Besten:

> Der Dieb ist in unserem Haus,
> Mit einem Dieb sitzen wir am Tisch...
> ... Du bist gezwungen, ihn „Bruder" zu nennen,
> Doch gib ihm statt Brot
> Ein Stück Dynamit.

Mit einem Wort, diejenigen, die kein Zeugnis ablegen sollten, bezeugten. Diejenigen, die von Gott kein Talent wie Goethe oder Tolstoj erhielten, riefen sich selbst zu Genies aus. Und derjenige, der es wagte, an ihrer Genialität zu zweifeln, wurde zum Feind. Mit einem Wort, die Volksfront, die nach dem Vorbild und Art der KpdSU zugeschnitten war, die einen tierischen Nationalismus predigte, so traurig es auch war, führten Schriftsteller und Journalisten an: I. Chadyrke, G. Vijeru, D. Matkowski, A. Zurkanu, V. Nestasse, L. Lari. Die langjährige Politik der Züchtung der Nationalliteratur trug endlich Früchte.
Diejenigen, denen man einflößte, zu schreiben, schrieben. Die Lyrik und Prosa brachten den Meisten von ihnen keinen Weltruhm. Er

war doch aber so ersehnt. Ersehnt war offensichtlich nicht die erschöpfende literarische Arbeit. Ersehnt war es, zu den Schreiern des Volkswillen zu werden. Und das Wort ist hier natürlich die beste Hilfe.

Und sie, die Schriftsteller erfanden und druckten „Die Zehn Gebote eines bessarabischen Rumänen" in der Zeitung „Zara", so, wie wenn sie diese bei den nationalsozialistischen Ideologen Deutschlands abgeschrieben hätten. In diesen Geboten nimmt die Predigt der nationalen Einzigartigkeit schon groteske Formen an. Eine der witzigsten davon lautet: „Haben Sie es nicht eilig, Ihr Schicksal mit einem Menschen einer anderen Nation zu verbinden. Eine Kreuzung verbessert nur die tierischen Rassen. Aber dem menschlichen Geschlecht schadet sie. Wenn du jedoch bereits eine Familie mit dem Vertreter eines anderen Volkes gegründet hast, tue alles dafür, dass dein Geist siegt, der rumänische!"

„Na also, wir sind angekommen!", sagte Mischka. „Und du sagtest: 'Paris, Paris!'"
In demselben August 1989, bevor wir zu Martin nach Basel gelangten, befanden wir, ich und mein Freund, Journalist Mischa Podorozhanskij, uns in Frankreich. Das war unser erster Ausflug ins Ausland. Im Land trieben sich mit aller Kraft „Perestroika" und „Demokratisierung" herum. Wir hatten beste Laune. An allen westlichen Grenzen und Zöllen nahmen sich die Deutschen, Franzosen, Schweizer, die von dem Charme und der Tätigkeit Gorbatschows völlig gefangen genommen waren, nicht einmal Zeit, in unsere Dokumente zu schauen. Die Russen, genauer die Sowjetmenschen liebte man damals in Westeuropa (ganz genau, im Westen). Deshalb schrie die nächste nette Grenzbeamtin, sobald sie das rothäutige Passportdokument sah: „Oh, Gorbatschow! Oh, Perestroika!" und ließ uns durch.
Nach Frankreich kamen wir zusammen mit Straßentheaterkünstlern, die durch verschiedene Länder Europas zogen. Mit ihnen ließen wir uns auch in den Zeltstädtchen gleich neben dem großen Theater-Zelt nieder. Aber in Frankreich zu sein und an Paris vorbei zu fahren? Das würden wir uns nie verzeihen. Deswegen dachten wir

nicht lange nach, verließen unsere Künstler und stürmten mit dem Auto nach Paris. Dennoch Perestroika blieb Perestroika, aber in Paris wussten wir nicht wohin. Wir schlenderten über die Boulevards, tranken einen Kaffee in einem kleinen Café am Seineufer und fingen an zu überlegen, wer uns helfen könnte. Wir hatten keinen einzigen Bekannten dort. Dann fiel mir ein:
„Sollten wir nicht in der Redaktion der Zeitung „Russkaja Mysl" („Der russische Gedanke") vorbei fahren?", schlug ich Mischka vor. „Immerhin sind es russische Menschen dort. Irgendetwas werden sie uns raten. Ich habe sogar die Telefonnummer. Es sollte außerdem doch interessant für sie sein: sie sind Journalisten, wir sind Journalisten, sie schreiben über uns, und wir kommen direkt aus Moskau und können jede Menge erzählen."
Mischka stand dieser Idee skeptisch gegenüber, aber was sollten wir machen.
„Hallo!", ich wählte die Nummer. „Wir sind Journalisten aus Moskau. Wir würden Sie gerne treffen und sprechen." „Wozu?", höre ich zur Antwort. „Ja, wie denn", trödele ich. „Wir sind Journalisten, Sie sind Journalisten, wir hätten jede Menge zu berichten. Sie interessieren sich doch dafür, was in Moskau passiert." „Aber wozu?" Kurzum, ich konnte sie mit Mühe überreden. Meine Laune sank, aber ich ließ es mir nicht anmerken. Mischka sagte ich nichts. Wir kamen an. Gingen hinein in ein großes Zimmer. Setzten uns. Und nun begann ein Gericht über uns. Die im Zimmer versammelten russischen Migranten begannen, ohne lange nachzudenken, uns so gut wie an allen Sünden Lenins, Stalins und so weiter, der Reihe nach, zu beschuldigen. Sie sind aus Moskau? Bitte schön, nehmen Sie es in Empfang und unterschreiben Sie. Endlich sagte Mischka: „Na bitte, da wären wir also!"
Wir dachten aufrichtig, wir seien Demokraten und es stellte sich herus, dass wir Verbrecher waren. Damals kam es uns nicht in den Sinn, dass man gleichzeitig sowohl Demokrat als auch Verbrecher sein konnte. Was, aber die Verbrechen Stalins betraf, so wollte ich sie, nur weil ich ein Moskauer war, auf keinen Fall auf mich nehmen. Wir wollten schon von dannen ziehen, doch dann schaute eine kleine Frau ins Zimmer, winkte mich mit einem Finger zu sich und flüsterte: „Habt ihr Hunger?" Ich nickte instinktiv.

Es war Natalja Gorbanjewskaja, ein Mitglied der legendären Sieben, die 1968 auf dem Roten Platz gegen die Einführung der Kampfkräfte in der Tschechoslowakei protestiert hatten. Sie war die Einzige der zu dem Zeitpunkt in der Redaktion Anwesenden, die wirklich von der Sowjetmacht geschädigt wurde. Sie beschuldigte niemanden. Sie sah uns mit verständnisvollen Augen an und ließ uns essen.

Der Schmerz der Menschen für die Qualen, die ihnen zu Stalins Zeiten zugefügt wurden, kann nichts anderes als ein tiefes Mitgefühl hervorrufen. Den Bewohnern des 1940 zurück-geholten Bessarabiens, gelang es nicht, wie ich bereits sagte, den Repressionen zu entgehen. Es gab Erschossene, Verbannte, in die Lager Gesperrte. Alles in allem, geschah mit ihnen genau das, was mit allen Völkern der Sowjetunion geschah. Die Frage ist einzig die: Was hat Transnistrien damit zu tun und weshalb sollen seine Bewohner für die Verbrechen Stalins haften? Wenn es um die Verantwortung der Russen geht, dann besteht Transnistrien, wie bereits gesagt, aus ihnen nur zu etwas mehr als zwanzig Prozent. Ist das überhaupt rechtmäßig, über die Verantwortung einer Nation durch die Jahrhunderte hinweg zu sprechen? Dann kann es keine Vergebung für die Deutschen geben, wegen der zwei Weltkriege, die alles in allem nicht weniger als 80 Millionen Tote forderten, für den Genozid von Juden, Sinti und Roma und Armenier. Keine Vergebung steht auch der die US-amerikanische Nation zu wegen der Vernichtung der Indianer, den Georgiern – wegen Stalin und Berija, den Ukrainern – wegen Babij Jar, den Polen – wegen der Deportation, den Letten wegen der Massenvernichtung der Juden 1941, als die Rote Armee sich bereits zurück zog, die Deutschen jedoch noch nicht da waren. Keiner Vergebung steht den Krimtataren zu, die 50.000 „Russischsprachige" ermordeten, trotz des Verbots der Besatzungsadministration. Keiner Vergebung auch den Rumänen, die in den Krieg an der Seite Hitlers zogen und an Massenerschießungen beteiligt waren. Diese Liste könnte man fortführen.

Aber ist der heutige Hamburger Student an den Verbrechen Hitlers schuld? Ist der Winzer aus der Gegend Gori schuld an den Verbrechen Stalins, der neben vielem anderen, genau wie Vijeru schrieb, „auf den Tränen" die Grenzen zog? Ich glaube, sie sind nicht schuld. Und wenn es um die vereinigte außernationale Verantwortung aller

Sowjetmenschen geht, dann stimmt auch hier einiges nicht. Die meisten der moldawischen „Frontisten" waren Mitglieder der KpdSU. Ihr Präsident Mirtscha Snegur brachte es sogar zu dem Sekretär des Zentralkomiteés, und derselbe Chadyrke führte bis zuletzt die Parteiorganisation der Schriftsteller-Union Moldawiens an. Deshalb sind an den Verbrechen aus der Sowjetzeit die Bauern und Arbeiter vom linken Dnjestrufer am wenigsten verant-wortlich. Ich wiederhole mich, die Verantwortung kann immer nur individuell sein, dazu für konkret verübte Verbrechen. Mit einer Nation hat das nichts zu tun. Nicht mit der russischen, nicht mit der moldawischen, nicht mit der sowjetischen.

Als ich in den Schlamassel vor dem Denkmal Stefan chel Mare geriet, kam ich bei Freunden unter und zu Kräften. Umso besser, dass die Fenster ihrer Wohnung auf den Zentralen Prospekt, ganz in der Nähe des Platzes hinaus gingen, so konnte man mache Ereignisse direkt hinter dem Fensterglas beobachten. Es gab Ereignisse. Am 7. November drängten sich die „Frontisten" auf, angeführt von Ion Chadyrke, an der festlichen Demonstration teilzunehmen. Ihre Bitte kam komischerweise niemandem merkwürdig vor. Man erlaubte es ihnen und ließ sie zum Platz durch.
Als bei der Militärparade auf dem Platz die schwere Militärtechnik erschien, pflasterten sie plötzlich, wie auf Kommando, mit ihren Körpern den Platz, warfen sich unter die Panzerraupen und unter die Räder der Schützenpanzerwagen und deckten sich warum auch immer mit den Portraits Gorbatschows zu. Die verdutzten Soldatenfahrer drückten auf die Bremsen, schafften es gerade noch, ihre schweren Panzerwagen vor den ausgestreckten Körpern zum Stehen zu bringen. Und wenn sie es nicht geschafft hätten? Wenn sie es nicht geschafft hätten, würde die ganze Welt erfahren, wie die Panzer der Besatzer die Friedenskämpfer niederwalzen. Es war eine eindeutige Provokation, die zum Glück ohne Opfer geblieben war. Jedoch wurden einige Teilnehmer wegen „Vandalismus und der Störung der öffentlichen Ordnung" von der Miliz festgehalten. Dies diente als Vorspiel zu den nachfolgenden Ereignissen.

Am 10. November entwickelte sich die Geschichte unmittelbar unter den Fenstern meiner Freunde, die genau auf das Gebäude des Innenministeriums Moldawiens hinausgingen. Die Meschenmenge aus etwa eineinhalb Tausend Menschen bewegte sich, wie immer, vom Denkmal aus Richtung des Milizministeriums, um ihre Mitstreiter zu befreien. Auf dem Weg dahin schlossen sich ihr noch etwa eineinhalbtausend an. Als sie am Gebäude des Innenministeriums ankamen, kamen ihnen einige Milizbeamte entgegen und versuchten, die Menschenmenge zu überreden, auseinander zu gehen. Es gelang nicht. Es flogen Steine und leere Flaschen in Richtung der Fenster und der Milizbeamten. Sie zogen sich ins Gebäude zurück und riefen Unterstützung. Es begann eine mehrstündige Schlägerei, im Laufe derer die Initiative mehrfach die Seiten wechselte. Zunächst wandten die Milizbeamten, die eine Unterstützung bekamen, Gummistöcke und Wasserwerfer an. Es gelang ihnen, die Attackierenden um mehrere Blöcke zurück zu drängen. Aber die Menschenmenge gruppierte sich um, bewaffnete sich mit Steinen und Stöcken und stürmte erneut. Auf dem Weg zerstörten und zündeten sie alles an, was ihnen in den Weg kam – Urnen, Schaufenster, Reklameschilder, Verkaufskioske. Zuletzt nahmen sie das Holzgerüst des nach Michail Eminesku benannten Theaters auseinander, das gerade renoviert wurde, versperrten den Prospekt mit Barrikaden und versuchten die Miliz-Begrenzungen niederzudrücken. Die Miliz eröffnete warnende Schüsse in die Luft und zog sich in das Gebäude zurück. Aber dabei konnte sie sich nicht vor Opfern bewahren, manchen Milizbeamten, die nicht aufpassten, wurden die Schutzschilder und die Gummistöcke aus der Hand gerissen und das daneben stehende Milizfahrzeug wurde angezündet.

Das flammende Auto erweckte letztendlich zum Leben die scheinbar heidnischen Instinkte und die Menschenmenge, die um etwa neun Uhr abends nicht weniger als Zehntausend Menschen zählte, und beschloss, auch das Gebäude anzuzünden. In die Fenster flogen die mit Brandmischungen gefüllten Flaschen und einfach mit Benzin getränkten brennenden Holzstöcke. Das Gebäude begann an den Ecken zu brennen, und unter den Milizbeamten gab es erste Opfer. Von meinem Beobachtungsposten aus konnte ich bestens sehen, dass sich in manchen Fenstern des Innenministeriums

Scharfschützen versteckten. Sie hatten jedoch nicht geschossen. Sie hielten sich zurück.

Nach einiger Zeit kamen die Milizbeamten nach dem ersten Ansturm offensichtlich zu sich, gruppierten ihre Kräfte um und setzten aus einer der Seitentüren eine Sondereinheit aus; als Ergebnis eines kurzen Zusammenstoßes unter Einsatz des von Tränengas „Tscheremucha" (Faulbeerstrauch) nahmen sie etwa dreißig Angreifer fest. Nun hatten sie die Möglichkeit konkret zu verhandeln. Das funktionierte. Die am Gebäude des Innenministeriums angekommenen Abgeordneten – dieselben Schriftsteller Dabizha, Vijeru, Lari – überredeten die Milizbeamten die Verhafteten frei zu lassen und führten im Gegenzug die Menschenmenge zum Platz des Sieges, an dem die Protestaktion fortgesetzt wurde.

Hinter der Tür hörte man ein merkwürdiges Rascheln. Wir warteten ein wenig, bis es still wurde und schauten hinaus ins Treppenhaus. Dort war niemand. Nach einem Augenblick krächzte die Nachbartür und die Nachbarin kam heraus. Sie schaute sich um und zeigte mit dem Finger zuerst auf die Tür gegenüber und dann auf unsere Tür. „Seht nur!"
Auf den beiden Türen prangten weiße, mit der Kreide gemalte Kreuze. Die Tür der Nachbarin war sauber. Sie kam zu uns herein und erzählte, dass vor kurzen junge Menschen in die Hausverwaltung, in der sie arbeitete, hereingestürmt seien, die Mitarbeiterin, welche die Personaldaten verwaltete, bedroht und die Mieterlisten verlangten hätten. Wozu, hätten sie nicht gesagt.
„Zuerst rückte der Hausmeister nichts heraus", erzählte die Nachbarin, auf die moldawische Art das russische „L" am Ende der Verben ganz weich aussprechend. „Und dann gab er sie doch. Er hatte Angst."
Es war offensichtlich, dass die weißen Kreuze nichts anderes als Markierungen für Pogrome waren. Sie wurden auf die Türen der Nicht-Moldawiern aufgetragen. Die Nachbarin-Moldawierin flehte meine Freunde an, eine Weile bei ihr zu bleiben, denn zu ihr würden sie nicht kommen. Genauso machten wir es. Nach einer halben Stunde gespannten Wartens erklang im Treppenhaus ein Getrappel. Wir hörten, wie man die Tür herausgebrach und in die Wohnung

eindrang. Wir saßen still und warteten auf Schlimmeres. Von den anderen Etagen hörte man Schreie und Kampfgeräusche, Türen krachten, Glas zerbrach. Aber die Nachbarin behielt Recht – niemand klopfte an ihre Tür.

Nach etwa zwei Stunden, als der Krach vollständig verstummte, trauten wir uns vorsichtig ins Treppenhaus, schauten uns um und gingen dann durch die Öffnung der eingeschlagenen Tür in die Wohnung. Die Scherben des Deckenleuchters knirschten unter unseren Füßen. Das Innere der Schränke war herausgeworfen. Anstelle des Bildschirms von dem alten Fernsehen „Rekord" klaffte ein Loch. Das Glas gab es nicht mehr. Auf dem Boden lagen Bücher, Kissen, Geschirrscherben. Wir suchten nicht nach verschwundenen Sachen. Wir hatten keine Zeit. Obwohl die Nachbarin uns anbot, eine Weile bei ihr zu wohnen, beschlossen wir, dass wir weg müssten. Wenigstens für eine Zeitlang. Irgendwie passten wir die Tür in die Angeln und schafften es sogar, sie abzuschließen. Da hörten wir hinter unserem Rücken einen merkwürdigen Schluchzer. In der Türöffnung gegenüber, die genauso markiert war, stand eine ältere dunkelhäutige Frau, die ein etwa fünfjähriges Kind an sich drückte. Die Frau schaute uns mit einem irren Blick an und wiederholte aus blutendem Mund: „Gottyne, Gottyne!" („Gott, Gott!" – jiddisch).

Wir gingen in die Nacht hinaus. Es war etwa elf Uhr abends. Die Menschenmenge hatte sich ins Zentrum zurückgezogen und die anderen Straßen waren wie ausgestorben. Wir gingen durch den Hof und die unteren Sträßchen zum Markt hinunter, gleich neben dem sich der Busbahnhof befand. Es fuhren keine Busse. Aber als ich an der Kasse war, spürte ich eine unbestimmte Angst. Nein, natürlich verstand ich, dass die Kassierer und die Busfahrer gar nichts mit der tobenden Menschenmenge am zentralen Platz zu tun hatten. Trotzdem riskierte ich es nicht, Fahrkarten bis Tiraspol zu kaufen. Sicher ist sicher.

„Trej la Bender", bat ich auf Moldawisch.

Nach etwa zehn Minuten fuhren wir schon Richtung Bendery. Und von dort aus war es bis Tiraspol nur ein Katzensprung.

V Der Staat – das sind wir

Die Demokratieerfahrung

In Tiraspol herrschte Anfang 1990 zwar eine aufgeregte, jedoch vollkommen gelassene und geschäftige Atmosphäre. Hier bereitete man sich auf die Wahlen zu den kommunalen Räten und zum Obersten Rat Moldawiens vor. Für den Vereinigten Rat der Arbeiterkollektive, der praktisch seit einem halben Jahr die Stadt regierte, brach die Stunde der Wahrheit an – er sollte die Anerkennung des gesamten Volkes in den Wahlkreisen bekommen.
In einem kleinen Zimmer, in dem der Arbeiterrat (VRAK) tätig war, blieben die Türen keine Minute geschlossen, und im Zimmer selbst herrschte so ein rothaariges Biest mit dem entsprechenden Namen Betty. Sie konnte gleichzeitig telefonieren, den Besuchern etwas antworten, aus den nur ihr bekannten Schubladen die benötigten Dokumente herausfischen, die Aufgewühlten beruhigen und sogar noch mit Tee bewirten.
Wir, Volodja Ryljakov, Vertreter des Vorsitzenden und ich, versuchten zunächst uns im Flur zu unterhalten. Das aber war kaum möglich. Er wurde jede Minute abgelenkt, denn die Wahlen hatten schon begonnen und die ersten Ergebnisse trafen bereits ein. Aus einigen unvollständigen Sätzen konnte ich eines verstehen: die Wahlen sind eine Zwischenetappe, man muss sich auf eine seriöse Politik vorbereiten, weil Kischenev sie nicht in Ruhe leben lassen würde. Und genau darin bestand das Problem, denn der Vereinigte Arbeiterrat (VRAK) bestand hauptsächlich aus Arbeitern, echte Politiker und Diplomaten gab es in Tiraspol bisher nicht.
Nach etwa zwei Stunden lud Betty uns zum Borschtschessen, zu sich nach Hause ein: Ryljakov, den späteren Schöpfer des transnistrischen Finanzsystems Slava Zagrjadskij, ich glaube, noch Petr Zalozhkov und mich. Ich jedoch meinerseits lud meinen alten Bekannten Valera Lizkaj mitzukommen, Historiker, Diplomat, Spanienkenner und Politiker in einer Person. Lizkaj kam gerade aus Kischenev, wo er an der Universität unterrichtete und nach nationalem Merkmal vertrieben wurde. Nach welchem nationalen Merkmal in Wahrheit, hat er selbst nicht verstanden, denn wie bei den meisten Transnistriern,

waren in ihm viele Nationen gemischt. Außerdem nahm jemand von den Freiwilligen seine Wohnung in Beschlag. Ich denke, später bereute man in Kischenev mehr als einmal, dass man so mit dem Universitätsprofessor umgegangen ist, denn später gelang es meiner Meinung nach bei den Verhandlungen niemanden, Lizkaj, der infolge Staatssekretär und Außenminister der transnistrischen Republik wurde, zu überspielen.

Aber damals aßen wir einfach den von Betty gekochten schmackhaften Borschtsch, rissen Witze und griffen jede Minute zum Telefon. Der Arbeiterrat gewann in den Wahlen triumphal.

Die frischgewählten Abgeordneten Transnistriens wussten noch nicht, was sie im Obersten Rat Moldawiens erwartet, in den 87 Prozent Kommunisten gewählt wurden. Aber das Sagen hatte dort, warum auch immer, die Nationale Front. Wobei das kein besonderes Rätsel war. Zum Sekretär des Obersten Rates wurde der Sekretär der KpdSU Snegur gewählt, zu seinem Vertreter – derselbe Kommunist Chadyrke, der es schaffte, gleichzeitig der Parteisekretär der Schriftstellerunion zu sein und der anti-kommunistischen Nationalen Front. Dabei empfand er keinerlei innere Dissonanz. Es gelang ihnen, die wichtigsten Komitees mit den gleichen Kommunistennationalisten zu besetzen.

Jeden Tag gingen die Abgeordneten durch die Reihen der sogenannten „Mandaten-Kommission". Diesen Spitznamen verpassten die Transnistrier der vor den Türen tobenden Menge. Über den Funk informierte man die Menschen, wer gerade durch die Menschenreihen geht. Wenn es Transnistrier waren, begann man sie zu bespucken und mit verschiedenen Gegenständen zu bewerfen. Die Menschenmenge versammelte sich an dem Gebäude des Obersten Rates ständig, so dass der Eindruck entstand, dass sie und nicht Snegur die Arbeit des Parlamentes leitet. Wenn Mirtscha Ion Snegur einen der Beschlüsse nicht durchdrücken konnte, so fing er augenblicklich an, auf die Meinung des Volkes zu verweisen, die hinter den Gebäude-mauern bekundet wurde. Nach den gagausischen und den dubossarer Feldzügen von Snegur, Druk und Kostasch, wurden sie sogar von der moldawischen Mehrheit im Abgeordnetensaal mit den Ausrufen „Mörder!" und „Zurücktreten!" begrüßt. Aber die

„Meinung des Volkes" hinter den Mauern bezeugte eindeutig, dass die Initiatoren dieser Ausrufe das Gebäude nicht lebend verlassen würden.

Die Transnistrier bekamen praktisch nie das Wort, und wenn sie einmal das Wort bekamen, dann wurde so laut gepfiffen, dass man nichts hören konnte. Außerdem entstand eine wahnwitzige Sprachsituation. Die Moldawier sprachen auf Moldawisch, die Russen – auf Russisch. Und das ganze ohne eine Simultan-übersetzung. Wobei man auch kaum etwas hätte übersetzen können. Anstelle früherer Leiter gelangten an die Macht kaum gebildete Nationalisten, die hauptsächlich darüber sinnierten, dass Moldawien die ganze Sowjetunion füttere (offenbar hatten sie vergessen, dass die Republik in Form verschiedener Zuwendungen jährlich aus dem Zentrum eine Milliarde Dollar erhielt!) und forderten, die „Okkupanten" und „Mankurten" des Platzes zu verweisen. Unerklärlicherweise erinnerten sich alle an den bekannten Schauspieler Michaj Volontir. Der gutmütige, ruhige und weise Darsteller der Hauptrolle in dem allseits beliebten Film „Zigeuner" veränderte sich im Parlament völlig. Mit einem buchstäblich vor Wut verzerrten Gesicht konnte er von nichts anderem sprechen, als über die „verdammten russischen Okkupanten". Die einfach gestrickten Transnistrier schauten ihn erstaunt an und erlaubten es sich nicht zu glauben, dass ihr Vorbild – ihr Feind ist.

Mit jedem Tag wurde es klarer, dass die Transnistrier und die Frontisten nicht gemeinsam in einem Parlament tagen konnten. Es war nicht nur aussichtslos – es war nicht ungefährlich. Am 22 Mai 1990 als die transnistrischen Abgeordneten nach einer Sitzung aus dem Abgeordnetengebäude hinausgingen, wurden sie verprügelt. Die wildgewordene Menschenmenge riss die Frauen an den Haaren, zerriss die Kleidung der Männer, überschüttete sie von allen Seiten mit Schlägen. Dann wurde auf der Fahrbahn eine Kanalisationslücke geöffnet und man versuchte, die Abgeordneten hinein zu stopfen. Jedoch ertönte irgendwo aus dem Inneren des Parlamentes das Kommando: „Zurück!" Jemand begriff, dass das Verprügeln der Volksvertreter so ganz und gar nicht zu den demokratischen Wahlsprüchen passte, mit dessen Hilfe Moldawien in die Familie der westeuropäischen Staaten eindringen wollte. Die Menschen wichen zurück, wie auf Kommando. Diese Aktion erwies sich als der letzte Tropfen im Geduldsgefäß des linken Ufers. Es wurde die Entscheidung gefällt, die Parlamentssitzungen zu boykottieren.

Aus einem Brief an Maria
„…Unsere Generation ist in der festen Überzeugung groß geworden, dass alle existierenden Staaten, alle auf der Karte verzeichneten Grenzen – etwas Ewiges und Unverrückbares ist. Die Grenze hatte eine sakrale Bedeutung. Das war die Linie, für welche die Menschen ihr Leben hergaben, und das Territorium eines Landes selbst war so etwas wie ein Geschenk Gottes für alle Ewigkeit.
Urplötzlich veränderten sich die Grenzen direkt vor unseren Augen. Statt der Sowjetunion entstanden viele Staaten und viele neue Grenzen. Und höchstwahrscheinlich ist das nur der Anfang. Denn in Europa und in der Welt gibt es viele Gebiete, deren Strittigkeit in die Tiefe der Jahrhunderte reicht. Obwohl es nichts zu streiten gibt. Die Territorien sollten denen gehören, die heute dort leben. Keine einzige Nation hat in der Geschichte die ganze Zeit an einem und demselben Platz verbracht. Alle migrierten von Zeit zu Zeit irgendwohin. Sollte das etwa heute geklärt werden? Das ist ein Gegenstand des Studiums für die Archäologen und Historiker, nicht für die Politiker. Sobald sich Politiker in die Geschichte einmischen, beginnt der Krieg.

Unerwartet kam ich zu dem Ergebnis, dass alles in der Welt in zwei Teile geteilt ist: das, was Gott erschaffen hat und das, was die Menschen schufen. Das, was Gott erschaffen hat – ist ewig. Das, was die Menschen schufen – ist vergänglich. Man kann sogar sagen, es existiert gar nicht. Es existieren keine Staaten, keine Grenzen, keine Politik. Sonst wären sie nicht so leicht und so leichtsinnig verändert worden. Dafür gibt es große und weniger große Kulturen. Es gibt die Sprachen als Bestandteil der Kulturen.
Und es gibt den Menschen – das eigentliche Maß der Ereignisse. Aber, meiner Meinung nach, wird der kleine Mensch (im Sinne von Puschkin in der Bedeutung dieses Wortes) gar nicht mehr gebraucht. Sein Wert wurde gegen den Wert vielfältiger Ideen und Leidenschaften getauscht. Der Mensch findet sich immer mehr im Hinterhof der Geschichte. Die wichtigste Schöpfung Gottes, der Mensch, wird einfach aus dem Geschichtsprozess geworfen. Der Mensch ist zu

einer Ware geworden, die man verkaufen oder auf den Müll werfen kann. Auch töten darf man längst. Weil, wie ich bereits sagte, es nutzbringend ist. Genug denn, Grüße Jefim."

Die Geburt der Republik

Im Mai 1990 fand in Bendery eine Versammlung der Vertreter der Städte und Landkreise des linken Ufers und der Stadt Bendery statt. Es wurde beraten, was zu tun sei, falls Moldawien sich tatsächlich mit Rumänien vereinigt. Man beschloss, dass man in diesem Fall irgendwie im Bestand der Union bleiben müsste. Aber wie? Das war noch nicht klar. Jedoch schwebte die Idee der Bildung einer eigenen Wirtschaftszone seit langem in der Luft. Bis jetzt war die große Industrieregion gezwungen, 90% ihres Gewinnes an Kischenev zu überweisen. Als Ergebnis wurde die Hauptstadt rasend schnell aufgebaut und entwickelt, und für Tiraspol, Bendery und die anderen Städte und Dörfer Trans-nistriens blieben die Krümel vom Herrentisch übrig, was man auch mit bloßem Auge sah.

Am 2. Juni versammelten sich die transnistrischen Abgeordneten aller Regierungsstufen im Haus der Kultur im bulgarischen Dorf Parkany, das am linken Ufer genau gegenüber Bendery liegt. Sie nannten sich Parlamentstagung und verabschiedeten die Deklaration „Über die soziale und wirtschaftliche Entwicklung Transnistriens". Als rechtliche Grundlage für den hier gewählten Koordinationsrat, den Igor Smirnov anführte, dienten die Artikel des Grundgesetzes der UdSSR „über die allgemeinen Anfänge kommunaler Selbstverwaltung und örtlichen Landwirtschaft in der UdSSR".

Aus diesem Gesetz folgte: erstens, dass „die sich ländlichen Siedlungen, Dörfer und Städte zum Ziel einer effektiveren Durchsetzung ihrer Rechte und Interessen zu einer Assoziation zusammenschließen dürfen..." und zweitens, dass die „...örtlichen Räte der Volksabgeordneten berechtigt sind, territoriale und zwischenterritoriale Verwaltungsorgane zu gründen, ihre Struktur und ihren Status zu bestimmen."

Das heißt, es war alles im gesetzlichen Rahmen, worüber auch an Michail Gorbatschow berichtet wurde. Außerdem bat man

Gorbatschow, eine Kommission, bestehend aus den Mitgliedern des Präsidialrates sowie des Komitees der Grundgesetzüberwachung der UdSSR zu entsenden, um die Angelegenheit der Verletzung der Grundgesetz-Normen durch den Obersten Moldawischen Rat zu prüfen. Gorbatschow schwieg.
In Kischenev nahm man dies als ein Zeichen zum Handeln. Gegen die Teilnehmer der Tagung (Abgeordnete, die eine juristische Immunität genossen, wohlbemerkt), wurden Anzeigen erstattet. Es war unklar, aufgrund welchen Artikels, denn die Transnistrier übertraten keine Gesetze. Die Bildung einer freien Wirtschafszone innerhalb der Moldawischen Sozialistischen Republik für Separatismus zu halten, bringt man auch nicht über die Lippen. Mit anderen Worten, Kischenev versuchte die Transnistrier für die strenge Einhaltung der Gesetze der UdSSR und der Moldawischen SSR zu bestrafen.

Aber bereits nach zwanzig Tagen änderte sich alles grundliegend.

Am 23 Juni erließ der Oberste Rat Moldawiens die Deklaration über die Souveränität, und denunzierte gleichzeitig den Molotow-Ribbentrop-Pakt, der Transnistrien theoretisch in alle vier Himmelsrichtungen entlassen müsste, weil es vor dem Abschluss des Paktes weder zu Moldawien, noch zu Rumänien gehörte. Doch dieser Gedanke kam nicht in die erhitzten Köpfe der moldawischen Regierungsmitglieder. Sie begriffen nicht, dass sie mit ihren eigenen Händen die juristische Basis für die Bildung der Transnistrischen Moldawischen Republik bereiteten. Die Gagausen reagierten als Erste auf den Beschluss des moldawischen Parlaments und riefen am 19. August 1990 die eigene Republik Gagauz Eri aus. Nun waren die Transnistrier an der Reihe.
Am 2. September 1990, ebenso dort, in Parkany beschloss die Parlamentstagung der Abgeordneten aller Regierungsstufen Transnistriens, inklusive der Abgeordneten der am rechten Ufer liegenden Bendery:

1. Die Bildung der Transnistrischen Moldawischen Sozialistischen Sowjetrepublik innerhalb der Union der Sozialistischen Sowjetrepubliken (nach einem Jahr wird diese Bezeichnung geändert und die Region erhält den

neuen Namen – die Transnistrische Moldawische Republik.).
2. *Den Bestand der Transnistrischen MSSR sollen die Landkreise Grigoriopols, Dubossary (der am linken Ufer liegende Teil), Kamenskoe (der am linken Ufer liegende Teil), Rybniza, Slobodzeji (inklusive des am rechten Ufer liegenden Teils), die Städte: Bendery, Dubossary, Rybniza und Tiraspol bilden.*
   In der Zeit bis zum 1. November 1990 sollen jeweils Referenda auf den Ratsgebieten durchgeführt werden, in denen die Bevölkerung ihren Willen noch nicht bekunden konnte.
3. *Als Hauptstadt soll die Stadt Tiraspol festgelegt werden.*
4. *Bis zur Verabschiedung einer eigenen Symbolik soll die Symbolik der UdSSR verwendet werden.*
5. *Ein provisorische Obersten Rat der TMSSR aus insgesamt 50 Personen soll gewählt werden, der mit den Wahlen bis spätestens*
   1. Dezember 1990 beauftragt wird.
6. *Zum Vorsitzenden des provisorischen Obersten Rates der TMSSR wird Smirnov, Igor Nikolajewitsch gewählt.*
7. *Der provisorische Oberste Rat der TMSSR wird beauftragt, aus seinen Reihen ein Präsidium aus 18 Personen zu wählen.*

So wurde der Staat gebildet. Eigentlich aus der Ausweglosigkeit. Dabei wurde aber kein einziges Gesetz verletzt, weder das der UdSSR, noch der Moldawischen Sowjetrepublik.

Im Gegenteil, die damaligen Gesetze wurden vom damaligen Moldawische Parlament verletzt. Die Transnistrier waren hoch und heilig davon überzeugt, dass sich Moldawien mit der Verabschiedung des Unabhängigkeitsaktes auf den Weg des Separatismus und der Vernichtung eines einheitlichen Staates begab. Deshalb war der einzige Ausweg für sie, sich von den Separatisten abzugrenzen, indem sie eine eigene Autonomie im Rahmen der Sowjetunion gründeten. Und, wenn man ganz ehrlich sein will, interessierte es sie nicht, welchen Namen Russland zu dem Zeitpunkt trug, sie wollten mit Russland zusammen bleiben. Übrigens, sie erklärten auch nie, sich von Moldawien abspalten zu wollen. Moldawien war dasjenige, das sich von der Union abspaltete, also auch von ihnen. Obwohl, zu Zeiten der Revolutionen interessierten die Gesetze die Wenigsten. In den Vordergrund drängte sich immer nur die Propaganda.

Die Beschuldigung, dass die transnistrische Republik selbsternannt sei, stammt ebenso aus der Abteilung der Phantomvorstellungen, aus dem mit Hilfe von Propaganda bearbeitetem Bewusstsein. Existiert in der Welt ein einziges Land, das sich anfangs nicht selbst ernannt hat? Es existiert kein solches Land. Mehr noch, die Staaten wurden in der Regel von einer bestimmten sozialen Bevölkerungsgruppe gebildet und ausgerufen. Genauso wie es in Moldawien vor den Augen der Transnistrier geschah. Dort wurde der Beschluss zur Bildung eines unabhängigen Staates vom Parlament verabschiedet, das von den Menschen-Ansammlungen am zentralen Platz angepeitscht wurde. Transnistrien ist möglicherweise der einzige Staat, der aufgrund eines Referendums gebildet wurde. Für seine Bildung stimmte das ganze Volk - 97,7% der Wähler.

Die Kischenever Zeitungen veröffentlichten die Ente, Transnistrien sei „durch die Hand des Kremls" geschaffen worden. Wenn das so wäre! Wenn das so wäre, dann hätte sich die 14. Russische Armee nicht während der Kampfhandlungen hinter den Zäunen ihrer eigenen Einheit versteckt und die transnistrische moldawische Republik hätte nicht eine Blockade nach der anderen erlebt. Tatsächlich fuhren die Transnistrier mehrfach, beginnend im Herbst 1990, als es zu den ersten Opfern kam, nach Moskau zu den damals noch Unions-Führungskadern und baten sie um Hilfe. Einmal empfing sie sogar Gorbatschow. Mehrfach empfing sie Lukjanow, der Vorsitzende des Obersten Rates der UdSSR. Später stellte es sich heraus, dass er hinter dem Rücken der Transnistrier ein ganz anderes Spiel spielte und versuchte, die Republik als Druckmittel in den Verhandlungen mit den moldawischen Politikern einzusetzen: wenn ihr einen neuen Unionsvertrag unterschreibt, werden wir im Gegenzug Transnistrien zur Raison bringen. Darüber hinaus, als im Dezember 1990 die Abgeordneten des Obersten Rates der UdSSR, die Transnistrien vertraten, Nikolaj Kostischin, Boris Palagnjuk und Jurij Blochin den Antrag stellten, die TMSSR anzuerkennen, taten gerade Gorbatschow und Lukjanov alles, um diesen Antrag zu blockieren. Die Anerkennung hätte aber das Blutvergießen verhindern können. Auf diese Weise verließ der Glaube an die Hilfe seitens des Unionszentrums die Transnistrier, und sie begriffen, dass sie nur auf sich allein zählen konnten. Sie haben es spät begriffen, aber sie haben es

begriffen. Sich von einem Glauben zu verabschieden ist immer schmerzhaft, was Igor Smirnov auch eingestand:
„Der Glaube verließ uns gleich. Und er, der Glaube in die Autorität, in die Personalien, kam uns teuer zu stehen. Auch unter dem Gesichtspunkt des Aufbaus unserer Staatlichkeit. Aber wir waren so, wie wir waren. Nur allmählich kam die Erkenntnis, dass weder die Regierung noch die Partei uns brauchte. Die Erkenntnis der Realität war bitter, aber eine wirksame Medizin. Wir haben verstanden, dass nur wir, und nur wir für die Rechte der Moldawier, Ukrainer, Russen, Bulgaren, Juden, Deutschen, Polen, Tataren, Weißrussen – einfach nur Menschen – kämpfen mussten. Wir verstanden, dass dies allein die Garantie für den Schutz der Staatlichkeit Transnistriens ist, und dass wir diesen Staat bilden müssen, koste es was es wolle. Wir waren gezwungen, diesen Staat zu bilden, als wir begriffen, dass es keinen anderen Weg gibt."

Auf diese Weise entstanden 1990 an den Ufern des Dnjestrs – wenn man die gagausische Autonomie nicht mitzählt, zwei Staaten. Der Erste, Moldawien, in dem die Rechte einer Nation erste Priorität hatten, wurde von der internationalen Gemeinschaft anerkannt. Den Zweiten, Transnistrien, der es auf sich nahm, einfach die Menschenrechte zu schützen, erkannte man nicht an. Noch nicht.

Was stellten sie nicht an, um der Welt zu gefallen! Zu jeder Frage wurde per Referendum abgestimmt. Zu allen Wahlen – Unmengen an internationalen Beobachtern. Das Parlament wurde gewählt, der Präsident wurde gewählt, alle demokratischen Institutionen wurden gegründet. Wirtschaftlich überlebte man, mehr schlecht als recht, selbstständig, sogar ungeachtet der permanenten Blockade, man lieh sich kein Geld – selbst wenn man es gewollt hätte, hätte man nichts erhalten. Wer leiht schon den Ausgestoßenen etwas? Das einzige, was man noch nicht gelernt hatte, war sich gegen die Propagandalawine aus Kischenev zu wehren. Aber auch hier wurde man Opfer der internationalen Normen von Demokratie. Tiraspoler Zeitungen fand man in Moldawien nicht, auch wenn man sie bei hellem Tag mit einer Laterne suchte. Das transnistrische Fernsehen war ebenso blockiert. Dafür nicht in Transnistrien – bitte schön. Hier gab es in jedem Kiosk alle moldawischen Zeitungen. Fernsehen? So viel Sie wollen, nicht nur moldawisches, sondern auch rumänisches.

Ungewollt, ohne es zu wünschen, befand sich Transnistrien in Opposition zur gesamten Welt. Weshalb? Weil man nicht die Nation, sondern den Menschen lieben wollte. Weil man nicht in die bereits vorgezeichnete Schemata des Zerfalls passte? Weil man seine Traditionen und Kultur erhalten wollte? Weil man akribisch, blind und dumm die sowjetischen und die inter-nationalen Gesetze einhielt und nicht bemerkte, dass die Welt sich von Grund auf verändert hatte, und die Rechte eines einzelnen hilflosen Menschen überflüssig wurden? Oder deshalb, weil sogar seine Panzerfahrzeuge mit der Aufschrift „Du sollst nicht töten" glänzten?

VI Die Segnung zum Blutvergießen

Auf den Spuren des „rumänischen Geistes"

Aus der gleichen Sorte Menschen, die sich vor die Panzer warfen und das Gebäude des Innenministeriums demolierten, bildete der Premier-Minister Moldawiens Mirtscha Druk einige Tage vorher Freiwilligentruppen und gab Ihnen zur Hilfe eine Sondereinheit der Polizei. Anschließend schickte er sie nach Gagausien, um dort die gesetzliche Ordnung herzustellen. Die Truppe bekam die Segnung von demselben Abgeordneten-Geistlichen Buburus und von den gleichen Abgeordneten-Schriftstellern, die scheinbar die Menge der Pogromhelden beruhigten.

Man muss sagen, ihre Ermahnungen an die Menge waren mehr als sonderbar. Einerseits, riefen der Chefredakteur der Zeitung „Zara" der Nationalen Front Nikolae Dabizha und die Dichter Vijeru und Lari die wildgewordene Menschenmenge irgendwie zur Ruhe auf, andererseits strotzten ihre Reden nur so von derartigen Aufrufen, dass es klar wurde: die Ruhe war das Letzte, was die Frontisten-Führer brauchten. Sie warfen offen die Namen der „Feinde" in die Menge und genauso offen riefen sie auf, mit ihnen abzurechnen. Es blieb einzig die Reihenfolge zu bestimmen.

Und sie wurde festgelegt: die Gagausen waren die Ersten.

Die Tatsache, dass der Premierminister und führender Frontist Druk selbst die Pogromhelden unter seine Fittiche nahm, lässt keine Zweifel, dass auch alle vorangegangenen Aktionen nicht spontaner Natur waren. Sie waren sorgfältig von oben organsiert. Aufgeladen wurden sie mit der entsprechenden Ideologie von den Abgeordneten-Schriftstellern. Die Propaganda fiel auf einen bereiteten Boden. Die Großzahl der Freiwilligen bestand aus Auszubildenden der professionellen technischen Lehranstalten und Lumpenausbildungen. (Lumpen – vom marxistischen Begriff Lumpenproletariat abgeleitetes russisches Wort für sozial Deprivierte)

Das harte Leben in der Hauptstadt in den ärmlichen Studentenheimen für Bettlerstipendien konnte keine Freude bringen. Deshalb glaubten sie so gern den Schönrednern der Nationalen Front, deren Parolen so einfach wie verständlich waren. Wenn du keine Wohnung

hast, dann, weil alle Wohnungen von den Russen und Juden besetzt sind. Wenn du kein Geld hast, dann deshalb, weil das ganze Geld die Russen und Juden besitzen. Deshalb muss man sie verjagen und ihnen das Geld und die Wohnungen wegnehmen.
Ging es noch einfacher?

Ungefähr zehn Jahre später, ich glaube, es war im Jahr 2000, meine Bekannte Gesa Pansch und ich tranken Kaffee in einem außergewöhnlichen Hamburger Café, das wie ein Floß an dem Pfahl direkt auf dem Wasser der Inneren Alster flatterte. Die Innere Alster ist eine Bucht, die tief in die Stadt dringt, entweder von der an diesem Ort sehr breiten Elbe, oder direkt von der Nordsee. Ich kam nicht dazu, das herauszufinden. Gesa, die ein hervorragendes Russisch sprach und mir freiwillig bei meinen Auftritten half, führte mich aus dem Café über den mit Wasser bespritzten Steg in einen mir unbekannten Teil Hamburgs. Hier standen grundsolide Villen und direkt in der Luft war so eine beständige Ruhe ausgegossen, dass es schien, sie wurde hier seit Jahrhunderten nicht gestört. Warum auch immer, erinnerte ich mich an die Zeilen Rubzovs:

So ruhig ist es hier,
als ob Natur hier niemals
Erschütterungen je gekannt.

Die Natur vielleicht nicht. Was man über die Menschen nicht behaupten kann. Meine Aufmerksamkeit erregte eine alte Kirche, auf deren Wand sich eine Bronzetafel dunkel absetzte. Auf der Tafel stand geschrieben, dass bis 1933 in diesem Stadtviertel 9000 Juden lebten, nach 1945 jedoch nur 300 am Leben waren. Ich, der zu diesem Zeitpunkt bereits Kilos über Kilos an Büchern über den Nationalsozialismus und den Genozid gelesen hatte, begriff plötzlich zum wiederholten Mal, dass ich nichts verstanden hatte.

„Gesa", sagte ich. „Ich weiß alles darüber und trotzdem verstehe ich nichts. Ich weiß alles und verstehe nicht, wie die Menschen, ganz alltägliche Einwohner das ruhig mitansehen konnten, wie man ihre Nachbarn vernichtet. Wie ist das passiert?"

„Es geschah allmählich", erklärte Gesa. „Wir Deutsche sind kein hastiges, dafür ein gründliches Volk. Natürlich kam niemand auf den Gedanken anzukündigen, dass die Juden in Konzentrationslager gebracht werden mit dem Ziel der späteren Vernichtung in den Gasöfen. Die Ruhe im Volk muss man hüten. Man hat einfach bekannt gegeben, dass man sie in andere Teile Deutschlands bringe, und man deshalb ihre Wohnungen, Häuser, Lädchen und Geschäfte einnehmen dürfe. Eine gute Sache. Es wurden Listen erstellt. Alles wurde ehrlich aufgeteilt, streng nach der getroffenen Reihenfolge. Über das Schicksal der früheren Besitzer dachte man in der Regel nicht nach. Wir sind ein gesetzestreues Volk. Es wurde gesagt, dass es erlaubt ist – dann ist es erlaubt.

„Gut, über die Gaskammern hat man geschwiegen. Aber an jeder Ecke posaunte man doch die Großartigkeit des arischen Geistes, die Überlegenheit der deutschen Nation über die anderen aus. Wurde da niemand argwöhnisch?

„Wer soll denn dagegen sein, dass seine Nation über den anderen steht, und sein Geist der höchste ist? Damit gab es keine Probleme. Natürlich, nach dem Krieg, als die Wahrheit über den Holocaust offen gelegt wurde, waren viele schockiert, empörten sich, brandmarkten Hitler. Aber, merk dir, sogar nach alledem gab niemand sein umsonst erworbenes Eigentum wieder zurück. Im Grunde konnte es auch niemandem mehr zurückgegeben werden. (Anmerkung: Natürlich weiß Jefim Berschin, dass es auch in Deutschland Widerstand gab)

Man bot den Freiwilligen an, den Marsch auf den zukünftigen Wohlstand in der Budzhak-Steppe zu beginnen – als ob ausgerechnet dort Freiheit, Demokratie und der Sieg des „rumänischen Geistes" vergraben wären. Das Durcheinander in den Köpfen der Freiwilligen war groß, aber offensichtlich glaubten sie fest daran, dass man für eine glückliche Zukunft etwas opfern müsste. Zunächst wurden die Gagausen als Opfer ausgewählt. Ihre Mentoren waren ebenso bereit, Opfer zu bringen. Nicht nur die Gagausen und Transnistrier, sondern das eigene Volk, diese Knaben aus den beruflich-technischen Lehranstalten, die sich als fruchtbarer Boden erwiesen, in den man die Samen des Hasses setzen konnte.

„Faschistische Ideologien versteckten ihren Kern schon immer in einer goldenen Schale", las ich mir in Gedanken meine Notizen für Mary vor. „Mancher gab sich als Humanist aus, mancher – als Demokrat. In Moldawien wurde alles darüber hinaus mit dem Gottes Namen verdeckt. Der Zug nach Gagausien und Dubossary wurde von einem orthodoxen Geistlichen gesegnet. Sie küssten das Kreuz, bevor sie töteten. „Die Gebote des bessarabischen Rumänien" verkörperten eine Art mosaischer Gebote. Die Nationale Volksfront nannte sich nach einigem Überlegen christlich. Die Mönche aus dem Kloster von Kizkany versteckten Waffen bei sich. Vom Glockenturm desselben Klosters, von den Klosterdienern gedeckt, schossen Scharfschützen. Formale Worte, formale Geistliche, formaler Gott. Tiefer konnte man nicht fallen.
Die das Wort leer aussprechen und die den Namen Gottes leer aussprechen, waren eins. Die Menschen suchten in ihren Worten Leben und fanden den realen blutigen Tod auf dem Kampffeld eines völlig unnötigen Kampfes. Sie suchten das Leben... War es nicht an sie adressiert: „Was sucht ihr nach Lebendigem zwischen den Toten?"

Es wurde aber gesagt: „Du sollst nicht stehlen." Die Diebe jedoch, die sich immer für jemand anderen ausgeben, als die, die sie wirklich sind, versuchten erneut das WORT zu stehlen. Sie hörten irgendwo, dass „das WORT bei Gott war", jedoch pfiffen sie mit wunderbarer Barbarei darauf, dass „das WORT bei Gott war"; sich demonstrativ bekreuzigend, zogen sie in einem so gar nicht christlichen Kreuzzug an die Ufer des großen Flusses, der in seinen Gewässern im Laufe der langen und unruhigen Geschichte nicht wenige dahergekommene Kämpfer beruhigte. Sie zogen los mit leerem Herzen, aber mit Gott auf den Lippen, so als ob sie vorher schon alle ihre Sünden auf ihn geladen hätten.
„Viele werden Mir an diesem Tag sagen: 'Gott! Gott! Haben wir nicht in Deinem Namen geweissagt? Haben wir nicht in Deinem Namen den Teufel ausgetrieben? Haben wir nicht in Deinem Namen Wunder getan?'
Und dann werde Ich ihnen sagen:
'Ich kannte euch nie. Geht weg von mir, ihr, die Gesetzloses tut.'"

Der Feldzug auf Budzhak

Die Männer witzelten und zogen sich gegenseitig auf.
„Hey, Pjetro, dein Lauf ist schlecht geölt, du achtest schlecht auf deine Waffe."
„Lass' mich bloß in Ruhe", winkte Pjetro ab. „Siehst du nicht, mein Abzug klemmt."
Das Volk prustete einmütig in die Handflächen. Tatsächlich war es lustig, denn als Waffen dienten die Eisenstäbe. Aber das Lachen und die Witze konnten die in der Luft summende Spannung nicht überstimmen – man fuhr, um wenn schon nicht mit den Waffen zu kämpfen, dann in jedem Fall um sich zu wehren. Genaugenommen, um sich erbittert zu wehren. Die Eisenstäbe sind ebenso Waffen – in einem Nahkampf. Gefährliche Waffen.
Diejenigen, die bereits in den Bussen saßen, warteten ungeduldig auf die, die sich verspäteten, denn der anstehende Weg war alles andere als kurz, und die Sonne stand schon tief. Endlich setzte sich die Kolonne in Bewegung. Sie bewegte sich langsam durch die Straßen, bog um das Theatergebäude herum, rauschte an dem seit langem schlafenden Bauern- und Flohmarkt vorbei, bog nach links ab und dehnte sich in einer zwei Kilometer langen Schleife bereits auf der Landstraße nach Odessa aus. Natürlich gab es auch einen anderen Weg in die Budzhak-Steppe, direkt über den Dnjestr. Aber über den Dnjestr durfte man nicht. Deshalb fuhr die Arbeiterwehr den Umweg – über Odessa und Palanka.

Die Souveränitäts-Parade in Moldawien begann im Juni 1990. Am 23. verabschiedete das Parlament den Unabhängigkeits-Akt, womit es eindeutig seinen Austritt aus der Sowjetunion verkündete. Eine zusätzliche Verärgerung im Volk rief die Tatsache hervor, dass man sich mit ihm kein einziges Mal abstimmte. Während in den baltischen Republiken Referenden durchgeführt wurden, in denen das Volk selbst entscheiden konnte, mit wem und in welchem Land es leben wollte, fand in Moldawien kein einziges Referendum statt. Stattdessen karrte man Zehntausende zuvor vorbereitete Menschen auf den Zentralen Platz in Kischenev zu einer Protestaktion zusammen, die sich „Große Nationalversammlung" nannte.

Die Teilnahme an der Aktion wurde bezahlt. Die Redner riefen das Volk leidenschaftlich zur Unabhängigkeit und Befreiung von Okkupanten auf, und die Menschenmenge rief einmütig „Zhos!" also, „Raus!" Auf die gleiche Weise entschieden dieselben wenigen Tausend Menschen, deren Meinung gegen die Meinung von Millionen eintauscht wurde, über das Schicksal des Landes. Die Millionen wurden nicht gebraucht. Das Volk stört immer nur. Jede Erinnerung an Referenden rief bei den Anführern der Nationalen Front Wut hervor. „Wir können es nicht irgendjemandem erlauben, die zarten Pflänzchen der Hoffnung zu vernichten, die durch die Nationalversammlung gesät und hoch gezogen wurden", behauptete auf der Konferenz der Nationalen Front Ion Chadyrke. „Wir können die Entweihung dieser heiligen Hoffnung nicht zulassen; nicht zulassen, dass jemand sie auf die Waage eines Referendums wirft, und, sich hinter den Panzern versteckend und spekulierend auf den „Willen der Mehrheit", uns zwingen würde, an dem Referendum teilzunehmen und unser eigenes Todesurteil zu unterschreiben."

Weshalb scheute man so sehr die Referenden? Glaubte man dem eigenen Volk nicht? Leonida Lari erklärte es ganz einfach: unser Volk ist von den Besatzern verdorben und die Sache unserer Befreiung und der Vereinigung mit unseren Brüdern auf der anderen Seite von Prut können wir nicht in ihre Hände legen. Der erste stellvertretende Vorsitzende der Nationalen Front Jurije Roschka formulierte in seinem Vortrag eine der Aufgaben wie folgt: „Den Vertretern anderer Nationen ist zu erklären, dass sie nicht das Recht haben, für das rumänische Volk die Frage seiner Selbstbestimmung zu entscheiden."
Auf diese Weise und mit Hilfe der „Großen Nationalen Versammlungen" und der Nationalfrontisten, die für den Zeitpunkt an der Spitze des Parlamentes standen, wurde der Unabhängigkeits-Akt verabschiedet. Das Parlament hatte zu diesem Zeitpunkt eine große Ähnlichkeit mit dem traurig in Erinnerung gebliebenen „Sfatul Zerij", weil zu dieser Zeit die Transnistrier und die Budzhaker ihn bereits verlassen hatten. Genauer, sie wurden hinausgepresst.
Als Antwort darauf gab man am 19. August 1990 im Komrat die Bildung der Gagausischen Republik (Gagaus Eri) bekannt, die von

Stepan Topal und Michail Kendigeljan angeführt wurde. Im Budzhaker Süden lebten nicht nur Gagausen, sondern auch Bulgaren, Moldawiern, eine geringe Anzahl an Russen und Juden. Jedoch unterstützten alle die Bildung der Republik.

Als der moldawische Innenminister Ion Kostasch von dem Auftauchen eines weiteren Staatsgebildes auf der geographischen Karte Bessarabiens erfuhr, während er vorhatte, selbst Wahlen zum Obersten Rat durchzuführen, gab er den Befehl, unter dem Vorwand von Stabsübungen, Gagausien durch Milizkräfte einzukreisen. Am 26. Oktober führte Mirtscha Snegur im Süden Moldawiens den Ausnahmezustand ein. Und sein Namensvetter, Premierminister Mirtscha Druk, ordnete an, an Komrat eine Freiwilligengruppe zu entsenden, bestärkt durch eine Sondereinheit der Miliz OPON. Das allgemeine Kommando über die „Kampftruppen" führte Kostasch persönlich durch, der seinen Stab in der zu Komrat benachbarten Chimischlija einrichtete.

Als die Führer Gagausiens die Nachricht erhielten, dass sich in Richtung Komrat und Tschadyr-Lunga Zehntausende von Freiwilligen in Bewegung gesetzt hatten, erbaten sie Hilfe in Transnistrien. Und gegen den Abend desselben Tages fuhren die Arbeiter aus Rybnizy, Dubossary, Bendery und Tiraspol Richtung Komrat los. Die Busse der Tiraspoler, die wohlbehalten Odessa erreichten, fuhren scharf Richtung Westen ab – in Richtung Karolina-Bugaz. Die Straßen entlang des Meeres waren damals scheußlich. Sie schlugen sich fast nur nach Gefühl durch, entrissen mit den Scheinwerfern Senken und Schlaglöcher. In der Nähe von Zatoki überwanden sie die Brücke über das Haff und legten eine Ruhepause ein. Der tiefe Nachthimmel war klar, die Sterne beleuchteten die leeren und stillen Buchten, die sich an der rechten Seite neben dem Dnjestr-Haff verbargen und versanken in dem ungestümen Meer. Der Herbst war bereits angebrochen und das Meer war unruhig. Nach der Pause fuhren sie weiter – durch den ukrainischen Budzhak in Richtung des moldawischen, nach Nord-Westen. Die Arbeiter wurden ruhig. Jemand schlief, jemand unterhielt sich in Flüsterton mit seinem Nachbarn – aus Rücksicht auf die Schlafenden. Auf der moldawischen Seite der Steppe waren die Straßen eindeutig besser, deshalb kamen sie gegen Morgen des 27. Oktobers nach 18 Stunden am Zielort an.

Tschadyr-Lunga, wenn sie auch nicht in Panik war, so summte und zischte sie wie ein Topf voller Mamalyga (dicker Maisbrei in Moldawien, Rumänien und der Ukraine verbreitet) Die Angekommenen erfuhren, dass die Freiwilligen sich bereits vor den Zugängen zu Komrat befanden. Sie schlugen ihr Lager in der Steppe auf, sich auf den Angriff vorbereitend. Auch die Gagausen verloren keine Zeit: sie blockierten das Territorium, stellten Truppen der Selbstverteidigung zusammen, und diese bewaffneten sich so gut es ging: mit Steinen, Stöcken, Eisen-stäben. Die Ankunft der Busse empfingen sie mit Begeisterung: „Jetzt sind wir zusammen. Jetzt gehen wir nicht unter." Manche trugen Ikonen heraus, warfen Blumen zu Füßen der Transnistrier.

Als es endgültig hell wurde, rückten sie in die Steppe hinter der Stadt aus und stellten sich zu einer „Wand" auf. Auf der moldawischen Seite hörte man laute Aufrufe. Auf der anderen Seite schwieg man, fest die Eisenstäbe umklammernd. Angehörige der OPON gaben Warnschüsse ab und verlangten, dass die Menge auseinander gehe. Gagausen und Transnistrier schickten sie dorthin, woher sie kamen. Die Freiwilligen bewegten sich vorwärts. In diesem Moment ertönte ein grässliches, halb Krächzen, halb Krachen. Die Transnistrier und Budzhaker gingen zur Seite und ließen eine diabolisch anmutende Maschine nach vorne durch, auf deren Dach ein Maschinengewehr stand. Das Krachen hallte durch die ganze Steppe. Die moldawischen Freiwilligen zuckten und wichen zurück.

Dieser gagausische „Panzer" wurde später berühmt und mit Legenden ausgeschmückt. In Wahrheit verhielt es sich so: Die örtlichen Handwerker nahmen einen gewöhnlichen Raupentraktor und versahen ihn von außen mit Stahl- und Blechplatten. Sobald man den Motor startete, fing die ganze Konstruktion zu zittern, zu krächzen und zu krachen an, so, dass einem die Haare zu Berge standen. Dieses majestätische Bild krönte ein aus dem örtlichen Museum entwendetes Maschinengewehr aus der Zeit des I. Weltkrieges.

Nach einer Weile jedoch, als die Freiwilligen sich von dem Schock erholt hatten, begannen sie, angetrieben von Kostasch und den OPON-Einheiten, sich erneut auf einen Sturm vorzubereiten.

Er hätte auch gewiss stattgefunden, Blut wäre vergossen worden, wenn sich nicht die Kräfte des Innenministeriums der UdSSR und die Landungstruppen eingemischt hätten. Derart hat sich der Vorfall auf dieser Etappe erledigt. Allerdings zogen die Seiten daraus unterschiedliche Schlüsse. Der stellvertretende Vorsitzende des Rates der Moldawischen Nationalen Front Jurije Roschka gab in seinem Vortrag in der Konferenz der Nationalen Front fast buchstäblich Folgendes an: „Heute, wenn wir uns an die Freiwilligenbewegung erinnern, können wir mit der ganzen Überzeugung behaupten, dass keine einzige Republik imstande war, in einer so kurzen Zeit eine so hohe Anzahl an Menschen zur Verteidigung des eigenen Landes zu mobilisieren. Die Freiwilligen-Bewegung zeigte uns und der ganzen Welt den Zusammenhalt unseres Volkes und die Fähigkeit, sein Recht auf die Freiheit und Zukunft zu verteidigen.

Wie der Anteil der Nationalen Front an der Mitwirkung bei der Organisation der Freiwilligen-Truppen war, wisst Ihr, die Vertreter der Kreis- und Ortsabteilungen der Nationalen Front am besten. Es ist nicht unsere Schuld, dass das Parlament es zuließ, belogen zu werden, indem es die Sowjetarmee unter dem Kommando Schatalins einlud, in unserem eigenen Haus auf-zuräumen – das eben von ihnen besetzt wurde. Recht hatte Leonida Lari, als sie sagte: „Wo gab es denn so etwas, dass Stefan chel Mare die Türken zur Hilfe gerufen hätte, um Budzhak und die Unabhängigkeit des Landes zu verteidigen?"

Der zukünftige Präsident Transnistriens Igor Smirnov reagierte auf die Ereignisse anders: „Im Jahr 1990, als wir noch innerhalb der UdSSR lebten, appellierten wir natürlich zu allererst nicht an die internationale Gemeinschaft, sondern an Moskau. So war es auch zu dem Zeitpunkt, als Gagausen im Süden Moldawiens ihre Wahlen durchführten, und die dort angekommenen Polizisten und Freiwillige versuchten, die Wahlen mit Gewalt zu verhindern. Gagausen und Transnistriern gelang es damals gehört zu werden: das Blutvergießen konnte verhindert werden, es wurden die Kampftruppen des UdSSR-Innenministeriums eingeführt. Jedoch schon zu diesem Zeitpunkt gab es das Verständnis, dass das Zentrum auch mal auf all das Bitten und Betteln nicht reagieren könnte, und wenn es reagieren würde, dann postfactum, wenn man Massenbeerdigungen durchführen müsste. Deshalb machten wir uns auf den Weg, den Gagausen zu helfen, ohne die Reaktion aus dem Zentrum abzuwarten, die transnistrischen Freiwilligen aus allen Orten und Kreisen der transnistrischen moldawischen Republik – mit Bussen, ohne Waffen, denn als Waffen dienten damals nur die Eisenstäbe. Sie hatten keine Angst, sie warteten nicht ab. Und die Einheit der Handlungen, dieser Mut demonstrierte Kischenev in hohem Maße: wir werden unsere Wahl, unsere Republik, die Rechte unseres Volkes verteidigen."

Die Aufgabe Roschka's, „den Vertretern anderer Nationen zu erklären, dass sie nicht das Recht haben, für das rumänische Volk die Frage seiner Selbstbestimmung zu entscheiden" hat man möglicherweise sogar erfüllt. Es gelang nicht, etwas anderes zu erfüllen: den Gagausen und Transnistriern zu erklären, dass die Menschenmenge auf dem Kischenever Platz des Sieges das Recht hat, die Frage ihrer Selbstbestimmung zu entscheiden. Der Feldzug auf Budzhak und die darauffolgenden Ereignisse machten die Opponenten endgültig zu Feinden.

Metamorphosen der Liebe

Aus einem Brief an Martin
„Weißt Du, Martin, ich glaube, ich war schon immer in der Opposition. Sogar dann, als ich noch ein nicht von überflüssigem Intellekt belasteter Komsomolze war. Sogar damals, als ich mit weit aufgerissenen Augen voller Patriotismus mich an den Gedichten über den Krieg und Sieg des nahenden Kommunismus berauschte. Sogar damals. Weil mir schon immer – immer! – irgendetwas zum vollständigen Glück fehlte. Weder Essen noch Kleidung. Nein. Liebe. Mir fehlte immer die Liebe. Und ohne Liebe konnte ich mir kein Leben vorstellen. Ich hatte das Gefühl, ich liebe alle. Jedoch unerwidert. Deshalb litt ich und predigte leidenschaftlich die Liebe. Und ein Mensch, der Liebe predigt, befindet sich immer in der Opposition.
Ja, mir fehlte immer die Liebe und Menschlichkeit. Sehr lange glaubte ich den Lügen, der Halbwahrheit, dem Verschweigen, mit denen ich seit meiner Kindheit gefüttert wurde und die fähig sind, nicht nur so einfache Gemüter, wie ich es war, zu verwirren. Nichtsdestotrotz setzte ich gleich nach jedem ihrer Punkte mein Komma, um nach der Liebe zu fragen. Deshalb war ich in der Opposition.

Wir versanken in etwas Nicht-Existentem, im Nebel, in Abstraktionen. Im Laufe von Jahrzehnten liebten wir alles Abstrakte. Die abstrakte Herrschaft. Den für viele abstrakten Imperator. Die abstrakte sozialistische Wahl. Den abstrakten Stalin. Die abstrakte Perestroika. Oder wir liebten sie nicht. Wiederum abstrakt. Wir liebten abstrakt. Wir aber wurden von gar keinem geliebt.

Dann teilte sich die große sowjetische Gesellschaft in zwei große Lieben-Nichtlieben. Ein Teil liebte nun die Demokraten (oder liebte sie nicht). Der andere Teil, der den größten Teil der „souveränen Staaten" bildet, liebte die Nation. Dabei, versteht sich, die eigene Nation. Aber weil diese beiden Lieben-Nichtlieben ebenfalls abstrakt sind, geschah eine seltene Metamorphose: es stellte sich heraus, dass die abstrakte Demokratie und der offenkundige Nationalismus sich praktisch durch nichts unterscheiden. In Bezug auf Menschen. Weil sie gar nicht um das Schicksal eines Einzelnen, im Wind der Veränderungen stehenden Individuums, besorgt sind.

Aber weshalb bloß, ungeachtet des äußeren Widerstandes, kamen „unsere Demokraten" und „unsere Kommunisten" sich so nahe?

Weil die Demokratie, anstatt das Mittel, die Methode der gesellschaftlichen Existenz zu werden, zur Ideologie wurde, zu einem „Deckmantel". Sie stellt noch immer denselben Sowjet-Kommunismus dar, nur mit dem Präfix „Anti-". Sie predigt wieder nicht die Liebe zum Menschen, sondern den Hass. In diesem Fall – auf den Kommunismus. Zu dem wieder abstrakten Kommunismus, den es nicht gibt und der nicht vorgesehen ist.

Wir hatten keinen Kommunismus. Wir hatten eine wahnwitzige, zwischengeistige Diktatur der Partei- und Parteikader-Ideologie. Das, was sie darstellten, hat keine Liebe verdient. Wenn ich mich an diesen ganzen ideologischen Wahnsinn erinnere, Martin, verfalle ich in eine Starre. Über die vielen Hunderttausend Opfer spreche ich gar nicht. Die sowjetischen Ideologen schärften uns den Hass zu allem Lebenden ein, das über die Rahmen der Ideologie hinausragte. Und nichtsdestoweniger komme ich mit Erschrecken zu der Erkenntnis, dass Kommunisten und Anti-Kommunisten praktisch eins und dasselbe sind. Weshalb? Weil beide sich auf die gleiche Ideologie konzentrieren. Nur, dass die Einen für sie und die Anderen gegen sie eintreten. Und das, statt sie endgültig zur Geschichte zu machen und nie mehr zu ihr zurückzukehren. Sie schicken sie nicht weg. Sie können es nicht. Weil weder die Einen, noch die Anderen sich von

ihr wie von einem Ofen losreißen können. Sie haben nichts außer ihr in ihren Seelen. Und folglich, haben weder die Einen noch die Anderen eine Zukunft. Es schien, es wäre nur natürlich, wenn der Hass durch Liebe abgelöst würde. Aber ein Hass löste den anderen Hass ab. Wir werden keine Demokratie haben, so lange man diesen Begriff mehr als eine einzelne Persönlichkeit liebt. Und so lange die an der Macht bleiben, die die Demokratie und Liberalismus zum eigenen, gar nicht uneigennützigen Zweck usurpiert haben.
Was bedeutet schon „die Macht des Volkes"? Die Macht von allen? Über allen? Über wem? Ich entschuldige mich für eine gewisse Abenteuerlichkeit meiner Überlegungen, aber ich denke, dass es im Prinzip gar keine Macht des Volkes gibt. Nirgendwo. Die Technologien der Meinungsbeeinflussung der Massen haben eine solche Perfektion erreicht, dass man die Ergebnisse fast aller Wahlen vorher prognostizieren kann.

Ich würde statt einer Demokratie eine gewisse „Egokratie" vorschlagen. Die Macht der Persönlichkeit. Die Macht der Persönlichkeit über sich selbst, über die eigene Innere Welt, die für den einzelnen Menschen nicht weniger als das Weltall ist. Die Verträge zwischen den Staaten sollten zuletzt abgeschlossen werden. Und zuerst – die zwischen den Nachbarn einer Wohngemeinschaft. Das ist natürlich auch eine Utopie. Aber, wenn wir die zwischenmenschlichen Beziehungen, die zwischenmenschlichen Liebe und Moral wie einen Abgrund hinterlassen, wird in ihn eines wunderschönen Tages jedes sorgfältig aufgebaute Staatsgebilde hineinkrachen. Und nicht nur bei uns. Weil Gott und Gottes Gebote nicht für alle sind. Sie sind für jeden Einzelnen. Individuell.
Liebe unterscheidet sich von „Macht des Volkes" genauso wenig, wie Liebe von „Macht der Nation". Praktisch ist beides ein und dasselbe. Trotz allem riefen die nationalen Bewegungen beinahe alle zuerst die Probleme und die Rechte der Nation als Priorität Nr. 1 aus. Und wie sie behaupten, kämpfen sie für die Freiheit. Das ist ein eigenartiger Liberalismus. Aber noch Berdjaev sagte, dass das Gefühl eines freien Menschen das Gefühl der Schuld für alles sei, was um ihn herum getan wird. Deshalb ist es mir unbegreiflich, wie man für die Freiheit um jeden Preis kämpfen kann, ohne das Böse zu spüren, das den Vertretern anderer Nationen, die gleich nebenan leben, dadurch widerfährt. Sogar der eigenen. Ich verstehe nicht, warum ein Moldawier sich erst dann frei fühlen würde, wenn er die Russen, Ukrainer, Bulgaren, Juden, Deutsche, Gagausen , die in Transnistrien leben, gezwungen hat Moldawisch zu sprechen.

Und während dieser Zeit kämpft zwischen den zwei alles verschlingenden ideologischen Polen ein konkreter „kleiner" Mensch ums Überleben. Er hat seine eigenen Probleme, sein Unglück und seine Gewohnheiten: die Sprache, die er spricht, das Land, in dem er lebt, die Sicherheit seiner Angehörigen, er hat einen natürlichen Wunsch so zu leben wie er möchte und kann. Ihm zittern die Beine vor Angst in den Abgrund zu fallen. Er weiß nicht, wie er angesichts der Katastrophe leben soll. Er wehrt sich. Er verbittert. Und, manchmal mit Hilfe von außen, manchmal von selbst, greift er zur Waffe. Er kann nicht einmal seine Wünsche und seine innere Überzeugung, im Recht zu sein, artikulieren, in Worte kleiden, und zahlt mit der gleichen Münze, die in Geschosse gegossen ist. So fing der Krieg in Transnistrien an und so wurde er fortgesetzt.

Die westliche Zivilisationen kamen nicht von ungefähr um die Begeisterung für Philosophie des Seins – des Existenzialismus – umhin, von Phänomenologie Husserls und der Lehre Kierkegaards bis hin zur fundamentalen Ontologie Heideggers. Offensichtlich begriff man dort, dass, wenn man nicht in die Tiefe des menschlichen Wesens vordringt, wenn man den Mensch nicht wie eine Welt in sich selbst, eine souveräne Substanz betrachtet, die westliche Gesellschaften vor einer Sackgasse steht. Kann sich eine Gesellschaft, die mit gesichtslosen Menschen besiedelt ist, die nicht lieben gelernt haben, entwickeln? Wobei die Gesichtslosigkeit, wie es jetzt klar wird, eine durchaus reale Erscheinung sowohl unter Diktatoren wie auch in den Demokratien ist.

Natürlich stellten die Existentialisten nicht nur zufällig die Frage, wie der Mensch angesichts der geschichtlichen Katastrophen leben soll und im Allgemeinen über die Wesensart der menschlichen Persönlichkeit. Ganz genau – die menschliche Persönlichkeit. Weil, wenn die Persönlichkeit leben wird, wird auch die Gesellschaft leben. Die Souveränität der Persönlichkeit, die Kostbarkeit jedes einzelnen Menschenlebens muss den Charakter eines Gesetzes haben. Dabei müssen die Menschen aller Staaten, anerkannter und nicht anerkannter, nicht nur die, in denen sich demokratische Regime lange etabliert haben, als Persönlichkeiten anerkannt werden. Wir aber geben uns als Menschenliebhaber aus, und achten dabei überhaupt nicht auf die Wünsche der Menschen selbst. Deshalb können wir ihm nicht erklären, wie man angesichts unserer konkreten historischen Katastrophe leben soll. Deshalb lieben wir ihn nicht und werfen uns in die Extreme – von einer Kultdemokratie bis hin zu eingefleischtem Nationalismus.

Natürlich gefällt es mir ausgesprochen gut, dass die Existentialisten den Versuch unternahmen, die menschliche Wesensart anzusprechen. Einzig unklar ist, wie der Existentialismus es schaffte, zu Sartre's Zynismus und zum letzten Keilschlag zu werden, der die Kultur endgültig zerschlug? Vielleicht deshalb, weil der Mensch in einer Gesellschaft geboren wurde, in der er lange Zeit nur eine Zugabe zu einer Tankstelle war? Oder gab es auch hier nicht genug Liebe? Aber weshalb fällt es uns so schwer, einen Menschen zu lieben, der zu einer anderen Nation gehört, sich zu einer anderen Religion bekennt, der schlicht anders denkt? Wir suchen doch selbst aus, wen wir lieben. Aber wir lieben in der Regel die, die wir verstehen, ohne Anstrengung.

Die jahrelange Verehrung abstrakter Idole und abstrakter Theorien führte uns zu der Verehrung einer abstrakten Demokratie und abstrakter nationaler Interessen. Zu neuen Idolen, zu neuem Heidentum. Aber die Krone, die von der Wurzel abstrahiert wurde, wird weder blühen noch Früchte tragen. Deswegen ist alles miteinander verbunden in dieser Welt. Und wir werden nicht glücklich auf fremdem Unglück. Und unsere Tage auf Erden werden nicht verlängert. Und der Besiegte, den wir Feind nennen, bringt uns keine Liebe und Frieden. Genau deshalb wurde gesagt: „... liebt Eure Feinde, segnet die, die Euch verfluchen, tut wohl denen, die Euch hassen und betet für die, die Euch erniedrigen und verfolgen."

Aber, oh GOTT! Wie nur? Wie können wir es lernen, alles verstehend, zu segnen die Tötenden? Wohl zu tun den Hassern? Den Verfolgern? Die Flammen auf die Kinder Ausspuckenden? Da bin ich bisher machtlos. Ich kann keine Antwort finden.

Oder bin ich wieder in der Opposition?

Die ersten Opfer

Genka Kozlov, Schlosser des örtlichen mechanischen Industriebetriebes, lief aus allen Kräften zum Verkehrskreis, dorthin, wo sich vor der Dnjestr-Brücke die Schnellstraße nach Poltava mit der Autobahn Dubossary-Tiraspol kreuzt. Die Augen weit geöffnet, das Hemd aufgeknöpft – eine Granate in der Hand. Ihm entgegen liefen verschreckte Menschen, die mit Polizei-stöcken, mit Gas und

Schüssen von Polizisten von der Brücke weggetrieben wurden. Genka rief irgendetwas, versuchte die laufende Menschenmenge aufzuhalten, aber man hörte ihn nicht. Und nun, als die Polizisten die Dubossarer von der Brücke auf gute Einhundert Meter weggedrängt hatten, stürmte Genka in direkt in die Reihe nagelneuer Uniformen. Man sah deutlich, wie er den Granatenring ergriff und vor irgendeinem Offizier stehen blieb. Was er ihm genau sagte, war nicht zu hören, aber offensichtlich bedrohte er die Polzisten mit der Granate und forderte deren den Abzug aus Dubossary. Später erzählte er, dass er den Polizisten zwei Varianten angeboten hatte: entweder sie gehen, oder er sprengt sie und sich selbst in die Luft.

In diesem Moment kamen an dem Verkehrskreis Busse an, aus denen weitere Dutzende Männer heraussprangen.

Die Polizisten zeigten Skrupel und wichen zurück. Entweder bekamen sie Angst vor den Männern oder vor Genka's Granate. Sei´s drum. Später, als der Untersuchungsrichter Kozlov zu Hause aufsuchte, um die Waffe zu beschlagnahmen, stellte sich heraus, dass es eine Lerngranate war. Eine gewöhnliche Lerngranate RGD-1.

Am Abend zuvor kamen aus Komrat die rybnizer und dubossarer Arbeiter, die den Gagausen zur Hilfe eilten. Sie organisierten eine kleine Aktion, bei der sie detailliert erzählten, womit sie es in der Budzhaker Steppe zu tun hatten. Möglicherweise wegen der Aktion, vielleicht aber funktionierte einfach nur die Intuition, am nächsten Morgen erreichte die Spannung in Dubossary jedoch seinen Höhepunkt. Vor dem Gebäude der Bezirksverwaltung versammelten sich spontan Frauen und verlangten, dass deren Vorsitzender Mizkul sowie der Vorsitzende des Bezirksrates Popa die Stadt verlassen. Es war bereits bekannt, dass ausgerechnet sie in der Stadt und im Bezirk Flugblätter mit nationalistischem Inhalt verbreiteten. Mizkul leugnete es, aber aus seinem Büro holte man stapelweise Flugblätter, die man gleich hier am Platz, an dem immer mehr Menschen eintrafen, verbrannte. Die Dubossarer Milizbeamten A. Bevzjuk und V. Artemij, die eine Erkundungstour an das rechte Ufer unternahmen, berichteten, dass man dort polizei- und freiwillige Kräfte für einen Angriff auf die Stadt zusammenzieht. Allerdings leugneten die Vertreter des Innenministeriums Moldawiens dies beharrlich. Dann stürmte der Vorsitzende des Stadtrates, Vjatscheslav Finagin selbst in

Richtung des rechten Ufers, um das zu überprüfen. Die Männer überwältigten ihn und hielten ihn fest, sie wollten nichts riskieren, umso weniger, als neue Beweise dafür auftauchten, dass die Freiwilligen und die Polizisten sich in Richtung Dnjestrbrücke in Bewegung gesetzt hatten. Dann versuchten die Dubossarer die Brücke zu blockieren. Aber es war zu spät.

Die über die Niederlage vor Komrat wütenden Freiwilligen teilten sich in zwei Gruppen. Die kleinere bewegte sich Richtung der rumänischen Grenze, wo sie unweit von Ungarn den Grenzposten und die Zollstation erfolgreich zertrümmerte.

Die Hauptkräfte zogen nach Dubossary, wo sie am Morgen des 2. November eintrafen. Die Operation leitete der Stellvertretende des Innenministers Plemedjale, der seinen Stab in der Nähe, in Kriuljany, unterbrachte.

Um drei Uhr mittags stürzte sich die Armada aus Zweieinhalb Hundert bewaffneten Offiziersschülern aus Polizeilehranstalten und Tausenden von Freiwilligen, angeführt von Oberst Pojkov (ihn bedrohte Kozlov augenscheinlich mit der Lerngranate) auf Dubossary. Die auf der Brücke stehenden Bürger, die es aber nicht geschafft hatten, die Brücke zu blockieren, drückte man in Richtung Stadtzentrum zurück. Es fielen Schüsse.

Als am Gebäude des Stadtrates die ersten Verwundeten eintrafen, fingen die Männer an, die Autos und Busse anzuhalten und rasten zur Brücke. Dort trafen sie die vor Entsetzten flüchtenden Menschen an, Schüsse und den ätzenden Geruch des Gases „Faulbeerstrauch".

Die Polizeibeamten setzten sich in die Busse und taten so, als ob sie wegführen. Jedoch fuhren sie nicht in Richtung Kischenev, sondern um Dubossary herum. Ich und eine Gruppe Journalisten zwängten uns in einen Minibus, den die Mitarbeiter der Fernsehstation Ostankino unter der Führung des Spezialkorrespondenten Medvedev (desselben, der später der Pressesprecher von Präsident Jelzin wurde) mieteten, und fuhren hinterher. Parallel stürzten die dubossarer Männer quer durch die Stadt, um der Polizei den Weg abzuschneiden. Auf einmal, wer weiß woher, tauchte auf dem Weg der Polizei ein Bagger auf. Ohne lange zu überlegen, eröffneten die Polizisten das Feuer und durchlöcherten ihn. Der Fahrer blieb unversehrt. Dann zerrte man ihn auf die Straße, verprügelte ihn und fuhr weiter. In der Vorstadt Bolschoj Fontan blockierten unbewaffnete Menschen die Straße, die sich an den Händen hielten. Man eröffnete gegen sie sofort das Feuer aus Automatischen. Aber sie standen. Sie wurden beschossen, aber sie standen. Das Ergebnis: sechzehn Verletzte und drei Tote. Oleg Geletjuk, Valerij Mizul und Vladimir Gotka. Ein Ukrainer und zwei Moldawier. Welche Moldawier waren die Freiwilligen im Begriff zu „retten"? Über „die Rettung" welcher Moldawier sprach unermüdlich Snegur? Oder hatte der Interpret der „13 Strophen über Mankurten" die Worte Vijeru's „Hinfort, Meute!" in der Tat an die Moldawier adressiert, die nicht Rumänen werden wollten?

Man konnte es nicht glauben. Damals waren das Blut und die Toten noch keine alltägliche Erscheinung für uns. Damals war man noch nicht so weit diese Linie zu überschreiten. Aus nächster Nähe? Aus Automatischen? Auf Unbewaffnete? Das alles passte vorerst in keinen Rahmen. Die Augen sahen es, aber das Gehirn weigerte sich, es aufzunehmen. Sascha Porozhan, der Stellvertreter von Finagin im Stadtrat, verlor seine Stimme, als er die benachbarten Bezirke und die nächsten Orte im Gebiet Odessa anrief. Niemand glaubte es. Auch Igor Smirnov glaubte es nicht, als er darüber informiert wurde. Ohne eine Hilfe abzuwarten, holten die Arbeiter schwere Technik aus den Betrieben, fuhren Stahlbetonplatten heraus und blockierten die Stadt von allen Seiten. Etwa 20.000 Frauen und Kinder wurden zur Militäreinheit gebracht und dort versteckt. Die Soldaten gaben den Kindern ihre warmen Mäntel, räumten die Kasernen und verbrachten selbst die kalte Novembernacht auf der Straße.

Wir drängten uns in der Gaststätte, die sich genau gegenüber dem Rathaus befand, und schliefen in der Nacht nicht. Wir schliefen nicht, weil widersprüchliche Gerüchte die Stadt aufwühlten. Zuerst wehte die Nachricht herbei, die Arbeiter aus Rybnizy und die Bauern aus den umliegenden Dörfern seien schon unterwegs, um den Dubossarern zu helfen. Dann kam die Nachricht, dass die Polizisten die unbewaffnete Rybnizer weit vor den Toren der Stadt auseinander trieben, und auch aus Tiraspol gelang es niemandem, durchzukommen. An den Außenstraßen richtete man Kontrollposten ein, an denen man Feuer aus Autoreifen entzündete. Um die Feuer drängten sich Menschen. In der Luft stand ein dichter Geruch verbrannten Gummis.

Schon am Morgen erfuhr man, dass sich in Rybnizy tatsächlich Menschen mit Pfählen und Eisenstäben sammelten, um Dubossary zu Hilfe zu kommen. Aber man informierte sie rechtzeitig, dass die Polizei die Straße nach Dubossary bei dem Dorf Gojany blockierte. Sie hatte zuvor eine Schlacht in Djujbany veranstaltet, in dem sich Bauern mit Schaufeln und Mistgabeln ebenso anschickten, zur Hilfe zu kommen. Die unbewaffneten Menschen gegen automatische Waffen in der Nacht loszuschicken riskierte niemand. Dafür fanden sich am Morgen Spezialisten, die es schafften, die Busse um die Schnellstraße herum zu führen, direkt über die Felder. Auch die Tiraspoler kamen nach.

Doch all das löste das Problem der Stadtverteidigung nicht. Eisenstäbe, Schaufeln und Mistgabeln gegen die Automatischen waren der reinste Selbstmord. Dann ersannen die dubossarer Anführer eine „militärische List": für den Anfang schleppten sie vor den Augen der versammelten Menschenmenge auf das Gebäudedach sorgfältig getarnte Wasserrohre, die sie als Waffenläufe ausgaben. Danach wählten sie einige hundert Männer aus, die sie aufreihten und vom Platz mit der Verlautbarung wegführten, man führe sie zur Ausgabe von Automatischen weg. Das funktionierte. Auf dem Platz befanden sich nicht wenige Informanten von Plemedjale, und die Nachricht darüber, dass Dubossary sich mit Automatischen und Artillerie bewaffne, erreichte sehr schnell seine Ohren. Offenbar rettete das die Stadt. Die Sucher des rumänischen Geistes wichen zurück.

Bis zum Auseinanderbrechen der Sowjetunion verblieb noch etwas mehr als ein Jahr. Aber die sowjetischen Führer unternahmen nichts, was die Gewalt an den Dnjestrufern wirklich hätte abwenden können. Wahrscheinlich konnten sie es nicht. Vielleicht wollten sie es nicht. Sie lösten staatstragende Probleme, die im Staat selbst niemand mehr verstand. Das Zentrum sonderte sich von den Außenbezirken ab. Das Zentrum schloss sich innerhalb des Moskauer Gartenrings ein und versuchte zu überleben. (Gartenring – die Moskau umrundende Umgehungsstraße, die als innere Stadtgrenze gilt.) Aber es ist unmöglich zu überleben, wenn man sich auf niemanden stützt. Das Zentrum verriet seine eigenen Außenbezirke. Und am 6. November kam fast ganz Transnistrien in Dubossary zusammen. Man verabschiedete sich von den Opfern. Man verabschiedete sich, glaubte aber zu dieser Zeit noch nicht, dass es erst der Anfang werden sollte. Dass die Hauptopfer noch kommen werden. Obwohl über die Trauerprozession ein Plakat mit der Aufschrift wehte: „Gorbatschow! Wessen Blut wird morgen vergossen?", glaubten sie es trotzdem noch nicht. Aber sie glaubten inzwischen, dass sie es durchstehen werden.

Vor dem Prozessionsbeginn bemerkte ich an der Wand des Stadtrates ein riesiges Stück Karton mit der Beschwörung:

„Genosse! Merke dir diese Namen:
    Geletjuk O. W.
    Mizul V. W.
    Gotka W. N.
Sie starben, als sie ihre Familien, Frauen und Kinder verteidigten.
Sie verteidigten auch uns.
Finde in deinem Herzen ein helles Eckchen für die Erinnerung.
Denke daran: das Böse darf nicht ungestraft bleiben, sonst kehrt es zurück."

Ich erinnere mich noch, wie ich still bei mir merkte, dass das christliche „Alles-Vergeben" dem alttestamentarischen „Zahn um Zahn" gewichen war. Und noch etwas anderes: die Bevölkerung Dubossarys rollte sich irgendwie zusammen, verschmolz und fühlte sich wie noch nie als ein Ganzes. Damals, bei der Beerdigung formte jemand den berühmten spanischen Aufruf aus den Zeiten des Bürgerkrieges um und artikulierte: „No Dubossaran!"
Ich weiß nicht, was genau Moldawien mit den umgehängten Automatischen in der altertümlichen transnistrischen Stadt Dubossary am 2. November 1990 suchte. Aber ich weiß genau, was sie dort verlor. Am 2. November 1990 verlor sie Transnistrien endgültig. Von da an trennte die Ufer nicht nur das Dnjestrwasser, sondern auch menschliches Blut.

VII Ein Maler stellte es uns dar...

Auf dem harten Sitz des Dieselzuges Kischenev-Odessa versuchte ich mit mir selbst über die Freiheit zu diskutieren. Schlicht und einfach. Klare Sache, nichts mehr braucht unsereiner als zu sinnieren. Umso mehr, da der Zug sich nur mit Mühe vorwärts bewegte und fast schon an jedem Mast hielt, an jeder kleinen moldawischen Station, an der die auf ihn wartenden Bauern mit den Säcken über den Schultern die maroden Wagen im Sturm einnahmen. Von den benachbarten Sitzen direkt aus den Säcken erklang das typische Grunzen der Ferkel, piksten sich die Hühnerschnäbelchen frei, und manchmal übertönte das Gepolter der Räder des Zuges das irgendwo hinter dem Rücken ausbrechende gellende Hahngeschrei, der schrie als ob der kopfüber in den Sack gehüllte, halbverrückt gewordene Vogel Angst hätte, das Zeitgefühl zu verlieren. Oder schrie er um die verlorene Freiheit?
Und am Fenster schwebten die gemächlichen moldawischen Anhöhen vorbei, geschmückt von den Traubenlocken. Und Dima Borko, der Fotokorrespondent der „Nezavisimaja Gazeta" („Unabhängige Zeitung") achtete nicht auf die interessierten, auch mal argwöhnischen Blicke der Mitfahrer, versuchte direkt durch das wackelnde Fenster zu filmen und riskierte es, zusammen mit seiner Apparatur auf irgendeinen schreienden und schwer atmenden Sack zu krachen. Er war in diesem Moment absolut frei.
Als ein Mensch, der weit von der Philosophie entfernt ist, neigte ich dazu, den Sachverhalt maximal zu vereinfachen, bis hin zu einem einfachen Dilemma: die Freiheit von etwas und die Freiheit für etwas. Wobei sogar das mich weit führte.
Ich verstand schon, dass das Wesen einer unbegrenzten, nicht organisierten Freiheit genauso schrecklich wie ein Selbstmord ist. Und genau das zeichnete schon immer unser Volk aus. Wenn ihm der Zurrgurt schon unter den Schwanz geraten ist und es dabei ist, um jeden Preis die Freiheit zu erreichen, dann geht es bis zum Ende, bis zur äußersten zügellosen Grenze, bis zum Selbstzerfall und Selbstzerstörung. Danach sammelt der Mensch selbst den Rest seines Lebens ein, schließt sich im Rahmen einer monströsen Diktatur ein und beginnt, alles von neuem aufzubauen.

Als Ergebnis gibt es gar keine Freiheit. Man gewinnt den Eindruck, dass der leibhaftige Mensch ihr im Wege steht. Und, um die Freiheit zu erlangen, muss man sich nur des Leibes entledigen. Was auch regelmäßig geschieht.

Bei dem Versuch, die grenzenlose Freiheit von etwas zu erlangen, baut sich eine interessante Kette auf, deren letztes Glied die Freiheit von sich selbst ist. Weil niemand weiß, wann er stehenbleiben muss. Wenn man versucht, die volle Freiheit auf Kosten Anderer zu erlangen, ist das Problem leichter zu lösen – unausweichlich wird man auf den erbitterten Widerstand derer stoßen, die über die Freiheit ganz andere Vorstellungen haben. Auf diese Weise bekommt die „Freiheit ohne Grenzen" ihre Grenzen. Aber das Schwierigste stellt sich in der Regel erst später heraus, wenn die Illusion der grenzenlosen Freiheit in vollem Ausmaß entsteht. Genau da bildet sich die Frage: wofür?

Es stellt sich heraus, als man Seite an Seite marschierte, gab es die Illusion eines gemeinsamen Ziels. Als man angekommen war, zeigte sich, dass jeder ein anderes Ziel hatte, und die Vor-stellungen über die Freiheit – ebenso unterschiedlich sind, und wie man dies nun miteinander vereinen soll – unbekannt.

Und inzwischen liegt alles in Ruinen.

Der bekannte Philosoph Grigorij Pomeranz (siehe letztes Kapitel) erzählte mir irgendwann, dass er sich innerlich nie so frei gefühlt habe, wie im stalinistischen Lager. Als er im frostigen Sonnenuntergang, vor der Schlafenszeit, zusammen mit einem Freund, entlang des Stacheldrahts seine Runde ging und sich seiner Lieblingsbeschäftigung hingab – dem Denken. „Diese beste aller Freiheiten, die Freiheit zu Denken, konnte niemand stören, weder die Wachposten auf den Türmen, noch die bösartigen Schäferhunde, noch der Anblick der armseligen und düsteren Baracken, noch die absolute Ungewissheit meines Schicksals."

„Der Zug fährt nicht weiter! Die Straße ist blockiert! Alles aussteigen!" Eine plötzliche Stimme aus dem Lautsprecher über meinem Kopf unterbrach meine wirren Überlegungen. Und Dimka krachte mir doch noch auf die Knie, zusammen mit seinem Fotoapparat. Ich sah aus dem Fenster. Auf der rechten Seite, ein wenig weiter vorne erkannte ich die Umgebung von Bendery. Und auf der linken Seite die Zitadelle, wie sie noch immer mit schweren türkischen Kanonen die tapferen Soldaten Panin's bedrohte und sich schwer über dem Dnjestrufer auftürmte.

Als wir einige Hundert Meter über die Zugschienen gelaufen waren, sahen wir endlich, was man eine Blockade nannte. Direkt auf den Schienen lagen Holzbretter, darauf saßen wie auf Gartenbänken Frauen, in Gruppen zusammengekauert. Sie waren recht zahlreich – etwa Dreihundert. Etwas weiter davon stand ein gewöhnliches Zelt aus Segeltuch, und in der Erde steckten Holzpflöcke mit Plakaten: „Moldawien! Hände weg von Transnistrien!", „Wir wollen nicht zu Rumänien!" und „Freiheit für Igor Smirnov und Gimn Pologov!"

Wir kamen entlang von Zäunen zur Schnellstraße heraus, von wo uns ein in unsere Richtung fahrender PKW bis zur Stadt mitnahm. Ich war erstaunt über die Gesichter der Bewohner von Bendery, die sich bis zur Unkenntlichkeit verändert hatten. Von der früheren trägen Ruhe war nicht eine Spur geblieben. Überall spürte man die Spannung und beunruhigende Erwartung. Das Arbeiter-Komitee erinnerte eher an einen Kriegsstab, es summte wie ein Bienenstock, schellte mit den Telefonen und knallte mit den Türen. Man sah uns recht misstrauisch an, verlangte unsere Dokumente und verglich lange die Fotos darauf mit den Originalvorlagen. Endlich begriff man, dass wir zur Moskauer und nicht zur Kischenever Presse gehörten, da wurde man wieder gutmütig, bewirtete uns mit Tee und bot uns sogar ein Auto nach Tiraspol an. Zum Abschied vergaß man nicht, uns daran zu erinnern, dass wir die Wahrheit schreiben sollten und nur die Wahrheit. Wir versprachen es.

In Tiraspol herrschte das gleiche Bild. Von der früheren Ruhe war nichts mehr geblieben. Über die Straßen huschten die Autos mit den AGUM's (Arbeitergruppen zur Unterstützung der Miliz) und den Kämpfern der territorialen Rettungsgruppen (TRG's). Sie sahen recht kämpferisch aus, auch wenn sie keine Waffen trugen. Dima Borko versuchte einen dieser Lastwagen, der gerade am Rathaus vorbei fuhr, zu fotografieren – der Wagen blieb augenblicklich stehen und die Retter stürzten sich auf Dima, um den Fotoapparat aus seinen Händen zu reißen. Die uns schon bekannten Mitarbeiter des

Wachdienstes und der damalige Assistent des Vorsitzenden der Republik Valerij Lizkaj kamen ihm zur Hilfe.
Am Tiraspoler Bahnhof musste dann ich gerettet werden. Irgendein Provokateur sagte einer Gruppe von Frauen, die die Eisenbahnwege blockierten, er hätte mich im Hauptquartier der moldawischen Nationalen Front gesehen.
„Ich bin von der „Literatur-Zeitung!", überdeckte ich seine Stimme mit meinem Bass.
„Na, was habe ich gesagt!" zwitscherte wieder der Provokateur los.
„Er ist von der „Literatura schi arta". Das ist auch eine Literaturzeitung!" In die Menschenmenge zwängte sich ein Kämpfer der TRG und verlangte meine Dokumente. Die Frauen fuchtelten wütend mit den Armen. Dimka lief los, um Hilfe zu holen. Der Kämpfer schaute lange, zu lange meine Dokumente an.
„Nein", endlich begriff er: „Der ist aus Moskau."
Jetzt eilte man, den Provokateur zu suchen. Aber der hatte sich in Luft aufgelöst. Die Frauen wollten mich trotzdem nicht in Ruhe lassen.
„Warum schreibt man nicht die Wahrheit über uns?"
„Warum will man uns nicht verstehen?"
„Seit wann verteidigt Moskau Faschisten?"

Noch im April 1991 wurden von der moldawischen Polizei der zukünftige Schöpfer des transnistrischen monetären Systems Vjatscheslav Zagrjadskij (ihm vergab man den Vorschlag nicht, die Budgets Transnistriens und Moldawiens zu trennen) und der zukünftige Vorsitzende des Obersten Rates Grigorij Marakuz gefangen genommen. Die Situation spitzte sich jedoch besonders nach dem Scheitern des sogenannten August-Putsches in Moskau zu. Der moldawischen Führung fiel nichts Besseres ein, als den Transnistriern das Etikett „Putschisten" anzuhängen, obwohl die Tiraspoler Führer nicht im Traum daran dachten, Janajev und seine Kampagne auf irgendeine Weise zu unterstützen.
Die Verhaftungen begannen. In Komrat verhaftete man die Führer Gagausiens Stepan Topala und Michail Kendigeljan. In Bendery – den Vorsitzenden des Stadtrates Gimn Pologov. In Dubossary – den stellvertretenden Stadtratsvorsitzenden Aleksandr Porozhan und

noch einige Andere. Dem Abgeordneten G. Popov aus Grigoriopol brach man bei der Verhaftung die Rippen. Als man in die Wohnung von Boris Bodnar stürzte, verprügelte man zunächst seine Frau.

Eine anschauliche Unterrichtsstunde der großen Politik genoss der Vorsitzende der Republik Igor Smirnov. Zunächst bekam er die Benachrichtigung, dass es eine Übereinkunft über ein Treffen mit dem Präsidenten Ukraina's Leonid Krawtschuk gebe. Diese Nachricht ging vom Assistenten des Präsidenten aus. Smirnov flog nach Kiev, wo man für ihn ein Zimmer in der Sonder-repräsentanz des Obersten Rates Ukraina's gebucht hatte. Jedoch wurde Smirnov, der sich auf das Treffen mit Leonid Krawtschuk vorbereitete, am 29. August direkt vor dem Eingang des Hotels verhaftet. Verhaftet... von moldawischen Sicherheitskräften! Was taten die dort? Wer erlaubte ihnen auf dem Territorium einer anderen Republik einen Menschen zu verhaften, der sich auf das Treffen mit dem Präsidenten vorbereitete? Das alles sind rein rhetorische Fragen. Dafür folgte, als Smirnov bereits in ein Kischenever Gefängnis gebracht wurde, ein formeller Protest des ukrainischen Außenministeriums.

Die moldawischen Führer machten traditionell einen fast kindlichen Fehler. Sie nahmen an, dass alles von den Führern abhängt. Sie nahmen an, dass wenn man die Führer der Freiheit beraubt, sich alles schon von alleine beruhigen werde. Aber es kam ganz anders. Die zupackenden transnistrischen Frauen, die noch vor den Männern begriffen, dass sie niemand beschützen kann, versperrten die Eisenbahnwege und bereiteten auf diese simple Weise für Moldawien eine Blockade. Die Verhafteten musste man nach einer Weile entlassen. Die Haft im Kischenever Gefängnis mehrte auf diese Weise nicht nur die Freiheit von Igor Smirnov und den anderen Inhaftierten, sondern auch ganz Transnistriens.

Die Parteistreitigkeiten waren erst entflammt. Senja Feldmann, einer der Führer der örtlichen demokratischen Partei, lud in mein Hotelzimmer Valerij Lizkaj ein, der damals für die Parteibildung zuständig war. Er beschwerte sich über die Einschränkung der demokratischen Bewegung. „Worin äußert sich diese Einschränkung?"
„Wie viele Schreibwaren-Sets habt ihr den Offiziersschülern ausgegeben?" griff Senja an. „Und den Kommunisten – zahllose.

Wir dagegen sind hier ganz ohne Papier und haben nicht mal Klammern."
„Ich bin doch kein Wirtschaftsleiter!" winkte Lizkaj ab. „Stellt einen Antrag und ihr bekommt alles. Es gibt einen Beschluss, die Parteien entsprechend ihrer Anzahl zu unterstützen."
„Habe ich etwa keine genügende Anzahl!" regte sich Senja auf. „Die ganze demokratische Welt – ist die Anzahl."
„Dann sollte die ganze demokratische Welt dich unterstützen."
„Nein!", schloss Senja. „Wir haben nicht denselben Weg."

Im Sommer 1992, als die Kämpfe ihren Höhepunkt erreicht hatten, sah ich Senja bei Dubossary. Er steckte sein mit Russ verschmiertes Gesicht aus einem Panzerwagen und sah die Umgebung an. Danach trafen wir uns nicht mehr.

Damals entstand die Idee einen Bekannten zu besuchen, einen Maler aus Bendery Sascha Grinspun. Er malte damals gerade eine interessante Serie – Galerie der Portraits der Bewohner von Bendery.
„Ich weiß nicht", sagte Sascha. „Aber es hat was. Ich fühle, dass es was hat, weil die Menschen gehen."
„Wohin gehen sie?"
„Wohin? Sie gehen im Allgemeinen. Solche Menschen wird es nicht mehr geben. Ich muss sie auf die Leinwand bannen."
Sascha war kein Philosoph. Sascha war Maler. Überhaupt, er hatte vor, aus dieser Gegend für immer wegzuziehen, und das Gespräch über die Freiheit der Wahl (schon wieder die Freiheit!) war gerade jetzt sehr willkommen vor dem Hintergrund der für immer gehenden Gesichter, die von den zahlreichen Portraits schauten, vor dem Hintergrund der sich schwer auf eine Anhöhe erhebenden Schnellstraße nach Kischenev, und den darauf, direkt unter dem Fenster fahrenden Autos.
„Hier gibt es keine Zukunft!" sagte Sascha. Er hatte absolut Recht. Weil ein Maler immer recht hat, auch dann, wenn er nicht weiß, wovon er spricht. „Ich kann hier nicht länger bleiben und kann es dir auch nicht empfehlen."
Ich dachte, worin besteht der Unterschied zwischen der Freiheit der Wahl und der Freiheit sich los zu sagen? Sieht die Wahl vom Einen

zwingend das Lossagen vom Anderen vor? Letztendlich, kann sich denn ein Maler – ein großer Maler – von den Menschen lossagen, die er selbst, mit seinem eigenen Pinsel denen vermacht hat, die nach ihm kommen. Kann er? Oder muss es einfach so sein?
Als Sascha Anfang 1992 Bendery für immer verließ, wusste er noch nicht, dass seine „scheidende Natur" viel schneller aus dem Leben scheiden würde, als er angenommen hatte.

Und dennoch: worin besteht der Unterschied zwischen der Freiheit zu wählen und der Freiheit sich los zu sagen? Aber vielleicht sind diese beiden Freiheiten miteinander verwoben, und die Wahl des Einen setzt immer die Lossagung von dem Anderen voraus? Im Herbst 1993 machte ich in Deutschland im Hamburger Theater „Monsun", als ich einen Auftritt vor unseren Landsleuten hatte, eine erschütternde Entdeckung: offensichtlich konnten sie nicht, obwohl sie ihre Wahl getroffen hatten, frei und glücklich sein, ohne die Bestätigung, dass wir, die in Russland zurückgeblieben waren, unfrei und unglücklich sind. Und ich, ausgerechnet ich, sollte ihre Wahl des Lossagens bestätigen, indem ich über die Schrecken und Abscheulichkeiten des postsowjetischen Seins berichtete.
Die Information eines Augenzeugen wurde nicht gebraucht. Die Wahrheit wurde nicht gebraucht. Ich korrigiere: gebraucht wurde nur die Wahrheit, die ihre Wahl rechtfertigte. Schreckliches und Abscheuliches gab es bei uns zu dieser Zeit in der Tat genug. Aber ich, ein sturer Mensch, wollte auf keinen Fall ihr Verteidiger in dieser für sie schicksalhaften Gerichtsverhandlung sein, bei der sie sich selbst schuldig gesprochen hatten. Ich versuchte, die ganze Wahrheit zu sagen. Da verloren sie jedes Interesse an mir.
Ich persönlich kenne nur eine Handvoll Menschen, die, obwohl sie ausgewandert sind, für die Errettung der Seelen für hier und dort beten. Wahrscheinlich gibt es mehr von ihnen – die wirklich freien Menschen, die fähig sind, Mitgefühl für menschliches Leid zu empfinden, egal wo sie sind. Dennoch sind es nur wenige. Deshalb ist die Frage für mich nicht gelöst. Die Freiheit, seine eigene Wahl zu treffen und auszuwandern – verstehe ich. Wegzufahren und zu verfluchen – verstehe ich nicht. Ich werde es nie verstehen.

Gleich nach dem Wegfahren unseres Malers, gegen März 1992, begann der Ring der Militäreinheiten Moldawiens um Bendery sich zu verengen. Die Stadt befand sich, im Vergleich zu anderen Wohnorten Transnistrischen Republik, in einer besonders gefährlichen Lage: sie lag am rechten Dnjestrufer und war nicht durch Wasser geschützt. Genau genommen, ist Bendery eine bessarabische Stadt, die irgendwann im sechszehnten Jahrhundert geboren wurde, und eine lange Zeit gemeinsam mit ganz Bessarabien mal unter Türken, dann unter Rumänen war und kaum einen geschichtlichen Bezug zum noworossischen (neurussischen) Transnistrien hat. Jedoch war seine Bevölkerung durch den kischenever Nationalismus und die Perspektive, sich wieder in Rumänien zu finden, so erschrocken, dass es per Referendum einen Anschluss an die Transnistrische Moldawische Republik beschloss.

Zur gleichen Zeit, ab März 1992, fing die OPON, sich innerhalb der Stadt, in der Nähe der Polizei, zu gruppieren, ebenso im Stadtteil Varniza und im Gyrbovezkij-Wald. Sie nahmen ohne jeden Widerstand die strategischen Höhen ein – den Berg Suvorov-Grabmal und die Umgebung des Fernsehturms. Mal hier, mal dort erschienen Scharfschützen, die die Bewohner beschossen. Wie sich später herausstellte, waren es die benderyschen und tiraspoler Anhänger der Nationalen Front, die sich als Scharfschützen betätigten.

Zur gleichen Zeit begann in der Nähe der Brücke über Dnjestr bei Gura-Bykuluj, wo die Hauptkräfte der Formationen konzentriert waren, der Beschuss der Positionen der Rettungstruppen, die diese Brücke bewachten.

Und zur gleichen Zeit, im März, begannen Menschen zu verschwinden. Viele wurden gefunden, in den Gärten oder im Gyrbovezkij-Wald – tot und entstellt. Terroristen-Gruppen, die vom Ministerium der nationalen Sicherheit Moldawiens zusammengestellt und dort selbstverständlich als „Anti-Terror-Gruppen" bezeichnet wurden, entführten und töteten die Bewohner von Bendery. Am 1. April fand, wie sich am Ende herausstellte, die Generalprobe eines Pogroms statt. Zwei moldawische Panzerwagen stürmten um sechs Uhr früh die Stadt und beschossen an der Kreuzung der Mitschurin-Straße und der Straße des Aufstandes von Bendery den Miliz-Posten sowie einen Bus mit Arbeitern der Baumwollfabrik aus einem

Maschinengewehr. Ein paar Menschen, Miliz-Oberst Taranov, Hauptmann Jetschin, die Arbeiter Bubujek und Barbakar eingeschlossen, starben. Etwas noch war erstaunlich: im Bus, unter den umgekommenen Arbeitern entdeckte man eine moldawische Frau, deren Ehemann, ein Polizist, an dem Übergriff und der Erschießung teilnahm. Möglicherweise tötete er selbst seine Frau.

Vom ersten April an begannen in Bendery Schusswechsel zwischen den Gardisten und den Polizisten. Es hab die die ersten Toten und Verletzten. Danach folgte eine ganze Kette von Provokationen. Am 3. April provozierte die OPON einen Schusswechsel mit der benderyschen Miliz im Vorort, nahe des Dorfs Giska, wonach sie den Versuch unternahmen, in die Stadt durchzubrechen. Es begann ein Kampf, als Ergebnis dessen die Angreifer sechs Männer verloren und gezwungen waren, sich zurück zu ziehen. Aber die Versuche, in die Stadt Bendery durchzubrechen, wurden aus anderen Richtungen fortgesetzt. Am dritten April entbrannte ein Kampf bei dem Dorf Leontjewo, bei dem es den Kämpfern der Selbstverteidigung erneut gelang, die Attacke abzuwehren. Am fünften und achten April wurden die transnistrischen Posten in der Nähe von Kopkanka und Kizkany beschossen. Am 16. April, ungeachtet dessen, dass vier Tage zuvor ein Protokoll zur Regulierung des Konfliktes unterschrieben worden war, fanden zwei blutige Kämpfe an den Straßen in Richtung Kischenev und in Richtung Lipkany statt. Die Stadt befand sich im Zustand einer perma-nenten Anspannung und Angst. Sie begann, von den Konflikten, den Beerdigungen, von dem nicht erklärten Krieg zu ermüden.

Im April erreichte der Konflikt auch eine neue Stufe. Die moldawischen bewaffneten Formationen begannen, die russischen Militärstützpunkte anzugreifen. Zum Hauptangriffsziel wurde die Festung von Bendery, in der die russische Raketentruppe stationiert war. Verständlich, dass es ein Leckerbissen für die moldawische Armee war. Denn die Festung ist für die Bodentruppen praktisch uneinnehmbar. Man rechnete offenbar damit, dass die Militärangehörigen selbst den Ort ihrer Stationierung verlassen würden, weil sie Angst vor dem Beschuss bekämen. Aber sie bekamen keine Angst. Die Angst bekam die Führung der 14. Armee. Sie bekam Angst und holte eine zusätzliche Panzerbrigade zum Schutz der Raketentruppe. Es wurde einfach klar: wenn die Raketen in die Hände der moldawischen Formationen geraten, sind die Folgen nicht absehbar.

Die Zeit verging und die Offiziere hatten nicht länger Lust, untätig herumzusitzen und den Befehl „Nicht schießen" so lange zu befolgen, bis sie selbst angeschossen werden. Am 4. April verabschiedeten die Offiziere und Unteroffiziere des in Bendery stationierten Bataillons der chemischen Verteidigung auf ihrer Versammlung eine Resolution, in der sie erklärten, dass sie, wenn die moldawische Führung mit der Eskalation der Aggression nicht aufhöre, Kampfpositionen unter der russischen Flagge beziehen würden. Dazu forderten sie auch die Offiziere der 14. Armee auf. Die Resolution wurde an drei Präsidenten geschickt: Jelzin, Krawtschuk und Snjegur. Die hatten offenbar Angst. Und am 12. April wurde unter Vermittlung von Vertretern Russlands ein Protokoll über die Beendigung des Feuers beider kämpfenden Parteien unterschrieben. Schon am 19. April wurden die moldawischen Formationen mit Ausnahme der Polizei aus Bendery abgezogen. Die transnistrischen Gardisten legten ebenso die Waffen nieder.

Auf den Straßen erschienen Patrouillen aus gemeinsamen russischen, ukrainischen, moldawischen und rumänischen Vertretern. Die Militärbeobachter und die vierseitige Kommis-sion, die aus Vertretern Russlands, Ukraine, Moldawien und Rumänien bestand, nahmen ihre Arbeit auf. Wie man unschwer erkennen konnte, gab es keine Transnistrier in der Kommission, obwohl sie eine der Konfliktseiten waren. Möglicherweise entschied diese Tatsache in starkem Maße über die weiteren Ereignisse. Den transnistrischen Gardisten war es verboten, in der Stadt aufzutauchen, während moldawische Polizisten sich hier frei bewegen konnten. Am Ende wird es sich herausstellen, dass die internationalen Beobachter zwar hinschauten, aber nicht gut genug. Dafür sind sie auch international. Ein fremdes Hemd liegt nicht direkt am Körper.

Trotzdem atmeten die Menschen damals mit Erleichterung auf. Sie wollten aufrichtig daran glauben, dass das Unglück vorbei sei. Und sie glaubten es. Obwohl die moldawischen Kampftruppen ganz in der Nähe stationiert waren – in Kopkanka, Kauschany, in Gyrbovezkij-Wald.

Aber das alles kommt später, in einigen Monaten. Damals, im Herbst 1991 spitzte sich die Situation in Dubossary wieder zu. Das liegt wohl daran, dass dieses Jahr sinngemäß irgendwie ein Übergangsjahr war. Die Transnistrische Republik existierte bereits seit einem Jahr, aber die Miliz (zu diesem Zeitpunkt wurde sie in Polizei umbenannt) wie auch alle Rechtskräfte in den Wohnorten am linken Ufer und in Bendery, unterstanden noch immer Kischenev. Was übrigens nicht verwunderlich war. Unter der Bedingung des noch immer lebenden einheitlichen sowjetischen Staates war es nicht einfach, seine Wahl zu treffen. Es entstand eine absolut paradoxe Situation: die Aufrechterhaltung der Treue den sowjetischen Gesetzen gegenüber bedeutete, dass man denjenigen diente, die dem Programm eines Austritts aus der Sowjetunion folgten. Und umgekehrt: die Übertretung der sowjetischen Gesetze brachte diejenigen in Position, die den einheitlichen Staat erhalten wollten. Ein sowjetisches Gesetz zu übertreten, fühlte sich damals noch mulmig an. Die Menschen legten einen Eid ab, sie hatten eine Dienstordnung. Diese zu überschreiten, ist nicht einfach für einen Menschen in Uniform.

Aber je weiter die Gefahr wuchs, umso mehr traf die Situation selbst die Wahl. Zuerst traten in Rybnizy die Rechtsorgane der Kischenever Jurisdiktion aus. Danach die von Tiraspol. Praktisch ohne Exzesse. Besonders verlief dieser Prozess in Dubossary. Nachdem General Kostasch im September in alle Polizeiabteilungen den Befehl sandte, Feuer auf die Bevölkerung zu eröffnen, falls sie nicht den Gesetzen Moldawiens gehorchte, wendete sich der Dubossarer Stadtrat an die Polizisten mit dem Vorschlag, unter die Jurisdiktion Tiraspols zu wechseln. Ein Teil stimmte zu und wechselte in den Dienst der TRM, den I. Siptschenko leitete. Der Rest unterstand weiterhin Kischenev. Auf diese Weise entstand in Dubossary eine Doppelmacht der Rechtsorgane, die letztendlich im Blutvergießen endete. Die Sache ist die: als die Situation um Dubossary im Februar 1992 sich wieder zuspitzte, unternahm die Polizei eine Reihe an Provokationen, die nicht nur gegen die Machthaber, sondern auch gegen die friedlichen Bewohner gerichtet waren. Die Stadt war über die Geschichte des Gardisten Sergej Brikulskij erschüttert. Verkleidete Polizisten ergriffen ihn, fuhren mit ihm hinter die Stadtgrenze und folterten ihn. Welches Militärgeheimnis sie von einem einfachen Gardisten erfahren wollten, war unklar. Naheliegend ist es, dass Informationen zu dieser Zeit am wenigsten interessierten. Das Ziel der Entführung war ein anderes – es sollte die Bevölkerung einschüchtern. Deshalb hatten sie Sergej nach den Folterungen erhängt – und danach fingen sie an, den Erhängten mit Zigaretten zu verbrennen, um sicher zu gehen, dass er tot ist. Er hat tatsächlich nicht mehr auf den Schmerz reagiert und man hielt ihn für tot. Aber er überlebte. Der Strick riss, nachdem die Henker gegangen waren. Als er zu sich kam, brachte es Sergej fertig, es bis nach Hause zu schaffen.

Aber das Ereignis, dass die Doppelmacht der Rechtsorgane in Dubossary beendete, fand etwas später statt. Am ersten März, gegen zehn Uhr abends, als es schon dunkel war, wurde in der Nähe der Polizeistation eine Schlägerei inszeniert. Jemand bestellte am Telefon den Polizeileiter Major Siptschenko her. Sobald Major Siptschenko am Ort des Geschehens ankam, eröffnete man Feuer aus einer Pistole auf ihn. Nach einigen Stunden starb der tödlich getroffene Major im örtlichen Krankenhaus. Zufällige Zeugen erkannten die verkleideten Polizisten an ihren Gesichtern (es ist eine Kleinstadt, fast alle kannten sich vom Sehen her). Danach versetzte Lukjanenko, der Major der Gardistentruppen seine Truppen in Alarmbereitschaft. Die Straßenkreuzung, die nach Koschniza und Kischenev führte, wurde blockiert, die Schnellstraße nach Tiraspol und andere Stadtzugänge wurden unter Kontrolle gebracht. Zu dieser Zeit begann sich die Nachricht über den Tod Siptschenko's sich in Dubossary zu verbreiten, und die Menschen fanden sich an der Polizeistation ein und verlangten, dass die Polizei die Stadt verlässt. Es roch nach Selbstjustiz. Es kostete die Gardisten jede Menge Geduld und Arbeit, die Stadtbewohner zu beruhigen und die Verhandlungen mit der Polizei aufzunehmen.

In der Nacht wurde in den Verhandlungen der Vertreter der Miliz und der Kosaken mit den Polizisten den Letzteren Sicherheit garantiert – für den Fall, dass sie die Stadt verlassen. Als Ergebnis verließen 30 Menschen die Stadt. Sie wurden nicht angerührt. Wobei bei der Überprüfung der Waffen bei einem der Männer eine Pistole mit einem halbleeren Magazin entdeckt wurde. Sehr wahrscheinlich schoss ausgerechnet er auf Siptschenko. Auf diese Weise ging die ganze Rechtsmacht auf die Anhänger der TRM über.

Übrigens, zu den aktiven Handlungen im Herbst 1991 wurde Kischenev zu einem nicht geringen Teil durch den Abgeordneten der Russischen Sowjetischen Föderativen Republik Sergej Krasawtschenko inspiriert. In der Tat war er der Hauptentwerfer des Vertrages zwischen den damals noch sowjetischen Russland und Moldawien. Damit diese Vereinbarung durch den Obersten Russischen Rat ratifiziert würde, musste man eine Bestätigung darüber erhalten, dass in Moldawien die Rechte der russisch-sprachigen Bevölkerung nicht verletzt werden. Also machte sich Krasawtschenko auf den Weg, eine solche Bestätigung zu erhalten.

Ich habe es geschafft, nach Kotschijery zu gelangen, wo die moldawischen Machthaber dem hohen russischen Gast ein Treffen mit den „Russischsprachigen" bereiteten. Dorthin wurden die Anhänger der Nationalen Front so gut wie von ganz Moldawien gebracht, die dem russischen Abgeordneten anschaulich erklärten, dass sie von niemandem in ihren Rechten beschnitten werden. Man musste sich schon sehr anstrengen, um die „Russischsprachigen" nicht von den „Frontisten" zu unterscheiden. Und Krasawtschenko strengte sich an. Er strengte sich an, die Kündigungen aufgrund des nationalen Merkmals nicht zu bemerken. Er wusste nichts darüber, dass die russischsprachige Bevölkerung hier seit Jahrhunderten beheimatet ist. Er wollte nichts über die Verhaftungen von Abgeordneten hören, obwohl sie sich gerade jetzt in den Kischenever Gefängnissen befanden. Er hat noch nie das internationalen Gesetz über die Menschenrechte gelesen, in dessen erstem Paragraphen des „Internationalen Paktes über die wirtschaftlichen und kulturellen Rechte" das Recht auf die Selbstbestimmung deklariert ist, mehr noch, im Gleichklang mit der UNO-Charta war es vorge-schrieben, dieses Recht zu achten und zu fördern. Die einzige Fähigkeit, die Krasawtschenko, der kurz zuvor noch Parteifunktionär war, an den Tag legte, war es, die Dubossarer Leiter und die Leiter ganz Transnistriens als „Partokraten" zu beschimpfen. Einschließlich derer, die nie in der Partei waren. Nach dem Auftritt Krasawtschenko's in den Parlamenten Moldawiens, Russlands und im sowjetischen Fernsehen atmeten die Führer Moldawiens auf. Und begannen, den nächsten Marsch auf Dubossary vorzubereiten.

Im Sommer 1992 war eine soldateske Spitzzüngigkeit im Umlauf, die einige Kenntnis der Literaturklassiker preisgab: „Ein seltener Vogel schafft es bis zu der Mitte Dnjestrs. Gewiss schießt man ihn ab." Der September 1991 war jedoch bis zu einem gewissen Zeitpunkt ruhig und durchsichtig, wie Transnistrien gewöhnlich ist. Man hörte wie die Spinnennetze flogen. Aber nicht lange.

Am 22. September gab es Nachrichten darüber, dass neue Übergriffe vorbereitet würden. Dem Leiter des Dubossarer Nachrichtenzentrums wurde aus Kischenev verboten, die transnistrischen Zeitungen zu verbreiten. Damit er den Befehl besser ausführen kann, erschienen im Zentrum zwei Dutzend Polizisten. Aber die Frauenfernmelderinnen stellten sich zu einer Wand auf und ließen die Polizisten nicht herein.

In der Nacht von 23. auf 24. September griffen sich Polizisten heimlich sieben Dubossarer und verprügelten sie bis zur Besinnungslosigkeit. Und am nächsten Tag bewegten sich einige Hundert „Frontisten", die vom anderen Dnjestrufer einge-troffen waren, als Prozession Richtung Stadtrat, um mit der Stadtführung abzurechnen. Die sich gerade in der Nähe befindenden Lastwagen stellten sich in den Weg, aber sie wurden von den Polizisten aus Automatischen beschossen.

Am 25. September beschossen die Polizisten aus heiterem Himmel ein vorbeifahrendes Auto. Zwei transnistrische Moldawier wurden schwer verletzt – W. Tynkowan und L. Burbul. Am Stadtrand gruppierten sich einige Hundert mit Automatischen bewaffnete Polizisten und Freiwillige. Die Dubossarer begannen erneut, die Stadt zu blockieren. Aber wieder war es zu spät, weil man zum Polizeigebäude vom rechten Ufer bereits Frontisten und Sondereinheit der OPON herankarrte. Alles war für einen Pogrom bereit.

Genau zu diesem Zeitpunkt fand der Übertritt von vierzig Polizisten unter der Leitung des Majors Smentyna an die Seite der Stadtbewohner statt. Trotzdem waren die Kräfte ungleich verteilt. Nun gelang es endlich, mit dem stellvertretenden Innenminister Moldawiens Murawskij eine Übereinkunft über das Auseinanderführen der Seiten zu treffen. Die Dubossarer zogen sich in das Stadtzentrum zum Gebäude des Stadtrates zurück, und die Angreifer wandten einen beliebten Manöver an: sie gingen in Richtung Brücke, um den Anschein zu erwecken, sie zögen ab, um sich dann zu drehen und um in die Stadt von einer ganz anderen, völlig ungeschützten Seite zu gelangen. Auf alle, die ihnen begegneten, ließen sie Hunde los, schlugen auf sie mit Gewehrkolben und Eisenrohren ein. Das nannte sich „Auseinanderführen der Kampftruppen aus Dubossary".

Wie es sich danach herausstellte, war das erst die Generalprobe. Der Sturm des Stadtrates war für den 29. September vorgesehen. Aber da tauchte ein Hindernis – ein ungewollter Zeuge – auf. Aber alles der Reihe nach.

Als ich für kurze Zeit wieder in Moskau war, begab ich mich an die Krasnaja Presnja, wo der russische Oberste Rat tagte. Dort suchte ich den mir bekannten Abgeordneten auf – Michail Michailowitsch Molostvov. Molostvov ist ein bekannter Dissident, ein früherer Lagerinsasse, ein absolut ehrlicher Mensch. Ihm berichtete ich über alles, was ich in Transnistrien gesehen hatte, über das Benehmen Krasawtschenko's, über die Vergeltungsschläge an den Menschen. Und warnte: der Abschluss eines Vertrages mit Moldawien, wie es heute ist, wird als eine Schande auf Russland lasten. Michail Michailowitsch, ein überzeugter Demokrat, der seinerzeit keine Furcht hatte, gegen die Macht einzutreten, wurde schon mit der Information über die „moldawische Demokraten" und die „transnistrische Kommunisten" infiziert, aber er glaubte mir und versprach, den Punkt über die Ausrichtung Transnistriens bei anderen Abgeordneten anzusprechen. Er hielt sein Wort. Ich bin nicht sicher, ob mit seiner Hilfe, oder ob ein Anderer sich dafür einsetzte, aber an die Dnjestr-Ufer wurde der Vorsitzende der Demokratischen Partei Russlands Nikolaj Travkin entsandt. Er wurde zum ungewollten Zeugen.

Als Nikolaj Iljitsch sich auf den Weg von Tiraspol nach Dubossary machte, fingen die transnistrischen Radioliebhaber eine Unterhaltung moldawischer Spezialeinheiten ab: „Das Vögelchen ist ausgeflogen. Schneidet ihm die Flügelchen ab – und in den Zoo mit ihm." Die aufgeregten Dubossarer schlussfolgerten schon, dass Travkin

nicht mehr ankomme. Aber auf eine wundersame Weise kam er an. Nach einem Besuch Dubossarys machte er sich für eine Reise nach Rybniza bereit. Man erhielt erneut eine abgefangene Nachricht: „Er macht sich auf den Weg nach Rybniza. Einwickeln und zustellen." Man versuchte, Travkin von seiner Reise abzubringen, aber er sagte: „Ich bin Abgeordneter des Obersten Rates der UdSSR und der RSFR. Ich bin eine unantastbare Person. Sie werden mich nicht anrühren."
Und er fuhr los. Auf dem Weg hielten ihn OPON-Einheiten an. Zerrten ihn aus dem Auto, stellten ihn mit dem Gesicht zum Wagen, Hände auf den Kopf, die Beine auf Schulterbreite; er wurde abgetastet. Danach brachte man ihn mit einer Fähre auf das rechte Ufer, fuhr ihn mit einem Auto nach Kischenev und schickte ihn mit einem Flugzeug nach Moskau. Einen Abgeordneten des Obersten Rates der UdSSR. Und der RSFR. Eine Person mit diplomatischer Immunität. Und eine ziemlich demokratische.
Zurück in Moskau angekommen, hielt Travkin eine Rede auf einer der Sitzungen des Obersten Rates, wonach die Ratifizierung der Vereinbarung blockiert wurde. Parallel schrieb er einen Artikel in der Zeitung „Izvestija" („Nachrichten") „Noch einmal über die Situation in Transnistrien". Hier sind die Auszüge daraus:

„Um es vorsichtig zu umschreiben, las ich mit Erstaunen in „Izvestija" (Nr. 224 aus dem Jahr 1991) die Information „Situation in Transnistrien (wie sie die Abgeordneten gesehen haben)". Ich bin überzeugt, dass bei Weitem nicht alle Abgeordneten die explosive Umgebung in diesem Konfliktpunkt richtig einschätzen. Wenn Sie sich natürlich für echte russische Abgeordnete halten und nicht für die, die komplexe Probleme zu zweifachen Formeln herunterrechnen: „Demokrat – Konservativer", „Für Souveränität – Für das Imperium" etc.
… Seit ich diese Regionen besuchte, die Arbeiterkollektive, die Öffentlichkeit, die Abgeordneten traf, glaube ich: an der Leitung Transnistriens stehen keine „rechten" Konservativen, sondern Menschen, die sich aus tiefster Seele die größten Sorgen um ihre Landsleute machen. Sie befinden sich in einer verzweifelten Lage, sind von allen verlassen und würden jede helfende Hand ergreifen, die sich ihnen entgegen streckt, auch eine unsaubere. Denn ihre Vorfahren lebten seit vielen Generationen in diesem Land – bis zu diesem tragischen Tag vor einem

halben Jahrhundert, als Stalin sich plötzlich und durch eine Federbewegung entschied, sie an Bessarabien anzuschließen.

... Bei dem Zusammenbruch von Imperien entstehen die schärfsten der Probleme immer an den Grenzen, denn traditionell wurden diese ohne den Willen der auf ihren beiden Seiten lebenden Bevölkerung festgelegt, sondern waren das Ergebnis des Diktats der Sieger... Unsere Zeit gibt neue Opfer dazu.

... Besonders tief in die Geschichte einzutauchen ist gefährlich, ebenso wie historische Parallelen nicht immer richtig sind. Aber ich kann es mir nicht vorstellen, dass amerikanische Senatoren nach Mexico fahren und dort eine Unterhaltung über die Rückgabe von Texas oder Kalifornien an den südlichen Nachbarn führen. Unsere Abgeordneten sind scheinbar genau damit beschäftigt – welchem von den aus der Sowjetunion scheidenden Staaten welches Stück Land sie noch geben könnten.

Ich bin bereit, eine Masse an Fakten über Kündigungen nach nationalem Merkmal vorzulegen, durch die Methode einer ausgedachten Restrukturierung der Unternehmen und insbesondere der wissenschaftlichen Forschungs-institute, die Einschränkung der russischsprachigen Bevölkerung im Bereich der Bildung, insbesondere der höheren Bildung, politisch motivierte Gewaltausübung. Der Aufruf „Koffer – Bahnhof – Russland" ist von den Protestaktionen in die Büros der Beamten eingezogen und wurde zu einer direkten Arbeitsanweisung.

... Also ist es kaum zulässig, die Prozesse, die in Moldawien und Transnistrien ablaufen, zu vereinfachen, Kollegen, russische Abgeordnete. Umso mehr, da es keine Position auch nur eines Teils des Abgeordneten-körpers Russlands ist. Einzelner Abgeordneten – ja. Aber dann müssen die Wähler auch die anderen Standpunkte erfahren."

Nachdem die moldawischen Kämpfer den ungewollten Zeugen losgeworden waren, zogen sie ungefähr viertausend bewaffnete Polizisten und „Frontisten" nach Dubossary zusammen. Auf dem Platz vor dem Stadtrat warteten mehrere Tausend Stadtbewohner und die aus den umliegenden Dörfern gekommenen Bauern die ganze Nacht vom 29. Auf 30. September auf einen Sturm. Sie standen wieder unbewaffnet da. Sie hatten nichts, um sich zu verteidigen. Die Menschen bedrängten Finagin und verlangten Waffen, aber er konnte ihnen nichts geben.

Am Morgen griff man zu der bereits bewährten Methode. Man schleppte Rohre auf das Dach, die als Kanonenläufe getarnt waren.

Man trieb eine verrostete Degtjarev-Kanone auf und stellte sie zur allgemeinen Betrachtung auf das Dach des Stadtrates. Als ein moldawischer Hubschrauber auftauchte, zielte man aus dieser Kanone darauf – schon war der Hubschrauber verschwunden. Um das Zentrum herum steckte man Tafeln mit der Aufschrift „vermint" in die Erde. Man schleppte aus einem historischen Museum Gewehre aus Zeiten des Bürgerkrieges an, aber es stellte sich heraus, dass sie nicht schossen. Man brachte sie zurück. Aber die Information darüber, dass die Dubossarer bewaffnet seien, drängte sich bereits in die Reihen des Gegners. Der Sturm wurde von neuem verschoben.

Allerdings nicht für lange. Bis zum 13. September. Aber diesmal verspätete sich die OPON. Die Transnistrier, die endgültig begriffen hatten, dass man sie nicht in Ruhe lässt, begannen, sich Waffen zu beschaffen. Sie erbeuteten welche. Als die moldawische Polizei ohne jeden Widerstand seitens der Militärange-hörigen der 14. Armee eine komplette Kolonne mit Waffen in der Militäreinheit im Dorf Glinoje requirierte, fing sie unterwegs der noch immer unbewaffnete grigoriopoler ROSM ab. (Selbstverteidigung) Die ROSMowzen versperrten den Weg mit einem Spikes-Band und legten sich auf Lauer den Weg entlang, so einen bewaffneten Hinterhalt darstellend. Als die Kolonne anhielt, kam zu ihr der Unterfeldwebel. Wladimir Postika, stellte sich als Major vor und verlangte, dass die Kolonne sich ergebe. Und sie ergab sich. Deshalb, als am 13. Dezember die OPON zum wiederholten Mal den Kontrollposten an der Dubossarer Brücke überfiel und einige Menschen gefangen nahmen, begegneten sie zum ersten Mal einem bewaffneten Widerstand. In diesem Kampf starben drei Transnistrier und vier Polizisten. Weitere sechs wurden verwundet. Die Sache nahm eine ernste Wendung – für beide Seiten. Die Kämpfer für die Freiheit der Nation gerieten an die, deren Vorstellung von Freiheit eine andere war. Genau von diesem Zeitpunkt an war der Widerstand bewaffnet. Von beiden Seiten.

Aber damals, im September, fand der Sturm doch nicht statt. Es wurde eine nochmalige Vereinbarung über einen Waffenstillstand und die Abgabe der Waffen erlangt. Unter der Kontrolle einer

Gruppe hochgestellter Beobachter gaben die Dubossarer am Platz Stöcke, Schaufelgriffe, Eisenstöcke und sogar Steinschleudern ab. Die Krönung dieser Pyramide stellte eine auto-matische Spielwaffe von irgendjemanden dar. Die Reporter klickten gutgelaunt mit den Fotoapparaten, aber die Dubossarer sahen recht finster aus. Sie wussten, dass alles noch vor ihnen liegt.

Mein Kumpel und ich fuhren vom Maler aus Bendery mit den von ihm geschenkten Gemälden weg – den sich in der anbrechenden Abenddämmerung auflösenden Gesichtern Transnistriens.

VIII Russland, das es nicht gab

Die Erschaffung der Armee

Aufregung und Ratlosigkeit ergossen sich über Transnistrien. Es gab keine panische Angst. Es gab keine Resignation – nur Ratlosigkeit. Aufgeregte Ratlosigkeit. Ratlosigkeit am Vorabend der Wahl. Im Prinzip fand die formelle Wahl zu dieser Zeit bereits statt, die Menschen stimmten ein Jahr zuvor auf dem Referendum über die Bildung einer autonomen Republik innerhalb Moldawiens ab. Aber jetzt ging es natürlich um die Unabhängigkeit. Und man musste sich entscheiden, diese Unabhängigkeit selbst zu ver-teidigen, ohne auf Moskau zu hoffen. Aber damals lebte noch die Hoffnung darauf, dass der sowjetische Staat stark ist, dass er kein Blutvergießen zulässt, dass er beschützt. Wobei das Blut bereits vergossen wurde. Aber die Sowjetmacht dachte nicht daran, jemanden zu beschützen. Mehr noch, als Ende November 1991 Mirtscha Snjegur eine Anordnung über die Nationalisierung der Militärtechnik, der Militärstützpunkte und des Eigentums der auf dem Gebiet Moldawiens stationierten UdSSR-Kampftruppen veröffentlichte, bemerkte man das in Moskau nicht. Moldawien plünderte rasant die 14. Armee, und ihr Oberbefehlshaber General-Leutnant Jakowlev war einfach gezwungen, in den Kontakt mit der Leitung Transnistriens zu treten – dem einzigen Territorium in der Region, auf dem sich die Truppen der 14. Armee in Sicherheit fühlen konnten. Umso mehr, als die Transnistrier die ganze Ausweglosigkeit ihrer Situation begriffen und sich entschlossen, eine eigene Zentrale für die Verteidigung und Sicherheit zu gründen und Jakowlev baten, diese zu leiten. Jakowlev erklärte sich damit einverstanden – in der Hoffnung, mit der Hilfe der Transnistrier wenigstens einen Teil des Armeeeigentums, das ihm anvertraut wurde, zu erhalten.

Aber das ... gefiel Moskau nicht!
Man konnte sich des Eindrucks nicht erwehren, dass die Sowjetmacht sich in dieser Zeit am allermeisten darum bemühte, dass die UdSSR schnellstens auseinanderbräche, und die sowjetische Führung tat nichts anderes, als die Plünderung von allem, was die

Errungenschaft eines einheitlichen Staates war, zu unterstützen. Inklusive der Armee. Offensichtlich wurde Jakowlev, einer der letzten Generäle der Sowjetarmee, der es ehrlich versuchte, das Staatseigentum zu erhalten, deshalb per Befehl des Verteidigungsministers der UdSSR Marschalls E. Schaposchnikov übereilt von seinem Posten freigestellt und später ganz aus den Streitkräften entlassen.

Am 1. Dezember 1991 fanden in Transnistrien die Wahlen zum ersten Präsidenten, der Igor Smirnov wurde, und ein Referendum über die Unabhängigkeit statt. 97,7 % der Wähler stimmten für einen eigenen Staat. Wie es schien, stieß dieses Ergebnis Kischenev zu aktiveren Handlungen an.

Bereits am 6. Dezember zogen sich bei der Brücke nahe des Dorfes Vadul luj Vode, bei dem Staudamm des Dubossarer Wasserelektrizitätswerkes (WEW) und bei der Brücke an der Poltawer Schnellstraße die Truppen der moldawischen Polizei und Freiwillige zusammen. Am 9. Dezember setzten sich OPON-Einheiten aus zwei Richtungen – Kischenev und Kauschany – in Richtung Bendery in Bewegung. Und am nächsten Tag drangen etwa einhundert Polizisten in die Stadtabteilung der Inneren Angelegenheiten und setzten sich dort zur Verteidigung fest.

Gleichzeitig begann in Belzy die Bildung zusätzlicher Sondereinheiten, bestehend aus Polizeikräften und den Kämpfern der Sondereinheiten. Sie bewegten sich langsam zum Dnjestr und gruppierten sich in Golerkany, Kriuljany, Dzerzhinskij und Kotschijery – also in unmittelbarer Nähe zu Dubossary.

Am 12. Dezember fingen die Polizisten, die am rechten Ufer unweit des Staudamms des Dubossarer WEV stationiert waren, offen an, Pontons für die Flussüberquerung vorzubereiten und eröffneten einige Male einen unorganisierten Beschuss aus automatischen Gewehren, um so ihre Bereitschaft für einen Angriff zu demonstrieren. Und es kam zu diesem. Aber nicht dort, wo ihn alle erwarteten.

Heute ist es schwer zu glauben, aber damals konnten die Transnistrier es ganz und gar nicht begreifen, dass die ganzen Geschehnisse mehr als ernst waren. Die Meisten glaubten, dass die zeitweise Verwirrung bald wieder zu Ende sei und alles wie früher wird. Tatsächlich, in einem Staat kann so Manches passieren, auch

Konflikte. Aber dass es gar keinen Staat mehr gibt, konnten sie gar nicht annehmen. Das sprengte den Rahmen ihres Bewusstseins. Im Grunde kam es deshalb niemandem in den Sinn, den Verkehr über die Dnjestr-Brücken zu unterbinden. Genauer, als sie die Menschen in Militäruniform oder in Camouflage sahen, sträubten sie sich sofort. Aber die Verkehrsbusse beispielsweise passierten ungehindert die Widerstandslinie. „Wie denn anders?", dachten sie. Ein Konflikt bleibt ein Konflikt, aber die Bürger eines Staates müssen eine Möglichkeit haben, sich frei durch das Land zu bewegen. Diese Naivität nutzten ihre Gegner aus.

Gegen sechs Uhr früh kamen zu der Brücke an der Poltawer Schnellstraße zwei Linienbusse, die die Gardisten zunächst gar nicht beachteten. Einfach nur Verkehrsbusse. Sie fuhren hier schon immer. Daraus sprangen ungefähr 150 OPON-Mitglieder und 30 frühere Dubossarer Polizeibeamten (dieselben, die man nach der von ihnen inspirierten Schlägerei und dem Mord Siptschenko's friedlich ziehen ließ). Einige, der auf dem Posten befindliche Gardisten realisierten nicht einmal, was geschah, schon waren sie überwältigt, ohne jeglichen Widerstand geleistet zu haben. Danach schlichen die Angreifer durch die Gärten in Richtung des Dorfes Lunga, vereinigten sich dort mit einer weiteren Truppe Polizisten unter dem heimlichen Kommando des Oberstleutnant Gomurar, schlichen sich an den anderen Posten heran, der sich an der Kreuzung von den Poltawer und Tiraspoler Straßen befand.
Dort verrichtete seinen Dienst die Gardistengruppe unter der „Aufsicht" des ehemaligen Afganistankämpfers, Hauptmanns W. Scherbatyj, der vor kurzem aus Rybnizy hier zur Unterstützung der Dubossarer eingetroffen war und, wie es schien, der Einzige war, der wusste, was ein Krieg ist. Die Gruppe selbst hatte selbstverständlich keine Kampf-erfahrung. Deshalb beteiligte sich am Schusswechsel zunächst nur der Soldat A. Patergin. Er wurde schnell getötet. Scherbatyj hielt sich länger. Er eröffnete Feuer aus dem Fenster des Postens der Verkehrspolizei, und schaffte es, bevor man ihn tötete, drei Polizisten zu erschießen und weitere acht zu verwunden. Alle anderen wurden mit den Gasgranaten „Faulbeerstrauch" und „Birkenbaum" beworfen und gefangen genommen.

Aber die Stadt war schon wach. Und als die Polizisten sich in Richtung Zentrum bewegten, trafen sie eine auf die Schnelle errichte Barrikade und die zum Kampf bereiten Gardisten dort an.

Ende 1991 – Anfang 1992 verfügte Transnistrien bereits über einen Keim bewaffneter Kräfte, dessen Kern die Republikanische Garde darstellte. Der Idee nach sollte sie aus vier Bataillonen bestehen, die insgesamt etwa zweitausend Mann zählen sollten; tatsächlich zählte man nicht einmal eintausend. Die Garde formierte sich unter größten Schwierigkeiten, meist aus zufälligen Menschen. Es genügt zu erwähnen, dass in ihr – warum auch immer – auch noch zwanzig Kosaken waren. Außerdem war es unklar, auf welcher juristischen Basis sie formiert wurde. Eine solche Basis war aber notwendig, denn die Transnistrier hofften, ehemalige Offiziere heranzuziehen, die jedoch nicht gewohnt waren, ohne Gesetz und Dienstordnung zu leben. Deshalb nahm das Transnistrische Parlament noch am 10. September 1991 das Projekt über das Gesetz zur „Transnistrischen Garde" an, die der damals in Tiraspoler Zentrale der Bürgerwehr aktive Oberst Stefan Kizak anführte.

Igor Smirnov erließ eine Weisung, mit der er die allgemeingültige Militär-Dienstordnung der bewaffneten Kräfte der trasnistrischen Republik bestätigte und sie anwandte. Aber es hat wenig gebracht. Es gab keine Kasernen für die Unterbringung der einzelnen Kräfte, keine Lager, keine Uniformen. Am schlimmsten stand es um die Waffenausrüstung und die Munition. Es genügt zu sagen, dass auf eintausend Gardisten nur etwa 150 Schusswaffen kamen, die man nach der Auflösung der von der UdSSR verbliebenen örtlichen KGB-Einheiten bekam.

Am 2. November 1991 legte die Truppe in der Stärke von 997 Männern an der Zahl einen Eid auf die Treue der Republik ab und verteilte sich in den Einsatzbezirken. Die Verwaltung und das erste Bataillon gründeten ihren Sitz in Tiraspol, das zweite – in Bendery, das dritte – in Rybnizy, und in Dubossary – eine separate Kompanie, die nach den aktuellen Dezemberereignissen zum vierten Bataillon zusammengestellt wurde.

Zu dieser Zeit zählte die Nationale Armee Moldawiens bereits beinahe 30.000 Mann. Viel später, etwa zu Anfang des großflächigen Krieges, das heißt im März 1992, wurde in Transnistrien die sogenannte Volkswehr aus multinationalen Arbeiter- und Bauerngruppen gebildet. Aber das Wichtigste wurde der Beitrag der Arbeiter und Ingenieure, die nicht in die Volkswehr eintraten. Sie nutzten die hochentwickelten Technologien der örtlichen Industriebetriebe und hatten binnen kurzer Frist die Fertigung von Panzertechnik und Rüstung hergerichtet. Deshalb gab es auf die populäre Frage, woher denn die Waffen kamen, eine absolut präzise Antwort: sie wurden selbst hergestellt.

Die Wissenschaft, zurück zu geben

Ich erzählte deshalb so detailliert über die Bildung der transnistrischen bewaffneten Truppen und darüber, woher sie die Waffen nahmen, weil man zur damaligen Zeit, warum auch immer, vor allem in Moskau annahm, dass hinter den Transnistriern Russland stünde – und hinter ihren Streitkräften – die Stärke der 14. Russischen Armee. Alles in allem ist es verständlich, weshalb das geschah. Erstens, die Kischenever Propaganda-Maschine funktionierte nicht schlecht, und alle von ihr auf den Weg gebrachten Legenden wurden sowohl in Moskau, als auch im Westen sofort aufgegriffen. Zweitens, im Bewusstsein der meisten Menschen lebten noch immer die Stereotypen. Es gab gar keine Sowjetunion mehr, die Armee war in Einzelteile zerbrochen, und sogar ihre Reste hatten kaum noch eine funktionierende zentrale Kontrolle, jedoch der Mythos über ihre Macht und ihre unzerstörbaren Möglichkeiten lebte noch immer. Darüber hinaus war schwer zu glauben, dass eine woher auch immer aufgetauchte klitzekleine Republik imstande sei, einem ganzen Staat zu widerstehen. Wenn dieser Staat auch weder die USA, noch Russland, noch England, sondern nur Moldawien war.
Damit ein Staat – sogar ein so unzurechnungsfähiger, wie es Russland im Jahr 1992 war – eine Armee zum Kampf entsendet, muss er scharf umrissene Interessen haben. Wenigstens solche, wie sie England an den Falklandinseln oder die Vereinigten Staaten im

Irak haben. Welcher Art Staatsinteressen Russland damals hatte, wusste niemand, das wusste man nicht mal in Russland selbst. Außeninteressen existierten höchstwahrscheinlich gar nicht. Und wenn das so war, dann ergab sich eine bestimmte Position: alles der Reihe nach herzugeben, was die Leiter der unlängst „brüderlichen" Republiken verlangten. Und sie gaben es her. Zuhauf, ungezählt, unentgeltlich. Damit niemand, um Gotteswillen, Russland imperiale Ambitionen vorhalten könne. Deshalb existierte in Bezug auf die Transnistrier auch ein absolutes Verbot: es wird nichts hergegeben. Und in Bezug auf den Konflikt selbst – auf keinen Fall einmischen. Und die Armee mischte sich nicht ein. Sie mischte sich selbst dann nicht ein, als man die Frauen und Kinder der Offiziere beschoss. Die russische Armee verwandelte sich in diesen Tagen in eine absolut widersinnige Formation, die nicht fähig war, sich selbst zu schützen.

Am 2. März 1992 um etwa drei Uhr mittags griff eine bewaffnete Gruppe plötzlich das in Kotschijery stationiertes Regiment der Bürgerwehr an, das ein Bestandteil der 14. Armee war. Wie sich herausstellte, waren die Angreifer absolut präzise darüber informiert, dass genau zu dieser Zeit im Regiment weder die Offiziere, noch die Fähnriche waren, die zu dieser Zeit in der Regel ihre Mittagspause zu Hause verbrachten, und ebenso darüber, dass der innere Einsatz seinen Dienst praktisch unbewaffnet verrichtete – nur mit Bajonette-Messern. Unbewaffnet war sogar der diensthabende Offizier. Und das, ungeachtet dessen, dass es aufgrund vermehrter Überfälle auf russische Truppen einen Befehl gab, die Einsatzkräfte mit Schusswaffen auszustatten. Später beteuerten mehrere Offiziere, dass das Regiment von seinem Vorgesetzten Oberstleutnant Bazura an die moldawische Formationen verraten wurde. Aber wie die darauf folgenden Ereignisse zeigen, führte Bazura allem Anschein nach einfach die Befehle der höherstehenden Vorgesetzten aus.
Die erste Gruppe der Angreifer, die die Polizisten einer Spezialeinheit stellten, nahm die unbewaffneten inneren Einsatzkräfte und den Diensthabenden des Regimentes gefangen. Die zweite Gruppe, die aus Kriminellen der moldawischen Gefängnissen bestand, welchen man für die Teilnahme an der Operation eine Amnestie versprochen

hatte, brach die Tür der Waffenkammer auf und erbeutete etwa 80 Automatische und 30 Pistolen. Ein Teil der Waffen wurde unverzüglich der Versorgungsgruppe übergeben, die sich aus den Anhängern der Nationalen Front aus Kotschijery zusammensetzte. Danach begann die Plünderung der Militärbasis, die der Leiter der Kollektivwirtschaft „Viktoria" anführte, ein ansehnlicher Nationalfrontist S. Popa.

Vor den OPON-Mitgliedern stand nun die Aufgabe, die Militärbasis nicht nur einzunehmen, sondern auch noch von der Außenwelt abzuschneiden, mit anderen Worten, alle Kommunikationsmittel zu kappen. Aber es gelang ihnen nicht, damit fertig zu werden. Die Militärangehörigen des sich auf dem Gelände der Militärbasis befindenden Kommunikationszentrums schafften es, sich zu verbarrikadieren und die Nachricht über den Überfall dem Kommandeur der in Dubossary stationierten Ingenieur-Pionier-Truppe Oberstleutnant Mukabenov zu übermitteln. Er, seinerseits, meldete die Geschehnisse dem Oberbefehlshaber der 14. Armee General-Major Netkachev und bat um die Erlaubnis, dem überfallenen Regiment zur Hilfe ausrücken zu dürfen.

Genau hier geschah etwas Unverständliches.

Netkachev befahl Mukabenov kategorisch, sich nicht einzumischen und verschwand. Nach einiger Zeit fand ihn jedoch der operative Diensthabende der Republikanischen Garde Transnistriens und meldete erneut den Überfall auf das Regiment. Netkachev behauptete, dass er sich mit seinen Vorgesetzten beraten und feststellen müsse, wem dieses Regiment gehöre! Danach zu urteilen, war er ein einzigartiger Oberbefehlshaber, der nicht einmal wusste, welche Einheiten ihm unterstanden.

Gleichzeitig dauerte die Plünderung weiter an. Nationalfrontisten und Kriminelle fuhren alles, was sie erwischen konnten, in Autos und sogar in Pferdewagen heraus. Die Melder und die unter ihren Fittichen untergekommenen Militärangehörigen riefen aus aller Kraft um Hilfe. Über alle möglichen Kanäle wandten sie sich an die Leitung ihrer eigenen Armee mit der Bitte, sie aus der Falle zu befreien. Aber die russischen Heeresführer schwiegen sich stur aus, ganz offensichtlich überließen sie die Soldaten ihrem Schicksal.

Dann, völlig verzweifelt, wandten die sich über Mukabenov an die Leitung der Republikanischen Garde.

Ich kenne keine einzige Nation, nicht einen mehr oder weniger zivilisierten Staat, die mit so einer Leichtigkeit ihre eigenen Leute verrieten. Trotz allem zur Schau gestellten Stolz, allem zur Schau gestellten, oft „angetrunkenen" Patriotismus, überließ man dem Feind zu allen Zeiten bei uns ganze Militäreinheiten, ganze Armeen, hinterließ man Millionen von Menschen zur Plünderung und Tötung, ohne nur einen Versuch zu unternehmen, ihnen zu helfen. Erst vor Kurzem, 1996, als man den Chasvjurter Frieden mit Itschkerijen (Friedensschluss zwischen Moskau und Tschtschenien) schloss, ließ man in der Gefangenschaft, in der Sklaverei, Hunderte und Hunderte Militärangehöriger zurück. Allerdings war es auch unmöglich, diesen Friedensabschluss hinauszuzögern, denn die Armeegruppierung in Tschetschenien war vollends geplündert. Geplündert von den eigenen Leuten. Sie klauten und verkauften alles – von der Information über die Truppenbewegungen bis hin zu den Fußlappen, von der Munition und den Lebensmitteln bis hin zur Panzertechnik. Es endete damit, dass einzelne Offiziere ihre eigenen Soldaten in die Sklaverei verkauften.

Ich weiß nicht, weshalb so etwas geschieht. Möglicherweise deshalb, weil wir noch keine einheitliche russische Nation sind. Zumindest die in unserem Land lebenden Menschen fühlen sich noch immer nicht als ein einheitliches Ganzes und lassen einander nicht nur im Stich, sondern hassen einander, schlimmer als den ärgsten Feind.

Vor diesem Hintergrund stellten die multinationalen Transnistrier ein wahres Beispiel an Einheit dar. Sie wertschätzen jeden Menschen, jedes Leben, ließen nicht einmal den Gedanken zu, dass jemand sie unbestraft umbringen könnte... Ich wollte gerade das Wort „Stammesangehörige" hinschreiben. Nein, sie sind ja gerade keine „Stammesangehörigen". Dort entstand etwas Größeres. Das, was es in Russland nicht mehr gibt und schon lange nicht mehr gab.

Dem angegriffenen Regiment eilte die Abteilung der Aufklärung der Republikanischen Transnistrischen Garde unter dem Kommando des Leutnants Gavrischa aus Dubossary nach Kotschijery zur Hilfe. Etwas später schloss sich ihm der Leiter der motorisierten Scharfschützen-Abteilung Leutnant Olejnik mit nur zwei Kämpfern an. Die Gardisten fuhren das Militär-städtchen von hinten an, drangen heimlich in eine der Kasernen ein und bezogen dort Stellung. Die in die Plünderung vertieften Polizisten, Frontisten und Kriminellen, entspannt von so viel Straflosigkeit und Leichtigkeit, mit der sie das Regiment kapern konnten, bemerkten nicht gleich, dass bewaffnete Kämpfer in ihrem Rücken auftauchten. Als sie es bemerkt en, gingen sie zur Attacke über. Aber es war zu spät. Die verbarrikadierten Gardisten empfingen sie mit einem Dauerfeuer aus Automatischen und warfen sie von der Kaserne zurück. Als sie zwanzig Mann an Getöteten und Verletzten verloren, trauten sich die Marodeure nicht mehr, sie kreisten das Militärstädtchen ein und gingen zu einem Stellungskampf über, in der Hoffnung die Gardisten durch die Schusswaffen oder durch Erschöpfung zu vernichten. Sie boten den russischen Militärangehörigen sogar per Telefon an, sich zu ergeben, versprachen ihnen nicht nur Unversehrtheit, sondern auch ein komfortvolles Hinausfahren mit den Bussen. Sie dachten aber nicht daran, den Gardisten Transnistriens etwas Ähnliches anzubieten.

Als Ergebnis blieben bei den Gardisten nur 22 freiwillige Russen – 18 langfristig verpflichtete Soldaten, zwei Fähnriche, ein Oberstleutnant und ein Major des medizinischen Dienstes. Aber das reichte aus, um die Position zu halten. Und nicht einfach nur die Position. Die Sache war die, dass Offiziere der russischen Armee das Territorium des Militärstädtchens verlassen hatten, als ob sie vergessen hätten, dass manche von ihnen dort Frauen und Kinder zurückließen, die sich ebenso in der Kaserne versteckten.

Als die OPON-Mitglieder begriffen, dass sie mit den verbarrikadierten Gardisten nicht fertig wurden, meldeten sie ihr Missgeschick nach Kischenev. Von Kischenev ging eine dringende Depesche an die Führungskräfte in Moskau raus, darüber... dass die transnistrischen Gardisten das russische Regiment der Bürgerwehr in ihre Gewalt gebracht hätten! Diese Information spiegelte sich sofort in

den elektronischen Massenmedien wieder, worauf sich unerwartet der ver-schwundene Befehlshaber Netkachev wieder einfand. Und legte eine für ihn undenkbare Aktivität an den Tag, indem er von der Leitung der Transnistrischen Garde einen sofortigen Abzug der Gardisten vom Territorium des Regimentes verlangte.
Gegen acht Uhr abends berichtete Leutnant Gavrisch telefonisch, dass er die Gardisten nicht herausführen könne, da er nicht genügend Kräfte habe, um sich durch die bewaffneten Schilder der Polizisten durchzukämpfen und gleichzeitig für die Sicherheit der Familien der russischen Militärangehörigen zu sorgen. Niemand habe vor, sie durchzulassen, und im Falle des Durchbruchs könnten alle umkommen. Deshalb wurde die Ent-scheidung gefällt, bis zum Morgen in der Kaserne zu bleiben.

Zur gleichen Zeit begannen neue moldawische Formationen über den Wasserspeichersee am Dorf Gorlekany in Richtung Kotschijery überzusetzen. Es sah so aus, als ob in den Kampf gegen eine Handvoll Gardisten und Soldaten beinahe ein ganzes Regiment ziehen wollte. Eine telefonische Besprechung, die der Oberbefehlshaber der Garde Oberst Kizak die ganze Nacht über mit der kischenever Machthabern führte, führte zu nichts.
Kischenev brauchte einen Sieg. Hier und jetzt. Ungeachtet dessen, dass ein Sieg eines ganzen Regimentes über eine Abteilung kaum ehrenhaft für eine Armee ist. Und die moldawischen Formationen stürmten los, um diesen Sieg zu erringen.
Um sechs Uhr früh am 3. März begann der Sturm auf die Kasernen. Man setzte Automatische, Granatenwerfer und Tränengasgranaten ein. Der Kampf dauerte bereits zwei Stunden, aber die Kaserne wehrte den Angriff immer wieder ab.
Die Angreifer nutzten alle möglichen Mittel – Drohungen per Telefon, Scharfschützen, Frontattacken. Es half nichts. Die Kaserne ergab sich nicht.
Die Wende brachte der Befehlshaber Netkachev. Er setzte sich mit den Gardisten telefonisch in Verbindung und schwor, dass er, sobald sie die Kaserne verlassen, sofort die Fallschirmjäger in zwei Hubschraubern losschicken und das Regiment unter seinen Schutz stellen werde. Nach dieser Versicherung sandte die Leitung der Republik-

Garde eine zusätzliche Abteilung zu den Umzingelten, um den sicheren Abzug aus der Kaserne und dem Militärstützpunkt zu gewährleisten. Die Information darüber, dass die Gardisten die Kaserne verlassen, wurde auch an die moldawische Formationen übermittelt. Sie eröffneten jedoch das Feuer, sobald der Abzug begann. Vier völlig ungeschützte Gardisten starben. Mehr noch, bei dem Einstieg in den Bus wurden die Offiziersfamilien beschossen. Einige Frauen und Kinder wurden verletzt.
Aber die schlimmste Enttäuschung kam später. Wie Netkachev versprochen hatte, sandte er tatsächlich Hubschrauber. Jedoch nur einen statt zwei. Aus diesem stieg statt der Fallschirmjäger der Leiter der Zentrale der 14. Armee General-Major Sitnikov. Er vergewisserte sich, dass die Soldaten und Gardisten weg waren und übergab feierlich das Militärgelände... den moldawischen Formationen. Sie bedankten sich innig für die Hilfe bei der Befreiung des Militärstädtchens von Gardisten. Und die Plünderung wurde fortgesetzt.

Das, was die Führung der 14. Armee, angeleitet durch Moskauer Anweisungen, tat, ist schwer anders denn als Verrat zu bezeichnen. Mit Hilfe der Gardisten hätte man das Regiment zurückholen können. In diesem Fall, wie es die späteren Ereignisse zeigten, wäre der Krieg auf diesem Gebiet nicht ganz so blutig geworden und es wären sehr viel weniger Menschen umgekommen. Aber so wurde das Militärstädtchen für die moldawischen Kampftruppen zu einer Plattform, von der aus man systematisch Dubossary beschoss.
Aber es geht nicht einmal darum, dass man sich entschloss, das Regiment aufzugeben. Es geht darum, wie man es getan hat. Letztendlich hätte man noch vor dem Angriff den Befehl an die Militärangehörige erteilen können, das Gelände zu verlassen, um sie nicht unter Beschuss zu stellen. Man hätte Frauen und Kinder rechtzeitig wegbringen können. Dann hätten die Gardisten sie nicht retten müssen. Aber die Führung hatte Angst. Sie hatten Angst vor eigenen Entscheidungen. Sie hatte Angst vor eigenen Soldaten. Und sie hatte Angst vor dem eigenen Verrat.

Wen wundert es. In diesen Tagen war ganz Russland so. Man klaute, plünderte, tötete, verriet. Nicht irgendjemand – sich selbst. Man war bereit, sich jedem auszuliefern, weil man entweder nicht verstand oder nicht verstehen wollte, dass man nicht nur Ländereien und Regimente ausliefert, man lieferte die Menschen aus, die, wenn sie auch an etwas Schuld hatten, dann daran, dass sie Russisch sprachen.

Russland... Russland... Es gab kein Russland. Es blieb ein riesiges Phantom, es blieb ein Mythos über Russland, der mit der Realität nichts gemein hatte.

IX Nach den Gesetzen des Windes

„Trotzdem verstehe ich nichts!"
Martin schlug die Hände über dem Kopf zusammen. „Wir alle hier dachten, dass nach dem Zusammenbruch des Imperiums und der Errichtung der Demokratie alles besser wird und die Menschen Luft zum Atmen bekommen. Das, was du erzählst, widerspricht allen unseren Vorstellungen."
„Man hat uns früher in der Tat nicht atmen lassen, verstehst du. Dann hat man es gestattet, doch es war zu spät: die Luft ist verschwunden."
„Wie – verschwunden?"
„Einfach so. Man hat sie rausgelassen. Hast du gesehen, wie man die Luft aus einem Fußball entweichen lässt? Das geschah bei uns genauso. Man erlaubte uns zu atmen, aber da gab es nichts zu atmen."
„Aber wo ist denn die Luft hin?", bohrte Martin nach.
„Der Teufel weiß es. Man hat sie rausgelassen und Punkt. Vielleicht hat man sie verkauft. So, wie man das Ballett und die Eishockeyspieler verkauft hat."

Ich fühlte plötzlich, dass ich nichts zu atmen hatte. Es lag nicht daran, dass es in diesem kleinen Pariser Café, in dem Martin und ich uns nach etwas mehr als einem Jahr seit der Beendigung des transnistrischen Krieges trafen, besonders stickig war. Es lag an etwas anderem. Die Glasterrasse, auf der wir saßen, erinnerte von außen höchstwahrscheinlich an ein Aquarium. Wir darin waren zwei sprechende Fische. Ewig verliebte Franzosen, die Arm in Arm vorbei liefen, blieben immer wieder stehen und sahen neugierig in unsere Richtung.
„Aber es gibt doch irgendwelche Gesetze!", versuchte Martin einen Ausweg für uns zu finden.
„Es gibt keine Gesetze. Das einzige Gesetz, das wir brauchen, ist das Gesetz zum Schutz der Gesetze des Windes. Wir lebten schon immer mit den Gesetzen des Windes, verstehst du. Wie er weht – so leben wir. Sobald man den Wind hinauslässt, beginnen wir zu ersticken und das Leben vergeht."

Plötzlich empfand ich geradezu physisch eine schneidende Unruhe und sogar Angst. Es bedurfte einiger Sekunden, bis ich begriff, dass die Gefahr von der Melodie „a là chanson" ausging, die die Madame hinter der Theke laufen ließ. Es war an sich nichts Beängstigendes daran. Aber in mir schaltete sich ein in den letzten Jahren entwickelter Instinkt ein – mich überkam der dringende Wunsch, mit dem Bauch auf den Boden zu plumpsen. Was für ein Teufelsspuk. Wir gingen an die Uferpromenade. Über der Seine schwebte ein Haufen Lichter. Wie eine schwimmende Explosion mit Musik. Das Motorschiff war so breit, dass es kaum in die Granitufer passte. An seinem Bug steckten ein paar gewaltige Scheinwerfer, die die Uferpromenade buchstäblich mit ihrem Licht überfluteten. Für einen Moment blendete es mich. Ich hielt mir die Augen mit den Händen zu... und erinnerte mich plötzlich... Ich erinnerte mich, wo ich diese Melodie gehört hatte.

Als das erste Geschoss explodierte, vorher die Luft mit dem wilden Pfeifen zerreissend, konnte ich gerade noch begreifen, dass es das Gebäude gegenüber erwischte, das Hotel „Dnjestrgarten". Aus dem Augenwinkel konnte ich bemerken, dass von der Bushaltestelle an dem Stadtrat, wo ich auf den Fahrer wartete, die Menschen in Richtung der nächsten Sträucher liefen. In dieser Zeit ertönte ein weiteres Pfeifen und ein abgedämpftes Poltern gleich hinterher. Das Geschoss explodierte auf der gegenüberliegenden Seite des Stadtrates. Ich lief einige Meter und plumpste mit Anlauf auf den Asphalt neben der auf-gerissenen Tür eines „Zhiguli" und legte die Hände schützend über den Kopf. Eine gewaltige Explosion ließ die Luft ganz in der Nähe erbeben. Nach einer Weile verschmolz alles in ein einziges Dröhnen weiterer Explosionen. Es war unmöglich zu erkennen, wer schießt und woher. Minen, Raketen „Rapira" und „Alazan" – es explodierte alles, vereinigte sich zu einer unmenschlichen Kakophonie, die sich in einzelne Schichten ganz nahe, irgendwo über dem Kopf, auflöste.
In diesem Moment, als es schien, dass außer Explosionen gar keine Geräusche in der Natur mehr existierten, tauchte plötzlich diese Melodie auf. Sie ertönte irgendwo direkt über dem Kopf, maßvoll, lyrisch, wehmütig. Manchmal wurde sie dünner und löste sich im

Getöse auf, aber dann kam sie wieder, ruhig die Scherben der zerschossenen Welt aufsammelnd und den Anschein einer Harmonie zurückbringend.

Als der Beschuss zu Ende war, drehte ich vorsichtig den Kopf, ohne ihn vom Boden zu heben. Es wurde auf einmal so still, dass es in den Schläfen zog. Aber die Melodie spielte weiter. Rechts bewegten sich die Sträucher. Also lebte noch jemand. Als ich mich erhob und umsah, verstand ich, was los war. Der „Zhiguli"-Fahrer lief um sein Leben und ließ das Auto mit dem laufenden Radio zurück. Offensichtlich hatte er sich daran unmittelbar vor dem Beschuss zu schaffen gemacht, denn das Radio hing an einigen Kabeln heraus und reichte fast an den Sitz. Und die Melodie wippte im Takt der Explosionen.

„Also im Café war dieselbe Musik?", fragte ein erschütterter Martin.
„Und was wollten sie?"
„Den Sieg."

Die zivilisierte Gesellschaft stellte eine monströse Formel des Sieges auf: „Der Sieg ist die Vernichtung." Die Vernichtung des Feindes. Um jeden Preis. Vernichtet wurden ganze Klassen, Parteien, Nationen und sogar Staaten. Aber niemandem gelang es etwas vollständig zu vernichten. Ungeachtet dessen, dass in der stalinistischen UdSSR ein gigantisches gesellschaftspolitisches Vernichtungssystem existierte, mit einem ganzen Komplex aus ausführenden Mechanismen, mit einer Subkultur, die ihre Existenz bediente, war das historische Ergebnis – Null. Es ist unmöglich, den Menschen mit Gewalt zu besiegen. Man kann ihn nur töten. Einen, Hundert, eine Million. Das aber wird kein Sieg sein. Nicht minder behielten die neuformierten Staaten nach dem Zerfall der Sowjetunion die Hauptelemente eines totalitären Gesellschaftsaufbaus und eine politische Kultur des Totalitarismus in der gleichen Gestalt. Jedoch hat in vielen von ihnen die nationalistische Ideologie die kommunistische abgelöst, der Totalitarismus bekam die Züge des Nationalismus.

„Aber mit irgendetwas wurden doch ihre Handlungen gerechtfertigt?", fragte Martin.

„Aber ja! Sie versuchten, sich auf dem Militärplatz zu halten. Dafür mussten sie nicht nur das Gebiet der Verteidigung unter Feuerbeschuss nehmen, sondern die ganze Stadt. Und sie haben es tatsächlich an diesem Tag erreicht und feierten ihren Sieg."

„Und was war am nächsten Tag?"

„Am nächsten Tag ließ man an ihrem Militärplatz eineinhalb Tausend Minen los und zwang sie, um Gnade zu bitten. Habe keine Zweifel: an Opfern gab es nicht wenige. Genau das nennt sich ein Sieg. Aber schon sehr bald fingen die Sieger an zu begreifen, dass es keinen Sieg gegeben hatte. Dass genau sie die Niederlage erlitten hatten. Und wenn es einen Sieg gibt, dann bei Weitem keinen kompletten. Denn die Getöteten haben Kinder, Anhänger, Gleichdenkende. Sie müssen auch getötet werden. Obwohl auch das kein Sieg sein wird. Es muss alles vernichtet werden, was an den Feind erinnert – Bücher, Denkmäler, Städte, Sprachen. Und dann stellt sich heraus, dass du selbst – der Feind deines Feindes – dich selbst an deinen Feind erinnerst. Es stellt sich heraus, dass ihr eine Einheit, ein Ganzes wart. Es bleibt nichts mehr – weder Kraft, noch Wünsche, noch Ziele. Du weißt nicht mehr, weshalb du getötet hast. Weil die Toten sich nicht mehr erinnern. Die Blinden – sehen nicht. Die vor Explosionen taub Gewordenen – hören nicht."

Die Scheinwerfer des Motorschiffes leuchteten eine seltsame Demonstration an der Uferpromenade aus: Menschen sprachen miteinander mithilfe der Mimik und der Gesten, wie in einer Pantomime. Es war ein Protest der Taubstummen. Sie trugen über ihren Köpfen ein riesiges Plakat, auf dem in großen Buchstaben geschrieben stand: „Wir sind wie alle anderen!"

Es dröhnte noch immer in meinem Kopf. Schwankend machte ich einen Schritt zum „Zhiguli" und riss das Radio an mich. Die Melodie verschwand. Sobald sie verschwand, brach über mir eine schreckliche, bösartige Stille ein. Ich schlich mich vorsichtig entlang der Wand des Stadtrates und schaute um die Ecke. Da sah ich vor dem Aufgang zum Gebäude einen riesigen Trichter, in den von irgendwo oben ein dünnes rotes Rinnsal floss. In diesem Moment berührte etwas Feuchtes meinen Nacken. Das war ein riesiger, sterbender

Fisch, mit einer aus dem Einkaufsnetz heraushängenden Flosse. Er schaute mich mit einem trüben Blick an, so als ob er mich einladen wollte, mit ihm für immer einzuschlafen. Das Einkaufsnetz hielt eine kräftige Männerhand, die ungelenk vom Baum herunterhing. Es gab keinen Körper. Es gab nur die Hand. Ich sah die umher wachsenden Bäume und Sträucher an. Sie alle waren mit den Resten menschlicher Körper behangen. Beine und Köpfe wuchsen getrennt. Aus einer weiblichen Brust sickerte Blut. Ein einsames geschwollenes Auge blickte direkt von einem Ast. Ein spitzer Damenschuh verfing sich in der grauen Haarpracht von irgendjemand. Dort auch, auf einem der Äste, hing eine geöffnete Damentasche mit einfachen Kosmetika.

Ein schneidender Frauenschrei ließ mich in Bewegung setzen. Und ich ging einfach nach vorne, begleitet von diesem Schrei und dem sterbenden Fischblick.

Am sechsten Juli 1992 versammelten sich im Gebäude des Dubossarer Stadtrates die Leiter der städtischen Industriebetriebe. Die Stimmung war gut, denn zuvor wurde eine weitere Vereinbarung über die Einstellung des Feuers beschlossen. Wieder glaubte man das. Und begann die Fragen der Wiederherstellung der Stadtökonomie und der kommunalen Wirtschaft zu erörtern. Die Besprechung war zu Ende. Man ging zum Ausgang. Als die ganze Gruppe auf den Vorplatz hinausging, traf ihn ein Geschoss. Die toten Leiter wurden in Teilen über die Erde geworfen, über Bäume und Sträucher. Acht Menschen. Oder insgesamt acht. Der Krieg hat seine eigene Arithmetik. Später sammelte man den Direktor des Betriebes für Reparaturen und den technischen Service Stepan Pokotilo, den Vorsitzenden der Bauorganisation Nr. 2 Vjacheslav Dodul, den Vorsitzenden der Bezirkskonsum-Union Natalja Lupolova, den Vorsitzenden des „Agrotrans" Gennadij Kuznezov, den Leiter der Kommunalwirtschaft Rafael Garjeev, den Vorsitzenden des Bezirksbeschaffungsbüros Vasilij Radovskij, den Vorsitzenden des Stadthandelsbüros Ilja Gurizenko und den Direktor der örtlichen Brotfabrik Galina Marchenko in Einzelteilen zusammen und beerdigte sie. Zusammen mit den Plänen zur Wiederherstellung der Stadtökonomie.

Plötzlich krachte ein Donner, und ich zuckte.
„Das hört sich nach einer Explosion an, was?", fragte Martin verständnisvoll. Ich antwortete nicht. Zog nur die Schultern hoch. Obwohl ich noch lange vor ungewohnten Geräuschen schauderte. Als mein Kumpel, ein Journalist aus „Sobesednik" („*Gesprächspartner*"), Kirill Svetizkij, und ich zum wiederholten Mal aus Transnistrien über Odessa zurückfuhren, verirrten wir uns mit einem zufälligen Bekannten aus der Stadt Vladimir an den Strand der zehnten Station der Großen Fontäne. Der Strand war ruhig und wenig besucht. Wir unterhielten uns nett. Plötzlich ertönte die Salve einer Automatischen und Svetizkij und ich schlugen uns einvernehmlich in den Sand. Dann richteten wir uns verlegen auf. Es stellte sich heraus, dass die Rettungsschwimmer, bevor sie eine Ansage machten, an das Mikrofon des Lautsprechers klopften, um so seine Funktionsfähigkeit zu prüfen. Morgens wurde ich von einer Artilleriekanonade wach und drückte mich auf den Boden. Draußen klopfte jemand die Teppiche aus.

Ein Donner krachte, und die Demonstration der Taubstummen fing an, auseinander zu laufen. Die Verliebten sprangen in die leuchtenden Türen der Cafés und retteten sich vor den ersten Tropfen. Die Kastanienverkäuferinnen deckten übereilt ihre Auslagen ab. Ich merkte plötzlich, dass ich einen merkwürdigen Gegenstand in der Hand hielt – einen Zahnstocher. Ich drehte ihn und begriff, dass er sich wie ein Schirm öffnet. Martin lachte auf. Offensichtlich hatte auch er so einen Zahnstocher aus dem Café mitgenommen.
Wir gingen hinunter zum Wasser. Hier, wo keine Vitrinen leuchteten, war es ziemlich dunkel. Das Unwetter vermischte sicher alle Geräusche und hüllte die Seine in Dunkelheit ein. Im Donnerrollen hörte man immer deutlicher die Kanonade. Aus der Finsternis schwebten die Bilder der Tragödien und aller undenkbaren Katastrophen, die erst an der nächsten Biegung warteten. Wir mussten uns retten. Wir öffneten, heiter lachend, unsere Zahnstocher über den Köpfen.
Und standen so.

X No Dubossaran!

Ein Ausnahmezustand

Mitte März 1992 begannen die moldawischen Kampftruppen mit einer Serie entschlossener Vormärsche in der Gegend von Dubossary. Nachdem das Militärstädtchen des russischen Regimentes in Kotschijery übernommen wurde, sammelten sich auf seinem Territorium immer neue Militärabteilungen an. Es geschah ohne jeden Widerstand seitens der Transnistrier, denn die sich auf dem linken Ufer und inzwischen unter einer vollständigen Kontrolle Moldawiens befindende Kotschijery mündet direkt an Dnjestr; man konnte in aller Ruhe die Überfahrt durchführen. So wurde diese mit Hilfe einer Fähre am Dorf Novaja Molovata hergestellt. Vom rechten Ufer setzte man ohne Unterlass immer mehr Militärgruppen, Waffen und andere technische Mittel zur Führung des Krieges über. Es gab einige Versuche, den Wasserspeichersee bei dem Dorf Gorlekany über das Eis direkt zu überqueren. Einige dieser Versuche waren erfolglos. Dann kamen die Transnistrier, die den Staudamm des Dubossarer Wasserelektrizitätswerkes kontrollierten, auf die Idee, ein Teil des Wassers aus dem Wasserspeicher heraus zu lassen. Als Ergebnis brach das Eis, und der Großteil der sich zu diesem Zeitpunkt auf der Überquerung befindenden Spezialeinheiten gingen unter Wasser. Nach diesem Vorfall wurden die Überfahrten über das Eis beendet.
Am 13. März besetzte die OPON bereits vollständig die Dörfer Novaja Molovata, Kotschijery und einen Teil der Gebäude im Dorf Korzhevo, zu denen auch der Kindergarten „Glöckchen" gehörte. Die zerfetzten Kinderspielzeuge von diesem „strategischem Objekt" fand man noch lange im ganzen Dorf verstreut.
In der Nacht auf den 14. März stieß eine Erkundungsgruppe der Gardisten in der Nähe des Dorfes Koschniza plötzlich auf eine vorgeschobene Spähtruppe der Hauptkräfte der ersten Brigade der Spezialeinheit der Polizei. In einem kurzen Kampf wurden zwei der Polizisten getötet und zwei gefangen genommen. Dabei wurden sechs Automatische aus rumänischer Herstellung erbeutet.

Am 14. März um drei Uhr früh begann ein Angriff aus südlicher Richtung, wonach die moldawischen Formationen zum Umfeld des Dorfes Dzerzhinskoje gelangten, in dem vor langer Zeit der berühmte Chirurg Nikolaj Sklifosowskij geboren wurde. Den Gardisten und Kosaken gelang es dennoch sie aus diesem Gebiet hinauszudrücken. Und das rein zufällig. Weil die Situation an der südlichen Flanke der Verteidigung von Dubossary recht undurchsichtig neblig war und Schwierigkeiten machte, fuhr auf einem gepanzerten Überwachungs- und Ausspähfahrzeug *(BRDM)* der Offizier der Gardeleitung Atamanjuk dorthin, begleitet von zwei Gardisten. Er entdeckte das heimliche Vorrücken des Gegners in Richtung des Gardisten-Postens „Birke". Es kam zum Kampf. Das Spähfahrzeug wurde getroffen, auf beiden Seiten gab es Verletzte, der Lärm der Schüsse hallte zu Dubossary herüber, von wo Verstärkung herbei kam.

Die moldawische Führung begriff, dass der Plan der Einkreisung von Dubossary in Begriff war zu scheitern, weil die südliche Flanke unerwartet in einen ungeplanten Kampf versank, und warf alle Kräfte für einen Durchbruch aus Norden. Am Dorf Rogi wurden durch heftiges Artilleriefeuer alle nur schwach befestigten Posten der Transnistrier vernichtet, und OPON-Einheiten besetzten den Abschnitt der strategischen Schnellstraße Dubossary – Rybniza; sie schnitten Transnistrien damit letztendlich in zwei Teile. Beflügelt von ihrem Erfolg, stürmten die moldawischen Panzerfahrzeuge ins Innere des linken Ufers, um Dubossary vom Osten zu umgehen und um einen Schlag in den Rücken nicht nur der Stadt, sondern auch den Ver-teidigungspositionen in der Koschnizer Richtung zu versetzten. Sie waren damit so beschäftigt, dass sie auf das Territorium der Ukraine gelangten, wo sie im unüberwindbaren Schlamm stecken blieben. Das Außenministerium der Ukraine richtete einen Protest an... Transnistrien.

Als sie die strategische Schnellstraße Rybniza – Tiraspol besetzten, schnitten sie diese buchstäblich durch: sie gruben sie mit Raupenfahrzeugen um. Dabei wurden die Zerstörungen der Gardistenposten bei dem Dorf Rogi von bisher ungekannten Brutalitäten begleitet. Einem der Kosaken stach man die Augen aus und schnitt ihm die Ohren ab, einen anderen begoss man mit Benzin und verbrannte ihn lebend. Ein Reisebus wurde beschossen und ausgeraubt, der aus Charkov kam und einem türkischen Unternehmen gehörte. Danach begannen auf diplomatischen Kanälen offizielle Protestnoten Moldawien zu erreichen, was die moldawische Militärleitung zwang, ihre Truppen aus dem Dorf Rogi abzuziehen.

Um einen Durchbruch auf der Poltawa-Schnellstraße nicht zu zulassen, sprengten die Transnistrier die Poltawer Brücke und verteilten die Teile der Kämpfer der Transnistrischen Selbstverteidigung, welche die Poltawer Brücke bisher bewachten, auf andere Abschnitte um, unter anderem auf das Koschnizer.

Aber es gelang ihnen nicht sich dort zu halten. Deshalb, als am fünfzehnten März morgens die moldawischen Panzerfahrzeuge eine Attacke begannen, wurden die Gardisten, Freiwilligen und Kosaken aus großkalibrigen Kanonen einfach zuammen-geschossen. Zur gleichen Zeit begann ein konzentrierter Artilleriebeschuss der transnistrischen Positionen auf alle Abschnitten der Verteidigung. Die Stadt hielt still in der Vorahnung eines unausweichlichen Angriffs.

Gegen Mittag des 15. März warf das Kommando der transnistrischen Formationen, obwohl es dabei riskierte, die Front an den anderen Abschnitten offen zu lassen, die Reserven aus Rybniza und Tiraspol nach Dubossary. Die Transnistrier gruppierten sich um und beschlossen, Gleiches mit Gleichem zu vergelten und stürmten in einen Gegenangriff. In tollkühnen Kämpfen schossen sie einige Panzerfahrzeuge ab, unter denen ein BTR-80 auftauchte, produziert in der Tschechoslowakei. Nach der Behauptung des Vertreters der Militärleitung der GUS Generals Pjankov, wurden Panzerfahrzeuge diesen Typus nie in diese Region geliefert, folglich konnten sie nicht von den molda-wischen Formationen in den Abteilungen der Sowjetarmee, die in Moldawien stationiert waren, entwendet werden. Daraus war zu folger, dass sie aus Rumänien eingeführt waren. Es gab keine andere Möglichkeit. So oder anders, holten die Transnistrier nach harten Kämpfen die Kontrolle über die Schnellstraße und fingen an, die Verteidigungsgrenzen im Norden von Dubossary zu befestigen.

Sofort richtete Mirtscha Snjegur ein Ultimatum an sie: bis 18.00 Uhr des 17. März den Widerstand zu beenden und die Waffen abzugeben. Die Antwort war angemessen, in etwa: wir würden ja gern etwas abgeben, doch gab Snjegur nicht an, wo man die Waffen hinterlegen soll. Mehr oder minder, ungeachtet des hartnäckigen Widerstandes gegenüber den deutlich überlegenen Kräften Moldawiens, war Dubossary noch immer blockiert. Die Opfer wurden bereits zu Dutzenden gezählt. Es gab viele Verletzte, darunter auch Kinder. Weil nicht nur die Militärpositionen, sondern die ganze Stadt dem Artilleriebeschuss ausgesetzt war. Am Stadtrand wurden die umfassenden Kämpfe fortgesetzt, mit dem Einsatz der Minenwerfer und Raketengeschütze. Der Donner der Geschütze ließ nicht nach. Aber niemand hörte darauf. Das heißt, niemand wollte ihn hören. Die Dubossarer gaben große Aufrufe heraus, die mit dem Schrei nach „Hilfe!" begannen und endeten, aber diese Aufrufe kamen nirgendswo an. Die Welt, beruhigt durch die friedfertige Bekundungen Snjegurs, sah gelassen zu, wie man die Bewohner eines kleinen Städtchens umbringt.

Der Präsident der transnistrischen moldawischen Republik unterschrieb einen nach dem anderen die zahlreichen Einverständniserklärungen über die Einstellung des Feuers. Jede von ihnen wirkte nur binnen von drei, vier Tagen. Moldawien gruppierte die Kräfte um und griff an einer anderen Stelle an.

Endgültig sicher, dass die Weltöffentlichkeit sie nicht stören werde, erließ Mirtscha Snjegur am 28. März 1992 den Befehl über einen Ausnahmezustand auf dem gesamten Territorium Moldawiens, dessen Paragraphen keinen Zweifel ließen: der Krieg gegen Transnistrien war offiziell ausgerufen. Das bestätigte sich durch eine neue blutreiche Attacke am Koschnizer Ausgangspunkt und einer neuen blutigen Probe in Bendery: am ersten April stürmten sechs Panzerfahrzeuge in die Stadt und beschossen aus großkalibrigen Kanonen einige Autos und einen Linienbus.

Snjegur, Kostasch, Plugaru, Antotsch, inspiriert von den Frontisten, waren nicht aufzuhalten, die „versklavten Brüder im Blute" zu retten. Später machte es sie nicht einmal verlegen, dass die „Brüder im Blute" ein Treffen der Moldawier in Transnistrien einberiefen und einen Appell an General Kostasch aufsetzten, in dem unter anderem Folgendes stand:

„*General! Wir, Moldawier Transnistriens könnten mit würdigen politischen Gegnern sprechen... wenn sie für sich das Ziel einer Umgestaltung des gesellschaftlichen Lebens zum Positiven aufrichtig aufstellten. Wir könnten mit ihnen jede Frage erörtern.*
Wir könnten mit würdigen Kämpfern sprechen, die die Gesetze des Krieges einhalten... Aber wie sollen wir mit Kriminellen und Schindern sprechen? Worüber sollen wir uns mit den Plünderern und Vergewaltigern unserer Frauen und Töchter unterhalten?... Merken Sie sich, General, und trichtern Sie das allen ihren Partnern ein: wir empfinden es als erniedrigend und schändlich für uns, sogar den Gedanken über die Möglichkeit, sich mit ihnen über irgendetwas zu verständigen.

... Wir fordern Sie nicht zur Buße auf. Es ist zu spät für Sie zu bereuen. Wir raten Ihnen, dem Organisator und Inspirator all unseres Unglücks, dem Partei-Wendehals und Verräter des moldawischen Volkes, die einfache Wahrheit zu begreifen. Wir sind freie Menschen und keine Sklaven. Wir sind das Volk von Stefan chel Mare, Mitropolit Dostoftej, Dmitrij Kantemir, Grigorij Kotowskij, Michail Frunze, Ion Saltys. Wir sind keine Nachkommen von Antonesku und Aleksjanu und nicht die Nachkommen ihrer Sklaven, wie Sie fälschlich annehmen, sondern die Nachkommen der Sieger über sie. Deshalb werden wir nur dann die Waffen niederlegen, wenn kein Blutsauger aus eurer kriminellen Bande länger unsere wunderschöne und vielgelittene Erde durch seine Anwesenheit schänden wird.
Merken Sie sich das, General! Und Gott helfe Ihnen!"

Die wahrhaftig heroische Verteidigung von Dubossary, während der die scheinbar schon vernichteten Formationen der Transnistrier jedes Mal aus der Asche auferstanden und zu Gegenangriffen übergingen, führte dazu, dass sich am 17. März die Situation relativ stabilisierte. Die Kämpfe wurden weiterhin regelmäßig entfacht, aber zu einem gleichermaßen starken Ansturm konnten sich die moldawischen Militärkräfte, die auch nicht wenige Verluste davon trugen, nicht mehr durchringen. Verdutzt von einer so furiosen Verteidigung, gingen sie bereits zu einem Oppositionskrieg über.

Der Aufruf „No Dubossaran!", auf der Beerdigung der ersten Opfer vor fast zwei Jahren nebenbei ausgesprochen, flatterte noch immer über Dubossary.

Informationen zum Denkstoff

Zum ersten Mal verschlug es Mary nach Transnistrien ausgerechnet im März 1992, als der nicht erklärte Krieg bereits in vollem Gange war. Der Krieg fand hauptsächlich um Dubossary herum statt, von allen Seiten eingekreist, belagert von Feuerungsplattformen, geschaffen hier, auf dem linken Ufer, in unmittelbarer Nähe zu der Stadt. Die gefährlichsten waren die von Kotschijery und die von Koschniza. Besonders die Koschnizer. Es lag daran, dass Dnjestr an dieser Stelle plötzlich eine Schleife macht, um die Dörfer Pyryta, Koschniza, Pogreby und Dorozkoe biegt und verkeilt sie buchstäblich mit dem rechten Ufer. Auf diese Weise entstand hier ein natürlicher „Sack", in den zu geraten es unerwünscht war. Noch im Zweiten Weltkrieg keilten sich in der Hitze des Gefechts die sowjetischen Kampfkräfte hier ein und wurden abgeschnitten. Die Transnistrier erinnerten sich daran und hielten sich davon fern, den Platz zur Verteidigung nahmen sie etwas weiter ein, näher zur Schnellstraße. Sie zogen es vor, die Abteilungen der moldawischen Truppen nicht anzugreifen, sondern bloß abzuwehren.
Und von den Abteilungen gab es mehr als genug. Die moldawische Leitung nutzte die Überlegenheit, die ihnen die Natur schenkte, und positionierte fast ungehindert technische Ausrüstung und frische Kampfkräfte am Dnjestrufer, die von Zeit zur Zeit einen Kampf in Richtung Schnellstraße provozierten.

Am 23. März, genau an dem Tag, an dem ich in einem Straßengraben Staub atmete, mich vor den Geschossen schützend, als ich mich hinter dem dünnen Gips-Pionier im Helm wiederfand und danach Tee mit seinen Verteidigern trank, gerieten die Schweizer Fernsehleute, die sich in der Ortslage und der Truppenverteilung nicht auskannten, ins Zentrum der Gefechte. Das Dach ihres Busses wurde von großkalibrigen Geschossen der Kanonen buchstäblich abgeschnitten, wie durch ein Wunder blieben sie unversehrt, jedoch mussten sie drei Stunden in einem Schützengraben unter ununterbrochenem Feuer ausharren. Sie saßen nicht untätig herum. Es gelang ihnen, praktisch den ganzen Kampf auf einen Film zu bannen. Zuerst begannen vom rechten Ufer aus von zwei Seiten die Minenwerfer zu schlagen. Und dann sprangen von der schmalen Landenge neun Panzerfahrzeuge und ungefähr fünf Hundert Mann an Infanterie vor und stürmten auf die transnistrischen Schützengräben zu. In den ersten Minuten dachte man, dass sie mühelos die sich Verteidigenden überwältigen würden, aber die antworteten mit so einer Wucht, dass der Angriff sich verschluckte. Der Angriff ging in einen Stellungskampf über, aber die Intensität des Feuers veränderte sich nicht, man konnte nicht mal den Kopf heben. Die Ergebnisse dieses dreistündigen Zusammenpralls stellten sich als vollkommen unerwartet heraus: Die Angreifer verloren vier Panzerfahrzeuge, etwa zehn Mann als Getötete und zogen sich zurück in den „Koschnizer Sack". Die Transnistrier blieben ohne Opfer.

Mit Mary stieß ich im Zentrum von Dubossary zusammen, etwa gegen Abend. Zuerst erkannte ich sie nicht. Überreizt, mit Erde und Lehm beschmiert, mit zerzaustem Haar ging sie gerade aus dem Gebäude des Stadtrates heraus, gestikulierte und erklärte dem neben ihr mit einer Kamera auf der Schulter laufenden Operator etwas. Wir umarmten uns. Ich schaute sie neugierig an – nach der heutigen Feuertaufe war sie ein gänzlich anderer Mensch. Obwohl, daran habe ich nicht gezweifelt, Mary mit ihrem unnachgiebigen Charakter schnell der Sache auf den Grund gehen würde.

„Nein, unsere Leute werden nie etwas verstehen", zeigte sie mit der Hand in Richtung des sich entfernenden Operators. „Weißt du, ich habe verstanden, dass unsere Ruhe, unser bemessenes und von allen Seiten richtig organisiertes Leben schädlich sein kann. Es gewöhnt einem das Denken ab. Sie wollen überhaupt nicht denken. Sie waren mit einer vorgefertigten Meinung hierher gekommen, und es ist fast unmöglich, sie vom Gegenteil zu überzeugen."

„Das ist verständlich. Sie arbeiten doch nicht für dich.

Sie erfüllen eine Aufgabe. Und die Aufgabe wird weit von den Schützengräben festgelegt. Unsere Leute kommen aus Moskau auch

mit vorgefertigten Artikeln im Kopf. Bestenfalls spielen sie Objektivität vor: das Wort bekommen die Einen, dann – die Anderen. Sich in diesen Worten zu verirren, ist ein Leichtes.
Die Politiker konnten schon immer schön reden."
„Was sollen wir denn tun?"
„Ich weiß es nicht. Aber ich bin ein absoluter Gegner der Gleichberechtigung zwischen dem Mörder und dem Opfer."
Wir gingen auf eine kleine Anhöhe gegenüber dem Staudamm der Dubossarer Wasserspreicher (WEW). Der ungestüme Dnjestr erinnerte natürlich kein bisschen an den gemächlichen Rhein. Tonnen von Wasser stürzten als Wasserfall vom Staudamm herunter. In diesem Lärm verloren sich sogar die einzelnen Salven der Automatischen, die vom gegenüberliegenden Ufer herüber knatterten. Rechts bewegte sich der riesige Wasserspeichersee wie das Meer, wie ein vernebelter Spiegel. Er spiegelte bedächtig den hohen Südhimmel, die seltenen Häuschen am Ufer und die im leichten Wind silbrig spielenden pyramidenförmige Pappeln. Und mit der gleichen Ruhe, sich plötzlich verengend, warf das Wasser die sich in ihr spiegelnde Pappeln und selbst den Himmel auf die schlagenden Turbinen, um sie in einem mitleidslosen Strom zu vermengen und nach einer gewissen Weile in den Abgrund zu stürzen. Das sah unserer eigenen Welt sehr ähnlich.

Gewiss, die Journalisten hatten es in diesem Krieg ganz und gar nicht einfach. Die Information bekamen sie mit Blut. Im direkten Sinne dieses Wortes. Das Auto mit den Schweizer Journalisten wurde in der Nähe der Dubossarer Brücke noch einmal beschossen. Die ungarischen Fernsehleute überlebten nur zufällig – ihr Minibus wurde von einem Minenwerfer getroffen.
Die Japaner verbrachten einen halben Tag in einem Straßengraben in der Nähe von Bendery und warteten ab, bis die Geschosse über ihren Köpfen aufhörten zu pfeifen. Bei dem Versuch, sich dem Benderer Polizeigebäude zu nähern, das sich im Zentrum der Stadt verbarrikadiert hat, wurden die Journalisten der Zeitung „Izvestija" beschossen.
Sascha Mnazakanjan aus dem „Moskowskij Komsomolez" wurde von der OPON in Koschniza derart empfangen, dass er blitzartig

seine politische Gesinnung wechselte und begriff, wer wer ist. Obwohl er geschickt wurde, um „die Separatisten zu brandmarken". Den Journalisten einer der Kiewer Zeitungen brachte man verletzt weg. Viele riskierten tatsächlich ihr Leben, um die echten Informationen zu gewinnen. Und genau sie beschuldigte Moldawien des Schürens von Widersprüchen und Emotionen. Der Pressedienst der Regierung verschickte in die Redaktionen Listen von Journalisten, die ihrer Meinung nach provokantes Material erstellten.

Selbstverständlich wurden in diese Listen jedoch die Journalisten, die mit vorgefertigten Formeln im Kopf hierher kamen, nicht aufgenommen. Sie zeigten sich auch gar nicht am Ort des Geschehens. Sie schrieben, ohne ihr Hotel zu verlassen.

Die Formeln der Konfrontation waren nach ihrer Meinung sehr einfach:

Auf der einen Seite, der moldawischen, lauter Demokraten.

Auf der anderen – lauter Kommunisten.

Auf der einen Seite – die Kämpfer für die Freiheit.

Auf der anderen – die schrecklichen Tentakel des Imperiums.

Es wurde manchmal lächerlich. Zu dem Anführer der Dubossarer Verteidigung, der für die Informationen und die Arbeit mit der Presse zuständig war, Viktor Djukarew, kamen Journalisten, sie fragten als Erstes, weshalb er bis heute aus der Kommunistischen Partei der UdSSR nicht ausgetreten sei. Sie kamen nicht auf den Gedanken, dass er nie Parteimitglied war. Weshalb interessierte sie ausgerechnet das zu diesem Zeitpunkt? Nicht die unschuldig getöteten Menschen, nicht die zerstörten Häuser, nicht die Geschosse, die auf Schulen und Kindergärten niederprassten?

Ich möchte niemanden verurteilen. Die Menschen bekamen eine ziemlich genaue Aufgabe in Moskau, London, Berlin oder Madrid. Und führten die Bestellung aus. Ein Journalist – ist auch ein unfreier Mensch. Darüber hinaus kannte keiner von den diesen Konflikt ausleuchtenden Journalisten die Geschichte dieser Region, verstand nicht die örtlichen Traditionen und Kultur, letztendlich den Geist der Region.

Na gut, sie verstanden es nicht. Aber dass sie nicht einmal versuchten zu verstehen, wenigstens für sich selbst, nicht für die Zeitung rief eine vollkommene Bestürzung aus. Die ideologische Beschränktheit erstaunte und ärgerte. Wie mir später in der Moskauer Metro die aus Paris angereiste Mitarbeiterin des „Russischen Gedankens" Natalja Gorbanewskaja sagte: „Und wenn in Transnistrien tatsächlich lauter Kommunisten lebten, bedeutete das noch lange nicht, dass man sie töten müsste."

Wobei ich auf den Seiten ebendieser Zeitung „Russischer Gedanken", die auf eine wundersame Art in die transnistrische Schützengräben geriet, einen besonders einzigartigen Artikel über den transnistrischen Krieg las: ein bekannter Historiker Alexander Nekric beleuchtete ihn, ohne Boston zu verlassen. Nach demselben Schema, versteht sich.

Um das Umfeld „theoretischer" Transnistrier-Anhänger stand es nicht viel besser. Auch hier funktionierten die Ursprungsformeln: „unsere – nicht unsere", „Russen – nicht Russen". Dass es „unsere" waren, bestand kein Zweifel. Aber „unsere" in Transnistrien, wie bereits gesagt wurde, – bedeutete Dutzende von Nationen. Deshalb warf man hier ein paar Mal die Vertreter des Moskauer „Pamjat" („Gedächtnis") hinaus. Die Delegation einer der superpatriotischen Zeitungen Moskaus, die hier in einem erweiterten Bestand ankam, geriet in eine für sie besonders groteske Situation. In Dubossary kamen sie zu Sascha Porozhan, dem stellvertretenden Vorsitzenden des Stadtrates, und bekundeten ihren Wunsch, Blumenkränze an die frischen Gräber der russischen Patrioten niederzulegen. „Richtig, so ist es richtig!", sagte Porozhan und brachte die Delegation zu den frischen Gräbern. Unter den Getöteten waren, glaube ich, ein Moldawier, ein Jude und ein Ukrainer. Die Mitglieder der Delegation traten lange von einem Fuß auf den anderen, trauten sich jedoch nicht, weg-zugehen. Sie legten doch die Blumenkränze nieder.

Die Zahl derer, die ehrlich versuchten herauszufinden, was geschah, war verschwindend klein. Es war schwierig für sie, der gut geölten Propagandamaschine Kischenevs zu trotzen, die damals in Moskau und den Hauptstädten anderer Staaten das Vertrauen genoss. Die Artikel wurden beschnitten, abgesetzt, verzerrt.

Mir gefiel die von dem Korrespondenten von „Ostankino"

Etibar (von uns Edik genannt) Dzhofarov erfundene Wortbildung. Als wir und noch ein anderer Mitarbeiter von „Ostankino", Sergej Jegorow, nach einem zweistündigen gehaltvollen Interview mit Alexander Lebed die Tore der Zentrale der 14. Armee verließen, kratzte Edik seinen Nacken und sagte mit seinem für Baku charakteristischen Akzent:
„Sie machen sowieso einen Affen daraus."
Den genauen Sinn von Edik's Worten verstand ich erst, als ich die abendlichen Nachrichten mit seinem Material sah. Er behielt Recht: man machte daraus einen „Affen". Von Lebed blieben nur das befehlerische Gebrüll und die Schulterklappen eines Generals. Das Land war schockiert. Die Öffentlichkeit wusste nicht, wohin vor lauter Angst.

Bereits später, nach der schrecklichen Tragödie von Bendery, Anfang Juli 1992, hielten es einige von uns nicht länger aus. Wir traten mit einem offiziellen Appell an die Öffentlichkeit und die Presseorgane. Hier ist dieses Appell:

„In der letzten Zeit traf eine Reihe unserer Kollegen in ihren Redaktionen auf direkten und verschleierten Druck in Bezug auf das Material aus Transnistrien. Die Journalisten werden übertriebener Sympathie zu der Transnistrischen Moldawischen Republik beschuldigt, in Verteidigung eines prokommunistischen, totalitären Regimes, in Förderung regionalen Separatismus', im Nicht-Respektieren der international anerkannten Souveränität Moldawiens und der KSZE – Prinzipien. Unter diesem Vorwand korrigiert man in zunehmendem Maße das Material der Reporter, man drückt sie aus diesem Thema heraus. Dabei geschehen ähnliche Prozesse synchron in unterschiedlichen Redaktionen, was zu bestimmten Überlegungen führt. Im Zusammenhang mit den oben aufgeführten Inhalten halten wir es für notwendig, Folgendes zu erklären:
Die journalistische Objektivität besteht nicht in der arithmetischen Balance der Meinungen beider Seiten. Sie besteht vielmehr im Aufdecken und Ausleuchten von überprüften Fakten und Schlussfolgerungen, die aufgrund dessen gemacht werden. Und die Fakten sind diese:

- *In der Transnistrischen Moldawischen Republik existiert kein prokommunistisches Regime, mehr noch, es ist das einzige „Regime" der Vernunft in der ehemaligen UdSSR, das die Politik nicht den wirtschaftlichen und sozialen Fragen voranstellt. Dieses „Regime" genießt, im Gegensatz zu dem von Moldawien verbreitetem Mythos, die Unterstützung des Großteils der Bevölkerung.*

- *Der Konflikt zwischen Kischenev und Tiraspol stellt keinen zwischenethnischen Konflikt dar und wird nicht als Konflikt zwischen Russen und Moldawiern geführt. Tiraspol wird nicht nur von Russen und Ukrainern unterstützt, sondern auch von den meisten der Moldawier auf dem linken Ufer. Das ist ein Konflikt zwischen zwei Ideologien, die eine davon stellt die Rechte einer Nation über allem, die andere ruft die Priorität der Menschenrechte über den Rechten der Nation aus.*

- *Das Kischenever Regime ist möglicherweise nicht faschistisch, aber genau dieses Regime gab den Befehl zum Angriff auf die Stadt Bendery, zu ihrem Beschuss und ihrer Bombardierung durch die Artillerie. Der Einsatz der sowjetischen Kräfte in Baku 1990 ist ein Kinderspiel gegen diese blutige Aktion. Genau dieses Regime formt aufgrund von „gesetzlichen" Grundlagen terroristische Gruppen, die auf einem Gebiet wirken, das Kischenev für sein eigenes hält, und gegen das eigene Volk. Ein solches Bouquet ersannen nicht einmal Somossa und Pinochet. Als einzige Analogie könnte höchstens das Regime von Saddam Hussein in der Kurdenfrage dienen.*

Bei einer solchen Realität ist das Verweisen auf das Respektieren der Souveränität zumindest unethisch. Und deshalb denken wir, dass das Prinzip des künstlichen Ausgleichens der Kischenever und Tiraspoler Positionen in jedem Fall inakzeptabel ist und drücken unseren Protest den Redakteuren jener Ausgaben aus, die versuchen, dies erneut zu rechtfertigen. Wir erinnern daran, dass die Presseorgane bereits die Positionen von Berg-Karabach und Azerbaidjan, von Südossetien und Georgien „ausgeglichen" haben. An dem, was wir jetzt vor uns haben, haben auch wir Anteil.

Ein Aggressor muss als Aggressor benannt werden, und ein Genozid – als Genozid. Das Regime, das ein blutiges Gesetz und eine Gesetzlosigkeit gegen das Volk durchsetzt, muss als Verbrecherregime bezeichnet werden. Die Rechte müssen in jedem Land beschützt werden, ungeachtet seiner Souveränität."

Jefim Berschin, „Literaturnaja Gazeta"

Etibar Dzhofarov, Teleradio-Company "Ostankino"
Sergej Jegorov, Teleradio-Company "Ostankino"
Aleksandr Kakotkin, "Moskowskije Nowosti"
Aleksandr Mnazakanjan "Moskowskij Komsomolez"
Kirill Svetizkij "Sobesednik"
Aleksandr Chartschenko "ITAR-TASS".

Dieser Appell lief über die ITAR-TASS-Kanäle. Er erschien interessanterweise im derselben „Russischen Gedanken" in Paris. Keine einzige Moskauer Zeitung druckte ihn ab.

Tote und Tote

Ich glaube, Dubossary beerdigte Sergej Velitschko in den ersten April-Tagen. Dubossary – bedeutet auch Dubossary. Das heißt, die ganze Stadt kam zur Beerdigung. Anwesend waren nur die, die zu dieser Zeit in den Schützengräben saßen.
Eine riesige Menschenmenge ging zuerst zu dem Haus, in dem Sergej wohnte, und danach zu dem Platz vor dem Stadtrat. Der Sarg war geschlossen. Das nicht, weil es die Religion so vorschreibt. Es war einfach schrecklich ihn zu öffnen. Wobei alle längst das große Foto von Sergej, das vor dem Gebäude des Stadtrates ausgestellt war, gesehen hatten. Genauer, es war nicht Sergej, sondern das, was von ihm übrig blieb – ein Stück schwarzen, geschlechtslosen, verkohlten Körpers. Sascha Mnazakanjan aus „Moskowskij Komsomolez" und ich, zitternd im Wind, gingen in dieser Trauermenge zu den Automatensalven vom anderen Dnjestrufer. Die Frauen kreischten in einem schrecklichen Weibergeheul. Die Männer pressten die Zähne und die Fäuste zusammen. Dubossarer Jungs lachten mal auf, mal weinten sie – sie verstanden noch nicht ganz, was geschah. Übrigens, sie waren nicht die Einzigen, die es nicht verstanden.
Ich – ebenso.
Ich verstand nicht, wie Menschen so etwas mit einem anderen Menschen machen konnten. Erst später begriff ich: sie wurden getötet. Sie gibt es nicht. Ein Mörder tötet zuerst sich selbst. Und erst dann – das Opfer.

Sergej Velitschko fuhr zusammen mit seiner schwangeren Frau im Auto aus Rybniza nach Hause. Irgendwo bei dem Dorf Rogi wurden sie von bewaffneten Männern angehalten. Als man erfuhr, dass er aus Dubossary stammt, wurde er zunächst brutal verprügelt. Das schien zu wenig. Dann, er lebte noch, stachen sie ihm ein Auge aus, schnitten die Finger und die Genitalien ab. Damit waren sie aber noch nicht satt. Sie beschlossen, aus Sergej ein Feuer zu machen. Sie begossen ihn mit Benzin und zündeten ihn an. Die Reste steckten sie in eine Tüte aus Polyethylen und vergruben sie auf die Schnelle. Die schwangere Frau entkleideten sie, vergewaltigten sie und ließen sie, mit den um den Hals umgehängten Granaten auf der Straße zurück. Gegen Morgen, völlig wahnsinnig, kam sie an den Dubossarer Positionen an. Die Leiche ihres Mannes gab man später zurück, nach der Einmischung der ungarischen Botschaft – Sergej stellte sie sich als ein transnistrischer Ungar heraus.

Als ob eine Seuche entlang der Dnjestrufer hinweg rollte. Menschen verschwanden und kehrten nicht wieder. Zurück kamen ihre Leichen. Die achtzehnjährige Sveta Deuze wurde in einem weißen Brautkleid beerdigt. Sie kam nicht dazu, zu heiraten. Ein Scharfschütze kam zuvor. In einem Keller eines der Dubossarer Häuser vergewaltigten und töteten Banditen die zehnjährige Tanja Gazkan und die dreizehnjährige Tanja Bondarjez. Dort wurde auch Olga Dorofejeva zu Tode gequält.
Die Familie von Aleksandr Muntjan wurde ganz ausgelöscht. In ihrem eigenen Haus. Die Mutter und die zwei Töchter vergewaltigte man in getrennten Zimmern. Aleksander selbst wurde durch einen Schuss in die Schläfe getötet. Anschließend sprengte man das Haus. Alle wurden unter den Trümmern begraben.
Bei Bendery fand man fünf Menschen in einem Pfirsichgarten. Sie alle mit zusammengebundenen Händen. Alle aus nächster Nähe getötet. Sergej Krasutskij wurde von der Polizei festgehalten, als er auf dem Weg nach Hause war. Auf seinen Körper brannte man mit glühendem Eisen den Buchstaben V für Victory ein. Den Rücken „verzierte" man mit einem Lötkolben, die Augen wurden herausgedrückt.

Die Leiche von Michail Zavodchikov fand man in demselben Zustand. Boris Bezhenar verließ sein Haus und kehrte nicht zurück. Man fand ihn mit Spuren schrecklicher Folter. Ein Einwohner namens Milij von Kotschijery versuchte, seinen Sohn nach Drokija zu bringen. Als er über den Dnjestr übersetzte, wurde er von OPON-Einheiten angehalten und vor Augen seines Sohnes erschossen. Bragarchuk aus der freiwilligen Bürgerwehr spaltete man den Kopf. Einen anderen Freiwilligen, Poljakov, hängte man an seinem Kiefer auf. Mir fehlt die Kraft, diese Liste fortzusetzen.

Nein, ich setze sie doch fort. Das Foto des entstellten und vor den Augen seiner Frau verbrannten Sergej Velitschko, der von ganz Dubossary beerdigt wurde, wurde später, schon im Sommer, in Kischenev auf der „Ausstellung des Krieges" ausgestellt. Mit der Unterschrift: „Ein Opfer der transnistrischen Separatisten." Papier ist geduldig.

1992 waren einige Dutzend terroristischer Gruppen auf dem Territorium Transnistriens aktiv. Erkannt hat man diese erst, als die Morde begannen. Aber erkennen ist eine Sache, und festnehmen – eine andere. Umso mehr, weil Transnistrien so klitzeklein ist, dass man innerhalb einer Stunde die Grenze überqueren kann – in jede Richtung, wie im Westen, so auch im Osten.

Nach und nach stellte es sich heraus, dass im Dubossarer Bezirk bei den Dörfern, Korzhevo, Rogi, Kotschijery die „Streifen-hörnchen" und die „Skorpione" räuberten, wie man sie hier nannte. Genau sie fingen die Dubossarer auf den Straßen ab. Nachts drangen sie in die Stadt selbst ein. Denn in der Stadt basierte lange Zeit neben der Miliz die Polizei Moldawiens.

Über sie gab es wenig Informationen. Zeugen berichteten, dass sie an ihre Mützen, weshalb auch immer, die Schwänze von Kleintieren annähten (daher auch der Name „Streifenhörnchen"). Lange rätselte man, woher sie kamen. Sie waren unfassbar brutal. Es wurde die Vermutung ausgesprochen, dass mit der gleichzeitig mit dem Beginn der Kriegshandlungen ausgesprochenen Amnestie eine Menge Krimineller aus den Gefängnissen am rechten Ufer entlassen wurde. Sie gebaren sich wie eingefleischte Mörder, jedoch gingen sie im Gegensatz zu gewöhnlichen Kriminellen sehr zielstrebig vor.

Terroristen tauchten auch im Umfeld von Tiraspol und im Bezirk Slabodzejsk auf. Hier fielen sie in unmenschliche Brutalität über den Vorsitzenden des Solbodzejsker Bezirksrates Nikolaj Ostapenko und den stellvertretenden Vorsitzenden des Bezirks-VRAK (Vereinigter Rat der Arbeiterkollektive) Aleksandr Gusar her. Gusar verbrannte man schlicht, was bei der Berücksichtigung der analogen Verbrennungen in Dubossary einen fast auf den Gedanken von Ritualmorden brachte. Der Verdacht fiel auf die Vertreter der Tiraspoler Filiale der Nationalen Front. Es ging darum, dass sie bereits im September den sogenannten „Beschluss Nr. 6" verabschiedeten, dessen Leiter Ilije Ilaschku den Beschluss aus unerklärlichen Gründen an die örtliche Zeitung „Der arbeitende Tiraspol" zum Druck weitergab. Insgesamt ist der Beschluss wenig interessant – eine gewöhnliche Ansammlung von Fanatismus und Nationalismus. Aber einige einzelnen Punkte sind interessant. Nachdem er alle an der Entstehung der Transnistrischen Moldawischen Republik Beteiligte zu den Feinden des moldawischen Volkes ausgerufen hat, ordnet er an, „die Arbeit zur Sammlung und Analyse von Informationen über alle Abgeordneten der zweiten Zusammenkunft TMSSR und der Personen, die die Leitung des selbsternannten Staates stellen, zu aktivieren." Es gibt auch diesen Punkt: „Alle Mitglieder der Moldawischen Nationalen Front (MNF) müssen sich intensiv auf die Arbeit unter den Bedingungen des Untergrundes vorbereiten, mit allen sich daraus ergebenden Umständen. Eine Basis für die Führung eines Partisanenwiderstandes mit der Okkupationsmacht vorbereiten."

Später stellte es sich heraus, dass Ilaschku die Terrorgruppe „Buzhor" anführte, die vom Minister der nationalen Sicherheit Moldawiens Anatol Plugaru auf den direkten Befehl des Präsidenten Mirtscha Snjegur ins Leben gerufen wurde. Abschließend bekannt wurde es erst, als Ilaschku verhaftet wurde. Erst 1995 besuchte der damalige Vize-Premier Moldawiens Valentin Kunjev Ilaschku in Tiraspoler Gefängnis. Ungeachtet dessen, dass der Terrorist in den Status eines Nationalhelden erhoben wurde, und die Zeitung „Zara" ihn nicht anders als „die Verkörperung des Gewissens der rumänischen Nation, rein vor Gott und Menschen" bezeichnete, glaube ich nicht, dass der Premier ihm deshalb einen Besuch abstattete, um dem Helden Respekt zu zollen. Es liegt nahe, dass Ilaschku die moldawische Regierung mit der Drohung der Veröffentlichung einer geheimen Information erpresste. Hier einige Auszüge aus der Aufzeichnung seines Gespräches mit dem Vize-Premier:

„Ich bin einverstanden, dass man über mich richtet", sagt Ilaschku, „aber dann sollen auf der Anklagebank neben mir Snjegur, Plugaru und andere offizielle Personen Platz nehmen, die die Aufgaben erteilten."
Und weiter folgen Offenbarungen, die man bei einem gesunden Verstand gar nicht glauben möchte:
„Es gibt noch schlimmere Sachen, in die Snjegur verwickelt ist. Ich bekam die Anweisung von ihm direkt. Er ist das Regierungsoberhaupt, er wusste es. Ich traf ihn, er stellte die Aufgaben. Ich machte nichts in Eigenregie... Ich sollte das Stadtratgebäude in die Luft sprengen, mit den Menschen zusammen. Das habe nicht ich entschieden, die Leitung... Ich bin ein Opfer politischer Intrigen, von Mirtscha Snjegur persönlich. Diese drei Jahre werden ihn teuer zu stehen kommen. Ein, zwei, drei Jahre halten sie mich hier, dann komme ich und mache ihn fertig... Ich habe geschworen: wenn ich draußen bin, erschieße ich ihn wie einen Hund. Solche Sachen verzeihe ich nie."

Die internationale demokratische Öffentlichkeit, progressive Journalisten, die den Terrorismus gewiss verurteilen, kämpften einige Jahre aktiv für die Entlassung aus dem Gefängnis des „Demokraten" Ilaschku. Am Ende ließ man ihn frei. Es könnte sein, dass Snjegur seine Bewachung nun verdreifachen muss.

Mary fuhr getrennt von ihrer Gruppe weg. Sie ging tapfer und geduldig alle Positionen durch. Sie sprach mit allen, die bereit waren, mit ihr zu sprechen. Und sprechen wollten alle. Am Ende ihrer Reise vergrößerte sich das Arsenal ihrer russischen Redewendungen beachtlich. Bis hin zu den unzensierten. Kurz vor ihrer Abreise fand ich sie auf der Brücke über den Dnjestr.

Der Kommandant des Postens Valerij Tinkul versuchte sie zu überreden, nicht auf die Brücke zu gehen, alles ist unter dem Beschuss von Scharfschützen. Ich kam ihm zur Hilfe. Ich wusste bereits, dass an dem gegenüberliegenden Ufer etwa fünfzehntausend Mann angekommen waren, bewaffnet mit alten sowjetischen und neuen rumänischen Waffen. Ich wusste, dass alles Gesehene erst der Anfang war. Und wir mussten wegfahren. Wegfahren, damit genug Zeit bleibt, um zurück zu kommen.

Als wir uns durch die Absperrung durchkämpften, die an der Grenze zu Transnistrien die ukrainischen Grenzbeamten aufgebaut hatten, begriff ich endgültig, dass das linke Ufer blockiert war. Die ukrainischen Beamten waren mit Panzerfahrzeugen und Kanonen bewaffnet, die auf Tiraspol gerichtet waren. Hilfe konnte von n irgendswo erwartet werden.

Die Tragödie war unausweichlich.

In Odessa stellte sich plötzlich heraus, dass wir noch eine zusätzliche Stunde vor dem Abflug hatten. Der Korrespondent der Zeitung „Argumente und Fakten" Petja Vinnizkij brachte uns mit dem Auto zum Meer. Nach allem in Transnistrien Gesehenem war es schwer zu glauben, dass es noch das Meer, lächelnde Gesichter, Menschen, die Urlaub machen und morgendliche Ruhe gibt. Hier an diesem Ufer verstand ich, dass wir für unseren eigenen ungestümen Revolutionismus, für die Ungeduld, für die Geringschätzung der menschlichen Schicksale bezahlen müssen; wir zersplitterten unbedacht und zu schnell unser Land in Eisberge, die nicht alle bereit zu einer selbständigen Fahrt über das, wie mir einst schien, wunderbare Meer des Lebens waren.

Das Meer! Ich verabschiedete mich mit einem Blick noch einmal von ihm als ich im Flugzeug saß, auf dessen Flügel der traurige Anachronismus „UdSSR" stand.

Aus einem Brief an Martin:

„…Unsere Welt ist bis zum Unanständigen zynisch geworden. Über welche Menschenrechte sprechen wir? Über welchen Humanismus? Es ist zu spät über die Menschenrechte zu diskutieren, wenn der Mensch bereits getötet wurde.

Er ist nicht mehr da. Der homo sapiens lebt nicht mehr. Es gibt nur noch den kämpfenden Menschen. Und der Krieg hat eine andere Ethik, eine andere Moral, andere Gesetze. Der Krieg lebt von Instinkten. Und der Instinkt befiehlt zuerst zu schießen, weil man überleben will. Man muss überleben.
Der Kampf gegen einzelne Arten von Waffen, wie im Einzelnen gegen die Landminen ist lächerlich. Gibt es einen Unterschied, womit man tötet? Mit einer Mine scheint es inhuman zu sein. Und mit einem Geschoss einer Luft-Boden-Rakete – bitte schön. Ein solches Geschoss achtet allem Anschein nach die Rechte des von ihm in Einzelteile zerfetzten Menschen.

In unserer Zeit kann man nicht mildtätig kämpfen. Der Krieg ist ein Massenverbrechen, ein Übertreten aller Verbote, und als Ergebnis sterben alle – Sieger und Besiegte, Lebende und Tote. Denn schießen auf einen anderen Menschen ist genau das Gleiche, wie sich selbst eine Kugel in die Schläfe zu jagen. Einen anderen Menschen zu erschießen ist ein unbewusster Selbstmord. Auch wenn du mit der Aufschrift „Du sollst nicht töten!" auf dem Panzer in den Kampf ziehst, wenn du gar nicht kämpfen willst, wenn du schießt, einzig um dich zu verteidigen – du kannst dich nicht davor schützen. Über die, die bewusst und kaltblütig ihr Opfer durch das Visier eines Präzisionsgewehrs suchen, spreche ich gar nicht.

Ich weiß nicht, was wir tun sollen.
Auf die Tolstoj-Art der Gewalt nachgeben, um so aus dem Teufelskreis der Gewalt auszubrechen? Das kann man. Wenn es nur um dich selbst geht. Aber wenn hinter dir deine Frau steht? Wenn hinter dir deine Kinder stehen? Soll man sie auch widerstandslos der Gewalt ausliefern? Der Mensch, auch ein kämpfender Mensch, ist dazu aufgrund seiner Natur nicht fähig. Gott verlangte von Abraham ihm seinen Erstgeborenen zu opfern. Es ist schrecklich, aber verständlich. Jedoch verlangte Gott nicht, die Erstgeborenen dem Satan zu opfern.

Aber das Traurigste ist, dass die eigentlich nicht kämpfende Welt und die kämpfende Welt nach den gleichen Gesetzen leben. Der Krieg ist der konzentrierte Ausdruck der Welt, ihrer Gesetze und ihrer Instinkte. Der Krieg ist sogar reiner, denn alle menschlichen Schwächen und Stärken sind in ihm entblößt und nicht verdeckt. Die nicht kämpfende Welt tötet genauso, nur mit anderen Mitteln. Die nicht kämpfende Welt verdeckt seine Morde mit der von ihr selbst erdachten Moral und Propaganda. Die nicht kämpfende Welt befindet sich ständig im Zustand des Krieges, weil sie von dem prinzipienlosen Profit und der sich darauf stützenden Politik regiert wird. Deshalb treibt die nicht kämpfende Welt beständig die Unschuldigen und Unvernünftigen zum Blutvergießen an.

Die Schlussfolgerung ist einfach: Wenn der Mord gleichzeitig ein Selbstmord ist, dann leben wir alle in einer postmenschlichen Ära.

XI Die Landschaft im Hintergrund der Schlacht

Mit der Aussicht auf den Krieg

Der Kommandeur der 14. russischen Armee Jurij Netkachev mochte die Journalisten nicht und mied sie nach Möglichkeit. Vielleicht schämte er sich für die absurden Befehle, die er aus Moskau bekam und gezwungen war, sie auszuführen, vielleicht war er einfach ein unkommunikativer Mensch. Ich weiß es nicht. Aber bei jeder Näherung der Journalisten verschwand er sofort, und war wie vom Erdboden verschluckt. Aber auch wir legten uns in der Armeezentrale unsere Informationsquellen zu. Von dort informierte man uns, dass ein Flug mit den Hubschraubern geplant sei – entlang der Frontlinie. Eine bessere Möglichkeit, mit eigenen Augen das ganze Kriegsbild aus der Luft zu sehen, konnte man sich nicht ausdenken. Deshalb wandten wir uns sofort an den General. Er kam zu den Journalisten wie gewöhnlich nicht heraus, jedoch befahl er über den diensthabenden Offizier, wir sollten morgen erscheinen.

Am Morgen zu der angegeben Zeit waren wir bereits an der Zentrale, wo man uns mitteilte, dass der General nicht da sei und nicht kommen werde. Daran hatten wir auch nicht gezweifelt. Wir ließen das Auto hinter dem Zaun und bezogen Position gegenüber, am Fenster des Offizierscafés. Wir bestellten sogar zum Schein Tee und Schnittchen. Wir warteten etwa dreißig Minuten. Endlich tauchte der General auf. Er kam aus dem Gebäude der Zentrale heraus, sah sich verstohlen um und ging zu seinem Auto. Wir liefen schnell hinter den Zaun – zu dem unserem. Als der General an dem Hubschrauber vorfuhr, warteten wir schon auf ihn am Startplatz.

Im Prinzip sieht man tatsächlich den ganzen Krieg vom Hubschrauber aus. Von oben kann man leicht feststellen, dass die wichtigsten Konfliktherde die Brücken über den Dnjestr sind. Ganz im Süden, im Umfeld von Tschobruch, Glinoje und Njezavertajlovka ist es ruhiger. Dafür keilt sich etwas nördlicher die transnistrische Verteidigung in das westliche Ufer und umfasst Kopanka, Krementschug, Kizkany und Mereneschty. Hier schießt man heftiger, denn dieser Bezirk ist wie eine Pufferzone auf dem Weg nach Tiraspol. Wobei er kein großer Puffer ist. Von der Kizkaner Militärplattform bis zum

Zentrum der transnistrischen Hauptstadt liegen bloß sechs Kilometer. Aber hier erkennt man sogar aus der Höhe des Vogelfluges die sich sträubende Konstruktion aus Stahlbeton. Im Bezirk von Mereneschty kehren sie zum Dnjestr zurück, um sich dann in Richtung Westen zu entfernen, und nehmen auf dem Weg das rechtsuferige Bendery samt der einzelnen Vorstadtsiedlungen und der alten türkischen Festung mit.

Weiter im Norden formt der Dnjestr mindestens drei, vier „Säcke", die wie geschaffen waren, um sie von Transnistrien abzuschneiden. Wenn die darin liegenden Dörfer Teja, Speja, Tokmazeja, nur von Zeit zur Zeit aktiv beschossen wurden, dann war der nächste Sack hinter ihnen, der Koschnizer, in der Tat abgeschnitten – genauso wie der „Sack" in der Nähe des Wasserspeichersees der Dubossarer Wasserkraftwerks, wo in den Dörfern Novaja Molovata und Kotschijery sich die moldawischen Landungstruppen ausgesetzt hatten. Von der Koschnizer Plattform wurde auf Grigoriopol geschossen, und von Kotschiyerer – unmittelbar auf Dubossary.

Hinter dem von den Raketen „Grad" zertrümmerten Dorf Zybulevka begann die Stille. Die am transnistrischen Ufer stehenden Bututschany, Popenki, Zozuljany und Gidirim waren fast unversehrt. Wie auch Vychvatinzy – die Heimat des Komponisten Anton Rubinstein. Von Rybniza bis zum Kurort Kamenka kämpfte man praktisch gar nicht.

Transnistrier schießen hauptsächlich nur zurück. Für entschlossenere Handlungen haben sie nicht genug Kräfte. Die Formationen Moldawiens wenden zwischen den Artilleriebeschüssen dagegen die Taktik der Kavallerie-Überfälle an.

„Dieser Krieg ist dumm und unprofessionell", kommentierte etwas hochnäsig der Befehlshaber der 14. Armee General Jurij Netkachev, der neben uns im Hubschrauber saß. „Wenn man nicht kämpfen kann, sollte man es lassen."

Dafür war die Leitung der in Transnistrien stationierten 14. russischen Armee, wie schon früher gesagt, äußerst „professionell". Es ergab sich „professionell" nach jedem Angriff moldawischer

Formationen. Jurij Netkachev selbst befahl, die Technik zu demontieren, damit die Transnistrier – um Gottes Willen! – sich dieser nicht bemächtigen. Deshalb konnten sich die Militärangehörigen beim besten Wunsch nicht umfassend verteidigen. Wie es bereits vermerkt war, gab die Leitung ohne einen Kampf das Kotschiyerer Regiment „professionell" auf. Als die Armeeabteilung den Befehl aus Moskau ausführte, „sich in den Konflikt nicht einzumischen", weigerten sie sich, einander zu helfen. Sie „mischten" sich nicht in das Geschehen ein. Sogar dann nicht, als man sie tötete und ihre Frauen und Kinder in Geiselhaft nahm. Wahrscheinlich traten die Gardisten und Kosaken dem Kampf „unprofessionell" bei, aber das Regiment eroberten sie zurück. Und wiederum „unprofessionell" befreiten sie die Geiseln und selbst die Militärangehörige und brachten sie nach Dubossary. Als der Bataillonkommandeur Wassilij Woronkov ihren Abzug deckte, wurde er getötet. Er deckte mit seinem Körper ganz „unprofessionell" eine Granate ab, die den Frauen und Kindern hinterher geworfen wurde.

Die Militärangehörigen der 14. Armee, deren Familien und Häuser sich hier in Transnistrien befanden, waren natürlich mit ihrer Seele bei den transnistrischen Einwohnern. Aber sie befolgten die Befehle aus Moskau. Nicht die Armee rettete die Bevölkerung, sondern die Bevölkerung rettete die Soldaten und Offiziere. Sie sagten sich auch dann nicht von ihnen los, als die verschreckten Generäle umstandslos das von ihnen befreite Regiment „professionell" an die bewaffneten moldawischen Formationen auslieferten.

Die transnistrischen Frauen belagerten unermüdlich die Kontrollposten der Militärstützpunkte und flehten sie an, sie zu beschützen oder wenigstens einige der Waffen abzutreten. Sie gaben ihnen nichts. Dafür überließen sie Moldawien ganze Militärabteilungen. Inklusive Kampftechnik, Waffen und Inventar.

Für die Transnistrier war es einfacher, die Waffen zu kaufen. Was sie auch taten, bis ihre eigene Produktion funktionierte. Sogar dann, als die Offiziere bis zum Äußersten durch ihre zweideutige Situation getrieben wurden, eine Versammlung abhielten und beschlossen, sich der Jurisdiktion von Transnistrien zu unterstellen, wartete Moskau noch zwei Monate ab. Erst Ende Juni setzte der Verteidigungsminister Pavel Grachev Netkachev von seinem Posten ab und entsandte für seinen Platz Aleksandr Lebed. Lebed gelang es, die Armee für Russland zu erhalten. Genauer: nicht die Armee, sondern das, was von ihr übrig war.

Erst wenn man durch das Hubschrauber-Fenster herunter sieht, versteht man wie gewunden der Dnjestr ist. Wir fliegen geradeaus, aber seine Gewässer tauchen mal rechts, mal links auf, so als ob sie endgültig diese Frontlinie, die niemand braucht, durcheinander wirbeln wollten. Man sieht, wie das Land mit seiner fruchtbaren Schwarzerde atmet und sich darüber die noch immer lebendigen Gärten und Weinberge erheben. Wie sich das Dnjestrwasser, in der Sonne schimmernd, an die steilen Ufer schmiegt. Wie die spitzen pyramidenförmigen Pappeln nach oben streben, wie von einer Armbrust-Sehne gespannt. Die transnistrische Landschaft ist wunderschön. Besonders vom Hubschrauber aus.
Wenn einem nur nicht hinterher geschossen worden wäre.

Der Weg nach Kotschijery

Der Weg unter den Rädern riss unvermittelt ab, wie eine Saite unter den Fingern. Der Abend nahte und die verblassende untergehende Sonne war eindeutig im Begriff in den Schützengraben hinunter zu stürzen. Durch die dünnen Wäldchen hindurch sah man den verschlungenen Weg und etwas weiter verbarg sich das Dorf Rogi. Aus dem Dorf kam kein einziges Geräusch – kein abendliches Geschrei der Hähne, keine Stimmen, keine Glöckchen der von der Weide zurückkehrenden Herde.
„Weiter dürft ihr nicht", meldete kategorisch der Kommandeur des Kontrollpostens an. Er schaute uns mit aufmerksamer Neugier an. „Neutrale Zone."

Zuvor verbrachten wir den Abend in einem heißen Streit unter Journalisten. Wir beschlossen, die Frontlinie zwischen Dubossarer und Kotschiyerer Militärplattformen zu überqueren. Natürlich konnte uns so etwas niemand erlauben. Zu den Moskauer Journalisten verhielten sich die Transnistrier noch immer wie zu den eigenen

Leuten und versuchten sie vor einem unnötigen Risiko zu schützen. Aber es war an der Zeit, in den Schützengräben auf der anderen Seite zu sein, mit den moldawischen Soldaten und Offizieren zu sprechen, nach Kischenev zu fahren. Und das Risiko? Natürlich gab es ein Risiko. Aber in den Monaten, die ich im Krieg verbrachte, kam ich längst darauf, dass in Mitleidenschaft meist die Journalisten gezogen werden, die, am Ort der Kampfhandlungen angekommen, beginnen „Krieg zu spielen". Mit anderen Worten, sie verkleiden sich in Tarnmuster, Militärgrün, laufen in Armeestiefeln und anderer Ausstattung herum. Man muss sich jedoch so kleiden, dass vom Weiten erkennbar ist – da geht ein Journalist und kein Gardist oder Freiwilliger. Deshalb zog ich in der Regel Jeans und Turnschuhe, bunte T-Shirts und Jacken an und hängte ein Diktiergerät um den Hals. Genauso war ich auch jetzt gekleidet, nicht ohne Grund hoffend, dass man auf so eine bunte Zielscheibe, die einem Militärangehörigen gar nicht ähnelte, nicht schießen werde.

Wobei wir uns keine besonders gute Zeit ausgesucht hatten. In der Regel begann der Beschuss gegen Abend, etwa um sieben Uhr. Nicht aus automatischen Waffen – aus Minenwerfern. Von der Kotschiyerer Plattform aus beschoss man Dubossary und aus Dubossary – Kotschijery. Aber nicht alles ging direkt ins Ziel. Viele der Geschosse landeten in dem zwischen den Positionen liegenden Dorf Rogi. Auch die Scharfschützen hielten den Weg ständig unter Beschuss.

Aber etwas in einem Hotelzimmer bei einem Gläschen Wodka zu beschließen ist eine Sache, und die Frontlinie zu überqueren – eine ganz andere. Wir standen etwas zitternd an dem längsten Graben. Gehen wollte keiner. Zugeben, dass man Angst hat, auch nicht. Aber, natürlich hat man Angst. Auch die Gewissheit, dass wir ankommen, dass man uns an den Kontrollposten durchlässt, gab es nicht. Umso mehr, da wir entsprechende Erfahrungen hatten. Mich eingeschlossen.

Anfang April (übrigens, in der Zeit eines der wiederholten Waffenstillstände) ließ mich die OPON nicht auf das rechte Ufer nach Koschniza. Auch versuchte ich damals nach Bendery durchzukommen. Aber auch dort wurde ich aufgehalten. Die Polizisten befahlen mir, nach Kischenev über Odessa oder Moskau zu fliegen, und erst danach aus Kischenev – mit einer Erlaubnis entweder von dem Presse-Zentrum oder von der Regierung, oder vom Innenministerium – zu ihnen zu kommen.

Unsere Jungs wussten natürlich von alledem und wollten deshalb nichts riskieren. Was, übrigens, sehr vernünftig war.

Solange wir diskutierten, verschwand Sascha Kakotkin aus „Moskowskije Nowosti" irgendwohin. Wir stürzten uns auf die Suche – er war nirgends. Wir schlussfolgerten, dass er nach Dubossary zurückkehrte. Aber ich kannte seine Absichten sehr gut. Und sprang in den Graben.

Das Gefühl der Angst im Krieg ist etwas Natürliches.

Besonders für Menschen, die unerfahren in Bezug auf den Krieg sind. Und wer von uns hatte schon Kriegserfahrung? Wir sind die Nachkriegsgeneration, wir kennen den vergangenen Krieg nicht. Ungeachtet allen Bemühens der Sowjetpropaganda, die über eine mögliche Intervention und die Bedrohungen der Imperialsten, ungeachtet der Parolen „Der Welt – den Frieden", „Nein zum Krieg", ungeachtet der Geschichten unserer Väter, wuchsen wir im festen Glauben auf: das wird sich niemals wiederholen. Unser Land ist so stark, dass es niemand wagt. „Das" wiederholte sich auch nicht. Aber Geschosse und Raketen töten nicht nur in Weltkriegen. Ihnen ist es gleich, wie die Kriege heißen.

Und den Menschen ist es gleich. Ein Krieg erzeugt in jedem Fall Angst. Besonders am Anfang. Bis man sich daran gewöhnt.

Angstlosigkeit im Krieg ist eine Anomalie. Eine Art Krankheit. Ich kannte solche Leute. Nicht nur im Krieg, übrigens. Entweder wird in ihnen alles vom Fieber der Leidenschaft überschattet, oder ihr Selbsterhaltungsinstinkt fehlt völlig. Der Krieg ist übrigens auch ein Suchtmittel. Viel zu viel tägliches Adrenalin. Ohne ihn fühlen sich viele danach, nach der Beendigung der Kriegshandlungen, schlecht. Es fehlt etwas. Im Großen und Ganzen ist klar, was fehlt: das Leben, das nur in der Nähe des Todes vollkommen sein kann.

Aber ich spreche nicht von Anomalien. Ich spreche von der ganz normalen Angst. Von der Angst, die man in sich selbst besiegen kann. Größere Siege kenne ich nicht.

„Ja, einer ist hier vorbei gelaufen", meldeten die Gardisten gleich am ersten Posten. „Er bezeichnete sich als Journalist. Wir haben ihn durchgelassen, aber an dem nächsten Posten halten sie ihn sowieso an. Wo will er bloß hin?"
„Lasst mich durch, ich hole ihn zurück."
Sie ließen mich durch. Nach etwa fünfzig Metern, hinter der nächsten Grabenkurve holte ich ihn ein.
„Warum bist du weggelaufen?"
„Ach, die können mich... Wenn sie nicht gehen wollen, sollen sie es gleich sagen. Es ist spät, schon nach sieben. Gleich fangen sie zu schießen an, und dann wird es dunkel. Dann kommen wir nirgendswo an."
Es hatte keinen Zweck, ihn aufzuhalten. Ihn allein zu lassen war ebenso sinnlos. Wir gingen weiter. Als wir etwa einhundert Meter von dem nächsten Posten entfernt waren, kam, schon hinterher, ein Anruf durch das Meldetelefon, uns anzuhalten. Bis man den darauffolgenden Posten anrief, passierten wir ihn schon. Seltsam, aber die Anrufe schafften es nicht, uns zuvor zu kommen.
So passierten wir die ganze transnistrische Verteidigungslinie hindurch und kamen zu der Straße, die durch Rogi nach Kotschijery führte.
„Wo wollt ihr hin?", fragte düster der Gardist am letzten Posten.
„Nach Kotschijery", antworteten wir unschuldig.
Der Gardist zeigte uns zur Antwort den Vogel, indem er seinen Finger an der Schläfe drehte. „Habt ihr euer Testament hinterlassen?"
In diesem Moment rief man ihn ans Telefon. Wir ahnten schon, was man ihm sagen würde, und verloren keine Zeit, liefen weiter zur Straße. Nach etwa hundert Metern hörten wir die donnernde Stimme von hinten: „Kommt zurück!"
Wir drehten uns um und winkten mit den Händen.
Uns war natürlich etwas mulmig. Ich wusste, dass die Kämpfer auf der anderen Seite unterschiedlich sein können. Zum Beispiel, als die Arbeiter aus Belzy zum Kampfdienst hingebracht wurden, hatten sie selbst im Stadtrat Finagin und Porozhan angerufen und sich darüber verständigt, nicht zu schießen. Für mehrere Tage stellte sich Ruhe

ein. Aber als Polizisten, oder noch schlimmer – Freiwillige den Dienst verrichteten, war es besser, sich nicht vorzuwagen. Wer an diesem Abend an den Posten war, wusste ich nicht.

Wir liefen gemächlich, lächelten gequält und munterten uns gegenseitig mit Witzen auf, mit denen man mancherorts in kein anständiges Haus gelassen wird. Aber hier gab es keine anständigen Häuser. Es gab viele halbzerstörte Häuser. Das arme Dorf, das genau zwischen den Kampfpositionen lag, bekam Einiges von der einen und der anderen Seiten ab, und die Straße, auf der wir entlang liefen, blinkerte uns immer wieder mit den von Raketen und Geschossen gerissenen Lücken zu. Aber jetzt war es in Rogi ruhig und absolut menschenleer. Die Kirsch- und Pflaumenbäume drückten die Zäune auseinander. Die Früchte, die niemand einsammelte, fielen direkt auf die Straße. Zerdrückte Aprikosen matschten von Zeit zurzeit unter den Füßen.

All dieser Überfluss, den nun niemand brauchte, verfaulte in den Straßengräben, und man bekam den Eindruck, dass im Dorf allein die Bäume am Leben waren. Die Zone.

Plötzlich rief uns jemand an. Hinter dem Zaun schaute ein einbeiniger Greis hervor und rief uns, mit seiner ausgekerbten Krücke in der Luft Kreise beschreibend. Wir gingen zu ihm. Der Alte fing leidenschaftlich an, in Moldawisch auf uns einzureden und zeigte angsterfüllt in Richtung Kotschijery. Wir verstanden ihn nicht. Der Alte kramte aus seinem Gedächtnis einige russische Wörter hervor: „Ihr dürft nicht."

„Wir dürfen", sagten wir, nicht besonders sicher.

Der Alte schüttelte den Kopf und machte ein Zeichen, dass wir warten sollten. Krächzend zwängte er sich in den Keller hinein und kletterte ein paar Minuten später mit Trauben von Süßkirschen heraus. Er steckte uns die Süßkirschen in die Hände, bekreuzigte jeden von uns und hinkte zum Keller zurück.

Wir liefen langsam die Straße entlang und spuckten die Kirschkerne vor die Füße. Allmählich wurde es mulmig. Uns wurde unheimlich von dem Gedanken, dass uns längst jemand im Visier hatte. Aber wir zeigten es nicht. Visier... Kirschkerne... Aufgesetzte Ruhe... An irgendwas erinnerte mich das. Plötzlich fiel es mir ein: Puschkin,

„Der Schuss". Ich lächelte bei mir. Ich bin gespannt, schießen sie gleich oder bewahren sie den Schuss, wie bei Puschkin, für später auf? Zum Umkehren war es zu spät. Wir würden es uns nie verzeihen.

Die Straße schlängelte sich nach rechts und ging nun bergauf. Aber wir beschlossen, sie zu verlassen und uns weiter über die Wege durch das Grün durchzuschlagen. Vielleicht blieben wir so unbemerkt. Obwohl wir uns eigentlich nicht verstecken wollten. Im Gegenteil, wir hatten vor, zu den Posten zu gehen, um später ganz offen zu arbeiten und uns weiter frei zu bewegen.
Unerwartet pfiff irgendetwas über unseren Köpfen hinweg und krachte stumpf weit hinter uns. Instinktiv gingen wir in die Hocke. Horchten hin. Dann sprangen wir auf und legten an Geschwindigkeit zu. Schon nach etwa zweihundert Metern erreichte uns ein ekelerregender einhüllender Geruch. Wir blieben stehen und rochen hinein, wie zwei Suchhunde.
„Was ist das?", fragten wir uns, verstärkt unsere Nasen bewegend. Dann begriffen wir gleichzeitig: Leichen.
Ein dicker Leichengeruch wehte herüber von den in der Ferne matt auftauchenden Gebäuden. Das war Kotschijery.

Als hier die Landungstruppen, gestützt von Panzerfahrzeugen und Artillerieeinrichtungen, ausgesetzt wurden, liefen die Bewohner in alle Richtungen weg: ein Teil überquerte den Dnjestr, ein Teil ging über geheime Wege nach Dubossary.
Geblieben sind hauptsächlich treue Anhänger der Nationalen Front, die zu Freiwilligen wurden. Weil die Landungstruppen es nicht schafften, sich im Laufe der weiteren Kampfhandlungen fortzubewegen, blieben sie hier, auf dieser Militärplattform, womit sie dieses linksuferige Dorf zur Zerstörung verurteilten.
Durch den ständigen Nachschub an Menschen und Technik vom rechten Ufer hing der Militärpunkt Kotschijery wie ein blinder Fleck über Dubossary. Von hier schossen die Scharfschützen. Von hier begann der allabendliche Beschuss der Stadt. Aber hier trugen auch die moldawischen Abteilungen, die vom Ufer abgeschnitten waren, ernsthafte Verluste davon. Eigene Landungstruppen über Dnjestr

auszusetzen und Kotschijery unter Kontrolle zu bekommen, versuchten die Transnistrier gar nicht erst. Aber etwa ab Sommer, als sie über eigene Artillerie verfügten, begannen sie regelmäßig auf die Artilleriebeschüsse mit Artilleriebeschüssen zu antworten und vernichteten Teile der hier ausgesetzten Abteilungen der Nationalarmee, und zwangen so Moldawien immer neue Kräfte an den Militärstützpunkt zu schicken. Der Artilleriekrieg wurde zeitweise sehr intensiv geführt. Bis hin zu Anrufen, die man von Kotschijery aus führte – man rief direkt die Stadtverwaltung von Dubossary an und bat Finagin und Porozhan, den Beschuss einzustellen.

„Den Kopf können sie angeblich nicht heben", regte sich Finagin auf. „Wahrscheinlich können sie mit diesem Kopf deshalb nicht darauf kommen, dass sie selbst auf die Stadt nicht schießen sollen." Damit hatte er Recht, dem kann man nichts hinzufügen.
Die Transnistrier übergossen mit Feuerbeschuss einen Militärstützpunkt. Und vom Stützpunkt schoss man auf die bewohnten Stadtteile von Dubossary. Ein gravierender Unterschied.

Es krachte noch einmal. Und ein drittes Mal. Wir liefen nach vorne, brachen dabei die Sträucher ab und stießen buchstäblich mit zwei bewaffneten Männern in Tarnuniformen zusammen.
„Stehen bleiben", sagte ruhig einer der Männer. „Wer seid ihr?"
Wir zeigten unsere Presseausweise, erzählten, dass wir durch Rogi gegangen waren und dass wir den Kommandeur sprechen möchten. Einer der Männer, die uns gestoppt hatten, ging weg um zu telefonieren und wir sahen uns um. Traurige Häuser hingen in der dämmerigen Abendluft, ungelenk ihre nackten Wände von sich gespreizt, von den Dächern befreit. Leise pfiffen im Wind die ausgeschlagenen Fensterrahmen. Natürlich sah man keine Einwohner. Häuser, Gärten, Menschen sogar der Friedhof wurden zu Opfergaben. Wem? Wozu? Damit alle moldawisch sprechen? Für das große zukünftige Rumänien? Gegen wen wurde dieser Krieg eigentlich begonnen?
„Gegen das Imperium und gegen die Mankurten", sagte überzeugt der Wachposten: „Für ein einiges und ungeteiltes Moldowa."

„Aber auf der anderen Seite hat man doch nichts gegen das einige und ungeteilte (Land). Sie wollen bloß ihre eigene Sprache sprechen und eigenständig leben. Warum denn die Stadt zerstören?"
„Sie sind selbst schuld. Sie hätten sich gleich den Gesetzen Moldawiens unterordnen sollen. Wisst ihr nicht, dass in Transnistrien Mankurten leben? Sie nennen sich nur Moldawier, in Wahrheit haben sie sich längst an die russischen Emigranten verkauft. Diese Emigranten kamen von irgendwoher in unser Land und wollen ihre Bedingungen diktieren."
„Das sind Emigranten? Sie leben seit Jahrhunderten hier..."
„Das ist unwichtig! Dann sind es eben langjährige Emigranten. Ihr lebt doch in Russland, dann sollen auch sie sich dorthin machen."
Das Gespräch war vergeblich. Es wurde ohnehin von dem plötzlich zurückgekehrten Wachposten unterbrochen.
„Der Kommandeur wird nicht mit euch sprechen. Der Kommandeur sagt, wir sprechen nicht mit den imperialistischen Journalisten. Das war's. Geht schnell weg und wenn ihr es schafft, von hier wegzulaufen, dann seid sicher, dass ihr Glück hattet. Der Kommandeur ist heute guter Laune. Geht, so lange er es sich nicht anders überlegt hat."
Wir kamen zurück auf den Gehweg. Ich schaute auf die Uhr: Acht. Über Rogi brach die Dämmerung herein. Der totale Artilleriebeschuss sollte von Minute zu Minute beginnen. Komisch sogar, dass er bisher noch nicht begonnen wurde. Hinter den Zäunen verbargen sich die unsichtbaren Früchte. Die Angst ging komischerweise vorbei. Unsere Jungs hatten Recht. Gewiss trinken sie längst Tee im Hotel.

„Weswegen mögen sie uns nicht?" murmelte Kakotkin. „Wir beide haben ihnen nichts Böses getan. Ich verstehe das nicht."
„Ich auch nicht. Wobei, was gibt es da zu verstehen? Sie mögen uns nicht und basta. Liebe kann man nicht erzwingen."
Aber was sollen wir uns verstellen? Es tut weh, wenn du nicht geliebt wirst. Es tut noch mehr weh, wenn du weißt, dass in den letzten Jahrhunderten Moldawien wie auch Rumänien das Recht auf eine eigene Kultur, auf ihre Unabhängigkeit von dem Osmanischen Imperium, auf ihr eigenes Leben letztendlich aus den Händen

Russlands erhielt. Die Armenier erinnern sich interessanterweise daran, wer sie vor der Vernichtung gerettet hatte, sie halten Gribojedov für einen Nationalhelden und ihre Beziehung zu Russland, ungeachtet ihrer ganzen Unberechenbarkeit, ist im Großen und Ganzen von Sympathie und Hoffnung geprägt. Übrigens, auch zu Zeiten der Sowjetmacht fragten die Armenier niemanden, in welcher Sprache sie sich unterhalten sollen. Eine starke, tiefe Kultur kann nicht verschwinden. Sie lebt Allem zum Trotz. Und hier in Moldawien versucht man, das Puschkindenkmal abzutragen und hat einen solchen Hass in den Herzen gezüchtet, dass man steif vor Staunen wird. Ich lasse es übrigens zu, dass Moldawien enttäuscht von dem Land ist, in dessen Bestand es im Laufe der Jahrhunderte selbst strebte. Aber es war ihre Wahl. Also sollte man allein sich selbst die Schuld geben. Ich, Russe, hatte keine Wahl. Aber sie hatten sie. Und haben sie. Weshalb bloß muss man, wenn man weggeht, versuchen, ein Stück Russlands zusammen mit ihrer ungehorsamen Bevölkerung mitzunehmen?

Wir schleppten uns über die Straße in völliger Ratlosigkeit, als hinter der Kurve, aus Richtung der transnistrischen Positionen zu uns in voller Geschwindigkeit ein grüner Minibus mit Dellen an der Seite auf uns zu geschossen kam. Er fuhr um uns herum und blieb stehen. Aus dem Bus sprang ein bärtiger Mann mit einer Pistole, die er auf uns zielte und ruhig sagte:

„Steigt sofort ins Auto. Wisst ihr wenigstens, wer dort heute Dienst hat? Man reißt euch die Köpfe ab, und dann müssen wir euch in Teilen wieder einsammeln."

Das war Aleksandr Porozhan. Einer der Leiter der Stadt Dubossary und entsprechend der Stadtverteidigung. Das Auto schlängelte und fuhr schnell von dem zunehmenden Artilleriedonner weg, zurück zu den transnistrischen Schützengräben.

Porozhan

Näher lernte ich ihn im März 1992 kennen. Ein hübscher bärtiger Mann in einem Karohemd und, weshalb auch immer, in Hausschuhen, flitzte er über die Gänge der Macht, wie in der eigenen Wohnung herum. Seine Erscheinung passte so wenig zu dem offiziellen Bild der Besprechungszimmer und Empfangsbüros, in denen vor kurzem noch die Parteibonzen der Stadt- und Bezirksadministration thronten, dass man nicht mal annähernd ahnen konnte, wer er ist. Es könnte ein Sanitärtechniker oder ein Maler sein, der noch nicht dazu kam, sich umzuziehen, und hier die Markierungen der Geschosse auf die Schnelle zuspachtelte, oder ein unbeholfener Besucher, den man von Büro zu Büro wegen seiner wenig repräsentativen Erscheinung schickt.
Aber es stellte sich heraus, dass Porozhan der stellvertretende Vorsitzender des Stadtrates und des Stadt-Exekuvkomitees war. Der Mann, der zur Macht kam in dem, was er gerade anhatte.
„Sehr gut!" sagte er, so als ob wir uns eine Ewigkeit kannten. „Wir sprechen gleich, und danach fährst du die Kosaken geleiten."
„Wie geleiten?" Ich stutzte.
„Wie ein Eskorteur", lachte Sascha. „Hier bei uns haben sich einige hier her gekommene Kosaken daneben benommen, deshalb haben wir sie verhaftet und in einen Keller gesperrt. Jetzt schicken wir sie nach Tiraspol, dort soll man sich mit ihnen auseinander setzen.
Irgendwo hinter dem Fenster donnerte es. Aber Sascha winkte nur mit der Hand ab.
„Es wird ihnen nicht gelingen."
„Woher diese Gewissheit?"
„Weil man uns nicht erobern kann. Zu allen historischen Zeiten hat man uns irgendwo angeschlossen, dann wieder ausgegliedert und wieder angeschlossen. Man kann uns wieder einmal angliedern, aber es ändert nichts. Wir werden trotzdem unabhängig von allen leben – anerkannt oder nicht anerkannt. Merke dir", sagte er etwas hochgegriffen, „wir existieren real im Geiste, weil wir eine echte geistige Gemeinschaft sind. Denkst du, ich hätte je zugestimmt, in die Macht zu gehen, wenn es nicht so wäre? Ich hatte schon immer eine schlechte Beziehung zur Macht und war immer ein ziemlicher

Unangepasster und mochte die Kommunisten nicht. Aber noch weniger mag ich die Nationalisten. Nachdem ich auf dem Parlamentsgebäude in Kischenev das Plakat „Ein guter Gagause ist ein toter Gagause" sah, verstand ich alles. Ich ging zu den Wahlen. Und wurde gewählt."
„Und welcher Nationalität bist du?"
„Ich bin ein Transnistrier."
„Wie das?"
„So eben. In mir gibt es Blut aus sechs oder acht Nationen. Genau erinnere ich mich nicht. Moldawisches, ukrainisches, griechisches, ich glaube, auch jüdisches. Ich weiß es nicht mehr. Aber das ist auch nicht wichtig. Ich bin ein Transnistrier. Und mit den Sprachen habe ich auch keine Probleme. Ich kann Russisch, Ukrainisch, Moldawisch. Kein Problem."
In der Nacht von 22. auf 23. August 1991 entführten die moldawischen Geheimdienste Porozhan aus Dubossary und brachten ihn nach Kriuljany. In das örtliche Gefängnis. Es heißt, man wollte ihn zu einer öffentlichen Stellungnahme gegen Trans-nistrien bewegen. Natürlich hatten sie die Rechnung ohne den Wirt gemacht.
Sie mussten ihn entlassen.

„Ich verstehe sie gar nicht", sagt Sascha. „Sie wollen in ihrem eigenen Land leben – sollen sie leben. Sie wollen sich Rumänien anschließen – sollen sie doch. Aber wozu brauchen sie so einen Vulkan wie Transnistrien? Wir sind jederzeit bereit, zu explodieren. Und überhaupt, unsere ganze Existenz ist ein Protest gegen alle schlauen politischen Institute, die entscheiden, wer anerkannt werden soll und wer nicht, wer sein darf – und wer nicht. Hier bei uns verhält man sich allen Autoritäten gegenüber skeptisch. Umso mehr gegenüber den dummen Autoritäten. Den Geist kann man nicht beherrschen."
Zum ersten Mal sah ich einen hohen Stadtvertreter, den die ganze Stadt, von den Kindern bis zu den Greisen, einfach nur „Sascha" nannte. Man sagte auch: „unser Sascha". Als wir hinausgingen, stand vor dem Aufgang zu dem Stadtratgebäude eine aufgeregte Frauenmenge. Es ging das Gerücht durch, dass alle Kosaken aus Dubossary weggeschickt werden sollten und die Frauen waren verängstigt, dass

sie niemand verteidigen werde. Als sie Porozhan sahen, brummten sie, Sascha sag jetzt was.

Sascha hackte seinen immer wieder herunterfallenden Hausschuh ein (es erwies sich, dass sein verletzter Fuß schmerzt und der Schuh ihm nicht passt), hielt sofort eine Ansprache und alle beruhigten sich, als geklärt wurde, dass nicht alle Kosaken weggeschickt werden, sondern nur die, die sich etwas zuschulden haben kommen lassen. (Einige Jahre nach den beschriebenen Ereignissen war Porozhan auf eine Einladung seiner Verwandten hin zu Besuch nach Israel gereist. Als die ehemaligen Dubossarer Hebräer das hörten, haben sie sogleich ein Treffen organisiert: Sascha ist gekommen! Sascha erklärt alles.)

Zur gleichen Zeit saßen die schuldigen Kosaken schon mit finsteren Gesichtern im Bus. Mich und Mnazakanjan setzte man wie echte Eskorteure mit dem Gesicht zu ihnen (und den quer umgehängten Diktiergeräten). Nach ein paar Minuten bereits flitzten wir über die Schnellstraße entlang des Dnjestrs davon.

Die Kosaken

In dem Innenhof der Tiraspoler Gaststätte „Freundschaft", in dem ein gemütliches kleines Restaurant untergebracht war, versuchte ein tüchtig angetrunkener Donkosake mir nichts, dir nichts, mich mit einer Hand an der Brust zu packen und mit der anderen, die zu einer Faust geformt war, meinen Kiefer zu erwischen. Weder das Eine, noch das Andere gelang ihm – sein Orientierungssinn war endgültig durcheinander. So lange ich den Kosaken am Arm hielt, versuchte der neben mir stehende Kirill Svetizkij mit dem Ataman oder mit einem diensthöheren Kosaken die Angelegenheit auf diplomatische Weise zu verhandeln, denn am Nebentisch saßen etwa zwanzig angetrunkene Kosaken.

„Nimm deinen Dummkopf weg!" schrie Svetizkij.

„Ihr müsst ihn verstehen", redete der Ataman ihm zu. „Er kommt von der vordersten Frontlinie. Gerade erst angekommen."

„Und woher kommen wir gerade?" gab Svetizkij zurück.

Einen Opponenten, der versucht, deine Wange auszurenken, zu verstehen ist nicht einfach. Unbekannt, wie das ausgegangen wäre, wenn nicht der alte Kantinenwirt Onkel Senja eingegriffen hätte. Als er die Situation sah, ging er hinter die Theke und telefonierte. Die Spezialeinheit des Kommandanten der Tiraspoler Garnison Oberst Michail Bergmann kam nach genau vier Minuten. Bergmann ergriff persönlich die beiden Kosaken am Schlawittchen, und übergab sie den Männern seiner Spezialeinheit, nachdem er sie zuvor mit den Köpfen gegeneinander geknallt hatte. In dem Bus mit Gittern vor den Fenstern war genug Platz auch für alle anderen.

Über die Kosaken, die in Transnistrien kämpften, sprach und schrieb man viel, jedoch vergaß man, die hiesigen, aus dem Schwarzmeer-Kosaken-Regiment, von den hierher zur Hilfe angereisten zu unterscheiden – den Don-Kosaken, den Kosaken von Kuban, vom Ural und sogar aus Sibirien. Das örtliche Kosakentum bestand, wie ganz Transnistrien, aus einem Vielnationengemisch. Die Ankömmlinge verstanden jedoch nicht sofort, was hier genau geschieht, und riefen zum Schutz der Russen auf. Man schaffte es nicht, allen klar zu machen, wo sie angekommen waren. Deshalb, ungeachtet der Liebe der Trans-nistrier, und mehr noch der Dubossarer, zu allen, die gekommen waren, um sie zu unterstützen, gab es genug Exzesse seitens der Kosaken. Mal entführten sie ein Auto, legten zuvor den Besitzer mit dem Gesicht nach unten auf den Asphalt, mal fielen sie mit Automatischen in einem Lebensmittelgeschäft ein und nahmen sich alles aus den Regalen, was ihnen gefiel. Manche kamen, um heroisch aufzufallen, eine automatische Waffe zu erbeuten, und um dann wieder zu verschwinden. Übrigens, sah ich auf der anderen Dnjestr-Seite auch einige Kosaken. Für welche Idee sie dort kämpften – war ganz und gar unklar.

Die Rolle der zugereisten Kosaken in der transnistrischen Verteidigung wurde stark übertrieben. Klar, dass sie eine verstärkte Aufmerksamkeit der Presse mit ihrer exotischen Kleidung erregten, aber ihr Anteil machte kaum ein Zwanzigstel, wenn nicht ein Dreißigstel der Gesamtanzahl der transnistrischen Verteidiger aus. Die bewaffneten Kräfte der Transnistrischen moldawischen Republik schlossen zu diesem Zeitpunkt den berühmten Bataillon „Dnjestr" in der Anzahl aus 600 Männern ein, eineinhalbtausend Gardisten und genauso viele Milizmitarbeiter. Die Reserve-Kämpfer der territorialen Rettungstruppen waren praktisch unbewaffnet. Das Bild vervollständigte eine Gruppe Freiwilliger aus Gagausien, die die Hilfe der Transnistrier im Herbst 1990 nicht vergessen hatten, die örtlichen Freiwilligen und einige Hundert Kosaken, aus denen die Zugereisten nicht mehr als zwei Hundert stellten.

Nichtsdestoweniger, kämpften viele von ihnen geschickt, einfallsreich, tollkühn. Sie mochten es nicht sich einzugraben und einen Positionskampf zu führen, strebten nach vorne. Der Feldataman vom Don namens Ratiev, ungeachtet des absoluten Verbots der Leitung, auf keinen Fall in den Koschnizer „Sack" einzudringen, schaffte es auf dem damals einzigen Panzer-fahrzeug von hinten, aus Richtung der Waduluj-Wodskij-Brücke nach Koschniza hinein zu stürmen. Die moldawischen Polizisten waren von so viel Frechheit überrascht, sie liefen in Panik auseinander, und die zur Überfahrt vorbereitete Technik fuhr, Staub aufwirbelnd, zurück und kam gar nicht am linken Ufer an.

Den ersten Panzerwagen der moldawischen Armee nahm derselbe Ratiev „gefangen". Seine Kosaken kreisten den Panzerwagen im Garten ein, wussten allerdings nicht, was sie damit machen sollen. Die Automatischen waren gegen den Panzer und die großkalibrigen Kanonen nutzlos. Sie ließen ihn weg. Dafür bereitete man sich ein zweites Mal besser vor. Man hatte auf die Baggerschaufel Panzerstahl verschweißt, jagte den neuen Panzerwagen BTR-80, der noch nicht einmal in den Bestand der Sowjetarmee ausgeliefert wurde, in die Falle und kippte ihn dann mit dieser Schaufel um. Dann tauschte man die Besatzung aus – und auf, in den Kampf. Die ersten vier seiner Panzerwagen verlor die moldawische Armee bei Koschniza. Drei davon schoss der kleinwüchsige Don-Kosake Jura ab. An seinen Nachnamen erinnerte sich niemand. Jura wurde feierlich mit der roten Kosakenhose und einem Reisegutschein zu einem Kurort oder etwas anderem ausgezeichnet, ich erinnere mich nicht mehr genau.

In Transnistrien ging die Legende um, wie die Kosaken die Rakete „Alazan" direkt von ihrem Rücken aus starteten. Sie stellten den kräftigsten der Kosaken auf alle Vier, legten ihm auf den Rücken ein paar Matratzen, auf die Matratzen – zwei Eisenbahnschienen und schon darauf die Rakete.
Die Rakete wurde gezündet – sie flog in eine Richtung, die Matratzen in die andere, aber am weitesten flog der Kosake.

An den Tagen, an denen man große Probleme mit Waffen hatte, machte die Not die Transnistrier besonders erfinderisch. Zunächst erfand man einen „Granatenwerfer". Man bastelte eine große Schleuder und warf mit ihrer Hilfe die Granaten etwa 100 Meter weit. Dann erfand man Minenwerfer aus Wasserrohren. Die Kippwagen funktionierte man zu mobilen Raketenabschussrampen um. Und die Gruppe der Talentiertesten kam darauf, wie man die Schlagkraft der „Alazan" vergrößern konnte. Sie banden eine Bombe mit gewöhnlichen Pferdezügeln an die Rakete und starteten sie. Die Konstruktion flog los, jedoch begann sie über den Köpfen der Erfinder zu kreisen und drohte, sie selbst in Stücke zu reißen. Sie waren gezwungen, auf die Erfindung zu verzichten.
Letztendlich blieben in Transnistrien nur die Kosaken, die begriffen, dass man hier nicht eine bestimmte Nation, sondern die friedliche Bevölkerung beschützte. Andere fügten sich nicht ein. Einige schickte man weg, einige fuhren von selbst. Und manche wurden ganz heimelig: sie heirateten hier, blieben für immer und tauschten ihre Nationalität gegen die transnistrische ein.

Die Hitze

War der April relativ ruhig und kühl, so überfiel uns ab Mitte Mai die Hitze. Vielleicht kämpfte man deshalb hauptsächlich abends. Zu dieser Zeit wurde an das rechte Ufer eine riesige Anzahl an technischen Geräten gebracht, das in Rumänien eingekauft worden war, und der Artilleriebeschuss begann mit erneuter Kraft. Bereits Dutzende Wohnhäuser in Dubossary waren zerstört. Beinahe hundertfünfzig Menschen wurden getötet. Täglich überquerten

Flüchtlinge, hauptsächlich Kinder und Frauen in den Gebieten Odessa und Vinniza die ukrainische Grenze. Als einige der ersten evakuierte man organisiert die Schüler der Schule Nr. 2, die sich in der Nähe der Dubossarer Wasserkraftwerkes befand: während der Abschlussprüfungen flogen die Geschosse in die Klassen. Aus den Raketenabschusseinheiten „Grad" wurde das Dorf Zybulevka beschossen, man tötete und verwundete einige Dutzend Menschen. Dabei starben nicht nur Erwachsene, sondern auch Kinder – der sechsjährige Junge Wanja Dorul und die fünfzehnjährige Viorika Ureti. In Grigoriopol schlugen die Geschosse in eine Schule und einen Kindergarten ein – auch da gab es Opfer. Nach einem der nächsten Artilleriebeschüsse wurden die Transformatoren und die Ölbehälter des Elektrizitätswerkes durchschossen – mehr als fünfzig Tonnen Transformatorenöl flossen in den Dnjestr.

Das Ende des Krieges war nicht abzusehen. Die Verhandlungen endeten mit nichts. Genauer – sie endeten mit neuen Beschlüssen und neuen Opfern. Die Städte und Dörfer wurden allmählich menschenleer, so als ob die Sonne sie ausgebrannt hätte. Es blieben hauptsächlich Männer. Frauen und Kinder versuchte man wegzuschicken, soweit man es schaffte, weg zu bringen. Die Weinberge gingen im Staub unter. Es war undenkbar, im Feld zu arbeiten – die Bauern wurden von Scharfschützen beschossen.

Ich hatte mich entschlossen, doch noch die Frontlinie zu überqueren, aber nicht über Moskau, wie die Polizisten mir vorschrieben, sondern auf einem anderen Weg, über Odessa. Befreundete Gardisten brachten mich direkt in der Kabine des Maschinenführers des Diesel-Zuges unter, der die Flüchtlinge herausbrachte. Aber der Zug fuhr nur bis zu dem Grenzörtchen Razdelnaja, weiter ließen ihn die ukrainischen Grenzbeamten nicht. Ich war gezwungen, per Anhalter weiter zu fahren. Die ukrainischen Autofahrer nutzten die Situation aus und verlangten das Dreifache. Die Flüchtlinge hatten kein Geld und warteten sehr lange auf eine glückliche Fahrgelegenheit nach Odessa.

Aus Odessa kam ich auf dem schon im November 1990 eingefahrenen Weg, als Kolonnen an Bussen mit den Arbeitern aus Transnistrien den Gagausen zur Hilfe eilten. Ich fuhr bis Zatoka und danach

in Richtung Nord-West. Die moldawisch-ukrainische Grenze wurde an diesem Abschnitt nicht bewacht, deshalb brachte mich die nächste Mitfahrgelegenheit direkt an den Kischenever Markt, der sich genau in der Stadtmitte befand.
Auch hier stand die Hitze. Obwohl man hier etwas leichter atmen konnte. Die leichte Brise von den Anhöhen erfrischte von Zeit zurzeit etwas die Straßen, und nahm vom Markt herumliegende Tüten, Pakete und Kleinmüll in einem Zug mit und streute damit die naheliegenden Straßen und den in Benzin erstickenden Busbahnhof ein. Es gab nur wenige Passanten, obwohl es Tagesmitte war. Ab und zu begegneten mir Freiwillige, in der Regel unrasiert und in schlecht sitzenden Militärhemden. Genau im Zentrum, am Denkmal von Stefan chel Mare, lag wie immer eine Mahnwache. Genau wörtlich: lag. Die Protestanhänger setzten einen Hungerstreik fort. Aus welchem Anlass, habe ich nicht genau verstanden. Ich bog um das Gebäude der Regierung und kam zum Haus der Presse. In der Halle – ein Zeitungskiosk, nur örtliche Zeitungen, auf Moldawisch und Russisch, keine Moskauer Presse.
Ich entschloss mich, meinen alten Bekannten, den Dichter Rudolf Olschewski, bei dem Journal „Kodry" zu besuchen. Als Rudik erfuhr, von wo ich kam, rief er einige Journalisten in sein Büro. Unter ihnen war der Schriftsteller Nikolaj Savostin. Nach einigen Minuten des Gespräches verstand ich: hier weiß man von nichts. Die Informationsblockade hatte ganze Arbeit geleistet. Sie erzählten mir, dass Russland Moldawien überfallen hätte, dass die 14. Armee Kischenev habe erobern wollen und dass in Tiraspol lauter Kommunisten seien. Sie sprachen natürlich auch von der „Hand Moskaus". Mit einem Wort, die gesamte Standard-austattung. Über Dubossary, Grigoriopol und Zybulevka hatten sie nichts gehört. Dafür zeigten sie mir das Schreiben des bekannten Komponisten Jewgenij Doga an die Bewohner der Republik, von dem ich rein gar nichts begriff:

„Internationalisten, die hierher kamen, selbst nicht wissend, woher", schrieb Doga, "versuchen uns von unseren Eltern, Schwestern und Brüdern, von den Gräbern unserer Vorfahren zu trennen... Wer sind sie, diese Iwans, die sich an keine Verwandtschaft erinnern, diese so genannten Russischsprachigen? Das Einzige, was ihnen geblieben ist – ist die verstümmelte Sprache. Ihr aber, die

Führer Transnistriens, die ihr eure leitende Positionen auf dem Weg von Lug und Betrug erworben habt, mithilfe von Drohungen an die Adresse von ehrlichen Menschen...?Was verteidigt ihr, was fehlt euch, was wollt ihr noch von unserem armen Bauern...?Ihr seid in die von ihm gebauten Häuser gekommen... Heute beraubt ihr ihn der Elektrizität, der Kohle, der Rente – wenn er nicht bereit ist, zum Verräter seines Volkes zu werden und die Hand gegen die transnistrische republik (richtig, klein geschrieben) zu heben, entstanden nach eurem neostalinstischen Willen und Wunsch..."

Ich mochte die Musik des Komponisten Doga. Irgendwann, vor einer sehr langen Zeit, noch in den Siebzigern, hatte ich sogar die Gelegenheit, mit ihm zu sprechen, – ein sehr talentierter Mensch. Was war geschehen? Verstand er wirklich nichts oder wollte er nichts verstehen? Oder sah er vor lauter Blut nichts? Oder war es die Hitze? Womit konnte man die Ansammlung dieser nicht besonders klugen Lügen sonst erklären?

Den von mir mitgebrachten Fotos mit den zerfetzten Menschen, vergewaltigten Mädchen, zerteilten Leichen – glaubten sie nicht. Dem Antrag des Treffens der transnistrischen Moldawier – glaubten sie nicht. Sie glaubten nichts, außer der offiziellen Propaganda. Es war vergeblich, etwas zu erzählen, denn auch mir glaubten sie nicht.

„Ich verstehe das alles", sagte Rudik als er mich in den Hausflur führte. „Aber man möchte so sehr nicht glauben."

Kostasch

In Kischenev fanden zu der Zeit, ungeachtet der Hitze, interessante Ereignisse statt. In den letzten Mai-Tagen, unter dem Vorwand der „Sicherung der territorialen Integrität" der Republik übergab Präsident Mirtscha Snjegur die Leitung des Innenministeriums sowie des Ministeriums der Nationalen Sicherheit in die Hände des Verteidigungsministers Ion Kostasch. Auf diese Weise hielt der steinharte „Frontist" Kostasch die uneingeschränkte Macht über alle Machtstrukturen Moldawiens in seinen Händen und unterwarf sich zwei – auch nicht gerade Humanisten – Plugaru und Antotsch.

Zu Sowjetzeiten kletterte Kostasch die Karriereleiter am Posten des Leiters der freiwilligen Gesellschaft zur Förderung der Armee, Flugwesen und Flotte (russ. DOSAAF) der moldawischen Republik bis zum Rang eines Generals hoch, obwohl er ursprünglich eine Militärakademie der Luftwaffe abgeschlossen hatte. Ein Kommunist. In seiner Beurteilung aus den schon Perestroika-Zeiten stand es: „Er ist der Sache der Kommunistischen Partei der Sowjetunion und der Sowjetheimat treu." Im Februar 1990, kurz vor den Parlamentswahlen der Republik, gab er gegenüber dem Journalisten der Zeitung „Sowjetischer Patriot" an, dass er „in der Nationalfrage „vollkommen auf der Plattform des Zentralkomiteés der Kommunistischen Partei der UdSSR" stehe. Im Parlament gelandet, legte der missglückte Pilot einen scharfen Wendeflug in Richtung der Nationalen Front ein und organisierte im November 1990 gemeinsam mit Mirtscha Druk die Strafexpeditionen nach Gagausien und Dubossary.

Menschen, die ihn kannten, berichteten einstimmig über eine gewisse psychische Unausgeglichenheit des Generals und seinen unbefriedigten Napoleon-Komplex.

Ungeachtet der erhaltenen Macht, spürte Kostasch vor dem Sommer 1992, dass die Situation in Moldawien sich derart verändern könnte, dass er gar nicht dazu kommen werde diese Macht anzuwenden. Die Kämpfer des zweiten Bataillons der dritten Polizeibrigade, die gerade am Dubossarer Abschnitt kämpften, veranstalteten einen unerwarteten Streik. Sie, die inzwischen stark vom Krieg und den Verlusten ausgezehrt waren, gaben an, dass sie nicht weiter kämpfen würden, bis sie eine Garantie bekämen, dass Moldawien... sich niemals Rumänien anschließen werde. Etwas Ähnliches gab es noch nie. Das Parlament bewegte sich nun auch. Vielen Abgeordneten wurde klar, dass der bewaffnete Widerstand keine Ergebnisse brachte. Es entstand eine Gruppe der „Gemäßigten", die der Meinung waren, dass man auf die Entfachung von Konflikten und Widersprüchen innerhalb Transnistriens selbst setzen sollte, auf die Diskreditierung seiner Leitung und auf eine wirtschaftliche und finanzielle Blockade.

Als am 9. Juni die nächste Tagung eröffnet wurde, stellte es sich heraus, dass die „Gemäßigten" und die Pragmatiker bereits in der

Mehrheit waren. Sie verlangten eine gemischte moldawisch-transnistrische Kommission für eine Kompromisssuche und für die Auseinanderführung der bewaffneten Formationen. Umso mehr, weil eine solche Erfahrung bereits existierte. Eine analoge Kommission arbeitete bereits in Bendery, wo die bewaffneten Kräfte zurückgeführt wurden, und die moldawische Polizei sowie die transnistrische Miliz in der Stadt gemeinsam patrouillierte. Mit anderen Worten, in der Stadt basierten gleichzeitig zwei rechtssichernde Strukturen – die transnistrische und die moldawische. An einem Platz. Wir erinnern uns, wie das in Dubossary endete. Nichtsdestoweniger schien es damals der Schritt zum Frieden zu sein. Als gemischte Posten aus Russland, Ukraine, Moldawien und Rumänien entstanden, wurden damit Bendery praktisch internationale Sicherheitsgarantien gegeben. Deshalb entschied auch der Stadtrat die Stadt zu deblockieren. So blieb sie ohne bewaffneten Schutz. Aber der Wunsch nach einem schnellen Frieden war so groß, dass die Bewohner Benderys sich darauf einließen.

Als Kostasch sah, dass seine Felle davon schwammen, hielt er eine Ansprache im Parlament.
„Der Weg, den Konflikt mit politischen Methoden zu lösen, brachte bisher keine positiven Ergebnisse", erklärte er. „Ohne Blut, ohne menschliche Opfer wird es nicht gelingen sich zu befreien. Wir haben tapfere, würdige Kämpfer... und wir haben nur einen Ausweg: die Erde unserer Vorfahren mit den Waffen in den Händen zu verteidigen."
Nach jedem Satz wiederholte Kostasch die Phrase: „Wir müssen der ganzen Welt beweisen..!"
Aber die Abgeordneten glaubten ihm nicht mehr so ganz. Daraufhin trat Kostasch mit einer weitere Ansprache auf:
„Es wurde eine riesengroße Arbeit in Bezug auf die Gründung der bewaffneten Kräfte vollbracht. Der Militärbestand, den wir von der ehemaligen Sowjetarmee bekamen, ist heute zum Kampf bereit... Zum heutigen Zeitpunkt verfügen wir über Teile der Artillerie, die in vollem Umfang genutzt werden können... Die Flugzeuge MIG-29 werden bereits von unsere Piloten geführt, Moldawier. Wir hatten keine eigenen Armeeabteilungen, aber wir zogen innerhalb kürzester

Zeit die Reservisten ein, bereiteten sie vor, und jetzt beschützen sie unseren Staat nicht schlechter, als die ‚braven' Kämpfer der 14. Armee." Hier sollte er Recht behalten, denn zu diesem Zeitpunkt beschützten die „braven" Kämpfer der 14. Armee nichts und niemanden, nicht mal sich selbst.

„Leider bleibt heute das Verteidigungsministerium von dem größten Teil der Bevölkerung noch unverstanden, und sogar von Menschen, die verantwortungsvolle Posten innehaben." klagte Kostasch im Umfeld der Parlamentstagung. „Das Wichtigste ist, dass wir uns aufrichten und verstehen, dass wir heute fähig sind, unseren Staat sebslt zu beschützen und die territoriale Integrität zu gewährleisten. Morgen kann es zu spät sein."

Die Reservisten wurden schon aus aller Kraft eingezogen. In den Richtungen zu Kauschan und Novo-Anenskoje wurden neue gepanzerte Schlaggruppen formiert. Flugzeuge wurden für die Luftangriffe vorbereitet. Aber das Parlament blieb stur. Am 16. Juni verabschiedete es die Grundprinzipien der friedlichen Regelung des bewaffneten Konfliktes. Und am 18. Juni wurden die Arbeitsergebnisse der gemischten Kommission mit einem stürmischen Applaus begrüßt. Sie glaubten, dass der Frieden so nahe sei, wie noch nie. Jedoch verhielten sich die naiven Abgeordneten, beflügelt von der eigenen friedfertigen Zielstrebigkeit, irgendwie leichtsinnig gegenüber der zu diesem Zeitpunkt mehr als merkwürdigen Ansprache von Snjegur. Und er sagte unterdessen, gleich nachdem der Vizepremier Konstantin Oborok über den Erfolg der Friedensgespräche berichtete, völlig unerwartet: „Die allererste Aufgabe der Regierung ist es, die Separatisten zu verjagen und die Trikolore Moldawiens über den Stadtverwaltungen zu hissen." Am gleichen Tag rief Snjegur eine Gruppe Polizisten aus Bendery zu sich. Was sie besprachen, ist unbekannt. Jedoch gleich nach der Besprechung organisierten die Polizisten eine Pressekonferenz, bei der sie behaupteten, dass die Arbeit in Bendery unmöglich geworden sei und man dringend für Ordnung sorgen müsse. Auf dem Platz versammelten sich Freiwillige, die bereit für die Fahrt an die Front waren. Vor ihnen trat Kostasch auf. Zur gleichen Zeit als die Abgeordneten noch dem bevorstehenden Frieden applaudierten, schwor er den Freiwilligen, dass die Ordnung in Bendery schon in den nächsten Tagen wieder hergestellt werde. Für Kostasch, Plugaru und Antotsch kam die Stunde der Wahrheit. Wie auch für Snjegur. Unter den Bedingungen des Friedens verlor die Regierung des Krieges ihre Bedeutung.

Zur gleichen Zeit setzten die Bewohner Benderys, die dem Friedensabkommen glaubten und müde vom Krieg waren, die Deblockierung fort. Die Garde und die Kosaken zogen sich zurück. Es blieben die Miliz, einige Dutzend Gardisten und die Bewachung der Stadtverwaltung.

Die Menschen strömten auf die Straße.

Frieden!

Aus Kischenev fuhr ich mit dem Bus zu Novije Aneny, dreißig Kilometer von Bendery entfernt. Der weitere Weg war versperrt. Die Straßen erstickten unter den Panzerraupen und den Rädern der Panzerfahrzeuge. Der Asphalt schmolz unter den Stiefeln tausender frisch einberufener Soldaten. Irgendein älterer Moldawier, der die Hitze, den Staub und Benzinruß verfluchte, nahm mich bis zu dem südlichen Stadtrand von Bendery über die Feldwege mit. Er fuhr sorgfältig nicht nur um die Kischenever sondern auch die Kauschaner Schnellstraße herum. Sie waren voll von Militärtruppen. Es wurde Abend, aber die Hitze ließ nicht nach.

„Adieu", sagte der Fahrer, als er mich aussteigen ließ. „Ich werde nicht zurückfahren – du siehst doch, was hier los ist. Ich fahre in den Bezirk von Odessa. Möchtest du mitkommen?"

„Nein, Danke. Eigentlich wurde Frieden ausgerufen", antwortete ich und glaubte mir selbst nicht.

Und schleppte mich zum Zentrum.

Morgen war Freitag, der 19. Juni.

XII Das trojanische Pferd

Benderysche Guernica

„Nimm das Maschinengewehr!", schrie der Gardist.
„Nehme ich nicht!" Ich blieb stur. „Ich bin Journalist, meine Aufgabe ist es zu schreiben."
„Nimm, Dummkopf! Wenn sie hier reinstürmen, nimmt es niemand so genau, wer Soldat und wer Journalist ist", brüllte er.
„Nehme ich nicht", schrie ich zurück, „wenn es hier knallt, hilft die Automatische auch nicht mehr".
In diesem Moment erschütterte eine heftige Explosion das Haus und der Gardist lief irgendwohin hoch. Die Explosionen hörten praktisch nicht auf. Das Gebäude wurde direkt angepeilt und beschossen, nur unklar, weshalb es noch nicht zusammengebrochen war. Nach einem erneuten Schlag erlosch die matte Glühbirne. Die an der Wand sitzenden Frauen stürzten jammernd zu Boden. Es wurde stockfinster. Mich fröstelte. Im Keller war es kalt und feucht und ich hatte nur ein T-Shirt an. Oder kam es nicht von der Kälte? Das Licht einer Taschenlampe stieß durch die Dunkelheit. Die Taschenlampe blieb uns, aber ihr Licht wurde zusehends schwächer – die Batterien waren fast leer.
In dieser Dunkelheit zu sitzen und zu warten, bis uns von der nächsten Explosion die Decke auf die Köpfe einstürzte, war sinnlos und dumm. Ich wusste, dass der Keller einen Ausgang hatte – in die Höfe, in Richtung der Preobrazhener Kirche und des Marktes. Ich vermutete, dass die Panzer und Kampffahrzeuge, wenn sie uns beschossen, dann am ehesten vom Zentralplatz aus. Von der Hinterseite des Gebäudes zu kommen, war schwer für sie.
Ich bewegte mich auf eigene Faust vorwärts, kletterte über Hindernisse. Der Beschuss kam von der anderen Seite. Gerade als ich über die Sandsäcke robbte, fielen von oben Verputzstücke und Steine auf meinen Kopf – es war ein Geschoss, das eine Innenwand durchschlug. Ich wartete einige Sekunden, lief dann in die Dunkelheit, Richtung Kathedrale. Die Tür stand offen. Mir kam ein Mensch in langer Kutte entgegen – der hochwürdige Vater Leonid. Ich kannte ihn von früheren Besuchen der Kirche. „Schneller, schneller

bitte", sagte er. „Machen Sie die Tür zu." Er war nicht allein mitten in der Nacht. An der Wand, direkt auf dem Boden saßen einige Frauen. In den Armen einer von ihnen schluchzte im Schlaf ein kleines Mädchen. Vater Leonid streichelte sanft über ihr Haar. Die Frau brach in Tränen aus. Die dünnen Kerzen entrissen den Wänden die Antlitze der Heiligen in andächtigen Flammen. Schwarze Schatten tanzten im Takt der Explosionen am Kuppelgewölbe.

Die gepanzerten Kampftruppen der moldawischen Nationalarmee platzten gleichzeitig aus mehreren Seiten in die entsperrte und unbewaffnete Stadt, aus Varniza, Hadzhimus, von der Kischenever und Kauschaner Seite. Fast ohne jeden Widerstand. Die über ihre eigene Waghalsigkeit erschrockenen Panzerbesatzungen überschütteten die Stadt ohne jeden Bedarf mit Blei und erschossen jeden auf ihrem Weg, den sie auf der Straße antrafen. Sie beschossen die Häuser. Die Menschen starben in ihren Betten, Küchen und in den Höfen. Die Kampffahrzeuge fuhren blindlings in die Vitrinen der Läden, zermalmten alles querbeet – Verkaufstheken, Brot, Tomaten und Menschen, Menschen, Menschen...

Um zehn Uhr abends war die Stadt fast vollständig eingenommen. Der transnistrische Abteilungskommandeur Kostenko versteckte sich grundlos im Arbeiterrat und forderte am Telefon Verstärkung, statt eine Abwehr aus den ihm zur Verfügung stehenden Männern zu organisieren. Die vereinzelten Gardistengruppen, ihrer Führung beraubt, versuchten auf eigene Faust der gepanzerten Armada entgegenzutreten, um deren Fortkommen wenigstens zu verlangsamen. Zum Einsatz kamen Milizen und ROS*mov*-Kräfte. Aber unter dem ununterbrochenen Massenfeuer wichen die Kämpfer zuerst zum Flusshafen und dann zur Zitadelle zurück. Es blieb eine winzige ungeschlagene Insel – das Gebäude der Stadtverwaltung. Es wurde von zwei Seiten aus Maschinengewehren und Kanonen beschossen.

Das Gebäude bebte unter den Explosionen. Seine Verteidiger kapitulierten aber nicht. Sie schossen aus den Fenstern und aus dem

Keller. Mehr noch, sie vollzogen sogar mehrere Ausfälle nach draußen. Einige Männer brachten es fertig, den Zentralplatz zu überqueren und sich hinter den Schaufenstern festzusetzen. Von hier aus erwischten sie zwei Panzerfahrzeuge. Sie begriffen, dass sich außer ihnen in der Stadt niemand mehr verteidigen konnte. Sie kapitulierten nicht. Sie waren die letzte Hoffnung. Aber die Munition schmolz dahin und die Kräfte zehrten sich aus.

Indes erreichte die moldawische Armee das Dnjestrufer, nahm den Zugang zur Brücke ein und richtete die Panzerkanonen „Rapira" auf das linke Ufer aus – für den Fall, dass von dort Hilfe durchbrechen könnte. Es schlug sich aber bisher niemand durch und die Zitadelle von Bendery, in der die Raketenbrigade der 14. russischen Armee stationiert war, schwieg. Die tiefschwarze südliche Nacht verhüllte die mit Leichen übersäten Straßen der Stadt Bendery.
Es war der Abend des 19. Juni 1992.

Die Operation hieß „Das trojanische Pferd". Die Rolle des Pferdes füllte in diesem Fall die moldawische Polizei aus, die sich in der Stadt selbst befand. Etwa um halb sechs Uhr abends fuhren vier Gardisten aus Tiraspol in einem „Moskwitsch" vor dem Gebäude der Benderyschen Druckerei vor, um die zuvor bestellten Flugblätter abzuholen, die für die Verbreitung der Dubossarer Teilfront vorgesehen waren.
Zu diesem Zeitpunkt war der Kampfgeist der moldawischen Soldaten, die auf den heftigen Widerstand der Dubossarer trafen, bereits gesunken. Genau aus diesem Grund entschied man, zusätzlich auf sie einzuwirken. Während zwei (der moldawischen Soldaten) die Flugblätter entgegen nahmen, überfielen die Polizisten das Auto, in der Major Jermakov und der Fahrer Rjabokon geblieben waren, und nahmen sie gefangen. Sie umzingelten die Druckerei, blockierten alle Ein- und Ausgänge, und forderten die Herausgabe der sich dort versteckenden zwei Gardisten. Das vorbeifahrende Fahrzeug der Miliz, das Streife fuhr, wurde beschossen. Als die Gardistengruppe diese Situation bemerkte, eilte sie ihren Kameraden zur Hilfe, geriet jedoch in eine vorbereitete Falle. Dabei kam der Operator des Benderyschen Fernsehsenders „Vozdwizhenskij" um, der

den Überfall zu filmen versuchte. Sechs Gardisten wurden verletzt. Auf Verhandlungen ließen sich die Polizisten nicht ein. Der Vorsitzende des Stadtexekutivkomitees, Vjatscheslav Kogut, rief den moldawischen Innenminister Antotsch an und bat um das Ende der Provokation. Der reagierte nicht. Später behauptete Antotsch, er sei von irgendeinem Einwohner der Stadt Bendery angerufen und um Hilfe gebeten worden, deshalb habe er den Befehl erteilt, die Stadt einzunehmen. Wenn es so gewesen wäre, dann wäre Antotsch der einzige Verantwortliche in der Geschichte, der eine Stadt auf die Bitte „irgendeines Einwohners" eingenommen hätte.

Die Auseinandersetzung zwischen Gardisten und Polizisten dauerte höchstens eine halbe Stunde. Schon eine Stunde später brachen die gepanzerten Kolonnen aus allen Richtungen in die Stadt ein. Kein Land der Welt ist imstande in einer Stunde die Entscheidung zu treffen, die Kräfte zu mobilisieren, die Soldaten zu bewaffnen und vorzubereiten, die Stadt einzukreisen und zugleich den Angriff auszuführen. Das alles, ich wiederhole mich, innerhalb einer Stunde. Das vermochte der neu gegründete moldawische Staat. In Wahrheit ließen sich die Verantwortlichen auf keine Verhandlungen ein, weil die gewaltige Gruppierung nach einem vorher ausgearbeiteten Plan bereits in Bewegung gesetzt worden war. Sie zu stoppen war unmöglich.

Als die gepanzerte Technik in die Stadt eindrang und ein Blutbad anrichtete, richtete sich Mirtscha Snjegur (der erste Präsident der Republik Moldowa) in einer Sendeschrift sogleich an die Staatspräsidenten und Regierungsführer:
„Eure Exzellenz!
Ich setze Sie in Kenntnis darüber, dass am 19. Mai 1992 um 18.00 Uhr Ortszeit die russischen Streitkräfte, vertreten durch die auf unserem Territorium dislozierten 14. Armee, ... eine offene Aggression gegen die Republik Moldowa und gegen die gesetzlichen Ordnungskräfte begannen..."

Offensichtlich in Eile, vergaß man statt Mai „Juni" einzusetzen. Das bedeutete, die Annexion wurde über einen Monat lang vorbereitet,

gleich nach dem Zustandekommen der vierseitigen friedlichen Einigung.
Nahe der Bootsstation organisierten die davongekommenen Verteidiger der Stadt im Schutz der Nacht die Überfahrt über den Dnjestr. In völliger Dunkelheit wichen sie in Richtung Parkan zurück. Im Donnergetöse der Kanonaden hörte man das Schwappen der Paddel nicht. Das trübe Dnjestrwasser spiegelte unscharf den Feuerschein. Die rasante Strömung trieb die Boote schnell zum Ufer. Endlich raschelte unter dem Boden das Uferschilf. Allmählich dämmerte der frühe Junimorgen.

Gegen vier Uhr früh des 20. Juni nahm die moldawische Armee mithilfe der gepanzerten Fahrzeuge und T55-Panzer die Dnjestrbrücke ein und versuchte leicht weiter zu kommen – Richtung Tiraspol. Aber die Bewohner des gleich hinter der Brücke liegenden bulgarischen Parkan blockierten die Dorfzugänge mit Platten aus Stahlbeton. Auf einer davon stand: „Für Klein-Sofia!"
Die Gardisten aus Tiraspol wurden nachgezogen. An der parkaner Zufahrt kam es zum Kampf. Um das Dorf und um die Brücke.
So lange der Kampf andauerte, bombardierten die im Dorf Lipkany aufgestellten Granatenwerfer die Wohnhäuser mit Granaten. Die Bewohner von Bendery wurden aus Panzer-kanonen, den Artillerie-Selbstfahrlafetten (SAU) und den Schützenpanzern beschossen. Eines der Geschosse „verfehlte" sein Ziel und landete in der Festung von Bendery, genau im Lager für Schmier- und Brennstoffe. Die heftige Explosion tötete mehrere Dutzend russische Soldaten. Aber die Armee führte nach wie vor den Befehl aus, sich nicht einzumischen. Später, etwa zur Mittagszeit begann die Stürmung der Zitadelle von der Stadt aus. Sie wurde aus Granatwerfern beschossen, und zugleich nahmen die Freiwilligen und die Spezialeinheiten der OPON die längst ausgetrockneten Burggräben. Die russischen Soldaten und Offiziere starben, wurden verletzt, führten aber nach wie vor den Befehl „Nicht schießen!" aus. Endlich versagten ihnen die Nerven. Zuerst begann eine Handvoll Gardisten zurück zu schießen, die sich an der Zitadelle versteckt hatte. Später wurde sie durch die Gewehrsalven hinter den Mauern unterstützt, die auf keinen Befehl aus Moskau mehr warteten. Den Stürmern der

Soldaten von General Panin fehlte es an Entschlossenheit und Mut. Der Sturm erstickte.

Die Stadtverwaltung verteidigte sich noch immer. In der jüngeren transnistrischen Geschichte bekam diese Verteidigung die Bezeichnung „Das benderysche Aussitzen". Genau eine Stunde bevor die moldawische Armee die Brückenzugänge einnahm, flutschte dort die Gruppe der Schwarzmeerkosaken durch, angeführt vom Ataman Bondartschuk, und fuhr an der Stadtverwaltung vor. Darin befanden sich zu dieser Zeit die internationalen Beobachter, das Stadtoberhaupt Vjatscheslav Kogut sowie das Servicepersonal, von einigen wenigen Sicherheitsleuten, bis hin zu Sekretärinnen und Reinigungskräften. Als die Kosaken sich den Überblick über die Lage verschafft hatten, entschlossen sie sich, das Gebäude – als das Symbol der transnistrischen Macht in Bendery – zu verteidigen. Sie teilten sich in Fünfer-Gruppen auf, schickten eine Gruppe zur Verteidigung der Fernmeldezentrale und bereiteten sich auf die Verteidigung vor. Sie warteten. Der Sturm begann gegen Mitternacht. Schützenpanzer rollten auf den Marktplatz und begannen das Gebäude zu beschießen. Ihnen zur Hilfe eilte die Artillerie. Als der Munitionsvorrat aufgebraucht war, rollten die Panzer zurück in die Flak-Stellungen und warteten auf den Nachschub. Aber die Kosaken, die sich dort eingenistet hatten, vernichteten das Fahrzeug, das die Fernmeldezentrale passierte, samt der Munition mithilfe eines Granatwerfers. Die Verteidiger bekamen eine Atempause. Schon kurz darauf begann ein erneuter Sturm, der einen ganzen Tag ohne Unterbrechung dauerte. Die Situation war kritisch. Dann drang die Gruppe des Feldhauptmanns Oberst Driglovs in den Hof des gegenüberliegenden Ladens durch, von wo man den Zugang zur Stadtverwaltung gleich aus zwei Richtungen – aus der Sovetskaja und der Suvorov-Straße – kontrollieren konnte. Diese günstige Lage nutzte sogleich der Kosak Oleg Ottinger aus und schoss einen der Schützenpanzer ab, später noch einen. Erst danach streckte ihn ein Scharfschütze nieder. Oberst Driglov versuchte, Oleg's Körper herauszuholen, aber auf ihn wurde eine Granate geworfen. Der Oberst starb. Das nächste Opfer wurde der Heereshauptmann

Sorokoletov. Den Fahnenträger Jergiev, der mit einem Granatenwerfer hinter der schützenden Wand des Gebäudes hervorsprang, erwischte eine großkalibrige Maschinengewehrsalve. Die Kosaken erlitten Verluste. Die Situation schien ausweglos. Aber sie ergaben sich nicht. Das Gebäude der benderyschen Stadtverwaltung wurde von der moldauischen Armee nicht eingenommen.

Zur selben Zeit griffen die transnistrischen Frauen, voller Entsetzen über das Geschehen, in Tiraspol die 59. Schützendivision der 14. Armee an. Sie blockierten den Stab und den Panzerübungsplatz und forderten Waffen. General Netkachev gab nichts heraus und verwies auf den Befehl Jelzins. Daraufhin drängte man die Wachposten ab. Die Wachposten (nicht ohne das Wissen einiger Offiziere, die es nicht mehr aushielten) wichen zur Seite und gaben das Lager frei, so dass einige Einheiten der Militärtechnik den Kosaken und der Bürgerwehr in die Hände fielen. Sofort, ohne jede Vorbereitung, ohne die Vorratstanks abzuschnallen, stürzten sie sich zum Frontalangriff zur Brücke. Schon das erste Projektil „Rapira" erwischte den Vorratstank des führenden Panzers. Das Fahrzeug entflammte sich, drehte und fuhr zurück nach Parkan. Auf halbem Wege sprang aus ihm die unversehrte Besatzung. Der Panzer brannte noch lange am Flusswasser.

Erst im Kampf stellte man fest, dass die von der 14. Armee erbeuteten Panzer überhaupt nicht kampfbereit waren. Die Kanonen fehlten, die Geschütze waren nicht „eingeschossen", das Steuerungssystem funktionierte nicht. Netkachev hatte seine Armee entwaffnet. Deshalb reparierten die ortsansässigen Handwerker die Technik direkt auf den Parkaner Straßen. Vor den Zugängen zur Dnjestrbrücke, brachten sie sie in den Zustand der Einsatzbereitschaft und schickten sie sogleich auf die Brücke. Nach dem zweiten und dritten Versuch schafften es die Panzer, für eine kurze Zeit auf dem rechten Ufer einzubrechen und einige Kanonen und Kampffahrzeuge des Gegners zu vernichten. Allerdings gelang es nicht, sich dort zu halten: die Unterstützung seitens der Infanterie fehlte. Endlich kam eine Abteilung der Bürgerwehr unter dem Kommando von

Oberstleutnant Avtscharov und mit ihnen ein Schützenpanzer sowie das selbstgesteuerte Artilleriegeschoss „Schilka" („*Pfriemchen*").

Die Transnistrier deckten die moldawische Artillerie hinter der Brücke vorsorglich mit dem Feuer ab, stürzten sich mit zwei Panzern und einem Schützenfahrzeug, dass Munition für die Verteidiger des „weißen Hauses" geladen hatte, erneut auf die Brücke. Und erneut wurde der erste Panzer angeschossen. Der Schützenpanzer mit den Kosaken auf der Schützenzverkleidung preschte jedoch vor und nahm den Hauptbeschuss auf sich. Eine Antipanzergranate explodierte ganz in der Nähe, die Druckwelle riss einige der Kosaken herunter. Einige von ihnen starben. Doch der Schützenpanzer selbst erreichte unter Massenfeuer und Maximalgeschwindigkeit die Tiraspoler Straße und brauste Richtung Stadtzentrum. Der Panzer, der hinter ihm war, bog in die Suvorov-Straße ab, fuhr in dieselbe Richtung und walzte verzweifelt die gegnerische Artillerie nieder. Die Suvorov-Straße verwandelte sich in einen Friedhof aus gekrümmtem Metall.

Gegen 20 Uhr Abend am 20. Juni erreichten das Schützenfahrzeug und der Panzer die Stadtverwaltung und kamen deren Verteidigern zur Hilfe.

In der Nacht zum 21. Juni begannen die Freiwilligen, Gardisten und Kosaken einen erneuten Sturm auf die Brücke und durchbrachen die Verteidigung. Unter den moldawischen Soldaten brach Panik aus. Sie warfen ihre Waffen fort, ließen die Technik stehen und liefen weg. Die Polizisten nahmen die Weglaufenden unter Beschuss, die eigene Armee. So versuchten sie den chaotischen Rückzug zu stoppen. Aber es war zu spät. Die moldawischen Stellungen gaben das Stadtzentrum frei. Die Stadtblockade war aufgehoben.

Betäubt von einer erneuten Explosion, hockte Mary sich entsetzt auf das Straßenpflaster, die Hände fest über den Kopf gedrückt. Kugeln pfiffen wie eine moldawische Flöte zu dem Getrommel der Minen und Granaten. Ich zog mit einiger Anstrengung ihre Arme vom Kopf, weil ich fürchtete, sie wäre verletzt. Nein, sie schien unverletzt. Ich erfasste ihre Hand und riss sie in einem Sprung hinter ein angeschossenes moldawisches Panzerfahrzeug.

Wir blieben liegen.

„Wer hat dich, Schweizer Dummchen, bloß hierher gelassen!"

„Das ist meine Arbeit!" schrie sie beleidigt zurück und drückte angestrengt das deutsche „R" in die russischen Wörter. „Ich wurde von einigen Freunden begleitet, aber sie blieben in Odessa."

Tolle Begleitung. Sie begleiteten sie zum Strand von Odessa, aber nach Bendery schickten sie alleine los.

Das wilde Gekreische einer „Rapira" entlud sich über unseren Köpfen und für einige Minuten brach eine völlige Stille aus. Wir mussten hier raus. Sollten wir etwa im zusammengeschossenen Schützenpanzer bleiben? Darum liefen wir über die Straße und sprangen durch die in Tausend Stücke zerbrochene Vitrine in ein Geschäft und schlängelten uns zwischen den zertrümmerten Verkaufstheken durch.

Bis zur Toreinfahrt, in der Mary ihren Chauffeur und das Auto zurück ließ, war es nicht weit. Wir mussten nur einhundertfünfzig Meter laufen, eine Straße überqueren, und dann in einem fünfzehn Meter entferntem Hof untertauchen. Aber genau das war das Viertel im Zentrum an der Stadtverwaltung, in dem das Gefecht entbrannt war. Deshalb kämpften wir uns im Inneren der Geschäfte vorwärts, durch irgendwelche Lagerräume, durch die Einschlaglöcher in den Wänden, bis wir die Hinterwand erreichten. Wir mussten nur noch auf die Straße und die Straße überqueren. Auf der anderen Seite war es fast sicher. Im Auto könnten wir dann versuchen durch die Seitenstraßen die Brücke zu erreichen und auf dieser mit hoher Geschwindigkeit durchzurasen. Über die Straße liefen wir nacheinander, in den kurzen Pausen zwischen den Gewehrsalven. Zuerst sie. Sie verlor auf dem Weg ihr Fotoobjektiv. Dann ich. Ich hob ihn im Lauf auf. So, durch. Wir rannten in die Seitenstraße. Keine Spur von einem Auto!

In Tiraspol nahm man zunächst an, in Kischenev hätte ein Staatsstreich stattgefunden und Kostasch, Antotsch und Plugaru hätten die Macht an sich gerissen. Immerhin waren die transnistrischen Politiker sehr unerfahren, sie konnten es sich nicht vorstellen, dass man einfach so, mir nichts, dir nichts, sich gegen den Parlamentsbeschluss aufwerfen könne. Als sie die Stellungnahme Snegurs hörten, verstanden sie, dass der Präsident im Amt ist und das Geschehen offensichtlich unterstützte. Es gibt also gar keinen Putsch? Oder es gibt ihn? Denn das Parlament wurde de facto der Macht enthoben. Das zu verstehen, fehlte die Zeit. Wozu auch. Man musste sich irgendwie verteidigen. Zumal der Vorsitzende der Christlich-Demokratischen Volksfront Jurie Roschka einen Appell an den Präsidenten und das Parlament unterschrieb, der forderte, die Tatsache gesetzlich festzulegen, dass die Republik Moldowa sich im Kriegszustand mit... Russland befinde. Mit Russland, dass den Befehl „sich nicht einzumischen" ausführte. Während dessen setzte die moldawische Armee auf den eroberten Gebieten nicht nur den Kampf fort, sondern auch die Raubzüge.

In wenigen Stunden wurden die Produktion und die Maschinenausstattung der Ölmühle, der Bierbrauerei, der biochemischen Fabrik, der Milchfabrik, der Brot- und der Schuhfabrik geplündert. Die Läden wurden entleert und demoliert. Die medizinischen Geräte und Arzneimittel der Kinderklinik, der Frauenberatung und der gynäkologischen Krankenhausabteilung. Die Telefonzentrale und das Wassereinlaufwerk wurden gesprengt. Sie zerstörten die Hälfte der Wohnhäuser und der Elektrizitätsversorgung.

Aber das Wichtigste waren die Menschen. In den zwei Tagen starben 650 Zivilisten, 1.500 wurden verwundet. 100.000 – Zwei Drittel der Stadt! – wurden zu Flüchtlingen. Zurück blieben nur die Alten, die nicht fort konnten, und die, die zu den Waffen griffen, um ihre inzwischen zerstörten Häuser zu verteidigen. In den Bahnhöfen von Tiraspol und Odessa lebten noch lange Tausende Menschen, die nicht wussten, wohin.

Über die Dnjestrbrücke strömten Flüchtlinge, die die pfeifenden Geschosse gar nicht mehr beachteten. Schlecht gekleidete, hungrige und verletzte Greise, Frauen, Kinder. Das war ein wahrhaft erbärmliches Bild der „transnistrischen Separatisten".

Als „unsere" Jagdflugzeuge, die MIG's, auftauchten, die sowjetischen, rotsternigen, die UdSSR-MIG's – verstand niemand, weshalb sie da waren. Niemand verstand etwas, als sie die Brücke in einem Kreis überflogen. Nicht mal, als sich schwarze Punkte von einem der Flugzeuge lösten... Nicht mal...

Eine schreckliche Explosion erschütterte die Brückenpfeiler, und eine Sekunde später, stürzten, wie mit einem Messer durch-schnitten, die Betonpfosten, die die Elektroleitungen der Oberleitungsomnibusse trugen. Die Detonationswelle drehte einen Lastwagen um sich selbst. Die entstandene Barrikade begrub die Gardisten. Die Toten stützten mit ihren Körpern die Pfeiler. Die Brücke blieb stehen.
Die zweite Bombe fiel weiter hinter dem Fluss in Parkany. Und anstelle von fünfzehn Häusern entstand augenblicklich ein riesiger Trichter, der sich mit Wasser füllte. Und die Menschen wurden zu toten Fischen in diesem toten See.

Schon nicht mehr auf die Detonationen achtend, setzte Mary sich auf einen Stein und beschäftigte sich mit ihrer Kamera. Ich ließ mich ins Gras fallen und dachte mit geschlossen Augen darüber nach, welches Bild ich malen würde, wenn ich ein Künstler wäre.
Ich würde gern auf den Platz gehen, vor die Panzerschnauzen und schreien: „Warum tut ihr das?" Versteht ihr denn nicht, dass ihr nie wieder wie vorher auf diesem kleinen Fleck Erde leben werdet. Ihr werdet nie wieder gemeinsam hier leben können. Man wird euch so lange hassen, bis diese Tragödie aus dem Gedächtnis der Menschen hinausgeweht sein wird. Aber sie wird noch lange nicht hinausgeweht sein. Generationen Bewohner Benderys werden euch als Feinde sehen. Weil Bendery nach nur drei Tagen das Schicksal von Liditz und Khatyn teilt. Wozu das alles? Für die einheitliche Sprache? Für das „Eine und Einheitliche"?

In dem Moment ertönte eine Maschinengewehrsalve, ganz nahe. Instinktiv kauerten wir uns ins Gras nieder. Nach einer Weile schwieg das Gewehr. Wahrscheinlich wurde es nachgeladen. Kaum versuchte ich herauszuschauen, da begann das Schießen aufs Neue. Aber ich schaffte es, das merkwürdige Bild zu erhaschen: irgendein Freiwilliger „erschoss" das Puschkin-Denkmal.

Die Operation des Deblockierens von Bendery wurde um zwei Uhr früh am 21. Juni beendet. Die moldawische Armee kontrollierte nur zwei Wohnviertel und den Vorort Varniza. Morgens erblickten die

Bewohner ein grauenvolles Bild. Zerstörte Häuser mit schwarzen Durchbrüchen anstelle von Fenstern. Zerstörte und ausgeraubte Geschäfte. Von Geschossen gebrochene Säulen. Die Preobrazhener Kirche, durchlöchert durch Einschüsse. Straßen und Plätze voller toter Stadtbewohner. Zwischen den Leichen tanzte eine, ganz offensichtlich verrückt gewordene, Frau. Sie sang „Drei Panzerführer, drei lustige Freunde..." Wie ihre Nachbarn, die sie wegführten, erzählten, hatten Freiwillige und OPON-Mitglieder in der Nacht auf den 21. Juni zwei Übernachtungsgruppen aus den Kindergärten Nr. 16 und 22 ergriffen. In einer dieser Gruppen war ihr kleiner Sohn. Fast gleichzeitig trieb man die Menschen aus dem Haus 42 der Druzhbastraße hinaus und befahl ihnen zu singen und zu tanzen. Da hat sie nicht mehr aufgehört.

Also. Ich saß da und überlegte, welches Bild ich als Künstler malen würde. Ich würde ein großes Leinenbild malen, mit vielen Details. Weil es ein Ganzes nicht mehr gab, es gab nur noch Bruchstücke.
Ich hätte den Bendery-Hausmeister Onkel Lewa gemalt. Jeden Morgen nimmt er seinen Besen und kehrt die Straße. Überall sind zerschossene Granatenwerfer und Schützenpanzer, Metallhaufen, die Kugeln pfeifen... Aber er kehrt. Er kennt seine Arbeit. Er macht „sauber für die Menschen". Mit seiner ungestümen Aussprache, hin und her zwischen russisch und jiddisch wechselnd, würde Onkel Lewa erzählen, dass seine Kinder längst aus dem Land weggezogen seien, er sei aber mit seiner kranken Frau Klara geblieben sei. Klara könne seit einem halben Jahr nicht mehr aufstehen. Onkel Lewa würde uns zum Hausaufgang führen und würde unter der Treppe eine Axt hervor kramen.
„Jeder Mann muss doch seine Frau beschützen", würde Onkel Lewa sagen. „Deswegen habe ich eine Axt hier. Sie sollen ruhig kommen."
Ich würde das Büro des Vorsitzenden des Stadtkomitees Wjatscheslaw Kogut malen. Sein Büro hat keine Fenster mehr, nur groteske Öffnungen, die mit Matratzen zur Sicherheit zugestopft wurden. An den Wänden sind die Spuren der Geschosse und der Granatsplitter. Hier auf dem Boden schlafen die Gardisten schichtweise. Aber es ist schon sauber und gekehrt. Und Wjatscheslaw führt das Tagesgeschäft fort.

Ich würde die Schule Nr. 8 von Bendery malen, die auf den Abschlussball am Abend wartet. Die Abschlussschüler halten eine feierliche Versammlung und der Schulrektor spricht einige Abschiedsworte. Er erzählt ihnen, wie es mit ihrem Leben weiter gehen wird. Er konnte nicht wissen, dass es mit dem Leben gar nicht weiter gehen wird. Noch bevor die Zeugnisse ausgegeben werden konnten, flog das erste Geschoss in die Schule.

Das ganze Bild veränderte sich plötzlich. Auf den Tischen – Teile von Körpern und weißen Kleidern. Auf dem Boden liegen die Abschlusszeugnisse, später wird auf jedem von ihnen auf Rumänisch gekritzelt stehen: „ungültig".

Ich würde die Geburtsstation des Krankenhauses malen, auf dem Dach dessen sich die moldawische Polizei verschanzt hat. Unten gebären die Frauen. Unten stoßen die Neugeborenen ihren ersten qualvollen Schrei in die Welt aus. Die Welt hört nicht. Die Welt schießt, sie versteckt sich hinter den Neugeborenen.

Ich würde die Aufgänge zu den kleinen Restaurants malen. Hier spielte ein kleines Orchester, als die Panzer vom Bahnhof her heranrollten und auf alles auf ihrem Weg schossen. Das Orchester gibt es nicht mehr. Ich kann es nicht malen. Ich kann die toten Musikanten malen und eine Geige mit dem abgerissenen Griff, die durch ein Fenster fliegt.

Aber ich bin kein Künstler. Vielleicht hätte das ein Vereschagin bewältigt, der den Zugang zum „Höhepunkt des Krieges" fand. Oder ein Picasso, dem es wie keinem anderen gelang, Geigen und Frauen zerteilt darzustellen. Sie klebten nicht mehr zusammen. Sie lebten weiter so – in Teilen. Die Welt, entgegen der Voraussagen, zerspringt. Bruchstücke der Länder, die gedankenlos geteilt wurden, kalt und unversöhnlich, wie die Eisberge, die ab und an aneinander prallen, treiben auf dem Weltozean. Die Harmonie war zu Ende. Polyphonie, die nicht einmal erklang, fiel in Kakophonie aus. Die Trommel spielt solo, der Geige wurde der Griff abgerissen, weil es sich herausstellte, dass sie innen hohl ist. Wie eine Puppe mit der ausgeweideten Watte. Wie Menschen, die durch ein Geschoss getötet und deren Körper umgestülpt wurden.

Sicher hätte sich Picasso, wenn er die Menge sinnlos getöteter Menschen gesehen hätte, über seine eigene Weissagung erschrocken. Die Leichenhallen von Tiraspol, Bendery und Parkany waren außerstande, sie alle aufzunehmen. Deshalb legte man sie einfach in den Höfen ab. Die Angehörigen suchten noch lange nach ihren Verwandten und warteten auf ein Wunder, hofften immer noch...

In der Stadt, in der naive Aprikosen und Kirschen wachsen, in der sogar Hochhäuser mit Weinranken umschlungen sind, in der Stadt, in der direkt über den Köpfen Pfirsiche und Birnen hängen und in der man immer einen kleinen Obstertrag einsammeln kann, in dieser Stadt fährt ein Mensch in einem Traktor mit einem Anhänger, ein Mensch mit einem unangenehm schweren Blick. Er nennt keinem seinen Namen und man nennt ihn einfach Nikifor. Und sein Traktor – Charon's Fähre. Nikifor überquert unentwegt und ohne Widerstand – hin und her – die durch die Straßen der Stadt verlaufende Frontlinie, man kennt ihn auf beiden Seiten. Man schießt nicht.

Er sieht nicht die Kirschen und Birnen, er sammelt nicht die Pfirsiche und die Weintrauben in seinen Anhänger. Er sammelt die Leichen.

Als wir im Gras in der Nähe der Stadtverwaltung lagen, dort, wo die Gardisten die Wäsche auf dem Lauf der erbeuteten „Rapira" trockneten, brachte Nikifor alle zehn bis fünfzehn Minuten die Toten. Einen alten Mann, der mit den toten Händen eine Glasflasche umklammerte, wahrscheinlich hat er gerade Milch geholt. Vielleicht für seinen Enkel. Man brachte ihn genauso, mit der Glasflasche in den Händen. Nur die Milch war verschüttet. Dann einen etwa dreizehn Jahre alten Jungen mit weit aufgerissenen überraschten Augen und einem akkuraten Einschussloch auf seiner Stirn. Gleich hinterher – noch einen alten Mann, einen einbeinigen. Er lag auf der mit Erde beschmutzten Ladefläche, bereits von der unbarmherzigen Sonne von Verwesung berührt. Daneben – seine nagelneuen Gehstützen.
Es waren schon die Opfer der Scharfschützen, die sich auf den Dächern und Dachböden, oder auch einfach in den Wohnungen auf die Lauer legten. Die mit einer besonderen Akkuratesse

ausgerechnet die hilflose Zivilbevölkerung abschossen. Die Gardisten fahndeten in der ganzen Stadt nach Scharfschützen. Sie schnappten eine Frau mit Gewehr, auf dessen Kolben dreiunddreißig Einkerbungen waren. Dann entdeckten sie eine ganze Familie, Mann und Frau. Wie es sich herausstellte, waren sie Ärzte des örtlichen Krankenhauses und Mitglieder der Volksfront. Sie schossen einfach aus dem Fenster ihrer eigenen Wohnung. Aus diesem Fenster warf man sie auch hinaus.

Die von Nikifor aufgesammelten Leichen konnte man noch zum Friedhof fahren. Nach zwei Tagen des Durcheinanders, als die Toten überall auf den Straßen lagen, gab Vyacheslav Kogut den Befehl, die Menschen am Ort ihres Todes zu begraben. Es herrschte eine irrsinnige Hitze, die Leichen verwesten und die Gefahr von Epidemien wurde allgegenwärtig. So beerdigte man die Menschen in den Straßen, Parkanlagen und zwischen den Häusern. Bendery wurden so zu einem einzigen Friedhof.

Das Tiraspoler Stadtkrankenhaus war überfüllt. Die Betten standen entlang der Wände, in den Zwischengängen, auf den Fluren – darauf stöhnten und krümmten sich Menschen. Nur schwer kamen wir zu einem von ihnen durch. Mit einer offensichtlichen schmerzvollen Anstrengung öffnete er die Augen und meldete diszipliniert: „Sjerdjukov. Milizbeamter." Er war völlig entkräftet, deshalb zogen wir selbst sein weißes Krankenhaushemd hoch und sahen auf seiner Brust eingeritzte Stern und Kreuz, dazwischen einen großen Buchstaben „V". Victory. Sieg.

Die Zimmernachbarn im Krankenhaus erzählten uns, dass Sjerdjukov nach Varniza fuhr, um seine Frau und die Kinder aus der Schusslinie zu holen. Dort geriet er in die Hände der Polizisten. Er wurde lange verprügelt, danach wurden ihm ebenso lange und genussvoll die Zeichen in die Brust eingeritzt. Dann wurde er gefesselt und auf die Ladefläche eines Autos geworfen, dass Richtung Neue Aneny fuhr. In der Dunkelheit gelang es ihm über die Pritschenwand hinauszurollen. Er biss das Seil an den Handgelenken durch und kroch in den Gyrbowetzer Wald. Dort fanden ihn die Gardisten.

Daneben liegt noch jemand, mit verbundenem Kopf. Den Verband durften wir nicht abnehmen – das wollten wir auch nicht. Der Arzt sagte uns schon, dass man ihm einen Stern auf die Stirn geritzt hat. Wir fragten ihn: „Wie geht es dir?" „Gar nicht, sieht ihr doch", antwortete er in ukrainischem Dialekt. „Du bist Ukrainer?" - „Transnistrier und Ukrainer." „Weshalb bist du nicht in die Ukraine gefahren?" - „Weshalb?" Er schwieg lange. „Mutter Ukraine hat uns verraten." „Mutter Russland ebenfalls", wollte ich antworten, ließ es dann aber lieber.

Ein junger Kerl mit verletztem Handgelenk fütterte mit seiner gesunden Hand seinen Nachbarn. Wie es sich herausstellte, war er ein Angehöriger der Moldawischen Nationalarmee. Als die Gardisten ihre Verwundeten einsammelten, nahmen sie auch ihn in das Tiraspoler Krankenhaus mit.

„Wir bekommen Besuch von unseren Verwandten, die uns Essen bringen", erklärte der junge Mann. „Und der hier ist ganz alleine. Wir füttern ihn eben mit."

„Er ist doch ein Feind."

„Was für ein Feind? Die Armee hat ihn eingezogen. Er ging hin und wurde gleich im ersten Kampf verwundet."

Der moldawische Soldat erwies sich als ein Bauer aus Floresht. Er kam abends von der Feldarbeit nach Hause und fand den Armeebescheid zu Hause vor. Er ging zum Militärkommissariat und wurde gleich eingezogen und umgezogen. Schon am nächsten Tag wurde er in den Kampf um Bendery geworfen. Übrigens, hat man bei vielen gefangenen moldawischen Soldaten Armeebescheide gefunden. Fast alle wurden am 17. und 18. Juni eingezogen. Und alle wurden sie ohne Vorbereitung in den Kampf geschickt. Kanonenfleisch.

„Wirst du hier benachteiligt?" fragte ich den Bauern. Er schüttelte nur den Kopf und fing unerwartet an zu weinen.

„Ließ weiter", sagte Mary. Widerwillig holte ich das Heft hervor.

„...Ganze Welten verlassen unseren Planeten. Nur Scherben bleiben zurück. Wir sind die Scherben. Die Pyramide der Welt wurde auf den Kopf gestellt. Der Baum wächst von der Wurzel her, vom Stamm und wird oben zur Krone hin breiter. Ein Staat – genau umgekehrt. Die von den alten Ägyptern erbauten

Pyramiden ruhen auf menschlichen Gebeinen. Der Mensch ist ein Nichts, Asche, Düngemittel. Zu Gott strebt ein Stein. Und die, in denen ein Funke Gottes ist, sind vom Himmel durch einen ganzen Haufen Steine getrennt. Auf der amerikanischen Ein-Dollar-Note ist eine ähnliche Pyramide abgebildet, mit einem merkwürdigen Auge an der Spitze. Es könnte Gottes Auge oder das Auge der Demokratie sein. Man kommt ganz durcheinander mit diesen Symbolen. Mal einäugige Pyramiden, mal zweiköpfige Adler. Nirgendwo sieht man einen Menschen als Symbol. Nach wie vor stehen an erster Stelle die Interessen der Nationen, Staaten, Ideologien, Wirtschaften und der Politik. Niemand kommt darauf, dass die Welt ein Mensch ist. Deshalb irrt er in der Welt herum, beinahe als Gespenst, in jedem Fall als Flüchtling – eine Scherbe der Nation, des Staates, der Sprache...

Mary schwieg und sinnierte über etwas nach.

Im Radio fing man den Befehl des Ministers für nationale Sicherheit Anatol Plugaru auf: „Auch wenn es nicht gelingt, die Stadt unter eure Kontrolle zu bringen, überlasst den Separatisten nichts." Es wurde tatsächlich nichts überlassen. Die zuvor geplünderten Fabriken wurden gesprengt. Man brannte das Lager des Seidenverarbeitungsbetriebes, der Baumwollfabrik, der Fabrik „Pressholzteile", den Kindergarten Nr. 5 nieder. Mit Granatenwerfern wurde die Schule Nr. 15 zusammengeschossen. Man eröffnete unvermittelt Feuer auf das Dorf Parkan von der Kizkaner Militärbasis aus – sechs Tote, mehrere Verletzte. In Bendery wimmelte es nur so vor Scharfschützen. Sie töteten die Menschen in ihren Gärten, in den von den Kampfgebieten weit entfernten Straßen. Die Scharfschützen verhinderten das Feuerlöschen und das Wegbringen der Toten.

Drei Arbeiter des Betriebes „Moldau-Kabel" wurden von dem OPON-Angehörigen Vasilij Schefal höchstpersönlich auf dem Weg ins Krankenhaus erschossen. Mehrere Dutzend Menschen wurden aus dem Dorf Giska in eine unbekannte Richtung gefahren. Sie kamen nicht zurück. Auf dem kontrollierten Territorium um die Straßen Komsomolskaja, Kavriago und der Straße des Sieges setzte man die Bewohner auf die Straße.

Ausschließlich die „russischsprachigen" Bewohner. Man stürmte die Wohnung des Rentners Abramov, der um keinen Preis die Tür öffnen wollte, und erschoss nicht nur ihn, sondern auch seine Katze. Offensichtlich erwies sie sich ebenfalls als „russischsprachig". Im Stadtteil Borisovka hielt man drei Kinder fest und befragte sie, für wen sie seien, für Moldawien oder für Transnistrien? Die zwei Älteren kapierten, mit wem sie es zu tun hatten, aber der Kleinste, der Zehnjährige sagte, er sei für die Gardisten, weil sein Vater ein Gardist sei. Man erschoss sie aus nächster Nähe.

In der Seitengasse Lermontov wurden zwei Kinder vor den Augen einer Mutter von einem Granateneinschlag zerfetzt. Männer der OPON nahmen einen fünfzehnjährigen Jungen gefangen, der einen Gardisten mit seinem Motoroller fuhr. Der Gardist wurde sofort erschossen. Den Jungen schlug man zusammen, riss ihm die Lippe aus und „kreuzigte" ihn am Straßenpfosten. Viele wurden an Pfosten und Bäumen auf diese Weise „gekreuzigt". Nicht mit Nägeln, wie im Neuen Testament, sondern mit Kordel und Metalldraht. Bendery erinnerte zuweilen an das von Römern eroberte Jerusalem. Wieder fielen mir die Worte von Antonesku ein: „Es interessiert mich nicht, wenn wir als Barbaren in die Geschichte eingehen. Das römische Imperium beging in den Augen der modernen Zivilisation eine ganze Reihe barbarischer Akte, trotzdem war es das großartigste und mächtigste Staatsgebilde." Die Nachfolger Roms riefen die römischen Traditionen ins Leben zurück.

„Lieber Martin, ich sah, wie eine ganze Welt vernichtet wurde. Das war die Apokalypse. Diese Geigen, diese wehmutsvolle Musik, diese einmalige russische Sprache, aus der, mal hier mal da – wie die Kirschen hinter dem Zaun – moldawische, ukrainische, hebräische, bulgarische und deutsche Worte hervorlugten, kommen nicht mehr zurück. Diese Mädchen in weißen Schürzen... Diese Jungs mit den Augen wie ein Nachthimmel... kommen nicht mehr zurück. Diese ewig weisen alten Männer in weißen Sakkos und weißen Kappen am Kai... Diese Orte, an denen man, gleich in welcher Sprache man spricht, verstanden wird... Sie kommen nicht mehr zurück.

Weißt du Martin, einmal brachte ich einen Freund aus dem Ausland zu meiner Mutter mit. Ich wusste nicht, was sie machen würde. Sie hatte noch nie in ihrem

Leben einen Ausländer gesehen. Schon nach einer Minute erzählte er ihr aufgeregt in seiner Sprache, und sie streichelte seinen Kopf, fütterte ihn mit Borschtsch und verstand alles. Weil ein Mensch, der nichts in der Seele hat, auf die Sprache angewiesen ist. Doch wenn die Seele voller Liebe und Mitgefühl ist, braucht der Mensch keine Sprache. Überhaupt nicht, Martin.

Aber diese Welt, diese kleine von der Sonne erwärmte Welt, in der die Menschen so schön wie reife Tomaten in den Beeten lebten, gibt es nicht mehr. Sie wird es nicht mehr geben."

Wir retteten uns vor dem nächsten Beschuss wieder in die Preobrazhener Kirche, die sich gemütlich im Rücken der Stadtverwaltung eingerichtet hatte. Diese zwei Gebäude halfen sich gegenseitig. Die Stadtverwaltung schützte die hinter ihm stehende Kirche, und die Kirche schützte die aus der Stadtverwaltung flüchtenden Menschen. Aus dem Augenwinkel sah ich, wie der mit uns geflüchtete Muslim Eduard sich bekreuzigte.
Die Kirchendiener versuchten, die Löcher in den Wänden zu verspachteln. Vor der Ikone der Mutter Gottes beteten zwei Menschen – eine ältere Frau und ein junger Gardist. Nicht weit davon am Altar werkelte Vater Leonid an etwas herum. Als er mich erkannte, näherte er sich.
„Nicht schlimm, Jefim. Wir beten. Unsere Aufgabe ist es zu beten. Wir beten für die Errettung der Seelen von Diesen und von den Anderen."
Aber ich konnte für die Anderen nicht mehr beten.
Schuldig.

XIII General und seine Armee

Aleksander Lebed

Die schwangere Erde, ungeachtet alles anderen, drückte aus sich saftige, schon zum Zeitpunkt ihrer Geburt durch Geschosse und Splitter verletzte Früchte. Sie hüllte mit dem dicken Duft der Schwarzerde ein, durchmischt mit Blut. Sie klirrte mit den Maiskolben und schaute aufdringlich aus den Aprikosenpupillen. Die Erde selbst versuchte die Menschen zum Frieden zurück zu holen. Aber sie waren den Krieg längst gewohnt.
Sie waren es gewohnt. Die und die Anderen. Sie legten sich zu den Kanonen, so als ob sie zur Nachtschicht auf die Arbeit gingen und sich an die Maschinen stellten. Hinter den Hebeln des Panzers wie hinter den Hebeln des Traktors. Pflügen. Nicht mehr denkend, WAS auf diesem Feld wachsen wird. An die Toten gewöhnte man sich, auch an die Verletzten. Der Krieg wurde zur alltäglichen Arbeit. Der Mord – zu einem gestanzten Teil der Kriegsmaschine.
Ein Gardistenjunge, der auf der Gitarre das Lied „Adjutant Golizyn", ein beliebtes Lied aus dem russischen Bürgerkrieg spielte, bewegte nur den Kopf, als sein Kamerad neben ihm getroffen wurde. Nein, nicht gleichgültig, aber irgendwie ziemlich alltäglich. Und summte das Lied weiter.
Eine Frau in Dubossary, hörte auf die Geräusche der abendlichen Geschosssalven und lächelte draufgängerisch:
„Heute geht das noch. Gestern stellten sie aber was an!" und ging, um die Kinder in den Keller hinein zu treiben.
Dieses Wort „etwas anstellen", mit dem wir gewohnt sind, Kinderscherze zu bewerten, bedeutete einige zerstörte Häuser und zwei Dutzend getötete Einwohner.
Man hat sich daran gewöhnt. Daran gewöhnt, sterbend zu leben. Tötend zu leben. Allmählich begann man zu vergessen, dass man anders leben kann.
Man gewöhnte sich so sehr daran, dass Bendery zu wenig wurde.

In der Nacht vom zweiten auf den dritten Juli rückten neue Kolonnen aus Richtungen Kauschany und Kischenev aus, und auf den

Berg hinter Kizkany, der den düsteren Namen „Das Grab von Suvorov" trägt, krochen die Raketeneinrichtungen „Grad" und „Uragan" hinauf und richteten ihre Läufe auf Tiraspol aus. Auf den Stadtrand fielen die ersten Raketen „Alazan". Der transnistrischen Hauptstadt wurde das Schicksal von Bendery vorbereitet.

In diesem Moment öffnete sich die Tür und zum Tisch schritt ein Mann in einer gefleckten Leopardenkleidung. Mit schrecklichem Blick, als ob in jedem seiner Augen ein Scharfschütze säße, schaute er sich im Zimmer um und setzte sich.
„Ich bin General Aleksander Lebed", eröffnete er mit einer grabestiefen, Bassstimme. „Ich bin gekommen, um euch zu sagen, dass ich das Töten nicht mehr zulassen werde. Ich weiß, wie das geht. Und ich werde es tun."
In der Nacht vom zweiten auf den dritten Juli wachten alle von einem monströsen Donnern der Waffen auf. Genau dreißig Minuten flogen die Raketen, begleitet von einem lauten Echo, über den Häusern Tiraspols und lösten sich in der Dunkelheit auf. Nach diesen dreißig Minuten existierten weder die Militärplattform auf dem „Grab von Suvorov", noch die Artillerie bei Varniza, noch die gepanzerten Kolonnen aus der Kischenever Richtung weiter.

Gegen drei Uhr nachts begann ich, die Zentrale der 14. Armee anzurufen, ohne jede Hoffnung natürlich, dass jemand sich meldet. Jedoch hob Oberst Baranov ab.
„Nein, ich habe nichts gehört", antwortete Baranov auf meine Frage, wer von wo schießt, mit einer schlitzohrigen Stimme. „Und was machen Sie um drei Uhr in der Zentrale?"
„Ich trinke Tee", kicherte Baranov und legte auf.
Seine Stimme verriet genau, dass er alles wusste.
Ehrlich gesagt, musste etwas Ähnliches längst geschehen.
Dieser Krieg war in eine blutige Sackgasse geraten, aus dem es, wie es schien, keinen Ausweg gab. Zahlreiche Kommissionen und Beobachter, die Vertreter der UNO und der OSZE, Generäle und Minister kamen und fuhren ohne Ergebnis weg. Und der Krieg setzte sich fort.

Deshalb, als die Information durchkam, dass am 23. Juni irgendein Oberst Gusjev zu einer Inspektion der 14. Armee angekommen war, beachtete das niemand. Na und, noch ein Oberst. Wie viele waren schon hier. Aber dieser Oberst erwies sich als besonders stur. Gleich am nächsten Tag, ohne jede Vorwarnung, tauchte er in Bendery auf, wo er mit einigen wenigen Bewachern, die aus den von ihm selbst mitgebrachten Männern entweder aus den Landungstruppen, oder den Spezialeinheiten bestanden, alle Positionen untersuchte. Danach fuhr er, ohne Tiraspol zu besuchen, nach Dubossary. Er sah hin und hörte zu, war schweigsam, schaute nur alle mit seinen schrecklichen Augen an.

Wenn ich richtig verstehe, brauchte Oberst Gusjev noch einige Tage, um die Daten der Militäraufklärung zu analysieren, die moldawische Presse zu studieren, das Programm der Nationalen Front, die Moldawien regierte, und die allgemeine Situation auf beiden Seiten Dnjestrs zu untersuchen. Und bereits am 28. Juli warf er die Konspiration und das nichtssagende Pseudonym über Bord und verwandelte sich in das neue Befehlsoberhaupt der 14. Armee General-Major Aleksander Lebed.

Er versammelte im Tiraspoler Rathaus die Journalisten und verkündete, dass er vor seiner offiziellen Stellungnahme drei Vorbemerkungen machen müsse:

„Erstens. Ich halte offiziell fest, dass ich mich bei gesundem Verstand und bei gutem Gedächtnis befinde. Ich bin praktisch gesund und verantwortlich für jedes meiner Worte. Zweitens. Ich möchte sogleich die möglichen Beschuldigungen wegfegen, dass ich, ein General, mich als Militärangehöriger in die Politik einmischte. Ich lehne entschieden solche Beschuldigungen ab und gebe an, dass ich meine Aussage als russischer Offizier, der ein Gewissen hat, machen werde. Drittens. Eine Presse-Konferenz im gewöhnlichen Sinne wird es heute nicht geben. Ich werde sprechen, Sie werden zuhören, wenn Sie Interesse haben. Ich werde keine Fragen beantworten."

Und er nahm Stellung.

„Ich wende mich zuallererst an Sie, erster Präsident des freien Russlands, Boris Nikolajewitsch Jelzin. Ich wende mich ebenfalls an die Präsidenten der souveränen Republiken, an die Völker, Regierungen und Parlamente, an alle, die ein Interesse daran haben, mich anzuhören.

Genosse Oberbefehlshaber! Ich, der Leiter der 14. Gesamtwaffen-Armee General-Major Lebed berichte Ihnen:

Auf Grundlage persönlicher Untersuchung stellte ich fest, dass an der Grenze der Transnistrischen Moldawischen Republik und der Republik Moldawien kein zwischennationaler Konflikt existiert. 39% der transnistrischen Bevölkerung sind Moldawier, 26% Unkrainer und 24% Russen. Diese Menschen lebten untereinander seit jeher in Frieden. Sie sind hier geboren, groß geworden, hier sind die Gräber ihrer Vorfahren. Hier findet, wie ich es sehe, ein Genozid statt, der gegen das eigene Volk gerichtet ist. Das kann ich mit einigen Fakten belegen – ich wiederhole, mit einigen.

Alleine die transnistrische Seite, nach dem heutigen Stand, verlor eine Anzahl an 650 getöteten Menschen, an Verletzten – bis zu vier Tausend. Die erdrückende Mehrheit an Getöteten und Verletzten – bis zu zwei Dritteln – stellen Frauen, Alte, Kinder. Das sind keine Militärangehörigen und keine Reservisten. Das sind Menschen, die keiner militärischen Formation angehören. Wenn in Bendery die Wiederherstellung einer Verfassungsordnung läuft, dann muss die ganze Weltgemeinschaft den Begriff „Okkupation" überdenken.

…Ich melde offiziell, dass hier, auf dem Territorium Transnistriens kein postkommunistisches, prokommunistisches, neokommunistisches und kein anderes Regime existiert. Hier leben einfach nur Menschen, die systematisch, hinterhältig und bestialisch vernichtet werden. Dabei vernichtet man sie auf eine Weise, die die SS-Angehörigen vor fünfzig Jahren als Grünschnäbel erscheinen lässt.
Der Militärrat der Armee verfügt über ein umfangreiches Kino-, Foto- und Videomaterial, dass er bereitwillig jeder Kommission zur Verfügung stellt, die von der Weltgemeinschaft anberaumt wird.

…Einige Schlussfolgerungen: Auf diese segensreiche Erde fiel ein Schatten des Faschismus. Ich finde, dass das ehemalige riesige Land dies wissen muss. Es muss sich daran erinnern, was es vor 47 Jahren gekostet hat, dem Faschismus das Rückgrat zu brechen. Es muss sein historisches Gedächtnis bewegen. Es muss sich daran erinnern, wie die Zugeständnisse gegenüber dem Faschismus enden. Und es muss alle Maßnahmen ergreifen, damit die Faschisten die

gebührenden Plätze am Pfahl einnehmen. Wünschenswerterweise an der Militärplattform von Kotschijery, dessen Erde bis heute mit Splittern voll übersäht ist und wo jeder Meter mit dem Blut der Befreiungsarmee in den Jahren 1941-1945 begossen wurde.

Zweitens.

Das, was ich sah und beobachtete, gibt mir das moralische Recht zu behaupten (wie paradox oder vielleicht sogar lächerlich es klingen mag, möchte ich nicht beurteilen), dass ich den legitim, ich unterstreiche – legitim – gewählten Präsidenten Mirtscha Snjegur nicht länger als einen Präsidenten ansehen kann. Ja, er wurde legitim gewählt – auf der Welle einer Euphorie, dem Wachstum des nationalen Selbstbewusstseins, der Selbstachtung. Jedoch statt einer Staatslenkung organisierte er einen faschistischen Staat, und seine ganze Clique ist faschistisch. Der Verteidigungsminister, Brigadegeneral, genauer nicht General, sondern der Menschenfresser von DOSAAF Kostasch, mobilisiert abends Menschen und wirft sie morgens in den Kampf, als Fleisch. Seine Clique ist faschistisch. In Bezug auf die Faschisten habe ich eine eindimensionale, klare und ziemlich feste Einstellung. Ich möchte die Aufmerksamkeit des Volkes des uralten Moldawien auf diesen Umstand lenken. Es sollte nachdenken, von wem es regiert wird und wohin man es führt.

Drittens.

Wahrscheinlich müssen wir, alle Erdbewohner zusammengenommen (ich leide nicht an Größenwahn, auch diese Tatsache können Sie festhalten), unsere Anstrengungen bündeln, um eine feste Position einzunehmen. Es ist an der Zeit, eine feste Position einzunehmen. Es ist an der Zeit, nicht mehr in einem Sumpf aus schwerverständlicher Politik zu baumeln. Was den Staat angeht, den ich hier die Ehre habe zu vertreten, kann ich noch Folgendes anmerken: es reicht, nur durch die Welt zu ziehen und sie anzubetteln, wie ein Bock eine Karotte. Es reicht. Es ist an der Zeit, selbst anzupacken und unsere Staatlichkeit wahrnehmen. Wenn wir es anpacken, werden die Anderen uns noch um Hilfe bitten.

Und das Letzte.
Ich beende meine Stellungnahme damit, womit ich sie begonnen habe. Ich sprach als russischer Offizier, der ein Gewissen hat. Zumindest weiß ich das genau. Ich sagte das alles, damit Ihr alle nachdenkt. Ich unterstreiche – ich sprach, und Ihr Genossen-Herren Politiker und Du, wertes Volk – denkt."

Aus all dem von dem General oben Aufgeführtem, suchten die Moskauer Fernsehkanäle nur die Phrase über die „Böcke" und die „Karotte" aus. Das war's. Die russische „demokratische" Intelligenz war schockiert. Und die russischen Massenmedien warteten nicht den Aufruf von Lebed ab, sie besaßen bereits eine sehr feste Position.

In Moldawien jedoch hat man einfach nur Angst bekommen. Snjegur, der endlich die „Hoffnung" auf einen Platz am Pfahl und den Titel eines Faschisten bekam, geriet nicht zu knapp in Aufruhr und wollte sich schon in Moskau beschweren. Keine Weltöffentlichkeit war seiner Meinung nach imstande, den schrecklich aussehenden General, der eine unmenschlich tiefe Bassstimme besaß, aufzuhalten. Nur Moskau. Aber Jelzin, der mit Sicherheit bereits begriffen hatte, dass er einen echten Dschinn mit Generalsabzeichen aus der Flasche gelassen hatte, schwieg bisher. Die Ansprache des Generals, in der, ungeachtet der schwammigen Formulierungen, auch Jelzin selbst etwas abbekam, wurde zu einer unerwarteten Sensation. Sie wurde in allen Massenmedien der Welt diskutiert.
Aber Jelzin mischte sich bisher nicht ein.

Zur gleichen Zeit waren eine komplette politische Abteilung und eine ganze Brigade von Armeejournalisten unter der Leitung von Oberst Baranov damit beschäftigt, die Artikel im Namen des transnistrischen Volkes an die Kischenever Presse zu verschicken. In diesen Artikeln wurde Lebed in besonders menschenfressenden Farben gemalt, dass wahrscheinlich sogar die Toten es mit der Angst bekamen, nicht nur Snjegur. Snjegur jedoch versuchte sich Mut zu machen und hatte sogar mit irgendetwas auch Lebed gedroht, aber nichtsdestoweniger entließ er eilig von seinem Posten den „Menschenfresser von DOSAAF" Kostasch.

Der General erschuf sich selbst ein Image eines unnachgiebigen, entschlossenen und harten Kämpfers. Dazu noch eines in seinen Entscheidungen und Taten völlig unabhängigen. Genau das schien das Schrecklichste für die Moskauer Elite zu sein. „Heute räumt er in

Transnistrien und Moldawien auf", argumentierte sie, „morgen kommt er nach Moskau. Und was kommt dann? Ein neuer Diktator?"
Aleksander Iwanowitsch erschreckte möglicherweise, ohne es selbst zu wollen, nicht nur die moldawischen Führer, sondern auch die russischen.

Am Tag nach der aufsehenerregenden Stellungnahme saß ich in der Armeezentrale, in einem kleinen Zimmer, in das eine Tür aus seinem Büro führte, und wohin der Diensthabende Tee und Kaffee brachte. Lebed, entgegen der Behauptungen seiner Feinde, mochte Kaffee besonders.

So lange der General sich irgendeine Meldung des Leiters der Tiraspoler Garnison Oberst Michail Bergmann anhörte, schaute ich mich nach allen Seiten um. Es fiel mir sofort auf, dass auf dem Schreibtisch eine Büste von Vladimir Wyssozkij (der für seine Unangepasstheit bekannte und noch heute beliebte Musiker und Schauspieler aus den 1970-80er Jahren) steht. Das ganzes Büro war ausschließlich amtlich ausgestattet, wie es sich für das Büro eines Armeeoberbefehlshabers gehört, aber das kleine Ruhezimmer dahinter trug den recht eindeutigen Stempel des Charakters und der Leidenschaften seines Besitzers. Endgültig beeindruckte mich das auf dem Couchtisch aufgeschlagene Büchlein Platons, das ganz und gar nicht zu der äußeren Erscheinung des Generals und dem von ihm erschaffenen Image passte.

Als Bergmann ging, deutete Lebed mit dem Kopf Richtung Tür und sagte unerwartet Folgendes:

„Zum ersten Mal sehe ich einen so durchgeknallten Juden. Kannst du dir das vorstellen, er packt zwei Kosaken am Nacken, hebt sie an, knallt sie mit den Stirnen zusammen und legt sie in einer Reihe ab. Dann die nächsten. Völlig durchgeknallt. Und keiner kann mit ihm etwas anstellen – ein bereits fliegendes Brecheisen kann man nicht aufhalten."

„Und warum haben Sie auf dem Tisch eine Wyssozkij-Büste?", fragte ich. „Nicht vom Kutusov oder Suvorov, wie es sich für einen General üblich ist, sondern ausgerechnet von Wyssozkij?"

„Weil Wyssozkij unser Mann ist", antwortete, ohne zu überlegen, der General. „Ich empfinde es so."

Mich erstaunte seine Leidenschaft, in Aphorismen und anderen lustigen Volksweisheiten zu sprechen. Es schien, als habe er sich für alle Lebenssituation genug davon angelegt. Eine weitere seiner Besonderheiten entdeckte ich später, als ich an dem Interview arbeitete. Beinahe zum ersten Mal in meinem praktischen Journalistenleben, musste ich, der als Literaturkommentator und Kritiker überwiegend mit Schriftstellern arbeitete, nichts verbessern; ich musste die mündliche Sprache nicht in die schriftliche übertragen. Er sprach so, wie man schreibt: mit präzise justierten und wie bereits redigierten Sätzen.

„Es kam das Gerücht auf, dass Sie einen Regierungswechsel befürworten. Aber Russland befindet sich in einem kritischen Zustand, und wie man weiß, wechselt man die Pferde nicht auf der halben Rennstrecke."

„Wer dieses Gerücht in die Welt gesetzt hat", fiel Lebed mir ins Wort, „der soll es auch verantworten. Ich habe so etwas nicht gesagt. Und was die Pferde betrifft... Ja, die Pferde wechselt man nicht – aber die Esel muss man austauschen. Unbedingt. Weil Dummheit nicht das Fehlen von Verstand ist. Und was sollen wir Ihrer Meinung nach mit so einem Verstand machen?"

„Aber heute haben wir doch eine Demokratie. Die Führer werden gewählt."

„Natürlich, Hitler wurde auch gewählt. Auch Snjegur wurde gewählt. Aber er erwies sich als ein Faschist. Ein waschechter. Mit einem faschistischen Programm. Mit einer blutrünstigen Clique. Und was jetzt? Vier Jahre auf die neuen Wahlen warten? Er wird in dieser Zeit so viel Blut vergießen, dass niemand mehr an den Wahlen teilnehmen wird."

„Deshalb sagt man Ihnen nach, kein Demokrat zu sein."

„Ich kann auch kein Demokrat sein. Ich bin General. Und ein General-Demokrat ist genauso gut wie ein Jude Renntierzüchter."

„Haben Sie keine Angst vor Snjegurs Rache? Er hat vor, mit Ihnen nicht gerade liebevoll zu verfahren, glaube ich."

„Zuletzt lacht der, der zuerst geschossen hat."

Und Lebed schoss. Nicht als Erster natürlich. Auf die Plätze, an denen die 14. Arme stationiert war, wurde lange und mehrfach geschossen. Aber sein Schuss war der Erste, der die Schüsse der Gegenseite mit einem Gegenfeuer beantwortete. Die Schwerartillerie, die in wenigen Stunden in Ordnung gebracht wurde, schoss genau von der Tiraspoler Militärplattform. Über den Ansammlungen moldawischer Truppen hingen die Hubschrauberrichtkanoniere, die die Schüsse korrigierten. Die Kizkaner Plattform auf dem „Grab von Suvorov" wurde kurz und klein geschlagen. Fetzen flogen aus dem Koschnizer „Sack" und von den Formationen in Varniza, die noch immer die russischen Militärangehörigen, die in der Benderyfestung stationiert waren, mit einem Angriff bedrohten. Nach diesem nächtlichen Alptraum wurde der Raketen-Beschuss der transnistrischen Wohn-orte nie wieder aufgenommen. Dies war die erste und einzige Einmischung der 14. russischen Armee in den Krieg.

Der originelle Humor war offenbar eine Familieneigenschaft der Lebeds. In Transnistrien ging die Geschichte um, die mit dem Bruder von Aleksander Iwanowitsch – dem Oberst Aleksej Iwanowitsch – zu tun hatte, der das in Kischenev stationierte Spezialregiment der Landungstruppen kommandiert hatte. Er kommandierte es so lange, bis man das Regiment durch einen Befehl aus Moskau an Moldawien übergab. Also, man erzählte, dass entweder Kostasch oder Antotsch (ich erinnere mich nicht mehr genau) Aleksej Lebed zu sich rief und befahl, sich binnen von zwölf Stunden davon zu machen.
„Und wenn ich mich nicht davon mache?" fragte der Oberst.
„Dann werden wir Sie verhaften."
„Einverstanden", antwortete Aleksej Iwanowitsch. „Ich schlage vor, eine Wette darauf abzuschließen, wer wen zuerst verhaftet."
Kischenev ließ ihn in Ruhe.
Sich davon zu machen, befahl Moskau.

Zwar Aleksander Lebed ein außergewöhnlicher Mensch. Gut ausgebildet im Militärbereich, litt er offensichtlich an Wissenslücken im humanitären Bereich. Er wusste es und lernte wissbegierig, buchstäblich im Laufen. Dabei ertrug er es nicht, wenn man ihn belehrte und mit Bemerkungen traktierte. Ende August 1996, in Hasavürt, wo er die Verhandlungen zur Aushandlung eines Waffenstillstands mit Aslan Maschadov führte, versuchte einer der anwesenden internationalen Beobachter die ganze Zeit über ihn zu belehren und drang immer wieder in den Dialog ein.

„Warum wurdest du hierher geschickt?" platzte Lebed.
„Zum Beobachten."
„Dann setzt dich in die Ecke und beobachte. Aber still."

Doch wenn man ihm etwas taktvoll vorgab, eher unauffällig, nahm er es an. Im gleichen Jahr 1996, als Lebed den Sicher-heitsrat Russlands anführte, überfiel er verbal, mir nichts dir nichts, mitten in einer Pressekonferenz die Mormonen. Wozu brauchte er bloß diese Mormonen? Womöglich hat ihm das jemand „geflüstert". Da kam ich zu ihm auf den Alten Platz und legte ihm wortlos die kurzen Ausarbeitungen zu humanitären Problemen auf den Schreibtisch, in denen die Religionen viel Platz einnahmen. Schon bei der nächsten Pressekonferenz hörte ich, wie er mit ganzen auswendig gelernten Seiten „stolzierte".

Man sagt, einen König macht sein Gefolge. Aber dieser König machte sich selbst. Es sah so aus, dass er die Menschen nicht besonders gut einschätzen konnte. Und umgab sich hauptsächlich mit Militärangehörigen. Diese Art von Menschen kannte er am besten. Aber auch hier irrte er oft. Er wurde mehr als einmal verraten. Und dieses Gefolge vernichtete den König.

Zur Politik stießen Lebed die Politiker. Die verantwortungslosen und verängstigten Politiker, die ihn ohne einen schriftlichen Befehl nach Baku und Tiblissi schickten, um die zwischennationalen Brände zu löschen, und um am Ende alle möglichen negativen Folgen auf ihn zu schieben. Dieselben Politiker, die im August 1991 versuchten, ihn zu manipulieren, indem sie ihn mit seinen Panzern mal zum Schutz des Obersten Rates der Russischen Föderation schickten, mal um zu verlangen, denselben Obersten Rat zu stürmen. Er war geradezu gezwungen, Politiker zu werden, gezwungen, eigenständige Entscheidungen zu treffen und zu lernen, mit Menschenmassen zu kommunizieren. Als 1989 die Zeitung aus Tiblissi „Zarja Vostoka" *(„Die Morgendämmerung im Osten")*, eine herzzerreißende Geschichte darüber schrieb, wie ein Landungstruppen-Soldat zwei Kilometer hinter einer alten Frau gelaufen war und sie mit seiner Pionierschaufel umbrachte, ging Lebed seelenruhig zu der rasenden Menschenmenge.

„Ich habe drei Fragen an euch. Erstens: Werden wir schreien oder uns unterhalten? Wenn wir schreien werden, dann gelingt uns keine Unterhaltung. Zweite Frage. Was war das für eine alte Frau, die es schaffte, zwei Kilometer weit von einem Soldaten weg zu laufen? Und die dritte Frage: was war das für ein Soldat, der es zwei Kilometer lang nicht schaffte, eine alte Frau einzuholen?"
In der Menge erklang Gelächter. Damit war die Affäre beendet.

Aber in der Politik, besonders am Anfang, war er ein Utopist. Daher die Liebe zu Platon. Politik war für Lebed nur ein Mittel zum Zweck, ein Mittel um die Ideen, die den Ideen dieses Philosophen nahe kamen, zu verwirklichen. Aleksander Iwanowitsch glaubte aufrichtig, dass, wenn sich alle anstrengen, man ziemlich schnell einen richtigen und gerechten Staat schaffen könne. Deshalb, als die Kampfhandlungen beendet wurden, zerstritt er sich recht schnell mit den Leitern Transnistriens. Ich weiß nicht, ob man in kürzester Zeit eine platonische Utopie in einem für sich genommenen Transnistrien aufbauen konnte, aber der General glaubte, dass es ginge. Und dass es notwendig sei. Er glaubte, dass die Führer der Republik alles falsch machten. Sie machten tatsächlich vieles falsch. Aber offensichtlich konnten sie es nicht anders.

Als Lebed tatsächlich in die große Politik kam, den dritten Platz bei den Präsidentenwahlen belegte und Sekretär des Sicherheitsrates Russlands wurde, war er in der ersten Zeit von den Gepflogenheiten schlicht schockiert, die in den Machtetagen herrschten. Ich hatte ab und an die Gelegenheit, ihn in seinem Büro am Alten Platz zu besuchen. Ich sah, wie er sich wie in einem goldenen Käfig hin und her warf, jeder Information und einer Möglichkeit, etwas zu unternehmen, beraubt. Er war doch ein schlechter Beamter. Deshalb, als Jelzin ihm auftrug, den Frieden mit Tschetschenien zu erwirken, gelangte er endlich wieder in sein Element. Er war absolut überzeugt, dass man nicht länger kämpfen darf.

„Wir erlebten im zwanzigsten Jahrhundert zwei Weltkriege", trichterte er seinen Opponenten ein, „plus einen Bürgerkrieg, die Revolution, die Enteignung und die Repressionen. Wir haben eine riesige Menge an Menschen verloren. Wir sind kein Land, sondern ein einziges demographisches Loch. Wir dürfen einfach nicht mehr kämpfen. Wir haben nicht genügend genetische Ressourcen, um uns wiederherzustellen."
Damit hatte Lebed absolut Recht. Und als er nach Tschetschenien kam und die zerrissene, verkaufte und wieder verkaufte, mehrfach betrogene Armee sah, war er noch mehr überzeugt, dass er Recht hatte. Er schloss den Frieden, beging dabei aber einen monströsen Fehler: er vergaß hunderte russischer Soldaten, die sich in der Gefangenschaft, in der Sklaverei, befanden. Das hat man ihm natürlich nicht verziehen, außer Acht lassend, dass dieser Frieden ihm von Jelzins Umgebung diktiert wurde. Dafür nahm man ihn in die Politik auf, um ihn erneut „vorzuschieben".
Die Transnistrier verliebten sich zu Dutzenden in ihn, zu Hundert und zu Tausenden. Von Klein bis Groß, Frauen und Männer. Von ihm ging eine unheimliche Anziehungskraft aus. Aber was heißt schon Transnistrier! In ihn verliebten sich sogar die Tschetschenen. 1996, als ich die Gelegenheit hatte, einige Male mit dem General nach Tschetschenien zu fliegen, sah ich, wie sie ihn ansahen. Ich hörte, wie die Menge der Tschetschenen-akinzer auf dem Platz in Hasavürt gleich nach dem Friedensabkommen schrie: „Für Lebed – Allahu akbar!"

Und trotzdem führte den transnistrisch-moldawischen Krieg nicht er, der erst nach dem Überfall auf Bendery an den Dnjestrufern ankam. Nicht er stoppte den Krieg. Er setzte einfach einen effektvollen Punkt. Die ganze Schwere des Krieges lag auf den Schultern der transnistrischen Freiwilligen, der Gardisten und Kosaken. Sie lag auf den Schultern der ganzen Bevölkerung, die sich nicht der Gnade des Nationalismus ausliefern wollte. Sie stoppten diesen Krieg – mit ihrer verzweifelten Verteidigung, mit ihrer unnachgiebigen Opferbereitschaft. Den Transnistriern – im Gegensatz zu der moldawischen Armee – war absolut klar, wofür sie kämpften. Für die eigenen Häuser, die eigenen Kinder, für ihre eigene Welt. Sie benötigten keine Ideologie. Die moldawische Armee hingegen wurde vollständig durch Propaganda bearbeitet. Aber Propaganda lebt nicht lange. Die auf die Schnelle einberufenen und in den Kampf geworfenen Soldaten begriffen nicht recht, wozu sie das linke Ufer benötigten. Als die transnistrischen Formationen die Kampfkunst erlernten und die Initiative übernahmen, war die moldawische Armee durch Massenflucht gelähmt. Alle diese Faktoren beendeten mit der Zeit den Krieg. Nicht die Politiker. Und nicht Lebed.

Aber als im Sommer 1992 die Offiziere der 14. Armee erklärten, dass, falls ihnen auch weiter verboten werde, sich selbst zu verteidigen, sie in den Dienst der transnistrischen Formationen wechseln würden, begriff man in Moskau endlich, dass man die Armee für Russland retten müsse. Dabei, wie sich später herausstellen würde, nicht so sehr die Armee, sondern vielmehr die Militärausstattung und die schier unerschöpfliche Menge an Munition, die man nach dem Rückzug der Sowjetarmee aus Deutschland, Ungarn und Polen, hierher gebracht hatte. Netkachev war für diese Rolle unbrauchbar. Niemand glaubte ihm in Transnistrien. Deshalb entließ man Netkachev und schickte Lebed.

Mit seinen kühnen Aussagen und der ausgerufenen „bewaffneten Neutralität" gelang es Lebed, das Vertrauen zur russischen Armee und zur Russland zurück zu gewinnen. Er brachte die Armeeabteilungen in Kampfbereitschaft und bewies, dass er im Falle des Falles bereit ist, Gewalt anzuwenden. Als Ergebnis gelang es Lebed, die Armee für Russland zu erhalten. Später, als in Moskau doch noch das Friedensabkommen unterzeichnet wurde, brachte Lebed die bewaffneten Formationen professionell auseinander und stationierte zwischen ihnen die Teile der 14. Armee bis zur Ankunft der internationalen Friedenstruppen.

Aber das alles bedeutet nicht, dass der General blind die Befehle aus Moskau befolgte. Zu diesem Zeitpunkt fielen einfach die Interessen der russischen Regierungszentrale und die Bestrebungen von Lebed selbst zusammen. Später, 1995, als der damalige Verteidigungsminister Pavel Grachev verlangen wird, mit dem Ausführen der russischen Kampftruppen aus Transnistrien zu beginnen, wird Lebed den Befehl verweigern. Da enthebt man ihn seines Postens. Tausende transnistrischer Frauen werden ihn nicht fortlassen wollen. Sie werden mit ihren Körpern die Startbahn des Tiraspoler Militärflughafens bedecken, auf der das Flugzeug mit dem für Lebed angekommenen General Valerij Jevnevich landen sollte (denselben übrigens, der die Panzer befehligte, die im Herbst 1993 auf den russischen Obersten Rat schossen). Aber was konnten die Frauen tun? Man wird sie belügen und der General wird nach Moskau in die große Politik fliegen. Und dort wird man schon Lebed selbst belügen. Weil, ungeachtet seiner beachtlichen Erscheinung, er letztendlich kein Politiker war. Er war ein Romantiker, dieser General. Nicht umsonst vergaben ihm die Menschen alles und liebten ihn. Die Politiker wurden bei uns aber nie geliebt.

XIV An ihren Werken werdet ihr sie erkennen...

Odessa

Ich hatte vor Mary bis zur ukrainischen Grenze zu begleiten, aber schon unterwegs überlegte ich es mir anders, entschloss mich, bis nach Odessa zu fahren, das Meer zu sehen – und erst dann zurück zu fahren. Außerdem bot ich einem alten Ehepaar und ihren kleinen Enkelinnen meine Hilfe an, aus Odessa nach Moskau zu kommen.
Die ukrainische Grenze sträubte sich ernsthaft. Entlang der Straße versteckten sich in den auf die Schnelle ausgehobenen Gräben die Panzerwagen. Die Kanonenläufe zeigten Richtung Tiraspol. Mit anderen Worten, in Richtung der unaufhörlichen Kette von Flüchtlingen, die in dem, was sie gerade anhatten, in die Ukraine gingen. Die Grenze wurde hauptsächlich zu Fuß überquert, man hoffte später, irgendwo in Kutschurgan, einen Platz im Bus zu ergattern. Außerdem fuhren von Razdolnoje nach Odessa Regionalzüge. Aber dorthin musste man erst kommen, in einer riesigen Schlange an dem Grenzposten anstehen, der bisher auf keine Weise weder auf eine Zollabfertigung noch auf eine Passkontrolle eingerichtet war. Die Menschen „brieten" stundenlang in der Sonne.
Die Ukraine, genauer ihre Führung, erschrak zu diesem Zeitpunkt ganz offensichtlich vor Transnistrien und distanzierte sich betont von ihm. Als die Terroristen aus der Gruppe „Buzhor" sich vergaßen, die Industrieobjekte auf dem Gebiet der transnistrischen Moldawischen Republik und die Stützen der Elektrokommunikationslinien der Strecke Odessa – Kamenjez-Podolskij – Mogilev sprengten, wurden die Beschwerden an Igor Smirnov gerichtet. Als die Panzerwagen sich bei Dubossary verirrten und in den Bezirk von Odessa gerieten, folgte ein Protest an die Tiraspoler Adresse. Als die moldawischen MIG's sich über Parkany leer gebombt hatten und eine Luftschleife irgendwo in der Nähe von Blizhnij Chutor flogen, durchquerten sie, was völlig natürlich ist, den ukrainischen Luftraum. Eine Luftwaffe im Himmel über Transnistrien ist ein Nonsens. Du startest gerade erst – und bist schon im Ausland. Aber der Protest, wie man unschwer erraten kann, wurde wieder an die Transnistrier adressiert.

Wovor hatte die Ukraine Angst? Na, vor dem Gleichen, wovor Russland Angst hatte – vor einem Präzedenzfall. Gedankenlos, ohne die historischen Grenzen und die nationale Struktur der Territorien zu berücksichtigen, hatten Jelzin und Kravchuk das Land zerteilt, sie schafften so Dutzende von hochexplosiven Regionen. In vielen von ihnen begannen später die Kampfhandlungen. In der Ukraine gab es keinen Krieg, aber die Gefahr eines Konfliktes war gegenwärtig. Denn in ihrem Bestand befanden sich noch in der Stalin-Ära erworbene Teile Ungarns, Polens, der Slowakei und Rumäniens. In ihrem Bestand befanden sich der russischsprachige Südosten und die strittige Krim. Letztendlich war in ihrem Bestand das frühere Novorossija mit Odessa an der Spitze – Fleisch vom Fleisch Transnistriens.

Deshalb erschrak die Ukraine – und Odessa nicht. Odessa zählte die Verluste der Feriensaison nicht und brachte die transnistrischen Flüchtlinge in den Sanatorien und in den Erholungshäusern unter. Sie gab ihnen Pensionen, Clubgebäude und Schulen als Übernachtungsmöglichkeiten. Odessa gab ihnen zu essen, so gut es konnte, denn die meisten kamen hier ohne Existenzmittel an. Aber die Flüchtlinge kamen und kamen.

Der Bahnhof und alle angrenzenden Parks waren mit Menschen vollgestopft. Man saß und lag einfach auf dem Gras, nur gut, dass der Sommer heiß war. Man kam nicht mal in die Nähe der Kassen – es war schon ein Problem, in das Bahnhofsgebäude hinein zu gelangen. Mein Presseausweis des Korres-pondenten der „Literaturnaja Gazeta" beeindruckte niemanden mehr. Ich bin ein Vertreter eines fremden Staates. Was tun? Ich wandte mich an die Kollegen Journalisten. Ich wusste, dass irgendwo in der „Vechernjaja Odessa" („*Odessa am Abend*") eine alte Bekannte von mir arbeitete – die Dichterin Olja Ilnizkaja. Aber ich fand Olja nicht. Dafür lernte ich Zhenja Volokin kennen, der sich sogleich für unsere Probleme einsetzte.

Zhenja wusste, was zu tun ist. Er überließ seine Wohnung den Flüchtlingen, die ich unter meine Fittiche genommen hatte, stellte seine ganze Abteilung auf die Beine, telefonierte mit allen seinen

Bekannten. Aber auch das half nichts. Die Fahrscheine nach Moskau waren beinahe einen ganzen Monat im Voraus ausverkauft.

An der Deribassovskaja stießen wir auf einen Anmeldepunkt für Freiwillige. Ein mürrischer Mann saß hinter einem Tischchen auf einem Holzschemel und trug die Interessenten ein, die sich nach Transnistrien zur Hilfe aufmachen wollten.

„Sind Sie aus Tiraspol?" fragte ich ihn.

„Was, wenn ich in der Tiraspoler Straße wohne, sehe ich wie ein Mensch aus Tiraspol aus?" beantwortete er meine Frage mit einer weiteren Frage, wie es sich für einen Odessier gehört. „Was, sieht man mir nicht mehr an, dass ich ein Odessier bin?"

„Doch, doch, das sieht man", beeilte ich mich zu rechtfertigen. „Es hat mich nur interessiert."

„Was ist denn interessant? Heute sind die Rumänen dort und morgen werden sie hier sein. Haben wir sie etwa während des Krieges nicht gesehen? Und Tiraspol – bleibt Tiraspol. Man sage, was man wolle."

Es war alles klar. Odessa erinnerte sich zeitweise an ihre Verbindung zu dem von ihm künstlich getrennten Bruder.

Am Tischchen der Redaktionskantine erzählte Zhenja, dass irgendwelche Menschen, die aus der Westukraine kamen, eine Fakultät zur Erkundung der außerirdischen Herkunft der ukrainischen Nation an der Odesser Universität zu gründen versuchten. Bisher jedoch konnten sie sie nicht gründen und nahe liegend sei es, dass sie sie gar nicht gründen würden, denn Odessa verfüge über derartige Spezialisten nicht.

Ich kam darauf, in das Bahnhofsgebäude durch das Restaurant zu gelangen. Ich machte mir klar, dass die Flüchtlinge kein Geld haben und dort kaum sein würden. Volltreffer. Das Restaurant war leer. Ein nach Odesser Art stattlicher weiblicher Administrator starrte plötzlich auf meine Brust, bewegte ihre Lippen in einem Flüsterton und artikulierte, dabei freudig ihre Zähne zeigend:

„Das Gesicht ist nicht zu erkennen!"

„Was?"

„Das Gesicht an Gesicht ist nicht zu erkennen!"

Da erinnerte ich mich, dass auf meinem grünen, von der transnistrischen Sonne ausgeblichenen T-Shirt auf Englisch geschrieben stand „face to face". Gesicht an Gesicht.
„Das Große erkennt man vom Weiten", genüsslich ging ich auf die Anspielung der Verehrerin von Sergej Jessenin ein. Nach etwa dreißig Minuten hatte ich schon zwei Fahrscheine nach Moskau in einem Gemeinschaftswagen. Für vier. Ich steckte dem Schaffner eine Mischung aus russischen Rubeln und ukrainischen Coupons zu und er brachte die Kinder am oberen Liegeplatz unter. Odessa ist eben Odessa.

Der Abend nahte. Bis zum Flugzeug, mit dem Mary zurückflog, blieb noch eine ganze Nacht. Wir mussten eine Übernachtungsmöglichkeit suchen. Wir nahmen daher die Einladung eines bekannten Tiraspolers an, den wir hier am Bahnhof zufällig trafen, zu der Datscha seiner Verwandten nach Arkadija zu fahren. Die Datscha erwies sich als voll mit den gleichen Flüchtlingen. Wir hätten höchstens auf dem Gras draußen schlafen können. Auch mochten wir nicht unter den unglücklichen Gesichtern bleiben.
Wir gingen zum Strand. Der nächtliche Sand war ebenso mit schlafenden Flüchtlingen übersät. Ab und an schluchzten in der Dunkelheit die Kinder. Von überall erklang ein leises, undeutliches Murmeln – als ob das Meer sich mit dem Strand unterhielt. Wir gingen etwa 200 Meter weiter und setzten uns an das Ufer.
„Was kommt jetzt weiter?" fragte Mary.
„Ich weiß nicht. Natürlich werden sie müde zu kämpfen. Aber was dann?"
„Aber sie hatten doch ein Ziel?"
„Was für ein Ziel? Es gibt überhaupt kein Ziel. Die Ziele denken sich Menschen aus. Dann kämpfen sie darum, was genau das Gegenteil dessen ist, und behaupten dann rückwirkend, dass sie genau das erreichen wollten."
„Ließ weiter", bat Mary. Und ich sagte auswendig auf.

„Also. An ihren Werken werdet ihr sie erkennen. Die Worte der Politiker, kunstvoll als Feigenfrüchte angemalt, fielen von den rostigen Metallkästen. Sie sprachen von der Güte und säten den Hass. Sie sprachen von der Liebe und

übersäten das Feld mit den Leichen ihresgleichen. Sie sprachen von der Barmherzigkeit und begossen die Rebstöcke mit den Tränen der Mütter und Witwen. Und das in einem Land, in dem noch nicht alle Hülsen eingesammelt, noch nicht alle Minen aus dem letzten Krieg entschärft wurden. In einem Land, in dem noch viele sich an die Schrecken der deutsch-rumänischen Besatzung erinnerten, wo man es nicht mehr schaffte, Denkmäler für die vielen kleinen „Babij Jar"aufzustellen, wo man bereit war alles zu ertragen – wenn es nur keinen Krieg mehr gibt.

Aber irgendwas ist doch mit uns geschehen, wenn die schönen Worte gesprochen von der Parlamentsbühne, in das blutige Maul des Todes von Tausenden Unschuldigen geworfen wurden. Wenn der nationale Kult einen zwingt, den Lauf des Präzisionsgewehrs kaltblütig auf die Kinder zu richten, die die Hülsen einsammeln. Man richtet ihn im Namen irgend-welcher höheren Interessen aus, im Namen einer unendlich verworrenen Geschichte, im Namen einer ehrenvollen Rache, oder gar im Namen Gottes.

Die Tragödie von Bendery – ist die Frucht einer hochnäsigen, dilettantischen Politik und eines kampfbereiten Nationalismus. Das ist die Frucht eines nationalen Minderwertigkeitskomplexes, hervorgerufen nicht nur durch den jahrzehntelangen totalitären Druck, sondern auch durch einen übertriebenen, krankhaften Revolutionismus von Menschen, die wünschten, alles an einem einzigen Tag zu ändern. Das ist die Frucht des Hasses und der Intoleranz. Das ist ein Neobolschewismus, der an den Faschismus grenzt. Das sind die alten „Märtyrer der Dogmen", die aus der Demokratie eine neue Ideologie bastelten, einen neuen Fetisch, und die nicht verstehen wollten, dass in Transnistrien Menschen leben, die man nicht töten darf.

Der Leichengeruch über den zusammengeschossenen Städten und Dörfern, die Tausende Getöteter, Verstümmelter und Verwundeter, Zehntausende, die ohne ein Dach über dem Kopf geblieben sind und die Hunderttausende Kehlen, die zur Blutrache rufen – das sind sie, eure Früchte. Erkennt ihr euch an ihnen?"

„Wie wird das alles enden?" fragte noch einmal Mary.
„Wahrscheinlich so, wie es begonnen hat –mit dem Wilden Feld."

Der Wahnsinn

Ich wache vom wilden Gelächter auf und renne auf die Straße. Am Gebäudeeingang steht ein Krankenwagen. Man trägt eine Trage heraus. Darauf krümmt sich, mit dem Bauch nach unten, ein Journalist. Zwei Andere krümmen sich vor Lachen.
„Was ist passiert?"
„Wir konnten ausweichen", erklärt der Eine und erstickt fast am Lachen. „Und er...", er biegt sich wieder vor Lachen, „...hat seinen Hintern hingehalten."
„Und was?"
„Und ein Splitter erwischte genau seinen Hintern."
Was ist daran lustig. Der Mann hat Schmerzen. Er krümmt sich und ist blass. Die anderen lachen.
Das wahnsinnige Lachen des Krieges.
Hier noch eins.
Ein Pärchen, unweit von Dubossary, wurde von der Liebe überwältigt. Sie gingen weg von der Straße ins Grüne.
„Und wo ist da der Humor?"
„Wie wo? Entlang der Straße war ein Minenfeld."
„Und wie endete das?"
„Ihm wurde alles abgerissen."
Und wieder ein wildes Lachen.
Und noch eins war lustig.
Zwei betrunkene Kosaken stellten Sascha Kakotkin zur Wand – um ihn zu erschießen. Die Spezialeinheit kam rechtzeitig dazwischen. Sascha erzählte sehr lustig darüber. Sie lachten.
Tatsächlich gab es nichts zu lachen.
In Bendery trafen die Geschosse die Reservoire mit Flüssiggas, und das Gas begann über die Erde zu zerfließen. Bis zu einer gewaltigen Explosion, die imstande war, die Reste von Bendery von der Erdoberfläche zu tilgen, blieben wahrscheinlich nur Minuten. Die Soldaten der Pionierbrigade hatten alle gerettet. Aber in der Stadt gab es noch jede Menge Lagerplätze mit Giftstoffen. Und der Beschuss hörte nicht auf.

Der Staudamm der Dubossarer WEW befand sich kurz vor einem Dammbruch. Die Arbeiter schafften es eben gerade, die Einschusslöcher zu kitten. Und die Ingenieure rechneten nach: wenn die im Wasserspeicher aufbewahrten 465 Millionen Kubikmeter Wasser sich über das Dnjestrbett ergießen, wird die Welle die Zwanzig-Meter-Höhe erreichen. Sie wird 31 Wohnorte auf dem rechten Ufer und 26 am linken herunterreißen.

Aber der Beschuss hörte nicht auf.

Mehr noch, man zog am rechten Ufer immer neue Kräfte nach. Die Militäraufklärung stellte fest, dass an die Koschnizer und Kotschiyerer Stützpunkte eilig Artilleriesysteme der großen Schlagkraft verlegt wurden – mit dem Ziel nicht nur Dubossary, sondern auch Tiraspol und Bendery zu beschießen. Zu dem Markuleschter Flughafen in der Nähe von Belzy wurden 32 freiwillige rumänische Piloten gebracht, und mit ihnen etwa zehn Flugzeuge MIG-25 – zusätzlich zu den bereits dort stationierten MIG-29. In Bulboki (fünfzig Kilometer von Kischenev entfernt) bildete man eine Spezialeinheitstruppe – die Besatzungen für die Panzerfahrzeuge und die gepanzerten Kampftransportfahrzeuge wurden aus rumänischen Offizieren aufgefüllt. Der Zufluss an Scharfschützen nahm zu. Wie dieselbe Militäraufklärung behauptete, stammten sie alle aus Lettland und Litauen.

Das Einzige, was tröstete – die moldawische Armee wollte immer weniger kämpfen. Sie verstand nicht, wofür sie kämpft. Bauern, in Militäruniformen gekleidet, schauten mit Wehmut auf die zerstörten Weinberge und Fruchtgärten. An der Dubossarer Front versuchten die Kommandeure der Militärabteilungen über eine Waffenruhe zu verhandeln, ohne die Anweisungen von oben abzuwarten. Und nach der Niederlage von Bendery wurde die moldawische Armee von einem Virus der Fahnenflucht befallen. Die Soldaten verließen ihre Positionen. Snjegur benötigte jetzt entweder Söldner oder die fraglose Hilfe Rumäniens. Das Geld für die Söldner fehlte – die Hilfe aus Rumänien kam. An der Militärplattform bei Kauschany kamen neue Panzer an.

Der Wahnsinn wurde fortgesetzt.

Während meiner Besuche in Moskau stellte ich fest, dass ich aufgehört hatte, meine Kollegen und Freunde zu verstehen – und sie mich. Mit Schaum vor dem Mund stritten sie darüber, dass man Transnistrien wie ein Splitter des Imperialismus oder das Bollwerk des Kommunismus vernichten müsse.
„Und was ist mit den Menschen?" fragte ich fassungslos.
Als Antwort betitelte man mich verächtlich als „Patrioten" oder sogar „Antisemiten". Ich lachte. Und mein Lachen war wahrscheinlich auch wahnsinnig, eingeführt von dort, aus den transnistrischen Schützengräben. In dieser Zeit war ich stolz auf die Israeliten, die alles verstanden hatten und die die transnistrischen Juden (und ihre nichtjüdischen Verwandten) aus der direkten Schusslinie wegbrachten. Sie setzten sie in die Flugzeuge, ohne Visa und Dokumente und schickten sie ans Mittelmeer. Sie retteten ihre Leute. Russland und Ukraine verrieten ihre Leute.
Menschen waren uninteressant. Sie existierten nicht. Keine vergewaltigten Mädchen, keine an den Bäumen gekreuzigten Jungen, keine bei den Beerdigungen schreienden unglücklichen transnistrischen Frauen, kein im Blut ertränktes Bendery, keine durch die Geschosse zerstörten Kirchen und Synagogen, Schulen, Kindergärten, Krankenhäuser. Es gab sie nicht. Es gab nichts. Es gab eine neue Ideologie, in der wieder kein Platz für den Menschen war. Die liberale Intelligenz verriet den eigenen Liberalismus. Sie hatte aufgerufen, nicht an den Staat, sondern an die Menschen zu denken. Im Ergebnis kippte man das Kind mit dem Bade aus.
Nicht ein Kind – Tausende und Abertausende Kinder.

„Lieber Martin,
In Deinem Brief stellst Du mir eine Menge Fragen, die ich nicht beantworten kann. Entschuldige. Trotzdem bin ich Dir für Deine guten Wünsche dankbar, dass unser Leben sich schnell wieder einrichten möge und irgendwie so werde wie bei Euch in der Schweiz. Ich bemühe mich.
Ich bin sehr besorgt über das Verhalten von Maria. Was ist passiert? Du schreibst, dass sie sich aus Eurer milden Gesellschaft zurück zu ziehen begonnen hat und dann ganz verschwunden ist. Es macht mich sehr traurig.
Bitte kümmere Dich um sie.

Unsere Intellektuellen haben dieser Tage ein neues Hobby.
In allen Zeitungen und Magazinen streitet man darüber, ob wir aus der Zivilisation herausgefallen seien und, falls ja, wohin und für wie lange. Alle stimmen darin überein, dass wir herausgefallen waren und nun zurückfinden müssen. Ich verstehe, ehrlich gesagt, nichts von diesen Diskussionen. Ich verstehe nicht, wohin und von wo wir herausgefallen sind. Wobei ich natürlich durchaus verstehe, dass bei uns vieles anders ist, als in anderen Ländern. Genau umgekehrt. Die Intellektuellen, wie übrigens auch ihre Kollegen im Ausland, mögen die Schriftsteller und betrachten unsere Militärangehörigen argwöhnisch. Ich sehe das jetzt – umgekehrt. Weil die Schriftsteller den Krieg entfachen, und die Militärangehörigen ihn löschen. Sie verurteilen unsere Trunksucht und treten für die Nüchternheit und das Praktische ein. Ich denke jetzt, dass es vielleicht besser ist, ein betrunkener Taugenichts zu sein, als ein nüchterner und praktischer Mörder. Du sprichst von der Notwendigkeit einer gesunden Politik. Martin! Die Politik ist niemals gesund! Die Welt in den Händen der Politiker ist die Welt der dem Tod Geweihten. Wir dürfen ihnen nichts anvertrauen.
Am allerwenigsten – die Schicksale der Menschen.

Also, wohin und von wo bin ich herausgefallen? Aus welcher Zivilisation? Meine Zivilisation sind Puschkin und Mendelstamm, Block und Achmatova. Meine Zivilisation sind Tschechov und Tolstoi, Levitan und Chagall. Meine Zivilisation sind das Gute und das Böse, beide weit aufgerissen, beide fest miteinander verschmolzen, wie es auch sein muss. Diese wehmütige Musik – von der moldawischen und hebräischen, bis zur russischen und georgischen. Das ist der Schnee vom Februar. Das sind die im frischen Morgenfrost dunkelrot gewordenen Vogelbeeren. Das sind der Nevskij Prospekt in St. Petersburg und der Arbat in Moskau, die Deribassovskaja in Odessa und die Uferpromenaden in Tiraspol. Das sind Wolga und Dnjestr. Ich fiel nirgendwohin aus dieser Zivilisation heraus. Aber die modernen Telefone, Autos, Hotels, Börsen und Kloschüsseln – das ist keine Zivilisation. Die modernen Waffen mit einer Laserpräzisionseinrichtung, Computertechnik durch und durch – das ist keine Zivilisation.
Eine Zivilisation, die ganze Städte von der Erdoberfläche wischt, ist keine Zivilisation. Das ist der Wahnsinn.
Gut, nicht weiter davon.
Dir alles Gute.
Jefim.

Die Brücke

Ich hatte das Auto des örtlichen Fernsehkanals dem Fahrer so gut wie geklaut und flog der sich entfernenden Kolonne hinterher. Bereits hinter der Stadtgrenze Tiraspols hatten wir die Kolonne fast eingeholt, aber aus dem letzten Auto streckte sich der Lauf einer Automatischen heraus und starrte uns an. Wir blieben zurück. Dann näherten wir uns wieder. Wieder die Automatische. Dann zeigte sich aus dem uns vorausfahrenden Wagen plötzlich ein Kameraobjektiv – Viktor Sjedov, der Operator der französischen „Antenne-2" filmte unsere Versuche aus aller Kraft. Wir holten die Kolonne erst in Grigoriopol ein.
Später in Moskau zeigte mir Sjedov die Filmbilder, die an diesem Tag aufgenommen wurden. Die von einer Rakete zerschmetterte Schule in Grigoriopol. Der qualmende Kindergarten „Glöckchen" in Dubossary. Die durch die Geschosse zerstörten Wohnhäuser. Besorgte Gardisten an der Koschnizer Weiche. Die etwas abseits diskutierenden Smirnov und Lebed. Der Staub der Umgehungsstraße. Die undurchdringlichen Gesichter der OSZE-Mitglieder. Mal hier, mal da tauchte mein eigenes Gesicht auf. Ich bat, den Film anzuhalten und schaute aufmerksam mein eigenes Bild an – ich erkannte mich nicht. Das war ich und das war ich nicht. Vom Staub bedeckt, in einem fast schon farblos gewordenen grünen T-Shirt und mit fremden, nicht den „Moskauer" Augen – Augen, die angestrengt zusammengekniffenen waren, hart, ausgeblichen.
Das konnte ich nicht sein.

Die OSZE-Mission verlangte Beweise, wobei die Beweise aus jedem zerstörten Haus, aus jedem frischen Grab schrien. Die in Finagin's Büro vorgestellten Dokumente und Fotos wurden nicht berücksichtigt. Die schreienden, um ihre Rettung flehenden Frauen am Dubossarer Platz am Stadtrat – genauso wenig. Wir schafften es kaum auf die Straße, da begann der Beschuss der Stadt durch die Minenwerfer. Die OSZE-Mission versteckte sich im Keller. Wir blieben an der Oberfläche. Wir waren es gewohnt. Als der Beschuss zu Ende war, kletterten die OSZE-Mitglieder mit finsteren Gesichtern heraus. Sie kommentierten nichts. Sie verlangten Schutz und fuhren dieselbe

Umgehungsstraße zurück, unzufrieden darüber, dass sie wieder Staub schlucken mussten. Der Staub wurde nicht berücksichtigt.

Ich ging herunter in die Kantine. Hier bekamen alle zu essen – die Freiwilligen, die Journalisten, die zufällig hierher kamen. Umsonst. In der heranbrechenden Abenddämmerung, sich hinter den Wänden versteckend, verkauften die Frauen die unversehrt gebliebenen Erdbeeren aus dem Garten. Fast kostenlos.
Sascha Porozhan lud mich ein, bei ihm zu übernachten. Ich sagte ab. Ich ging in die durch einen Einschuss schief gewordene Gaststätte „Dnjestrgarten". Zunächst konnte ich auf dem harten Bett nicht einschlafen. Dann sank ich ein und die Traumbilder erschienen sofort.

Auf dem Rhein schwamm die angeschossene Fähre mit einem brennenden Panzerfahrzeug darauf. Die verletzten Soldaten klammerten sich aus letzter Kraft am Tau fest, aber die Kräfte verließen sie, die Soldaten verschwanden unter Wasser und hinterließen blutige Flecken. Martin schloss noch dichter das Fenster, damit der Leichengeruch des zerbombten Marktplatzes, auf dem Menschen und Orangen durcheinander lagen, nicht ins Zimmer drang. Und Mary und ich saßen in einem gemütlichen Café in Bendery, schauten verwundert auf den Fernsehbildschirm, auf dem sich die Schweizer Horrorbilder abwechselten, und ich lehrte sie zwischendurch das richtige russische „R".
Dann fuhr ein Touristenbus an, und wir nahmen an einer Exkursion teil. Der Bus fuhr die Dubossarer Schnellstraße entlang. Am Straßenrand sah man eine Vielzahl weißer Gipsgebilde, darunter einen Pionier in einem Helm. Als wir näher kamen, erkannte ich den Gardisten Oleg. Er zwinkerte mir verschwörerisch zu. Der glatzköpfige Touristenführer, der sich als ein Mitarbeiter der OSZE-Mission vorstellte, erzählte todlangweilig, was hinter den Busfenstern geschieht. Aber das, was er erzählte, geschah dort nicht. Es war umgekehrt. Ich wollte das hinausschreien, aber die Stimme verschwand, wie üblich. Dann kroch ein merkwürdiges, unförmiges Panzerfahrzeug auf die Straße, auf dessen Panzerung stand:

„Du sollst nicht töten!" Aus der Luke schaute General Lebed heraus und schrie mit einer schrecklichen Stimme: „Am Anfang war die Zeit!"

Von dieser Stimme wurde ich wach. Es war niemand da. Ich begann, mich zu erinnern: „Zuerst war die Zeit. Wir hatten Zeit. Und die Zeit waren wir. Wir flossen, wie der Dnjestr, bedächtig und erhaben..."
„Splitter", sagte ich zu mir selbst. „Nichts als Splitter."
Durch das Fenster schaute eine noch sehr schüchterne Morgendämmerung. Ich schloss die Augen und versuchte, wieder einzuschlafen. Ich wälzte mich hin und her, aber schlief nicht wieder ein. Die Schlaflosigkeit gewann.
Dann legte ich eine kleine Thermoskanne und die verbliebenen belegten Brote in meine Tasche, zog die zerknitterte Windjacke an und ging auf die Straße. Ich ging einige Häuserblöcke durch die hellhörige und ruhig gewordene Dubossary. Ich ging zum Dnjestr. Noch wurde nicht geschossen.
Der abgekämpfte Dnjestr, zischend und sich drehend, warf sich vom Staudamm herunter und stürzte zu der halbzerstörten Brücke, die früher einmal Transnistrien und Moldawien verband und jetzt trennte. Die Brücke hatten die Transnistrier gesprengt, als sie verstanden, dass man die Überfälle vom rechten Ufer nicht anders verhindern konnte. Und jetzt wurden die Ufer nur durch den Flug der Geschosse verbunden. Aber noch wurde nicht geschossen.

Niemand hielt mich an, als ich die Kontrollposten passierte. Das linke Ufer zielte auf die Brücke. Das rechte Ufer – ebenso. Ich ging zwischen den selbstgebauten Schießscharten aus Gusseisen und den durch die Explosion herausgerissenen Steinen und Asphaltstücken hindurch und näherte mich der Mitte der Brücke. Ich fühlte mit dem ganzen Körper, dass ich eine Zielscheibe für die beiden Seiten wurde. Aber ich musste mich genau in die Mitte stellen.
Ich hatte Angst. Mein Herz schlug wie die Salve einer Kanone und meine Beine wurden steif. Aber es war wichtig, mich genau in die Mitte zu stellen.

Ich setzte mich an das Metallgeländer. Niemand schoss. Ich holte die Thermoskanne heraus, goss den Kaffee in den Deckel ein. Man schoss nicht. Meine Hand zitterte etwas, und der Kaffee tropfte in den Dnjestr. Noch schoss man nicht.

Die außerehelich Geborenen

Statt eines Nachwortes

Der Friedensvertrag wurde am 21. Juli 1992 mit der Vermittlung Russlands unterzeichnet, und seither wurde tatsächlich nicht mehr geschossen. Dafür schossen mit den Augen noch etwa fünf Jahre danach merkwürdig aussehende Frauen in den Wagen der Moskauer Metro.
„Gu-ute Leute! Wir sind Flüchtlinge aus Bendery. He-elfen Sie uns um Gottes Willen!"
Auf meine Frage, in welchem Stadtteil sie vor dem Krieg gelebt haben, antworteten sie nicht – und liefen weit weg von mir. Aber ich wunderte mich darüber gar nicht, weil ich wusste: Transnistrier betteln nicht.
In der schwersten Zeit, als es schien, ganz Moskau bettelt um einen Almosen, traf ich auf den Straßen der transnistrischen Städte keinen einzigen Menschen, der gebettelt hätte. Hier war das nicht üblich. Es war beschämend. Hier war es üblich zu arbeiten. Und sie arbeiteten. Bereits im späten Herbst wurden die Wohnhäuser wieder hergerichtet, die Trichter im Boden, die verstümmelten Straßen wurden mit Asphalt bedeckt, die Städte nahmen ihr gewöhnliches Aussehen an und der Krieg gehörte der Vergangenheit an, ließ jedoch frische Gräber, Witwen und Waisen zurück. Die Transnistrier begruben ihre Leute an den Memorialen, in der Nähe derer, die im Zweiten Weltkrieg gefallen waren. Und die Jungvermählten kamen gleich nach der Kirche hierher. Sie standen mit gesenkten Köpfen, so als ob sie einen Schwur leisteten, das Geschehene nicht zu vergessen und ebendies auch ihren Kindern zu vermachen.

In Moldawien gibt es keine Memoriale. Moldawien mag es überhaupt nicht, über die Opfer dieses Krieges zu sprechen. Ihre Zahl ist noch immer nicht benannt und wird bis heute verheimlicht. Sie würden auch den Krieg selbst verheimlichen, aber noch einige Jahre danach erinnerten die ehemaligen Freiwilligen daran, indem sie vor demselben vielgelittenen Denkmal von Stefan chel Mare und die ihnen das für ihre Heldentaten versprochene Geld verlangten. Die Transnistrier verlangten kein Geld, wie man unschwer erraten kann. Sie kämpften für etwas Anderes. Und gewannen. Wenn man überhaupt in einer blutigen Auseinandersetzung von einem Sieg sprechen kann, für den mit dem Leben so vieler bezahlt wurde.

Ja, der Krieg gehörte der Vergangenheit an. Man schießt nicht mehr. Aber der Frieden kehrte nicht ein. Weder Krieg, noch Frieden. Und jede Menge Fragen sind bis zum heutigen Tag geblieben, ungeachtet der Tatsache, dass mehr als zwanzig Jahre vergangen sind. Wobei zu fragen ist, was sind schon zwanzig Jahre in dem bodenlosen Gefäß der Geschichte?

Diese Geschichte zeigte der Welt die Gesichter von Menschen, die mit Stöcken und Stangen in der Hand auf die Panzer losgingen. Diese Geschichte zeigte unbewaffnete Dubossarer auf der Brücke und am Großen Springbrunnen, die todesmutig vor den Salven der Automatischen standen. Sie warf der blind und taub gewordenen Menschheit das mit Leichen übersäte Bendery zu Füßen. Aber sie mochte die Frage nicht eindeutig beantworten: wofür sind sie gestorben? Für welche Idee? Wer schaffte es, diese Menschen zu einem faktischen Suizid zu bewegen? Denn es war klar, dass keine Macht, keine Politik dazu fähig ist! Für welches erkennbare Ziel wurden diese Opfer gebracht? Wobei sie ohne jeden Schatten eines Zweifels gebracht wurden.

Ich fürchte, dass die Transnistrier selbst es mit dem Verstand nicht begriffen. Da war das sogenannte „kollektive Unterbewusstsein" am Werk. Das in dieses Gebiet eingelegte historisch-ideologische Programm funktionierte –
nach 200 Jahren!

Als sich das russische Heer nach einer Reihe von Schlachten mit dem Osmanischen Imperium in der zweiten Hälfte des XVII. Jahrhunderts, an der Linie entlang des Dnjestrs aufstellte, schloss es die Ländereien zwischen Dnjestr und Bug an, legalisierte damit die Gesamtheit des zivilisierten Raumes der östlichen Slawen im Rahmen eines Staates. Da wurde die Grenzpflicht für den Schutz der Kultur der ostslawischen Welt auf Transnistrien ausgedehnt. So wurde es zum Zivilisationsbruch, und der Dnjestr – zur Grenze zwischen der ostslawischen Welt und dem romanischen Zweig der westlichen Zivilisation. Im Rahmen eines ideologischen Staates war diese Grenze vorübergehend nicht sichtbar. Aber als das Ende des XX. Jahrhunderts einen neuen Krach der Ideologien abzeichnete, traten auf der Erdoberfläche die Zivilisationsbrüche und die Grenzen zwischen den Kulturen sehr deutlich hervor. Transnistrien ist eine davon. Und als eine Bedrohung für die Kultur entstand, funktionierte der Instinkt, der jahrzehntelang schlief, sofort. Hier versteckt sich, meiner Meinung nach, eine der Antworten auf die Frage, wofür die Transnistrier kämpften. Die zweite Antwort liegt ebenso in der einzigartigen, sogar paradoxen Geschichte dieser Gegend verborgen. Denn, nach den Vorstellungen Katharinas der Großen, sollte hier eine Gemeinschaft aus dutzenden Nationen die Zivilisationsgrenze beschützen. Diese Menschen erschufen, dank ihrer eigenen nationalen und religiösen Toleranz, in zwei Jahrhunderten praktisch einen neuen Superethnos – den transnistrischen (oder genauer, den neurussischen), der organisch in den südrussischen Kulturraum einfloss. Deshalb kamen die Transnistrier, im Hintergrund von Moldawien, wo de facto die ultranationalistische Nationale Front regierte, im Hintergrund der benachbarten Ukraine, in der man versuchte, die eigene Staatlichkeit aufzubauen, in dem man sich nicht einmal auf eine nationale, sondern auf eine ethnische Stammesidee stützte, kamen die Transnistrier zu einer einmaligen Wahl in dem postsowjetischen Raum – die eines Protest-Internationalismus. Und riefen diesen als ihre zentrale Idee aus. Sie riefen ihn aus und blieben unverstanden.

Weder Krieg, noch Frieden, bloß Mythen. Alte und neue. Der transnistrische Krieg zeigte, dass unsere Gesellschaft (und sehr wahrscheinlich nicht nur unsere) einfach nicht ohne eine Ideologie leben kann. Dieser oder jener. Unbedingt mytho-logischer. Das Bewusstsein ist für immer verstümmelt. Die kommunistische Ideologie hat man verlassen, aber man kann noch immer nicht glauben, dass ein Mensch fähig ist, sein Haus zu verteidigen, seine Sprache und seine Kultur. Die klügsten, talentiertesten Menschen in Russland werden auf der Suche nach ideologischen Begründungen für die Geschehnisse verrückt. Sie finden sie – aus welchem Grund auch immer – nicht. Deshalb sind die Mythen über die „schlechten transnistrischen Kommunisten" und die „guten moldawischen Demokraten" noch immer lebendig. Über die „schrecklichen Tentakel des Imperiums" und über die „uneigennützigen Kämpfer für die Freiheit".

Die vollkommene Stagnation des gesellschaftlichen Diskurses ist ganz offensichtlich. Kaum jemand kommt darauf, dass die Transnistrier, dank ihrer einmaligen historischen Traditionen und der geographischen Lage, die Ideen, die auch Russland heute so sehr benötigt, herauskristallisierten und im Kampf verteidigten.

Zu allererst ist das ein neues Herantreten an die Idee der nationalen Selbstidentifikation. Sie bewiesen, dass eine Nation keine Gemeinschaft aus Blutsverwandten, sondern die der Menschen einer gemeinsamen Kultur ist. Sie widerstanden der Versuchung, dem moldawischen Nationalismus den russischen, ukrainischen oder welchen auch immer Nationalismus entgegen zu stellen. Das Territorium, das praktisch keine ernsthaften Kulturdenkmäler hatte, keine ausreichende Schicht einer Intelligenz, wählte eine kulturelle Identifikation. Und ein ebensolcher Vielvölkerstaat Russland wirft sich von einem Extrem ins Nächste, mal den abstrakten, übernationalen Inter-nationalismus wählend, mal sich auf die mit allem Moos der vergangenen Jahrhunderten überwucherte Formel „Monarchie – Orthodoxie – Volkstum" stürzend, mal versuchend, aus den mittelalterlichen Truhen den Nationalismus der Russen „im Blute" zu heben. Das Erste, das Zweite und das Dritte stellen geradewegs die notwendige Bedingung für die endgültige Zerstörung des russischen Staates dar.

Mythen werden oft noch vor den Ereignissen gestaltet. Deshalb vergessen die Analytiker, die in den Mythen herumirren, was in Wirklichkeit geschah. Und, wenn sie sich endgültig verirren, finden sie die einfachsten Erklärungen, auf die schon früher verwiesen wurde. Noch ein verbreiteter Mythos: den Krieg führte die 14. russische Armee. Ein nicht weniger weit verbreiteter: den Krieg stoppte Aleksander Lebed. Ja, nach dem Hasavürter Friedensabkommen erlangte Aleksander Iwanowitsch den Ruhm eines General-Friedensstifters, der zwei Kriege hintereinander gestoppt habe. Aber, wie es sich später herausstellte, setzte sich der Krieg in Tschetschenien fort, und über Transnistrien verdunkeln sich nach wie vor von Zeit zu Zeit die Wolken. Das ist kein Frieden. Das ist noch immer nur ein fragiler Waffenstillstand. Und für Aleksandr Lebed selbst wurde ausgerechnet der Frieden zu einem echten Krieg. Die Welt der schmutzigen russischen Politik, die Welt der Gesetze der Wölfe, die Welt ohne ein menschliches Gesicht. Diese Welt tötete ihn.

Und was ist mit den anderen Ereignisteilnehmern?
Igor Smirnov blieb noch lange Präsident, und baute mit denen, die in der blutigen Schlacht überlebten, ihren Staat auf. Dieser ist von der Weltöffentlichkeit noch immer offiziell nicht anerkannt, aber mit Transnistrien pflegt man wirtschaftliche Beziehungen, mit Transnistrien führt man Verhandlungen, man ruft immer wieder gegen Transnistrien eine Blockade aus – also man erkennt es irgendwie doch an. Aber das Wichtigste ist, es ist von sich selbst anerkannt. Deshalb sind jedes Jahr am zweiten September, dem Tag der Republikgründung, die Straßen und Plätze der Städte und Dörfer der Republik mit Tischen vollgestellt. Der Wein fließt in Strömen. Die Musik erfüllt die Luft. Lächelnde Gesichter.
Hier liebt man das Feiern.

Mirtscha Snjegur verlor mit Schmach die nächsten Wahlen und beschäftigte sich mit der Gründung einer Bauernpartei. Nun ja, das ist in jedem Fall besser, als sich auf die Nationale Front zu stützen – die, übrigens, noch immer am Leben ist. Sie wurde ebenso zur Partei, und in ihrem Namen ist das Wort „demo-kratische" vorhanden. Und der sie anführende Jurie Roschka kämpft noch immer und gibt weiterhin Interviews der demo-kratischen Presse Moskaus.

Seine früheren Mitstreiter liefen auseinander, in alle Himmelsrichtungen. Es heißt, Mirtscha Druk, Leonida Lari, Grigore Vijeru und Ion Kostasch fanden eine Bleibe in Rumänien. Zumindest sieht man sie in Moldawien selten. Vielleicht fürchten sie, dass sie jemand zur Verantwortung ziehen wird? Die Angst haben sie umsonst. Das Volk hat ganz andere Sorgen. Das moldawische Volk zieht durch die Welt auf der Suche nach einem Verdienst, denn in Moldawien selbst ist alles zerstört, die westlichen Kredite sind durchgefressen und gestohlen, die Schulden bemessen sich in Milliarden Dollar, und was man weiter machen soll – weiß keiner.

Die Transnistrier sind arm, sehr arm. Sie verdingen sich, wo sie können und wie sie können. Irgendwie überleben sie. Übrigens, erzählte Sascha Porozhan vor kurzem, dass die Bauern aus moldawischen Dörfern, darunter aus Kotschijery und Koschniza, die unter der Jurisdiktion Moldawiens geblieben waren, zu Hunderten nach Dubossary kommen und nach irgendeiner Arbeit auf dem Feld fragen. Ohne Geld. Für Lebensmittel. Und man kommt ihnen entgegen.

Den Terroristen Ilie Ilaschku entließ man nach einigen Jahren Haft. Er kehrte nach Kischenev zurück, da er sich als ein Nationalheld fühlte. Aber es stellte sich heraus, dass diese Art von Nationalhelden hier nicht länger benötigt wurde. Sobald die Möglichkeit entfiel, seine Haft für propagandistische Ziele einzusetzen, vergaß man ihn. Das verletzte ihn sehr. Denn er ist der Einzige, der eine Strafe für diesen Krieg erhalten hat. Wenn man die Tausende Tote und Verletzte nicht mitzählt. Aber man erinnerte sich an Ilaschku in Rumänien. Jetzt wird er dort zu den radikalsten Parlamentsmitgliedern gezählt.

Der Komponist Jewgenij Duga schreibt keine Appelle mehr. Manchmal schreibt er Musik und klagt über das Leben.

Ion Druze lebt ebenfalls unauffällig. Von Zeit zu Zeit erscheint in den Moskauer Magazinen seine neue Prosa, von ihm in Moskau am Lomonowskij Prospekt geschrieben, wo er seit vielen Jahren lebt. Hierher kehrte auch einer meiner Lieblingskinoregisseure zurück – Emil Lotjanu. Als er vor einigen Jahren erfuhr, dass das Kinostudio „Moldowa-Film" in eine Werkstatt für Särge und Grabmäler umgewandelt wurde, verließ er Kischenev mit dem Ausruf: „Hier wird noch lange kein Gras wachsen!" Vor kurzem starb er. Er starb und hinterließ ein nicht zuwachsendes Loch sowohl in moldawischer, als auch in russischer Kultur.

Auch mein Freund und Dichter Rudolf Olschevskij ist gestorben. Er starb irgendwo in Amerika, wohin er auswanderte, nachdem man das einzige russischsprachige Journal „Kodry" in Kischenev schloss. Und Rudik, der diesem Journal den größten Teil seines Lebens opferte, blieb ohne Arbeit und ohne eine Überlebensmöglichkeit. Letztendlich kann man nicht von fünfzehn Dollar Rente leben. Und einen Staat, der eine solche Rente zahlt, kann man nicht als solchen bezeichnen.

Michaj Volontir, der zu seiner Zeit die transnistrischen Delegierten im Kischenever Parlament mit seinen wütenden Reden über die russischen Okkupanten erstaunte, lebt nach wie vor in Belzy. Den Film „Zygan" läuft nach wie vor auf den russischen Fernsehkanälen und das unnachahmliche Lächeln Volontirs verzaubert nach wie vor die russischen Bürger. Vor kurzer Zeit wurde der Schauspieler ernsthaft krank, er brauchte eine dringende Operation. Aber natürlich hatte er kein Geld. Da sammelte ganz Russland – weder Moldawien noch Rumänien – Geld für ihren Lieblingsschauspieler. Es war erfolgreich. Die Operation wurde in St. Petersburg durchgeführt. Möge er mit Gottes Hilfe lange gesund bleiben.

Wie Vater Leonid, lernte ich für die Errettung der Seelen „der und der Anderen" zu beten. Das Wichtigste ist die Errettung. Vater Leonid wechselte übrigens seine Gemeinde. Ich verstehe ihn. Ganz sicher hörte er noch lange die Kanonensalven und sah die blutüberströmten Menschen, die sich für die Errettung in die Priobrazhener

Kirche schleppten, als er aus dem Kirchengebäude direkt zu dem Gebäude der Stadtverwaltung von Bendery, hinausging.

Bei dieser Gelegenheit zu den Menschenrechten: Ich kann noch verstehen, wenn die sogenannte Weltgemeinschaft den neu gebildeten Staat, sein Parlament, seine Regierung, seinen Präsidenten nicht anerkennt. Aber es erkennt doch den leibhaftigen Menschen nicht an! Einfache, gewöhnliche Menschen. Ein Mensch mit einem Pass der transnistrischen Republik kann nirgendwohin fahren, weil sein Pass von niemandem anerkannt ist. Das Abiturzeugnis der Schüler ist ungültig. Ein Diplom über einen Studienabschluss ist ungültig. Sogar Säuglinge sind in ihren Rechten betroffen. Weil die in den Krankenhäusern ausgestellten Geburtsurkunden ebenfalls ungültig sind. Alle Kinder sind außerhalb des Rechtes Geborene.

Auf diese Weise entstand inmitten von Europa ein Reservat mit Menschen, die nach allen internationalen Gesetzen nicht existent sind. Aber kein einziger Menschenrechtler in Russland oder der Welt hat das je angesprochen. Man hat es scheinbar noch immer nicht verstanden, dass mitten im demokratischen, sich so sehr um die Menschenrechte sorgenden, Europa eine Enklave zu überleben versucht, die durch und durch aus Fähnrichen Kizhe* besteht.

Und dennoch: was ist mit Transnistrien? Was stand hinter den fruchtlosen Verhandlungen, hinter den Gesprächen über die Anerkennung und Nicht-Anerkennung, hinter der Fassade des äußerlich bereits erbauten Staates?

Wenn man einen Blick auf die Karte wirft, dann sieht die Silhouette Transnistriens wie ein Bruch aus. Nicht mehr, und nicht weniger. Ein schmaler Streifen Erde, der ausgestreckt entlang des Dnjestrs liegt. Eine Biegung auf der Karte. Eine Grenze – ohne einen Staat. Genauer, eine Grenze, die wegen der Ausweglosigkeit zum Staat wurde. Weil östlicher, dort, wo der durch sie gekennzeichnete und durch sie verteidigte kulturelle Raum – Russland und Ukraine – ein Identifikationsloch ist. Zero.

*Fähnrich Kizhe – eine Erzählung von Jurij Tynjanov, basierend auf einer historischen Anekdote aus Zeiten des Zaren Pavel I. Ein nicht existierender Offizier, der in den Dokumenten aufgrund eines Schreiber-Fehlers auftauchte, und trotzdem mehrfach in höhere Dienstrage durch Zarenbefehle befördert wurde.

Zerbrochene Territorien, die weder ihre eigene Körperlichkeit, noch ihre Grenzen spüren. Die nicht wissen, wozu und mit welchem Ziel sie auf der Welt sind – anerkannte Staaten, die sinngemäß nicht existieren. Denn ungeachtet aller Anstrengungen, seriös zu erscheinen, existieren solche Staaten, wie Russland, Ukraine und Weißrussland noch immer nicht.

Die Russen, Ukrainer, Weißrussen mühen sich auf der Suche nach ihren eigenen nationalen Ideen, nachdem sie das eine historisch-kulturelle Territorium zerrissen haben. Sie können sie nicht finden. Und sie werden sie nicht finden.

Sehr bald schon stellte sich heraus, dass Transnistrien ein Grenzgebiet ist, das eine Leere bewacht und beschützt. Viel später, nach dem Sieg, spürten die Transnistrier ihre Realität. Und sie begriffen, dass auf dieser Stufe ihren Sieg niemand braucht – weder die Ukraine, die sie in ihren schwersten Tagen mehr als einmal verriet, noch Russland. Und langsam begannen sie wegzufahren. Die Russen – nach Russland, die Deutschen – nach Deutschland, die Juden – nach Israel. Mit anderen Worten, jeder, wohin er konnte. Damit brachten sie ihren blutig erkämpften Staat an den Rand einer ethnischen Katastrophe. Die Folgen dessen sind sehr wahrscheinlich nicht mehr wieder gut zu machen. Und wenn man bedenkt, dass die gleichen Veränderungen in Odessa und im ganzen nördlichen Schwarzmeerraum stattfanden, dann wird klar, dass die einmalige südrussische Subkultur sich am Rande ihres Untergangs befindet. Und ohne sie ist dieser chaotisch besiedelte Raum imstande, sich seinen historischen Namen zurück zu holen – das Wilde Feld.

Mary erklomm übrigens die nächste Karriereleiter. Sie ist jetzt die Leiterin einer ganzen Informationsabteilung eines Fernsehkanals. Martin schreibt, dass man mit ihr sehr zufrieden sei, aber er selbst sie zuweilen nicht mehr erkenne. Er sagt, sie sei hart geworden und kenne außer der Arbeit nichts mehr und habe kaum noch Kontakt zu jemanden. Einmal erhielt ich an meine Moskauer Adresse einen Umschlag von ihr. Darin war kein Brief. Darin war ein Stück vergilbte Seite, die mit meiner unleserlichen Schrift vollgeschrieben war:

„*Zuerst war die Zeit. Wir hatten Zeit. Und die Zeit waren wir.*
Wir flossen, wie der Dnjestr, bedächtig und erhaben, stolperten nur selten an den kleinen Wasserwirbeln, die sich als Kreisel in die Trichter einschraubten, die uns vom Gedächtnis über den Krieg blieben. Aber wir flossen gleichmäßig und ruhig, umschifften Gärten und Felder, umschifften Sandstrände und den wie immer durchsichtigen Kizkaner Wald.
Wir hatten Zeit.
Und wir waren die Zeit.
Und dann schwappten die Dnjestr-Gewässer die Zeit heraus, wie ein ungeliebtes Kind, auf die steile Küste des Dubassar-Ufers. Mit viel Mühe erreichte sie den steilen sandigen Abhang, schleppte sich weiter, blind und hilflos, wie die Stille vor der Explosion..."

Grigorij Pomeranz

Das sind wir, oh Herr...

Der Nerv dieses Buches – sind die Empfindungen eines Menschen, der Zeuge von Ereignissen wurde, die alle allgemein anerkannten Stereotypen zerstören. Er will darüber berichten, aber man glaubt ihm nicht. „Den von mir mitgebrachten Fotos mit den zerfetzten Menschen, den vergewaltigten Mädchen, den zerstückelten Leichen – glaubte man nicht. An nichts haben sie geglaubt außer an die offizielle Propaganda. Es war sinnlos etwas zu erzählen, denn selbst mir glaubten sie nicht. „Ich verstehe alles", sagte mir Rudik, der mich in den Flur hinauszog, „aber ich möchte es nicht glauben."

Der Mensch bleibt mit seinem Wissen in der tragischen Einsamkeit, die Fakten verwirren, schockieren, bringen einen aus dem Konzept, berauben die Menschen des Rechtsgefühls.
Sie aber möchten sich im Recht fühlen, sich an die heutigen Parolen halten. Und merken fast nicht, wie schnell diese Parolen wechseln, wie schnell die Beurteilung eines und denselben Ereignisses wechselt, eines und desselben Namens...

Ich erinnere mich an die tragische Einsamkeit meiner verstorbenen Freundin, Olga Grigorievna Schatunowskaja (das Material über sie wurde in der fünften Ausgabe der „Neuen Welt" im Jahr 2002 veröffentlicht), als die von ihr mit größter Anstrengung festgestellten Fakten, durch Umfragen von Tausenden Zeugen, die damals noch lebten, methodisch aus den Verfahrensunterlagen zu der Ermordung Kirovs im Umfang von 64 Bändern entfernt und durch andere ersetzt wurden, als das von ihr erstellte Resümee verschwand, über dem Chruschtschow zwar geweint hat, sich jedoch nicht dazu durchringen konnte, es zu veröffentlichen... Und als im letzten ihrer Lebensjahre die Pressefreiheit erlaubt wurde, fand Georgij Zelms („Literaturnaja Gazeta" vom 27. Juni 1990) nach einer journalistischen Untersuchung nur einen Schatten der Fakten – eine Notiz, die Schwerniks Kommission an das Politbüro sandte. Darin war die Auflistung der Dokumente, welche das Zentralkomitee 1989-1990 als nirgendwo und niemals existent erklärte – und die bedauerlicherweise tatsächlich nicht mehr existierten. Der Brief von Schatunowskaja, den sie kurz vor Ihrem Tod schrieb, fasst das zusammen, was geschehen war, aber das ist kein Dokument, sondern nur die Erinnerungen einer 89 Jahre alten Frau, die kurz darauf verstarb. Wenn ich mich darauf beziehe, fühle ich mich als Kopf Berliozes, der den Schwall der sowjetischen Presse über die Possen von Voland (Figur aus ‚Meister und Marguerita" Bulkakows) widerlegt. Ich weiß auch im Voraus, dass mir Millionen Menschen nicht glauben werden, die einen „guten" Stalin wollen, der fähig ist, eine strenge Ordnung durchzusetzen, sie glauben kein Wort über das „moralische Monstrum" – wie ihn seine eigene Tochter nannte. Auch die Verzweiflung Berschins, der an eine taube Wand aus Unwillen, die Fakten zu akzeptieren, stieß, empfinde ich wie meine eigene.

Der Vorhang aus Lügen war eisern. Erst aus dem Buch Berschins erfuhr ich, dass der Anteil der ethnischen Russen in Transnistrien nur 22 Prozent ausmachte, dass die größte Sprachgruppe, die moldawische (über 30 Prozent), gemeinsam mit den Russen, Ukrainern, Juden und Bulgaren bei dem Referendum für die Trennung von Moldawien gestimmt hatte, dass die Explosion eines wilden Nationalchauvinismus sie von Kischenev abstieß, der allen Bewohnern von Transnistrien zuwider war. Dass dort kein Widerspruch zwischen der alteingesessenen Nation und den „Zugezogenen" bestand, weil alle die „Zugezogene" waren, sie alle versammelte Jekaterina, die II. Und siedelte sie im Wilden Feld an.
Nach 200 Jahren wuchsen die „Kolonisatoren" mit den benachbarten Sprachgruppen zusammen, heirateten untereinander, und betrachteten sie wie die eigenen. Niemand unterdrückte jemanden. Die Sendungen im Tiraspoler Radio wurden während des Krieges in vier Sprachen ausgestrahlt: russisch, ukrainisch, moldawisch und jiddisch. Russisch war hier das altangesessene, von niemanden aufgezwungene Mittel der Gemeinschafts- und Familienbeziehungen. Es gab hier keinen moldawischen Staat, keine moldawischen Herrscher, nicht das moldawisch-walachische Rumänien. Nach und nach

setzte sich ein eigen-ständiges Ethnos, vielleicht auch Subethnos zusammen. Nennen Sie es, wie Sie wollen. Etwas Nie-da-Gewesenes.

Dieses „Niedagewesene" lebte leicht neben dem schlaffen, großimperialen Chauvinismus der späten Sowjetepoche, konnte jedoch nicht zusammen mit dem geschärften, blutdürstenden Nationalchauvinismus existieren. So kam es zum Zusammenstoß mit der Schablone. Die Schablone blieb standhaft. Die aus vielen Völkern bestehende, friedliche, eine legitime Anerkennung suchende transnistrische Bewegung wurde als imperial-kommunistischer Aufstand gegen die Demokratisierung und Perestroika bezeichnet, gegen die Politik des fortschrittlichen Demokraten Mirtscha Snegur. Ein ebensolcher Humanist und Demokrat wie Josef Stalin (wenn man den Größenunterschied des Maßstabs weglässt).

Was daraus geworden ist, finden Sie in diesem Buch. In meinem Gedächtnis tauchen die Dinge auf, die daran erinnern. Zum Beispiel setzten sich die Tamilen für die Erhaltung der englischen Administrationssprache in Indien und Shri-Lanka ein. Weil sie kein Singalesisch und Hindi lernen wollten. Nichts gaben ihnen diese Sprachen, außer der Möglichkeit, die offiziellen Dokumente fehlerhaft auszufüllen. Wogegen das schlechte Englisch alle gleich machte und ihnen den Zugang zu den Amtsposten und einer Weltkultur eröffnete...
So. Immerhin setzten sich die Tamilen für sich selbst und ihre ureigenen Interessen ein. Und die Moldauer Transnistriens? Sie verneinten ihre Nationalinteressen. Dieses Spiel, welches das humanitäre Intelligenzgrüppchen in Kischenev begann, war ihnen zuwider. Sie wollten den russischen Nachbarn nicht von seinem Platz verjagen und diesen „Chefsessel" einnehmen. Das Gemeinschaftsgefühl, das alle Bewohner Transnistriens verband, ließ sie nicht nach kleinen eigenen Vorteilen suchen, die eine „gefärbte" Gemeinheit als Preis beinhalteten. „Ich mag die Kommunisten nicht", sagt einer der Protagonisten Berschins, „aber die Nationalisten mag ich noch viel weniger." Mich erinnert das an die Entschlossenheit der Dänen, als das ganze Volk die gelben Sterne anheftete um die Juden nicht preiszugeben.

Schrecklich, darüber nachzudenken, wie wir in Moskau damals nichts davon verstanden. Die „Liberalen" brandmarkten die Nachfolger des Imperiums. Die „Patrioten" rühmten die russischen Helden und brachten Blumenkränze an ihre Gräber. Doch diesmal lagen in den frischen Gräbern ein Ukrainer, ein Moldauer und ein Jude.

Es gibt auch noch das Problem mit der menschlichen Persönlichkeit. Berschin, einer poetischen Assoziation folgend, springt von Transnistrien zu einer persönlichen Philosophie, zunächst folgt er einfach nur seiner Intuition, später erinnert er sich an etwas Ähnliches in der Philosophiegeschichte – den Existentialismus (wobei er mit Bedauern feststellt, dass er den Zickzack-Sprüngen Sartres nicht folgen kann). An dieser Stelle würde ich wohl gern etwas ansprechen, was nicht im Buch steht.

Existentialismus stellt die perfekte Frage über das Verlorensein, die Hilflosigkeit des einzelnen Menschen in der Zivilisation, die heute noch unmenschlicher geworden ist – bis hin zu ganz ernsthaften Projekten den Mensch durch einen stabileren Vernunftsträger zu ersetzen, um dann die wissenschaftlich - technische Entwicklung ganz ohne Biosphäre und die Menschen fortzusetzen. Genau hier jedoch bleibt der atheistische Existentialismus vor einem Abgrund stehen.
Edward Kienze, der später Buddhist wurde, beschrieb das Problem in den Begriffen der „vier edelmutigen Wahrheiten": die Existentialisten prägten sich besonders gut die erste Wahrheit ein: Alles Materielle ist unvollkommen, krankheitsanfällig, ruft Leiden hervor, sie haben eine vage Vorstellung über die zweite – Das Leiden hat eine Ursache – und ganz und gar keine über die dritte und vierte Wahrheit. Die dritte Wahrheit: die Ursache des Leidens kann beseitigt werden. Die vierte: es gibt den Weg zur Befreiung, einen edelmutigen mittleren Weg.

Alle großen Religionen suchen in der Tiefe ihres Herzens nach der Befreiung aus den Leiden des irdischen Daseins. Die erste Sünde ist der Verlust des Kontaktes mit der eigenen Tiefe, sagte Antonij

Surozhskij. Der mittlere Weg ist die Fähigkeit, auf dem Weg zur eigenen Tiefe Verführungen auszuweichen. Vor etwa zweieinhalb Tausend Jahren verstand Buddha den mittleren Weg als die Balance zwischen den zwei Extremen – der Zügellosigkeit und der Askese. Ich glaube, heute ist es der Weg in die Tiefe ohne das „Abstürzen" (ich benutze bewusst das Wort der Dichterin Zvetajeva), ohne eine schlafwandlerische Besessenheit. Antonij Surozhskij warf ganz bewusst in einer der Diskussionen folgende Worte ein: Es bedarf nicht einer Inspiration, sondern der Nüchternheit. Ich lächelte die Frau an, die mir das weiter gab: das sagt *er*! Die Inspiration ist immer mit ihm. Auf allen Videokassetten spürt man das Feuer in seinen Augen, nichts Warm-Kühles, nur Feuer. Sein Problem – das Feuer im Kessel zu halten, ohne die Wände verbrennen zu lassen, ohne eine schöne Feuerekstase hervorzurufen. Wir leben in der Epoche modernisierter Schamanen, der Meister der Ekstase, politische Schamanen wie Hitler eingeschlossen, der ein ganzes Volk verführte, der den klügsten Heidegger mit seiner ganzen tiefen Ontologie verführte (ein glänzendes Beispiel dafür, dass der Existentialismus keine Tiefe erreichte, ab der eine moralisch falsche Wahl unmöglich ist).

Es gibt keinen vorgestanzten mittleren Weg für alle. Die Suche nach dem Mittelweg ist eine Kunst. Wichtig ist beispielsweise der Mittelweg zwischen der erstarrten Hierarchie und dem Fehlen jeder Hierarchie. Die postmoderne Umgestaltung aller Heiligtümer in gleichwertige Spielkarten. Emotionen, soll heißen: oberflächliche Gefühlsausbrüche sollen nicht ausgerottet werden, aber man muss sie lehren, leiser und ruhiger zu werden, wenn die Tiefe spricht – in der Musik und in der Ethik, um die Wörter Dostojewskis hören zu können: „Das Gewissen ist das Wirken Gottes in der Menschenseele." Oder eine anderer Phrase von ihm zu hören: „Die Wahrheit ist höher, als Puschkin oder Nekrassow, die Wahrheit ist höher als Russland, wir müssen die Wahrheit sagen und schreiben, ganz gleich, was es kostet..." Wenn Antonij Surozhskij vom Schweigen der Emotionen spricht, um auf ein tiefes Gefühl zu hören, stellt er eine Barriere auf dem Weg des Aufflammens der nationalen, der konfessionellen Vorlieben, ja, der Klassen-Vorlieben auf. Er gibt das Mittel, unsere Ziele mit einem absoluten Maßstab zu messen, der Unendlichkeit der Tiefe Gottes.

Die endgültige Lösung aller gesellschaftlichen Probleme liegt in der menschlichen Seele, und es kann keine Bewegung zur gesellschaftlichen Freiheit geben, ohne die Gewöhnung des Volkes an die Freiheit, ohne eine minimale Kultur der Selbstdisziplin, des Schamgefühls und des Gewissens. Berschin bezieht sich nicht auf Sjemjen Frank und andere „Obere", aber er stellt erneut ihre Fragen. Das sind nicht nur transnistrische, nicht nur russische Probleme. Das ist ein globales Unglück. Es besteht nicht darin, dass auf der Erde über sechs Milliarden Menschen leben (es könnten noch mehr sein, wenn sie der Welt ein Seelenlicht bringen würden). Das Unglück besteht darin, dass diese sechs Milliarden das Chaos ihrer Seelen in die Welt hineintragen, ihre Unzufriedenheit, ihre verdeckte Aggression. Der transnistrische Konflikt ist einer von vielen Kriegen.

Im Nimmerland herrscht ein anderes Leben. Dort bringt jeder Mensch, der ein Zimmer betritt, seine Weite mit hinein. Je mehr Menschen es gibt, desto mehr Raum gibt es dort. Das ist ein Märchen. Aber der gleiche Gedanken beinhaltet: „Wo zwei oder drei sich in meinem Namen versammeln, bin Ich bei Euch." Dort wo dieses Ich mit uns ist, ist eine unendliche Weite.

Die Freiheit ohne eine minimale Anwesenheit Gottes in der menschlichen Seele ist undenkbar. Der Misserfolg der Perestroika ist unser aller Misserfolg, ein Misserfolg, den unsere lange Abwesenheit von unseren geistigen Wurzeln hervorrief. Wir alle sind Sechser-Schüler. Wir haben eine ganze Menge Sechser kassiert, 1917, 1929; wir liefen wie die Schafe 1937 unseren Erschießungen entgegen. Wir haben die Prüfung zu einem Volk nicht bestanden, nicht mal in einem völlig realen Geschehen, wie es die Bewohner Transnistriens bestanden haben.

Jefim Berschin, Vita und Werke

Wurde am 16. Oktober 1951 in Tiraspol geboren, in der Stadt, die bereits seit einem Vierteljahrhundert die Hauptstadt der nicht anerkannten Transnistrischen Republik bildet. Mit Achtzehn Jahren wurde er zum Wehrdienst eingezogen, nach dem er nicht mehr in seine Heimat zurückkehrte.

1979 schloss er sein Studium an der journalistischen Fakultät der staatlichen Moskauer Lomonossov-Universität ab, fuhr in den Norden des Landes, in die Stadt Syktyvkar, wo er als Korrespondent der Hauptzeitung der Republik Komi arbeitete. Nach seiner Rückkehr nach Moskau wirkte er in verschiedenen Zeitungen und Zeitschriften mit. 1988 wurde er zu einem der Gründer und Leiter der in den Zeiten der Perestroika populären Wochenzeitung „Sowjet-Zirkus", in der es ihm gelang die damals noch existente Zensur zu überwinden und erstmalig die zahlreichen Werke von sowjetischen Dissidenten und russischen Emigranten zu veröffentlichen. 1990 wirkte er an der Vorbereitung der Erstausgabe der ersten demokratischen russischen Wochenzeitung „Das demokratische Russland".

In den Jahren 1990 bis 1999 war Berschin einer der führenden Publizisten der „Literaturnaja Gazeta" („*Literatur-Zeitung*"), wo er nicht nur für die Veröffentlichungen und Essays, sondern auch für die Kriegsberichterstattung der „Hotspots" der ehemaligen UdSSR verantwortlich zeichnete.
Vor der Perestroika wurde das Dichtwerk Jefim Berschins aus Gründen der ideologischen und ästhetischen Zensur praktisch nicht veröffentlicht. Seine Gedichte erschienen zum ersten Mal 1988 in

der Zeitschrift „Die Jugend". Seither wurden seine Gedichte, Prosa und Essays regelmäßig auf den Seiten der wichtigsten Zeitungen und Zeitschriften Russlands gedruckt, übersetzt und auch im Ausland veröffentlicht. Er ist der Autor der Gedichtssammlungen („Der Schnee über Petschora", „Die Inseln", „Splitter", „Der Regenführer", „Die Metapher des Nichtseins"),
der Romane
„Geistesmasken"
http://magazines.russ.ru/druzhba/2005/6/be2.html
und „Assistent des Clowns"
http://magazines.russ.ru/druzhba/2011/7/be3.html,
außerdem des erzählerisch-dokumentarischen Buches über den transnistrisch-moldawischen Krieg „Wildes Feld".

Zusammen mit dem deutschen Schriftsteller Kai Ehlers wirkte Jefim Berschin an der Entstehung des historisch-philosophischen Buches „ Russland – Herzschlage einer Weltmacht".

Jefim Berschins Werke erschienen auf Russisch und als Übersetzungen in den USA, Deutschland, Schweiz, Israel, Argentinien, Rumänien und Mazedonien.

Die Europäische Akademie für Sozialwissenschaften ehrte ihn mit der Friedrich-Schiller-Medallie.

Kai Ehlers, Vita und Werke

Kai Ehlers, 1944, Hamburg, aktiv in der außerparlamentarischen Opposition und der nachfolgenden neuen Linken Westdeutschlands, ist selbstständiger Forscher, Publizist und Buchautor u.a. ständiger Autor bei www.russland.ru.
Der Schwerpunkt seiner Arbeit liegt heute auf den Wandlungen im nachsowjetischen Raum und deren lokalen wie auch globalen Folgen, denen er durch Untersuchungen, Gespräche und Aktivitäten vor Ort nachgeht. Mit Jefim Berschin verbindet ihn eine intensive langjährige Freundschaft, die sich auch in einem dem gemeinsamen Buch „Russland – Herzschlag einer Weltmacht" verwirklichte.
In Deutschland engagiert Kai Ehlers sich in der Debatte um gesellschaftliche Alternativen, in der es darum geht, die Erfahrungen der nachsowjetischen Transformation zukunftsbildend zu verarbeiten.

Bücher von Kai Ehlers
zum nachsowjetischen Wandel und seinen globalen Folgen

Ylttanbik – letzter Zar der Wolgabolgaren.
Verschiebung der Mitte der Welt im Mongolensturm des 13. Jahrhunderts. Übertragen und herausgegeben von Kai Ehlers in Zusammen-arbeit mit Christoph Sträßner und Eike Seidel, Rhombos, Berlin, 2015. ISBN: 978 – 3 944101 – 25 – 5, 39,00 €
Das Epos berichtet vom Kampf der Wolga-Bolgaren (Vorfahren erzählt der heute an der Wolga lebenden Tschuwaschen) gegen die mongolischen Invasoren bis zum Untergang des bolgarischen Reiches und die Folgen für die damalige Eurasische Ordnung. Umfangreicher wiss. Apparat, wissenschaft-liche Begleittexte, reiche Bebilderung, Karten, tschuwaschischer Originaltext.

25 Jahre Perestroika – Gespräche mit Boris Kagarlitzki,
Laika Vlg, Hamburg, 2014/5.
Band I:
Gorbatschow und Jelzin, ISBN: 978-3-944233-28-4, 19,00 €
Band II:
Putin, Medwedew, Putin, ISBN 978-3-944233-28-4 18,00 €
Die beiden Bände geben einen authentischen, chronologisch verfolgbaren Einblick in die politischen Bewegungen, Hoffnungen und Enttäuschungen, Einsichten und Irrtümer der russischen Linken während und nach Perestroika und im heutigen Russland.

Die Kraft der „Überflüssigen"-
Der Mensch in der globalen Perestroika.
Pahl-Rugenstein Verlag, 1. Auflage März, Bonn, 2013,
ISBN: 978-3-89144-436-4, 19,90 €.
Das Buch zeigt, wer die „Überflüssigen" sind und welche Kräfte in ihrem „Überflüssigsein" liegt, welchen Widerständen bis hin zu eugenischen Selektionsphantasien ihr Aufbruch ausgesetzt ist, wie der Weg der Selbstorganisation in einer neuen, sozial orientierten Gesellschaft aussehen könnte.

Attil und Krimkilte.
Das tschuwaschische Epos zum Sagenkreis der Nibelungen.
Übersetzt und Herausgegeben von Kai Ehlers in Zusammen-arbeit mit Mario Bauch und Christoph Sträßner, Rhombos, Berlin, 2011, ISBN: 978-3-941216-49-5, 42.00 €.
Das Epos selbst, Skizze der Zeit Attilas und danach, Vergleiche des östlichen und des westlichen Sagenflusses, umfangreicher wiss. Apparat: Karten, Erläuterungen,

Kartoffeln haben wir immer.
(Über)leben in Russland zwischen Supermarkt und Datscha.
Horlemann , Bad Honnef; 2010,
ISBN 978-3-89502-293-7, 14.90 €.
Das heutige Russland als Beispiel für eine sich für die Zukunft abzeichnenden Symbiose gemeinschaftlicher Selbstversorgung und industrieller Fremdversorgung.

Russland – Herzschlag einer Weltmacht.
Im Gespräch mit Jefim Berschin,
Grafiken von Herman Prigann, Pforte, Januar 2009,
ISBN 978-3-85636-213-3, 19,90 €.
Charakteristiken des Russischen an Russland. Russlands Rolle in der gegenwärtigen Neuordnung der Welt. Fragen der ethischen Neuorientierung nach dem Ende der Systemteilung der Welt.

**Grundeinkommen –
Sprungbrett in eine integrierte Gesellschaft.**
 Pforte/Entwürfe, September 2006,
ISBN 978-3-85636-191-4, 14 €.
Mehr als Grundeinkommen: Perspektiven für die Wiedergeburt des Sozialen unter dem Druck der Globalisierung.

Zukunft der Jurte.
Gespräche mit Prof. Dr. Dorjpagma und Ganbold Dagvadorj in Ulaanbaatar. Mit Zeichnungen der Jurte und Bildern, einem Anhang zur nomadischen Fünf-Tier-Kultur sowie einem
Offenen Brief zur ökologischen Entwicklung der Mongolei,
Mankau, Oktober 2006, ISBN 3-938396-01-6, 14,95 €.

Asiens Sprung in die Gegenwart.
Russland – China – Mongolei,
Entwicklung eines Kulturraums, Inneres Asien',
Pforte/Entwürfe, April 2006, ISBN 3-85636-189-8, 10,00 €.
Politische und kulturelle Tendenzen und Auseinandersetzung um die Entstehung eines neuen Integrationsraumes im inneren Asien.

Aufbruch oder Umbruch?
Zwischen alter Macht und neuer Ordnung - Gespräche und Impressionen,
Pforte/Entwürfe, 100 Seiten, 2005,
ISBN 3-85636-184-7, Preis: 8,00 €.
Exemplarischer Blick in die innere soziale, kulturelle und politische Problematik der russischen Transformation.

Erotik (Eros) des Informellen
Impulse für eine andere Globalisierung aus der russischen Welt jenseits des Kapitalismus. Von der Not der Selbstversorgung zur Tugend der Selbstorganisation, Alternativen für eine andere Welt, „edition 8"/ Zürich, 2004, ISBN 3-85990-049-8
192 Seiten, Preis: 17,-- €
Die Bedeutung gemeineigentümlicher Strukturen Russlands für die globale Transformation.

Herausforderung Russland -
vom Zwangskollektiv zur selbstbestimmten Gemeinschaft?
Eine Bilanz zur Privatisierung,
Schmetterling-Verlag, Stuttgart, 1997,
ISBN 3-89657-070-6, 245 Seiten, Preis: 15,50 €
Geschichte der Entwicklung gemeineigentümlicher Strukturen in Russland vom Zarismus bis heute.

Jenseits von Moskau - 186 und eine Geschichte von der inneren Entkolonisierung. Eine dokumentarische Erzählung, Gespräche und Analysen in drei Teilen,
Schmetterling-Verlag, Stuttgart, 1994,
ISBN 3-926369-07-8, 304 Seiten, Preis: 17,-- €
(vergriffen, nur über den Autor zu beziehen),
Authentische Wahrnehmungen auf dem Höhepunkt des Umbruchs mit viel Kolorit, in der die geografische, soziale und historische Vielfalt Russlands hautnah erfahrbar wird.

Mit Gewalt zur Demokratie?
Im Labyrinth der nationalen Wiedergeburt zwischen Asien und Europa,
Verlag am Galgenberg, Hamburg, 1991,
ISBN 3-87058-110-7, 224 Seiten, Preis 10,--€
(vergriffen, nur über den Autor zu beziehen),
Eine Skizze des Übergangs von Michail Gorbatschows Perestroika auf Boris Jelzin Privatisierung.

Gorbatschow ist kein Programm.
Begegnungen mit Kritikern der Perestroika
Konkret Literatur Verlag, Hamburg, 1990,
ISBN 3-922144-93-4, 224 Seiten,
(vergriffen, nur über den Autor zu beziehen),
Eine Situationsskizze der Perestroika am Beispiel Leningrads im Herbst 1989.

Beiträge zum Ukrainischen Krieg in den Sammelbänden:

Die Ukraine, Russland und der Westen. Ein Spiel mit dem Feuer.
Hrg. Peters Strutynski, Neue Kleine Bibliothek 201,
Verlag Papyrossa, Köln 2014;
ISBN 978-3-89438-556-9,216 Seiten, 12,90
Darin von Kai Ehlers: Globaler Maidan? Liste häufig gestellter Fragen.

Ukraine im Visier. Russlands Nachbar als Zielscheibe geostrategischer Interessen.
Hrg. Ronald Thoden, Sabine Schiffer, Selbrund Verlag,
Frankfurt 2014,ISBN 978-3-981 6963-0-1, 315 Seiten, 16,80
Darin von Kai Ehlers: Und immer noch die Ukraine. Spielball auf dem Weg zu einer multipolaren Welt.

Themenhefte zum nachsowjetischen Wandel,
zu Eurasiens Rolle in der Globalisierung und zur Modernisierungskrise des Westens
(aufgebaut auf Gesprächen und Beobachtungen vor Ort, entstanden als Rundfunkdokumentationen und Materialhefte für Seminare und Vorträge)

Bisher erschienen folgende Ausgaben
(in Eigenausgaben):

1.Was ist das Russische an Russland?
  Texte

2. **Was ist das Russische an Russland?**
   Feature-Dokumentationen.
3. **Wie weit reicht der Balkan?**
   Texte gegen den Krieg.
4. **Wie weit reicht der Balkan?**
   Tondokumentationen gegen den Krieg auf dem Balkan, in Tschetschenien und auf dem eurasischen Steppengürtel.
5. **Babuschkas Töchter**
   Texte zur Lage der Frauen in Russland.
6. **Babuschkas Töchter**
   Feature-Dok. zur Lage der Frauen in Russland..
8. **Altai**
   Texte und Features rund um eine vergessene Region
9. **Moskau**
   Mythos und Wirklichkeit.
10. **„Priemstwo"**
    Akzeptanz. Russland auf dem Weg zu sich selbst.
    Gespräche über die „russische Idee".
11. **Der amerikanische Krieg**
    Texte zur Modernisierungskrise des Westens und zur multipolaren Ordnung.
11. **China ante portas?**
12. **"Modell Kasan"**
    Islam, Völkervielfalt, Föderalismus.
    Koexistenz statt Terror.
12. **Amerikanischer Friede.**
    Einzige Weltmacht – oder Anfang vom Ende der amerikanischen Welt?
13. **Ost-West-Dialog**
    Projektmappe: Umgang mit dem Tier
15/16. **Wofür steht Russland? Wohin geht es?**
    Reform oder Kriegserklärung gegen das eigene Volk?
17. **Ost-West-Dialog. Projektmappe II.**
    Nachrichten aus der Jurte. Brücke von Hamburg nach Karakorum. Reisebericht mit Projektskizzen.

Alle Hefte sind nur über den Autor beziehbar
Jedes Heft per E-Mail: 5, -- € (Doppelheft 10,--), (per Post zuzüglich Porto, bitte gewünschte Versandart angeben)

Schule des Labyrinthes

Arbeitsheft 1
Einführung in die Erforschung des Labyrinthes als Figur des lebendigen Denkens.
Zu beziehen direkt über den Autor,
elektronisch 10 € Schutzgebühr, postalisch plus Porto.

Mehr auf seiner Website
Vorträge, Artikel, Projekte, Thesen, Reisen, Bilder, frühere Veröffentlichungen, Labyrinthe:

www.kai-ehlers.de (deutsch und russisch),
mail: info@kai-ehlers.de